Das Buch
Er wollte eigentlich nur ein bisschen kiffen. Doch dann wurde der Junge aus dem Ruhrpott der Grasproduzent, den sie ehrfürchtig den Dude nennen und der das beste Öko-Gras der Welt produzieren will. Die Rechnung scheint aufzugehen, die Nachfrage explodiert. Künstler, Studenten, Journalisten, Ärzte, Rechtsanwälte und Lehrer – alle reißen sich um sein Zeug. Der Schuppen im Hinterhof wird allmählich zu klein, und er zieht um in eine Riesenplantage draußen vor den Toren Hamburgs. Plötzlich ist der Dude ein mittelständischer Unternehmer, auf den die FDP stolz sein könnte – wenn das Ganze nur nicht so verdammt illegal wäre.

Der Autor
Rainer Schmidt ist Journalist und Schriftsteller. Der gebürtige Düsseldorfer hat in London für den *BBC World Service*, in Hamburg für das *ZEITmagazin* und den *SPIEGEL-Reporter*, in Berlin für die *Vanity Fair* und als Chefredakteur des *Rolling Stone* gearbeitet. Er hat bereits die Romane *Wie lange noch* und *Liebestänze* veröffentlicht, sowie *Legal High*, die Fortsetzung von *Die Cannabis GmbH*. Er lebt in Berlin.

www.rainer-schmidt.org

RAINER SCHMIDT

DIE CANNABIS GMBH

ROMAN

WILHELM HEYNE VERLAG
MÜNCHEN

Unter www.heyne-hardcore.de finden Sie das komplette Hardcore-Programm, den monatlichen Newsletter sowie alles rund um das Hardcore-Universum.

Weitere News unter www.facebook.com/heyne.hardcore

Der Verlag weist ausdrücklich darauf hin, dass im Text enthalten externe Links vom Verlag nur bis zum Zeitpunkt der Buchveröffentlichung eingesehen werden konnten. Auf spätere Veränderungen hat der Verlag keinerlei Einfluss. Eine Haftung des Verlags ist daher ausgeschlossen.

Verlagsgruppe Random House FSC© N001967

Vollständige Taschenbuchausgabe 04/2016
Copyright © 2014 by
Rogner & Bernhard GmbH & Co. Verlags KG, Berlin
Copyright © 2016 dieser Ausgabe
by Wilhelm Heyne Verlag, München,
in der Verlagsgruppe Random House GmbH,
Neumarkter Str. 28, 81673 München
Printed in Germany
Umschlaggestaltung: Nele Schütz Design, München,
unter Verwendung eines Motivs von © shutterstock/Arcady
Druck und Bindung: GGP Media GmbH, Pößneck
ISBN: 978-3-453-67697-8

www.heyne-hardcore.de

INHALTSVERZEICHNIS

Prolog		7
Teil I:	Wachstum	11
	Der Überfall	13
	Madame	25
	Der Brennnessel-Sud	32
	Verdun im Garten	53
	Mutter	62
	Starker Tobak	68
	Bruder-Stress	77
	Der Hund von Baskerville	87
	Die Deadline	99
Teil II:	Blüte	121
	Familienbande	123
	Transportprobleme	134
	Gesellschafts-Spiele	152
	Drohkulissen	167
	Die Geheimnisse der anderen	181
	Das Sylt-Wochenende	194
	Harte Zeiten	203
	Kampf an allen Fronten	222
	Die Rettung der Weltwirtschaft	237
	Druck	258
	Zeitenwechsel	272

Teil III:	Ernte	291
	Ein besonderer Tag	293
	Graf Zahl	311
	And Justice for All	318

Ausgewählte Quellen, Film- und Lesetipps   343

PROLOG

Ich bin 36 Jahre alt, alle kennen mich nur als »der Dude«. Von außen könnte man vielleicht zu dem Schluss kommen, ich hätte in meinem ganzen Leben noch nie richtig gearbeitet, und zwar im Sinne von: überhaupt noch nicht, kein Jahr, keinen Monat, keinen Tag. Ein paar mögen das so sehen, der Staat ganz bestimmt, zumindest im Moment noch. Das ist allerdings eine Frage der Maßstäbe. Wenn »richtig arbeiten« heißt, dass man am Gängelband der Muschis vom Finanzamt und anderer offizieller Stellen hängt, die einem das Leben schwer machen, muss ich tatsächlich passen.

Aber bevor das hier so ein FDP-Gejammer wird: Ich bin keiner der Millionen Schwarzarbeiter, die sich um ihre Abgaben drücken. Oder so ein Raffzahn wie Uli Hoeneß. Ich hätte, und das meine ich völlig ernst, jederzeit gern Steuern und alles andere gezahlt, aber man hat es mir nicht erlaubt, obwohl ich ein hochwertiges Bio-Genussmittel produziert habe, das in Hamburg und Umgebung Massen von Kunden begeistert und ihr Leben bereichert hat. Ja, ich war als Unternehmer im Glücks-Business tätig, und zwar als Marihuana-Produzent. Zuletzt habe ich mit einer topmodernen Anlage beste Qualität für eine sehr anspruchsvolle Klientel aus allen Altersstufen und sozialen Schichten hergestellt. Eigentlich habe ich mein ganzes Leben immer nur Gras konsumiert, vertickt und angebaut.

Von Anfang an hatte ich nie Lust, einen sogenannten normalen Beruf zu erlernen, um anschließend eine ebenso normale Arbeitsstelle anzutreten, nur um da wie alle anderen zu verblöden. So ein Leben musste um jeden Preis vermieden werden, das hatte ich schon sehr früh begriffen. So gesehen habe ich zwar im klassischen Sinne nie richtig gearbeitet, aber im nicht-klassischen Sinne habe ich mir wirklich, man könnte sagen, den Arsch aufgerissen, nicht selten sogar noch mehr: Mein Unternehmen war mein Universum, nichts außerhalb interessierte mich, auf nichts anderes konnte ich mich konzentrieren, Tag und Nacht ging es nur um die Firma, das Produkt, die Kunden. Jede Mittelstandsvereinigung wäre stolz auf mich gewesen. Zeitweise habe ich so malocht, dass ich überall Mitarbeiter des Monats geworden wäre. Meine Prioritäten waren glasklar, selbst gegenüber meiner Frau und meinen Kindern: Zuerst kommt immer die Firma, dann der Rest.

Bei mir konnten alle arbeiten, und zwar wirklich ohne Ansehen ihres Geschlechts oder ihrer Herkunft, selbst mit erheblichen körperlichen oder geistigen Beeinträchtigungen. Wo findet man das sonst noch? Man kann doch täglich lesen, wie sich große Firmen aus ihrer Verantwortung herauswinden. Ich war ein geradezu vorbildlicher Chef, das können sehr viele Menschen bestätigen. In unserem Betrieb gab es für jeden ein Plätzchen, Loyalität zahlte sich aus. Okay, wo es mit der Loyalität klemmte, musste man auch schon einmal ernstere Gespräche führen oder zusätzliche Maßnahmen ergreifen, aber das habe ich nie gern gemacht.

Ich bin Gras-Anbauer aus echter Leidenschaft geworden, obwohl ich das gar nicht bewusst vorhatte, ich wollte ja nur ein bisschen kiffen. Aber dann ergab es sich halt so, und meine Berufung wurde mein Beruf, eigentlich der Idealfall. Das gilt doch immer als erstrebenswerter Zustand: Nicht um sinnentleerte Arbeit soll es gehen, sondern um Selbstverwirklichung. Am besten noch im Dienste einer guten Sache, die auch andere glücklich macht. Und genau das traf auf mich zu. Die meisten Menschen landen in Jobs, in denen sie depressiv werden oder die sie nur durchhalten, weil sie sich selbst verleugnen und nach Feierabend von einer anderen Existenz träumen, in der sie »ihr Ding durchziehen«. Ich musste mich nie verbiegen und keine Kompromisse eingehen, ich lag keinem

Sozialsystem je auf der Tasche, ich habe mir alles selbst erarbeitet und niemandem geschadet. Ich glaube, die Bilanz kann sich sehen lassen.

Aber mir geht es nicht um Schönfärberei. Der Job hat mich am Ende schwer genervt. Sorgen um Umsatz und Produktqualität ließen mich schlecht schlafen, wegen Lieferengpässen qualmte mir der Kopf; Materialmängel, Produktionsprobleme und organisatorische Fragen hielten mich rund um die Uhr auf den Beinen. Eigentlich fehlte nur noch ein nervender Betriebsrat zu meinem Glück, wobei ich Personalkonflikte auszustehen hatte, gegen die sind die üblichen Firmenprobleme lächerliche Petitessen. Von einigen irren Kunden und rabiaten Konkurrenten möchte ich gar nicht erst sprechen. Verglichen damit ist die soziale Marktwirtschaft eine Kindergarten-Veranstaltung.

Und das ist eigentlich der Kern allen Übels: Der Staat lässt uns redliche, hart arbeitende, mittelständische Gras-Produzenten leider total im Stich, ja, schlimmer noch, er liefert uns einem kriminellen Milieu aus, mit dem wir wie jeder normale Mensch nichts zu tun haben wollen. Selbstverständlich würden wir einen legalen, staatlich regulierten Markt mit Qualitätskontrollen und Jugendschutzgesetzen – wie man ihn vom Alkoholhandel her kennt – dem völlig unkontrollierten freien Schwarzmarkt tausendmal vorziehen. Das würde allen helfen – uns, den Konsumenten und natürlich dem Staat, der Hunderte Millionen Euro Steuern einnehmen könnte. In den USA, siehe Kalifornien oder Colorado, kann man ja gerade sehen, wie hervorragend das funktioniert. Barack Obama hat erklärt, er halte Cannabis nicht für schädlicher als Alkohol, selbst Ex-Microsoft-Manager wollen in dem Geschäft mitmischen. In Staaten wie Uruguay geht man ebenfalls ganz neue legale Wege. Auch bei uns sehen immer mehr Menschen ein, dass wir uns dem Thema entspannter nähern sollten. Erst kürzlich hat ein Verwaltungsgericht erstmals Schmerzpatienten erlaubt, Cannabis zu therapeutischen Zwecken selbst anzubauen, das ist zumindest ein Anfang. Fast vierzig Prozent aller deutschen Straf-

rechtsprofessoren haben die Drogenpolitik der Bundesregierung als »gescheitert, sozialschädlich und unökonomisch« bezeichnet und die Einsetzung einer Enquetekommission zur grundlegenden Überprüfung der Gesetze und Verbote gefordert. Ich hoffe sehr, dass sich bald auch bei uns die Vernunft durchsetzt und wir der Legalisierung von Cannabis einen Schritt näher kommen.

Die Arbeit war aber am Ende so fordernd, dass ich aussteigen wollte. Ja, ich hatte die Nase voll, weil ich den Stress nicht mehr ertragen konnte. Das sagen sie dir ja vorher nicht, kein Mensch hält dich durch ein paar aufklärende Worte von dieser eigentlich schönen Berufswahl ab – sie lassen dich, wenn man so will, sehenden Auges ins offene Messer laufen, und bevor du dir auch nur ein paar gründlichere Gedanken gemacht hast, bist du schon mittendrin im Glücks-Business und hast keine andere Chance mehr, als dich anzustrengen und das Spiel mitzuspielen. Denn wenn man schon einmal dabei ist, will man es natürlich auch gut machen. Nein, nicht nur gut – man will es perfekt machen.

Die Wahrheit ist: Ich wollte nicht irgendein Gras herstellen, ich wollte das beste und reinste Gras der Welt herstellen und damit alle glücklich machen. In aller Bescheidenheit: Ich war nah dran, sehr nah dran.

Hamburg, im Juli 2014
Der Dude

TEIL I:
WACHSTUM

Der Überfall

Es war kurz vor der Frühjahrsernte, als ihn die milde Luft nach draußen lockte. Seit mehreren Tagen hatte der Dude Wohnung und Schuppen praktisch nicht mehr verlassen, nur ab und zu eine Packung Studentenfutter oder Ravioli von der Tankstelle geholt, dazu Wasser, Bier, ein bisschen Brandy. Das übliche Sortiment. Er hatte konzentriert gearbeitet und dabei lustvolle Hingabe gespürt. Plötzlich sah er nur noch die stumpfe Isolation bei der Akkordarbeit im Gewächshaus. Eine hochnervöse Sehnsucht erfasste ihn, die ihn oft in dieser Phase ereilte. Er wollte Menschen sehen, fremde Stimmen und Gerüche erleben – das Ziehen war wieder da. Der Dude schaute auf den Kalender: 4. Mai 1999. Er lag gut in der Zeit, er könnte sich eine Pause gönnen.

Am Nachmittag duschte er und musterte sich im Spiegel. Er umschloss seine Eier mit einer Hand und lächelte. Ihm gefiel, was er sah. Den Frauen würde es abends nicht anders gehen, er war sich sicher. Kurz schloss er die Augen und dachte an diese Schwarzhaarige, Corinna oder Claudia, die er vor zwei Wochen mit nach Hause genommen hatte. Einen Joint nach dem anderen hatte sie gewollt, und irgendwann hatte er sie draußen nackt gegen das Balkongeländer gestellt, was schwierig gewesen war, weil sie leicht schwankte und wegzusacken drohte. Mit einiger Mühe brachte er sie in Position, den Oberkörper weit nach vorne über die verrostete Balustrade gebeugt, vorsorglich durch ein weiches Kissen geschützt, sodass er stehend von hinten in sie eindringen konnte. Er bewegte sich langsam vor und zurück, als er bemerkte, dass unten durch ein Fenster des Gartenhauses bläuliches Licht nach draußen fiel. Die Abdeckfolie musste einen Riss haben. Es war ärgerlich, wie anfällig das Plastik war. Gleich morgen würde er das beheben müssen.

Die Schwarzhaarige unter ihm gab kaum einen Laut von sich, ihr Leib hing schlaff über dem Geländer. Er bewegte sich monoton in ihr weiter und nahm einen tiefen Zug. Er liebte das: Die Weiber auf dem Balkon von hinten zu vögeln, eine Hand auf ihren nackten, weißen Ärschen, in der anderen eine frisch gedrehte Tüte, dabei seine Anlage im Garten fest im Blick. In diesen Momenten empfand er so etwas wie Glück.

Er rasierte sich säuberlich und rauchte zur Einstimmung auf den Abend etwas von dem vorzüglichen Dope, das er sich am Vortag besorgt hatte. Zu einem dieser Abdullahs aus der Parallelstraße hatte er ein ganz gutes Verhältnis; der war nicht so hinterfotzig wie seine Landsleute aus dem Karoviertel, machte unauffällig seine Koks-Geschäfte mit den Nasivisten, konsumierte selbst aber nur dieses hervorragende Dope. Das war gutes Zeug, wie der Dude feststellen konnte, als der ihm einmal vor dem Kebab-Laden einen Zug angeboten hatte. Seitdem machten sie ab und zu Tauschgeschäfte. Der Dude gab ihm 100 oder 200 Gramm Gras, dafür bekam er die gleiche Menge vom eigentlich wertvolleren Dope. Das war durchaus großzügig, davor hatte der Dude Respekt.

Das Zeug war stark und würzig. Sehr stark. Bestimmt über 20 Prozent THC, wenn nicht sogar fast 30. Aber auch egal. Nicht sein Geschäft, nicht seine Konkurrenz. Wichtig war bloß: Das knallte richtig. Genau das brauchte er, wenn er in dieser Ausgehstimmung war. Ein bisschen runterkommen, entspannen, locker werden – deswegen konsumierten die meisten Kiffer, das behaupteten sie zumindest. Damit konnte der Dude nichts anfangen. Für ihn gab es nur einen echten

Grund und ein Ziel, dem er mit jedem Zug, mit jedem Joint näherkommen musste, wenn es ein guter Abend werden sollte: Er wollte richtig geilbreit werden. Nichts mehr mitkriegen. Alles wegschalten. Bungee springen ohne Seil. Nur das brachte seine Körpermaschine auf höchste Touren. Alles andere war für ihn Kinderprogramm, verachtenswerter Gymnasiasten- und Hippiequatsch. Acht, neun oder zehn Tüten, dazu ganz viel Alkohol, am liebsten scharfer, holzfassgereifter spanischer Brandy, Carlos I hieß seine Lieblingsmarke. Den trank angeblich selbst der spanische König, der ließ die Blutkörperchen tanzen. Die Kombination von Gras und Alk bewirkte ein kosmisches Leuchten des warmen Körpers durch alle Mauern und über alle menschlichen Barrieren hinweg, sie machte ihn wahnsinnig und ließ ihn auf das Angenehmste durchdrehen, so zerstäubte er die schnöde Realität. Das war sein Antrieb, eigentlich seit dem elften Lebensjahr. Am Zauber und Erregungspotenzial dieser gedankenfreien Schwerelosigkeit hatte sich nichts geändert.

Wenn er so weit war, konnte er andere richtig nerven. Manche bekamen Angst vor ihm. Den Mist hörte er jetzt öfter. Er habe sich verändert, drehe noch schneller durch, sei scharf wie ein aufsprungbereites Klappmesser. Der Dude fand das albern. Was wollten die alle von ihm? Was erwarteten sie denn? Warf man Helmut Schmidt seine Altersweisheit vor? Muhammad Ali seine vernichtende Rechte? Gott seine Dreifaltigkeit? Er fühlte sich gut.

Klar, früher hatte er Dope und Alkohol nie gemischt, das hatte sich schleichend entwickelt. Na und? Jeder Mensch musste doch seine Grenzen austesten. Stillstand war der Tod. Vielleicht lag es daran, dass alles immer in Hülle und Fülle da war, Geld, Dope, Alkohol. An der Gewöhnung konnte es nicht liegen, beim Konsum von Cannabis entwickelte sich keine erwähnenswerte Toleranz, das war doch Kreuzworträtselwissen der ersten Klasse. Egal. Wenn er abends losging, brauchte er eben das Doppelpack, ein Hoch auf den Mischkonsum, ihr Muschis.

Aus einer glücklichen Laune der Natur heraus, wie der Dude manchmal dachte, wenn er sich seinen Bruder ansah, hatte sein Organismus nie richtig auf Kokain reagiert, jedenfalls nicht so, dass sich daraus eine dauerhafte Leidenschaft hätte entwickeln können. Das Pulver der Nasivisten war nicht sein Ding geworden. Das dauerte ihm auch immer alles viel zu lange. Nach ein paar Joints und Alkohol konnte man sich irgendwann mal hinlegen, oder man fiel um. Zumindest gab es stets einen Schlusspunkt. Den sollte und durfte es bei den Koksern gar nicht geben, dagegen kämpften die ja ab der ersten Line verzweifelt an. Ihr Körper war eine einzige Alarmübung, aus der es keine Rettung gab, denn der Alarm war das Ziel, der Sinn, der Zweck der ganzen Aktion. Den Dude langweilte der Gedanke an das immergleiche harte Herzrasen, an diese hyperrealistische, ätzende Klarheit, auf die mindestens zehn Liter Vodka oder eine Flasche Jägermeister gekippt werden mussten, damit sie ein wenig erträglich wird, nur um dann, im Moment abnehmenden Herzflimmerns, sofort die Panik aufkeimender Nüchternheit zu verspüren und hektisch den nächsten Abdullah anzurufen, damit er doch bitte, bitte mehr von dem bolivianischen Marschierpulver bringen möge, ja, auch und gerade morgens um fünf in einer möglichst mit Abführmitteln und Glassplittern gestreckten und praktisch koksfreien Mischung, für die alle schon verblödeten Anwesenden nur allzu gern einen absurd überhöhten Home-Service-Preis zahlen würden. So viel dumme Geilheit. Das hatte der Dude nur kurz interessant gefunden, schnell aber vor allem: öde. Die Typen, das Gelaber, das aufgeregte Gehabe, die verzerrten Gesichter, das ewig gleiche Wiederholungsgeschnatter – musste ja nicht sein. Diese Entscheidung hatte sein Körper autonom getroffen. Denn natürlich hatte er immer alles probiert, was er jemals in die Finger bekommen konnte. Was denn sonst?

Aus einem kleinen roten Buch von einem Typen namens Goetz hatte ihm mal eine Frau zwischen zwei Geschlechtsakten den besten Satz vorgelesen, den es zu dem Thema gab: »Irgendwelche Drogen nicht zu nehmen, und zwar aus Prinzip, ist das absolut Allerkaputteste, definitiv.« Trotzdem hatte ihm sein Organismus mit dieser Anti-Pulver-Einstellung wahrscheinlich viel Ärger erspart, dachte der Dude und sah wieder das Gesicht des Bruders vor sich, in dem das Koks heftig gewütet und tiefe Spuren hinterlassen hatte. Koksfurchen nannte der Dude diese Hautspalten, in denen das Antlitz des Älteren langsam verschwand. Er meinte das nicht lustig.

Er war sehr froh, in einem anderen Wirtschaftszweig unterwegs zu sein.

Anderes Produkt, andere Kunden, andere Stimmung.

Gelobt sei das Gras.

Er zog sich seinen weißen Leinenanzug an und das nachtblaue Hemd mit dem breiten Kragen, dazu den großen Totenkopfring mit den saphirfarbenen Augensteinen auf den rechten Ringfinger. Am Hals baumelte ein kleines, dezentes goldenes Hanfblatt. So viel Ironie durfte sein. Der Spiegel sagte dem Dude mit leiser Bestimmtheit: Das wird dein Abend.

Als Erstes würde er in seinen Lieblingsladen fahren, das Roschinsky's am Hamburger Berg – und dann mal sehen. Die laue Luft nach Sonnenuntergang umschmeichelte ihn. Aber irgendetwas stimmte nicht. Mit jedem Schritt vom Haus weg kroch spinnengleich eine dunkle Unruhe an ihm hoch. Schwerer wurden die Beine, zäher der Asphalt auf dem Bürgersteig. Vor dem Taxistand hielt er es nicht mehr aus. Er musste umkehren. Wie an einem unsichtbaren Gummi schnellte er zurück.

Auf der Terrasse Totenstille. Störend laut kamen ihm seine eigenen Atemstöße vor. Aus der Halle fiel vor der rechten Längswand ein heller Schein auf den Boden. Das hintere große Fenster. Das seit Jahren nicht mehr geöffnete, von innen verriegelte und mit schwarzer Folie blickdicht und lichtundurchlässig abgeklebte Fenster. Aus der Halle drang gedämpfter Lärm. Stimmen. Schlagartig war der Dude nüchtern. Auf dem Weg durch die Küche nahm er den Teleskopschlagstock vom Tisch, im Flur zog er die durchbohrte Gaspistole aus der obersten Schublade der Kommode, aus dem Holster, das an der Garderobe hing, griff er sich die Ladygun. Die Pistolen steckte er in den Hosenbund, den Teleskopstock in die rechte, die Maglite-Taschenlampe mit dem schlagstockartig verstärkten langen Griff in die linke Hand. So raste er die Hintertreppe zum Garten hinunter und riss die Tür des Schuppens auf.

Er ließ den Blick von der Schwelle aus durch den Raum schweifen. Vor knapp einer Stunde hatte er seine stolzen, gut zweieinhalb Meter großen Pflanzen zuletzt gesehen, dicht an dicht standen sie hier, ernteschwer, bis zu den Lampen hoch aufragend, mehrere Kubikmeter beste Biomasse der Sorte Strongdude, eine Eigenzüchtung, ein Kassenschlager. Kahlschlag. Alles weg. Gestutzt bis auf 20 oder 30 Zentimeter. Ungehindert prallte sein Blick auf die gegenüberliegende Mauer. Nur links registrierte er aus dem Augenwinkel ein paar grüne Blätter. Adrenalinflash.

Hinten rechts sah er ein Fenster offen stehen. Davor stand draußen so ein Abdullah, einer von diesen Karoviertel-Ärschen, wie er sofort erkannte. Der stand da und starrte den Dude durch das offene Fenster an. Eine Sekunde, zwei Sekunden. Öffnete den Mund, als ob er was sagen wollte. Ließ einen blauen Sack fallen, drehte sich um und rannte davon. Der Dude nahm die Szene auf wie mit einer Kamera. Zeitversetzt. Zeitlupe. Er sah es schon. Aber er verstand es nicht. Kleiner Kurzschluss in der Leitung. Schwenk nach links, zu den Resten der grünen Wand, die eben noch seine Plantage gewesen war. Da stand ein anderer Karoviertel-Arsch in der Ecke, Schere in der einen, blauer großer Müllsack in der anderen Hand. Der Abdullah sah den Dude. Ließ die Pflanze los, die er gerade abschneiden wollte.

Der Dude dachte: Das Schwein beklaut dich. Vor deinen Augen. Der Dude dachte: Du musst jetzt adäquat reagieren. Was aber war in diesem Moment adäquat?

Der überraschte Mann mit der Schere sah den Dude. Sah den Schlagstock, sah die beiden Pistolenknäufe im Hosenbund. Der Dude sah aus wie ein Seeräuber auf Enterfahrt. Oder besser: wie ein sehr wütender Seeräuber auf Enterfahrt. Das Karoviertel schien dem Abdullah für einen Moment sehr weit weg zu sein. Möglicherweise zu weit weg. Er schmiss die Schere weg, er schmiss den blauen Müllsack weg. Er wollte zum Fenster. Bloß nicht direkt am Dude vorbei. Ein Hechtsprung über den Tisch, ohne Zögern und fest entschlossen. Anders klappt das nicht. Aber so klappte es auch nicht, denn der Dude war schon in der Luft und schleuderte den Teleskopschlagstock mit 82 Beschleunigungskilos Richtung Kopf des Scherenmanns. Traf den Oberarm. Das gab ein dumpfes, saftiges Geräusch. Da platzte was auf. Nässe. Kaputte Zellen. Schock. Der Scherenmann-Organismus meldete einen schweren Treffer und versuchte die Situation zu verstehen. Ging aber nicht, denn der Körper meldete sofort zwei weitere stumpfe Schläge. Halstreffer. Gefährlich nahe an zentralen Verbindungsleitungen. Das interne Programm wankte. Eine tiefe Ohnmacht war sofort im Angebot. Und ganz viel Adrenalin. Der Scherenmann sank vor dem Fenster nieder. Aber das fühlte sich nur so an. Die Außenperspektive sagte: Er fiel um wie ein nasser Sack. Der Pirat brüllte ihn an. Todeswünsche, Todesdrohungen. Der Scherenmann hatte das offene Fenster gesehen. Aber für ihn war es zu.

Der Dude zitterte, ihm war ein bisschen schlecht, er sah den stöhnenden Abdullah auf dem Boden liegen, Blut am Oberarm, auch aus dem Hals kroch es rot hervor, der Fußboden wurde dreckig. Blutflecken gingen so schlecht raus, das würde Erwin, dem Vermieter, nicht gefallen, dachte der Dude kurz. Der Scherenmann war nicht bewaffnet, wie ihm erst jetzt auffiel, zum Glück hatte er darüber vorher nicht nachgedacht. Zu viel Denken hemmt.

Draußen vor dem offenen Fenster sah er mehrere blaue Müllsäcke liegen, prall gefüllt. Der Abdullah war sehr mit sich beschäftigt, zur Sicherheit schlug der Dude ihm noch einmal hart aufs Ohr, das sollte zusätzlich ablenken. Er sprang raus und schmiss die Säcke zurück in die Halle. Notdürftig befestigte er die schwarze Folie vor der eingeschlagenen Scheibe und schloss das Fenster. Der Kopf des Dude war mit heißem Helium gefüllt. Das Zittern ließ nicht nach.

Eine Rückkehr der Freunde des Abdullahs war keinesfalls auszuschließen. Möglicherweise würden sie gleich im Familienrudel aufkreuzen, eventuell bewaffnet. Mit großer Wahrscheinlichkeit sogar schwer bewaffnet.

Der Dude packte den benommenen Besucher und zerrte ihn an den Haaren über die Hinterhoftreppe zur Wohnung. Von der Kommode im Flur nahm er das große Abus-Fahrradschloss und kettete ihn damit am Hals an die große Heizung im Wohnzimmer. Das Schloss saß eng, der Verletzte zeterte heftig. Der Dude hämmerte ihm ein, zwei, drei Mal den Schlagstock auf die kaputte Schulter, den Nacken und den Hinterkopf. Dann war endlich Ruhe.

Was dachte sich der Abdullah bloß? Das hatte er sich selbst zuzuschreiben. Wer andere überfällt, muss mit Gegenmaßnahmen rechnen. Wer das nicht auf dem Zettel hat, ist ein Volltrottel.

Der Dude rief Steely und Mike an. Seine Jungs, wie er sie manchmal liebevoll nannte. Die beiden gingen immer extrem zuverlässig und ruhig zur Sache. Als das Duo klingelte und gemächlich die Treppe hochstiefelte, legte sich das Zittern ein wenig. Mit den beiden würden alle Probleme gelöst werden. Das war ihre Aura. In wenigen Sätzen schilderte er die Lage. Sie brauchten mehr Infos, Hintergründe, Namen. Der Dude schüttelte den Kopf. Der Abdullah lächelte spöttisch. Das Abus-Schloss hatte an seinem Hals bereits einen roten Kranz hinterlassen.

Steely und Mike nickten sich zu. Sie schoben den Dude in die Küche, drückten ihm eine Flasche Carlos I in die Hand und schlossen die Tür. Steely zog sich die Kutte aus. Er hasste es, wenn sie schmutzig wurde. Der Abdullah hatte aufgehört, spöttisch zu grinsen. Der Dude gurgelte mit Brandy – das Gesöff war ein Meisterwerk.

Zwei Stunden später standen Steely und Mike im fahlgrellen Licht einer einschlägig bekannten Teestube, ein türkischer Kültürverein, vielleicht war es auch ein kurdischer, es war ihnen egal, die Brüder sahen für sie alle gleich aus. Dem Abdullah war schnell klar geworden, dass er seine Situation nur verbessern konnte, wenn er ein wenig kooperierte. Innerhalb von Minuten hatten sie einen Namen und eine Adresse. Sie waren nicht wirklich überrascht gewesen.

Jetzt gingen sie langsam durch den großen Raum. Alle Tische waren besetzt, überall wurde geraucht. Der Geräuschpegel war bei ihrem Eintreffen merklich gesunken. Einige nickten Steely zu, andere stießen sich an und machten sich auf die beiden mächtigen Deutschen aufmerksam, die betont langsam an den Tischen vorbeigingen. Man kannte sich. Man grüßte sich. Man musste sich nicht leiden können, um sich zu respektieren. Geschäftsleben eben. Keine große Sache.

Steely hatte Motev gleich beim Eintreten gesehen. Sein schwarzer Maßanzug und die rubinrote Krawatte leuchteten mit seinen gebleachten Zähnen um die Wette. Ein Fixstern im trüben Tabaknebel. Der Ehrgeiz leuchtete ihm aus den Augen und jeder Pore. Einige behaupteten, er wolle sogar in die Politik. Der war eiskalt, bei dem war alles denkbar. Als sie an seinem Tisch angekommen waren, sagte Steely: »Sagt mal, kann es sein, dass ihr einen Kumpel von euch vermisst? Wir haben da so etwas gehört. Das würde sich gut mit dem

Umstand treffen, dass der Dude auch so ein paar Sachen vermisst, die in gut einem halben Dutzend großen blauen Tüten abhandengekommen sind.«

Alle am Tisch schwiegen.

»Ihr sucht die Tüten, wir suchen im Gegenzug euren Kumpel. Wollt ihr mal darüber nachdenken?«

Motev hob erstaunt die Augenbrauen. »Der Dude?«

»Ja, der Dude.«

»Dem Dude gehören wirklich ein paar blaue Tüten und der mögliche Inhalt derselben?«

»Wie wir eben schon sagten, ja. Dein messerscharfer Verstand verblüfft uns wie immer, Motev. Also?«

»Diese Information überrascht mich wirklich«, sagte Motev und machte dabei ein bestürztes Gesicht. »Wer würde dem Dude absichtlich etwas abnehmen wollen?«

Steely stützte sich mit beiden Armen nach vorne auf den Tisch. Dicke Arme. Großer Körper. Die Kutte spannte über dem Rücken.

»Genau. Wer würde das machen wollen? Wer würde den Ärger haben wollen?«

»Bestimmt nur ein Missverständnis!«

Steely fixierte Motev. Er roch teures Parfum. Viel zu viel Parfum. Motev war ein echter Lackaffe, der inmitten all dieser grauhäutigen Kültürwichser noch schmieriger schimmerte als sonst. Steely sah seine eigenen wulstigen Hände auf dem Tisch liegen. Er sah, wie sich seine Hände zum glatten Hals des Pomadisierten tasteten. Er spürte den weichen Samt der Krawatte unter seinen Fingern. Den kantigen Adamsapfel, der hektisch von oben nach unten raste. Er erhöhte den Druck. Der Adamsapfel beschleunigte, kam aber nicht mehr an seinen Fingern vorbei. Das Parfum kitzelte in der Nase. Viel zu penetrant. Steely drückte fester zu. Das Grinsen erstarrte, verzerrt das Gesicht, schreckensgeweitet die Augen. Motev röchelte. Sein Körper bäumte sich auf. Steely fixierte weiter seine Hände auf dem Tisch. Es könnte alles so einfach sein. Aber das war nicht seine Aufgabe.

»Ihr findet mindestens sechs bis acht blaue Säcke. Für jeden Sack weniger findet ihr 8000 Kracher, das Geld steckt ihr in eine weiße, neutrale Plastiktüte. Das alles liefert ihr entweder bis morgen Nachmittag 15 Uhr an der euch bekannten Adresse ab – oder übermorgen zur gleichen Zeit. Wenn euer Fund pünktlich und ordentlich abgegeben worden ist, finden wir euren Kumpel und vergessen dieses kleine Missgeschick. Wenn nicht, kommen wir wieder.«

Steely richtete sich auf. »Einverstanden?«

Motev verzog keine Miene. »Ja, das klingt nach einem vernünftigen Vorschlag.«

Motev griff nach seiner kleinen gläsernen Teetasse. Er musterte seine schmalen Hände, die schlanken Finger. Er müsste mal wieder zur Maniküre.

*

Steely und Mike verbrachten die Nacht beim Dude und gingen am späten Vormittag. Sollte etwas passieren, hatte er ihre Nummern.

Der Dude war immer noch sehr aufgebracht. Diese Typen waren in das Herz seiner Firma eingestiegen, ein Angriff, der rücksichtsloser gar nicht hätte ausgeführt werden können. Warum konnten die ihn nicht in Ruhe lassen? Jetzt würde er natürlich nicht gleich den Blauhelm aufsetzen und einen auf Friedensengel machen können. Steely hatte ihm das einhundert Mal eingebimst: Halte dich an die Marktregeln, setze die richtigen Signale – oder hör auf.

Er konnte sich einfach nicht daran gewöhnen.

Der angekettete Abdullah stellte sich als Taha vor. Vielleicht, weil er es satt hatte, laufend Abdullah gerufen zu werden. Nutzte ihm auch nichts. Der Dude wickelte ihn bis zum Hals in eine dicke schwarze Plastikplane ein und klebte alles mit ein paar Metern Gaffer-Tape zusammen. Nur der mit dem Abus-Schloss an die Heizung fixierte Kopf blieb frei. Alle paar Stunden gab der Dude ihm ein bisschen Wasser. Als der

Kerl herumnölte, weil er Hunger hatte, wurde ihm erklärt, dass er besser nichts zu sich nehmen würde, um die Verdauung nicht unnötig in Gang zu setzen. Da machte Taha Rabatz und fing an zu schreien. Der Dude stopfte ihm einen Knebel in den Mund. Taha hatte dicke Backen, eine kleine Fastenkur schien er vertragen zu können, wie der Dude dachte. Im Wohnzimmer verbreitete sich trotz Plastikplane und Gaffer-Tape allmählich ein scharfer, unangenehmer Geruch.

Der erste Tag verlief ereignislos. Abends wollte der Dude in Ruhe eine Tüte rauchen. Taha fixierte ihn. Das konnte der Dude nicht ertragen. Ein bisschen sah der Typ vor den Heizkörpern aus wie eine Impression aus einem irakischen Folterkeller – nicht schön. Der Dude holte einen dicken Schal und verband Taha die Augen. Danach schmeckte der Joint.

Am zweiten Tag klingelte es um 15 Uhr. Steely war gerade da und öffnete die Tür. Nichts zu sehen. Sie gingen nach hinten auf die Terrasse. Im Garten lagen vier blaue Säcke, fein säuberlich nebeneinander aufgestellt, und eine weiße, neutrale Plastiktüte. Der Dude zählte die Mäuse: 32 000 in kleinen Scheinen. Das kam in etwa hin. Ein paar Säcke fehlten – und den Rest konnte er nicht mehr verkaufen. Sie warteten eine Stunde, dann schnitten sie Taha aus seiner Privatsauna. Beißender Urin- und Exkremente-Geruch erfüllte augenblicklich die Räume. Tahas Hose schlackerte nass und schwer um seine Beine. Es roch nach Gülle, einer Mischung aus alter Autobahntoilette und Bauernhof. Taha wankte etwas, er wirkte schon deutlich dünner. Wenn das noch eine Woche länger gedauert hätte, wäre der mir noch mit dem Kopf durch das Abus-Schloss gerutscht, dachte der Dude. Der Gestank hing noch tagelang in der Wohnung. Manchmal hasste er seinen Job.

Madame

Madame spürte leichte Vorfreude. Sie liebte Partys, insbesondere aber Silvesterpartys. Deswegen war die heutige Nacht die Krönung: eine Mottoparty zum Jahrtausendende, natürlich auf St. Pauli.

Kritisch musterte sie sich und ihre Kleiderwahl im Spiegel. Dafür nahm sie sich sehr viel Zeit. Sie wollte nichts beschönigen. »Wenn es um dich selbst geht, hilft dir nur die Wahrheit weiter«, hieß das Mantra ihrer Mutter, die bei Auftritten in der Gesellschaft kein Pardon kannte. »Kind, es gibt keine zweite Chance für den ersten Eindruck«, sagte sie oft lächelnd, mit diesem feinen Hauch Selbstironie, den Madame so liebte, denn natürlich hasste ihre Mutter Jedermann-Floskeln. Jede Art von abgestandenen Sätzen, millionenfach durchgekauten Formulierungen oder sinnentleertem Jargon machten ihr schlechte Laune. In einigen wohltemperierten Augenblicken jedoch beliebte sie mit dieser Abneigung zu spielen und Freunde und Bekannte zu erheitern. Ihr Repertoire an bodenständigen Metaphern und Bon Mots beeindruckte selbst Madame immer wieder.

Je steifer die Gesellschaft, desto größer die Lust der Mutter am sprachlichen Downgrading. Kam der Kultursenator mit Gattin sonntags zum Tee und dozierte staubtrocken über die Finanzpläne seines Ressorts, rief die Mutter: »Du gute Güte!« Als der Erste Bürgermeister bei der letzten Grillparty im Garten rechtfertigen wollte, warum es trotz aller vollmundigen Ankündigungen keine erkennbaren Fortschritte bei der Bekämpfung der Obdachlosigkeit unter Jugendlichen im Stadtteil St. Pauli gebe, schnitt sie ihm das Wort mit einem beherzten »Furchtbar, da wird doch der Hund in der Pfanne verrückt!« ab.

Das befreite Gelächter der Umstehenden nach solchen Einwürfen war ihr der liebste Lohn für die vielen Stunden, die sie in diesen Kreisen verbrachte. »It's the society, stupid!«, war ihr geflügeltes Wort: Wenn du was erreichen willst, musst du da sein, wo die Entscheidungen getroffen und beeinflusst werden. Senat, Gremien, Ausschüsse, alles gut und schön, so steht das auf dem Papier, erklärte sie Madame schon sehr früh, aber daneben gibt es eine andere Ebene der Macht, die nach Regeln funktioniert, die nirgendwo niedergeschrieben werden, die aber alle kennen oder kennen müssen, wenn sie dabei sein wollen. Die Mutter hatte ehrgeizige Ziele für ihre Charity-Projekte und einen ausgeprägten Bedeutungshunger. Deswegen stand sie sich die Beine bei Empfängen in den Bauch, rutschte bei endlos langen Dinnern ruhelos von einer Gesäßhälfte auf die andere, deshalb sah ihr Terminkalender aus wie einst der von Bill Clinton, den sie heimlich wie ein Teenager liebte und dessen altes 92er Wahlkampfmotto »It's the economy, stupid« sie inspiriert hatte.

Die Mutter folgte bei ihren Aktivitäten dem wichtigsten aller kapitalistischen Leitgedanken: Mehr ist besser als weniger. Für sie hieß das: Wer öfter dabei ist, ist wichtiger. Je umtriebiger man ist, desto größer ist das Manipulationspotenzial auf den Meinungsmarkt, denn jede Begegnung häuft Bedeutungs- und Einflusskapital an. Der Kampf um diese Marktanteile ist hart, die Konkurrenz schläft nie. Deshalb muss das persönliche Marketing professionell sein. Deshalb muss man top aussehen, »Wie aus dem Ei gepellt« nannte die Mutter das. Das war ihre Mindestanforderung für einen Auftritt auf dem gesellschaftlichen Parkett, und zwar auf jedem gesellschaftlichen Parkett, wie sie Madame selbst in deren wildesten Jugendjahren eingetrichtert hatte.

Diesmal gab es beim Blick in den Spiegel nichts zu meckern. Die glänzenden Schnürstiefel aus Lackleder bis zum Knie saßen perfekt und machten ihre Beine noch schlanker und länger, als sie ohnehin schon waren, das dazu passende Oberteil formte ihr ein Traum-Dekolleté, ihre zottelige Felljacke und ein paar schwere Glitzerketten rundeten das Ensemble harmonisch ab. Ihre beste Ausgehfreundin Kelly schob ihren kleinen, knackigen Po ins Bild, der von einem gürtelbreiten Minirock nicht wirklich bedeckt wurde, was sehr gut zu den halterlosen Strümpfen und ihren 16-Zentimeter-High-Heels passte, deren Silberbeschlag einen feinen Bezug zu den schimmernden Applikationen an ihrem Lederkäppi herstellte. Beide nickten sich zu.

Yes. Hamburgs Duo Infernale war bereit. Mehr Glam für eine Glam-Rock-Silvester-Party ging wirklich nicht.

David Bowie hätte sie sofort vernascht, Gary Glitter geschrien, bei den New York Dolls wären sie Ehrengäste geworden, logisch. Ihr Look war eine wohlkalkulierte und tollkühn wirkende Mischung aus sexueller Einschüchterung, gepaart mit gewissen Weltbeherrschungsansprüchen.

It's the society, stupid. Ihre Mutter wäre stolz gewesen.

Bestens gelaunt stöckelten sie aus dem Taxi ins Achter de Karg in der Markstraße. Überall Big Hair, Leopardenmuster, Strass an jeder Ecke, High Heels und Plateauschuhe, durchtrainierte Oberkörper unter hautengen Tops, Leder oder Satin, kaum gebändigte Perückenmähnen, Ketten, Tücher, Glitteroveralls, exotischste Schminkvariationen in allen Gesichtern, dazu schrille Gitarrensoli und eine Nebelwand aus Rauch, der schon im Vorbeigehen high machte. Partytime.

Während sich Kelly augenblicklich von einer Art Axl Rose (Was hat der jetzt genau mit Glam-Rock zu tun, dachte Madame, noch nicht einmal mit Post-Post-Glam! Manche würden es eben nie verstehen!) an den Hintern greifen und glucksend zum Tresen ziehen ließ, stand Madame leicht erhitzt in der Mitte des kleinen Raums und schaute verwundert und interessiert auf einen kompakten Wirbelwind, der vor dem Tresen auf und ab raste, eine Champagnerflasche in der einen, einen sehr dicken Joint in der anderen Hand. Eine unbändige Energie schien in ihm zu wüten, so riss es ihn unentwegt von der einen zur anderen Seite, das Gesicht strahlend rot, die hellweißen Zähne blitzten, aus den Augen leuchtete ein Feuer, das ihr augenblicklich Angst machte, und zwar auf eine so allumfassende, körperlich spürbare Weise, so durchdringend und gnadenlos, dass Madame heiß wurde, sehr heiß. Der Derwisch stob weiter, der Champagner schäumte aus der Flasche, aus seinem Mund, er lief ihm über das viel zu weit geöffnete silberne Glitzerhemd, über die behaarte Brust, er schüttete alle Gläser voll, natürlich, ohne die Flasche einmal hochzunehmen, er ließ es einfach herausfließen und -schießen und schäumte die Gläser und den Tresen und den Fußboden und alle Herumstehenden laut lachend voll, begeistert von sich, von der Aktion, von der Party, vom Leben, von allem.

Madame starrte ihn entrückt, verängstigt und schon ein bisschen lüstern an. Er sah aus wie Animal, das Tier aus der Muppet-Show, der wahnsinnige, an das Schlagzeug wie an das Leben gekettete zottelhaarige Schlagzeuger. Ihr Busen zitterte leicht.

Jetzt sah er sie. Nickte ihr auffordernd zu. Noch hätte sie weglaufen können. Fliehen. Aber Flucht war nicht mehr vorgesehen. Sie spürte einen jämmerlichen Rest Widerstand irgendwo im System, hoffnungslos, wie sie ahnte. Sie bewegte sich nicht.

Das Tier wurde neugieriger. Er nahm einen letzten tiefen Zug von dem Joint, griff sich eine neue Flasche Schampus, lächelte diabolisch, vielleicht auch fies, jedenfalls unangenehm siegesgewiss, und kam langsam auf sie zu. Er blieb vor ihr stehen. Viel zu dicht, unverschämt viel zu dicht. Hatte praktisch schon Körperkontakt, hörte nicht auf zu grinsen, und sie roch ihn. Alkohol, Rauch, Schweiß, ein paar verlorene Parfum-Moleküle, die Ahnung von einem schnellen

Brüter im kräftigen Torso, wo im Akkordtakt diese ganze schreckliche, nervöse, bezaubernde Rock-'n'-Roll-Energie hergestellt wurde, damit sie möglichst ungefiltert und roh und schnell in die Welt hinauskatapultiert werden konnte, weil das ihre Bestimmung war, weil das seine Bestimmung war, wahrscheinlich: die Beglückung der Welt. Heute aber eventuell erst mal: ihre Beglückung.

Sie spürte seine böse Gier, einen Hunger, der nie aufhört, der keine Angst kennt und der vor nichts halt – und sie sofort geil machte. Er schob sie zart weg von sich, grinste noch unverschämter, sie fühlte sich benebelt, dachte über nichts mehr nach, es war sowieso egal. Ihr Gesicht machte, was es wollte, das Hirn auch, zum Rest des Körpers hatte sie den Kontakt verloren, es fühlte sich gut an, er zog sie mit einer nur als elegant zu bezeichnenden Bewegung kurz an sich ran, er berührte mit seinen nassen Lippen ein Ohrläppchen, er sagte etwas, Schall drang in die Ohrmuschel, verlor sich da, unübersetzt und unverstanden, er schob sie wieder von sich, um sie anzusehen, sie grinsten sich an, er nahm einen tiefen Schluck aus der Champagnerflasche und besetzte mit seiner Zunge und dem prickelnden Trunk ihren Mund. Sie küssten sich. Sie hatte keine Chance, sie waren jetzt zusammen, ob sie wollte oder nicht. Aber sie wollte ja. Konnte gar nicht anders. Erst mal für den Abend. Wahrscheinlich für ein Leben.

Der Wahnsinnige, wie sie ihn heimlich taufte, weil sie ihn auf keinen Fall jetzt nach seinem Namen fragen wollte, weil er ihr den womöglich schon gesagt hatte, sie wollte es nicht ausschließen, das würde sie schon noch rauskriegen, später halt. Der Wahnsinnige also hatte komische Sachen drauf, die sie ein bisschen verängstigten. Etwa: den Zeitraffer-Trick. Der ging so: Sie küssten sich. Sie lachten. Sie drehten sich im Kreis. Sie küssten sich noch mal. Sie spürte seine Hände an so Stellen, ganz schön, aber mitten auf der Party, was sollte sie sagen, normal war das vielleicht nicht, andererseits, wer wollte schon normale Partys? Alles drehte sich so angenehm, dann lagen sie auf diesem Riesenbett, an der Tür hing ihre Lederkorsage, die Stiefel lagen neben den Kissen, oder hatte sie die noch an, mal so, mal so, könnte man sagen, und plötzlich – wie hatte der das gemacht – war es drei Tage später. Sie lagen immer noch in diesem Bett, die Korsage hing immer noch an dieser Tür. Das ist doch irre, dachte sie, der ist ja ein Zauberer. Irgendwann hatten sie sich so wundgevögelt, dass sie eigentlich auch mal gehen konnte.

Beim Abschied im Flur fragte sie ihn ganz entspannt: »Wie heißt du Wahnsinniger eigentlich?«

Er blies ihr etwas Gras-Rauch in den Mund und sagte: »Sie nennen mich Dude.«

Sie musste lachen. »Dude? So wie der Kerl im Film *The Big Lebowski*?«

Er lächelte. »Genau so.«

Es gab gar keine Fragen mehr, alles war klar, irgendwie. Sie fuhr nach Hause nach Eppendorf, duschte, packte eine kleine Tasche und fuhr gleich wieder zurück in die Max-Brauer-Allee, ihre neue Welt in Altona.

Er führte sie in den Garten und öffnete die Tür zum Schuppen. Er zeigte ihr das Gartenhaus, die Anlage, das Heiligtum, das Geheimnis. Er stellte ihr seine engsten Mitstreiter vor: den Kleinen, seinen Bruder, No Brain, Charly und Eight Fingers. Sie spürte: ultimativer Vertrauensbeweis, unermesslich große Vorauszahlung auf das Vertrauenskonto. Der Schleier des Verbotenen, der über all dem schwebte, erzeugte ihr wohlige Schauer auf dem Rücken und zwischen den Beinen. Jetzt war sie sich noch sicherer: Das ist mein Mann.

Er schaute sie an, ein bisschen stolz vielleicht, seine Wangen waren rot, seine Augen blitzten. Ihr Dude.

Sie war sehr interessiert und fand die Räume beeindruckend. Ihr war gleich klar, dass hier nicht bloß ein bisschen für den Eigenbedarf herumgebastelt wurde. Sie fand das nicht schlimm, im Gegenteil. Herrje, spätestens seit den 90ern gab es Koks, Speed, Ecstasy, Ketamin, Poppers und anderen Quatsch an jeder Ecke, da konnte man doch niemanden mehr mit Gras schocken. Fast alle ihre Freunde rauchten ab und zu mal eine Tüte, überall sah man Leute kiffen, der Besitz von kleineren Mengen wurde nicht mehr bestraft, Gras war fester Bestandteil der bundesdeutschen Genusskultur. Und wenn alle rauchten, musste der Stoff ja auch irgendwoher kommen, logisch. Der Dude stellte das Zeug eben her. Wo war das Problem?

Der Brennnessel-Sud

Madame spürte eine verzweifelte Ermattung, als der Kleine kurz vor der Autoahnauffahrt eine neue CD einschob und sie nach ein paar Sekunden hoffnungsvoller Stille die Takte vernahm, die ihr die Ausweglosigkeit ihrer Lage augenblicklich vergegenwärtigten. Diese Schmalzstimme, dieser Rhythmus, bei dem jeder mit muss, die stumpfen Zeilen, die sich mit den einfältigsten Melodien in ein musikalisches Wachkoma schunkelten, um bei jedem normalen Zuhörer eine totale geistige Entropie zu bewirken. Aber Madame sah keine normalen Zuhörer, sie sah nur drei Wahnsinnige vor sich, die es vor lauter Euphorie ob der glockenklaren Stimme der verehrten Vicky Leandros kaum in den Sitzen hielt. »Theo, wir fahr'n nach Lodz«. Das Trio sang begeistert mit.

Kopfschüttelnd schaute Madame aus dem Fenster, wo Teile Schleswig-Holsteins an ihr vorbeizogen. Denn das hatte sie in den vergangenen drei Jahren gelernt: Das war ihr Soundtrack zum Untergang. Vicky Leandros hieß: Wir fahren in den Wald arbeiten.

Der Dude hatte durch Zufall einmal herausgefunden, dass die besten Naturstücke für seine Zwecke in der Nähe von Gut Basthorst zu finden waren. In dem schlossartigen Gehöft lebte seit ein paar Millionen Jahren die Familie des Enno Freiherr von Ruffin, der irgendwann die sogenannte rassige Griechin Vicky Leandros geheiratet hatte. Das hatte der Dude einmal durch Zufall in einer Klatschzeitung gelesen, und seitdem fand er es unglaublich lustig, auf der Fahrt in die dortige Natur alle mit Musik der Schlagermaus einzustimmen. Madame teilte seinen Humor nicht immer.

Sie hatte früher das ein oder andere Mal das adlige deutschgriechische Glück aus nächster Nähe bewundern dürfen, weil ihre Mutter die beiden zum Kaffee an die Elbe geladen hatte oder sie auf Gut Basthorst empfangen worden waren. Weder Stimme noch Musik hatten danach in ihren Ohren besser geklungen, obwohl ihr der konsequente Verzicht auf Originalität und Tiefgang bei den Kompositionen schon fast wieder Respekt abgenötigt hatte. Zu Hause hielt sie sich natürlich mit solchen Betrachtungen zurück. Die letzte Platte? Ganz entzückend, Frau Leandros, ganz entzückend. It's the society, stupid.

In einem Moment der Schwäche hatte der Dude einmal zugegeben, dass er in jungen Jahren vor erotischer Anspannung auf dem Sofa fast geplatzt wäre, wann immer die scharfe Vicky im Fernsehen ihre lange Mähne locker nach hinten geworfen und dabei ihr Mikro mit den langen und schlanken Fingern so provozierend umfasst hätte. Provozierend zumindest für jeden sexuell verstörten Zwölfjährigen.

»Hanfanbau ist verboten, aber die darf ungehindert singen, so kaputt ist das deutsche Rechtssystem«, hatte Madame einmal in die Runde geworfen, als die Jungs es gewagt hatten, in ihrem Wohnzimmer die Griechin aufzulegen. Seitdem schien es dem Dude, wie Madame manchmal zu bemerken glaubte, noch mehr Freude zu bereiten, das Liedgut in monströser Lautstärke durch die VW-Bus-Boxen scheppern zu lassen. Gerade lief wieder »Weil mein Herz dich nie mehr vergisst«, das objektiv betrachtet vermutlich größte musikalische Verbrechen der Leandros, eine deutsche Version des Titanic-Songs »My Heart will go on«. Der Dude schien Tränen im Auge zu haben. Manchmal machte Madame ihr Kerl wirklich Angst.

Der Wagen ruckelte einen Feldweg lang und kam abrupt zum Stehen. Vor ihnen lag eine kleine Lichtung mit hohem Gras und dichtem Buschwerk, dahinter fing dunkler Wald an. Madame sah die Brennnesselfelder, üppig, dicht, bedrohlich. In dieser Gegend fühlten sich die Dinger noch giftiger, noch aggressiver an. Selbst kürzeste Berührungen mit den Blättern ließen die betroffenen Hautteile geradezu explodieren, auch durch T-Shirts, durch dünne Jeans, eigentlich durch alles. Sie hasste es, sagte aber nichts.

Der Kleine zog sich die Arbeitshandschuhe und die dicke Fischerhose an, in der er zwar schwitzen würde wie in der Sahara mittags um zwölf, aber nach der Arbeit wenigstens nicht aussah wie ein verbeulter Alien. Er liebte die Arbeit im Freien. Eine Plantage in der Natur war sein größter Traum. Angesichts der wogenden Brennnesselfelder sah der Kleine automatisch die Bilder von El Búfalo vor sich, nicht unbedingt die größte, bestimmt aber die legendärste Marihuana-Plantage, die es je in Mexiko gegeben hatte. Die Geschichte erzählte er ihnen eigentlich jedes Mal, wenn sie hierher fuhren. »Stellt euch das vor, mehr als tausend Hektar, irgendwo auf der Ostseite der Sierra Madre im Staat Chihuahua. Mehr als tausend Campesinos auf den Feldern, vielleicht sogar zehntausend, unfassbar, oder?«

Der Kleine guckte verklärt in die Runde, Madame lächelte wohlwollend, der Bruder zog rasch eine dicke Line vom Armaturenbrett, der Dude grinste und drückte seinen Joint in den Aschenbecher. Der Kleine war Madame der liebste Freund vom Dude, so zart, so rein wirkte er, so beseelt von seiner Arbeit und seiner Mission.

Zum engeren Kreis gehörten neben dem Bruder noch der stille Eight Fingers, der so hieß, weil er sich mal bei Schreinerarbeiten den kleinen und den Ringfinger sowie einen weiteren beachtlichen Teil der rechten Hand abgeschnitten hatte, weshalb er diese trotz einer Art Prothese nur sehr eingeschränkt für filigrane Gärtnerarbeiten benutzen konnte, sowie No Brain, der seinen Spitznamen einer Pistolenkugel zu verdanken hatte, die aus mysteriösen Gründen nach einer geschäftlichen Auseinandersetzung einst in seinem Kopf gelandet war und da angeblich immer noch drin steckte. Zu sehen war allerdings nichts außer einer kleinen Narbe. Öfter tauchte auch ein grummeliger Charly auf, der sie aber kaum ansehen konnte. Eine verrückte Truppe, dachte sie mal wieder und hörte den Kleinen weiter schwelgen.

»Die haben da mehrere tausend Tonnen produziert, 6000 Tonnen sollen es in der Spitze gewesen sein! Das wären nach heutigen Preisen auf dem amerikanischen Markt etwa acht Milliarden Dollar Umsatz – pro Jahr. Mit *einer* Anlage!« Sein Gesicht glühte, er sah die Sierra Madre, er sah das riesige Feld vor sich, vielleicht waren es auch mehrere riesige Felder, die Erzählungen waren nicht sehr präzise, aber gewaltig muss es auf jeden Fall gewesen sein. Das Gelobte Land, das Paradies, das Zentrum des Guten, wie er dachte, obwohl er wusste, dass die Kartelle schon damals grausam vorgingen, aber er sah nur die Pflanzen, die unschuldigen Pflanzen und all das Glück, dass sie den Menschen fern der Sierra Madre geschenkt hatten. Er sah die Plantage unter der gleißenden Sonne, umgeben von Wüste, von oben geschützt durch schwarze Netze. Keine Lampen, keine Zeitschaltuhren, einfach die reine mexikanische Sonne und klares Wasser. Er sah weiß gekleidete Arbeiter vor sich, Hüte schützten ihre gegerbten Gesichter, wie sie durch die endlosen Pflanzenreihen gingen. Wenn er genug Geld gespart hätte, würde er nach Mexiko fliegen und den heiligen Grund aufsuchen. Das hatte er sich in dem Moment geschworen, als er zum ersten Mal von diesem Ort und seinem Ende gehört hatte: »Von einem korrupten DEA-Veteranen sind sie verraten worden, einem Menschheitshasser, das muss er gewesen sein, ein bürokratischer Ehrgeizling, der selbst nur aus der nackten Gier bestand, die er den Anbauern unterstellte. Mit Hubschraubern und fast fünfhundert Soldaten haben sie El Búfalo gestürmt, danach war es aus. Was muss das für ein

Stoff gewesen sein. Man sagt, dass praktisch alle Studenten auf allen Demos seit den 60er Jahren in Europa das Gras von dieser Plantage geraucht haben, irre!« Er machte eine Pause und zog sich die Hosenträger der Gummihose über die Schultern. »Aber heute brauchen wir kein El Búfalo mehr, denn jetzt gibt es das beste Gras der Welt von uns!«

Der Dude lachte. Für ihn war der Kleine ein Künstler, der eine Form der Kommunikation mit seinen Pflanzen betrieb, die nicht erlernbar war. Niemand litt so sehr unter den herrschenden Regeln wie er, niemand kämpfte so unermüdlich an allen Fronten für eine Veränderung der Gesetze, für liberalere Bestimmungen und mehr Toleranz. Eigentlich hielt der Dude das Engagement des Kleinen bei diversen »Legalize it«-Initiativen angesichts ihres Geschäfts für gefährlich, aber davon würde er ihn nie abbringen können. Der Dude hörte dem Kleinen gern zu. Nie dachte der in einem egoistischen »Ich«, stets nur in einem großen »Wir«. Besitz war ihm egal, materielle Reichtümer lästig, was er hatte, teilte er, ohne dass er danach gefragt werden musste. Der Kleine kannte keine Lüge und keine Heuchelei, er verschwendete seine Zeit nicht mit Taktik oder Schmeicheleien, der Dude liebte ihn für seine Menschlichkeit und seine guten Absichten. Dafür, dass alle nach ihren Vorstellungen glücklich werden und alle legal rauchen sollten, was der allergrößte Wunsch des Kleinen war: Weltbefriedung durch Kiffen. Geiles Ding.

Madame schaute im Rückspiegel gequält, der Dude nickte ihr aufmunternd zu. Er liebte das. Mit der ganzen Familie mitten in der Woche zur Arbeit fahren. Die Natur genießen, nachher vielleicht noch ein, zwei Tüten rauchen, ach, ihr Leben war ein schöner, unwirklicher Traum. So viel Freiheit, so viel Autonomie – manchmal musste man dafür eben einen kleinen Preis bezahlen: jetzt.

Sie wollten das ökologisch beste und reinste Gras herstellen. Das war ein schönes, zeitgemäßes Ziel. Es war auch ein

Alleinstellungsmerkmal auf dem Markt. Die Leute waren qualitätsbewusster geworden. Seit sich in den 90er Jahren die Gesetzgebung für Konsumenten etwas entspannt hatte und der Besitz von ein paar Gramm nicht gleich mit der Todesstrafe bedacht wurde, stiegen die Ansprüche. Wer nicht zufrieden war, blieb nicht kleinlaut auf seinem Einkauf sitzen, sondern beschwerte sich beim Lieferanten. Natürlich gab es immer Touristen und andere Deppen, die sich nachts in Seitenstraßen in der Schanze oder im Karoviertel Mist verkaufen ließen, aber das war eine andere Welt. Trotzdem hatten auch versiertere Einkäufer hin und wieder Probleme.

Auf dem Markt wurden immer wieder unmögliche und gefährliche Sachen angeboten. Von härteren Stoffen war man das gewohnt. Jeder wusste, dass selten mehr als 30 Prozent Kokain im Koks war, das auf der Straße angeboten wurde, oft weniger. Das war ohnehin das böse Produkt: zu viel Geld, zu viel Gewalt, zu viel kriminelle Energie.

Aber auch die Cannabis-Konsumenten mussten lernen, dass mit ihrem Naturerzeugnis Schindluder getrieben wurde. Blütenmaterial wurde mit Talkum, Zucker, Flüssigplastik, Sand oder Steinmehl kunstvoll gestreckt, Blätter ohne jede Spur von THC wurden in holländischen Produktionsstätten vor der Auslieferung nach Deutschland mit gut duftendem THC-Spray eingesprüht, auf dass die Deppen jenseits der Grenze willenlos zuschlagen würden. Es waren schon Fälle aufgetreten, bei denen Hunderte Konsumenten mit Bleivergiftungen in die Krankenhäuser eingeliefert werden mussten, weil skrupellose Marihuana-Anbauer das Gewicht ihrer Ware massiv durch Blei gestreckt hatten. Der Kleine war außer sich gewesen: »Diese Staats-Heuchler reden von Jugendschutz oder Gesundheitsschutz? Wenn sie das ernst meinen würden, müssten sie Cannabis sofort genauso prüfen wie alle anderen Genussmittel auch. Und wenn sie Jugendliche schützen wollten, müssten sie eben die Abgabe kontrollieren wie bei den Volksdrogen Alkohol und

Zigaretten! Aber nein, sie lassen ihre Jugend lieber ins Verderben rennen und von Giftpanschern verseuchen, als dass sie über ihren eigenen miesen Schatten springen würden. Sie geben einen Dreck auf die Gesundheit ihrer Jugend, ihre Ideologie ist ihnen wichtiger!«

Das waren kriminelle Ausnahmen, aber es gab auch andere ungesunde Aspekte. Wegen der Gesetzeslage wurde in Europa meist Indoor angebaut. Das bedeutete eine ständige Bedrohung durch Schädlinge, Schimmel und Pilzbefall, auf den viele Großanbauer mit der Chemiekeule antworteten. Mit Schaudern lasen der Dude und seine Freunde Berichte über Dope und Gras aus Coffeeshops in Amsterdam und grenznahen Regionen, in dem deutliche Rückstände von Schädlings-, Pilz- und Fäulnisbekämpfungsstoffen gefunden wurden, darunter die nicht sehr appetitlichen Pflanzenschutzmittel Fluralaxyl, Propamocarb und Abamectin. Deswegen hieß ihre Antwort: hundert Prozent öko.

Chemiefreies, gut riechendes, besser schmeckendes und klarer wirkendes Gras aus natürlichstem Anbau fanden alle sensationell. Leider auch die Insektenwelt. Ach, ihr benutzt keine Pestizide? Toll, wir kommen.

Den Dude deprimierte das ungemein: »Kaum merken die Viecher, dass du der Ghandi der Botanik bist, schon verhalten sie sich wie eine Horde besoffener Hooligans; sie erkennen nicht die großzügige Geste, die anerkennenswerten Vorsätze und menschliche Größe deines Verhaltens, sie sehen in dir nur das vertrottelte Opfer, den freiwilligen Selbsthinrichter, den Sandsack, in den sie reinschlagen können, bis sie vor Muskelkater aufhören müssen.« Es war ein Krieg, den der Dude nicht gewollt hatte. Aber es war wie auf der Straße: Wenn der andere von einem fanatischen Vernichtungswillen getrieben ist, gibt es keine Verhandlungen, keinen Deal, keinen Kompromiss. Wenn der andere den totalen Krieg will, hast du nur eine Wahl: Stirb mit oder stirb ohne Gegenwehr. Aber stirb.

Da hatten sie die Rechnung allerdings ohne den Dude gemacht. Ihr Öko-Kodex zwang sie zu einer unkonventionellen Kriegsführung mit B-Waffen. Wenn schon Kampf, dann mit der Munition der Natur: Brennnessel-Sud statt Pestizide.

Das kam dem Dude manchmal alles wie ein riesengroßer Witz vor. Umweltschutz, Kernkraftwerke, Autoabgase, das hatte ihn noch nie in seinem Leben interessiert. Als ganz Deutschland über Sauren Regen und sterbende Bäume jammerte, hatte er als Kind überall »Mein Auto fährt auch ohne Wald«-Aufkleber hingepappt. Als die ganzen langhaarigen Zausel nach Tschernobyl gegen AKWs auf die Straße gegangen waren, hatte er als junger Schüler nur gelacht und mit ein paar Kumpeln den blödesten von denen das Gras oder Dope aus den Taschen geklaut. Er fand den ganzen Alternativ-Gedanken genauso attraktiv und sexy wie die dazugehörigen, von oben bis unten mit dichten Haarpelzen überzogenen alternativen Frauen – das ging alles gar nicht. Bis die Anlage kam. Man bekommt das beste Gras der Welt nur, wenn es hundert Prozent rein gezüchtet wird? Das machte ihn zu einem echten Natur-Soldaten, zu einem Bio-Radikalen, einem betonharten Reinheitsfanatiker. Alles eine Frage der Motivation.

Sie gingen frisch ans Werk. Der Kleine mit seiner Druiden-Sichel, die vom Bruder immer nur »Miraculix-Schere« genannt wurde. Der Dude mit einer Machete, die er in einem Vietnam-Veteranen-Shop erworben hatte. Der Bruder zwickte die Äste und Strunke mit einer geklauten Heckenschere ab, Madame suchte freiwillig unaussprechliche Irrläufer der Evolution und andere Krabbelmonster, mit denen den Schädlingen daheim naturgerecht der Garaus gemacht werden könnte. Diese hässlichen Missgeburten, die auf des Dudes Seite kämpfen mussten, nannte er nur seine »Kettenhunde«, die er mit sadistischer Freude und Akribie von der Leine ließ, wenn er die ersten Unholde an seinen kleinen Schätzchen im Schuppen sichtete. Manchmal, weil er sich ja immer noch als traditionellen Ruhrpott-SPDler sah, zitierte er vor dem Einsatz seiner »Kettenhunde« Gustav Noske mit dessen Schlächterspruch vor der grausamen Niederschlagung der deutschen Revolution von 1918/19: »Einer muss der Bluthund sein!«

Madame kroch fluchend und keuchend über den feuchten und bemoosten Boden, nach Sekunden war ihre Jeans durchnässt, es roch pervers nach frischem Waldboden, dieser Duftmischung aus altem Geschlecht und jungen Trieben. Mit bloßen Fingern drehte sie kleinste Steine und Äste um und puhlte mit ihren bis eben noch sauber lackierten langen Fingernägeln seltsame Wesen aus kleinsten Löchern, die sie nicht ohne Sammlerstolz in Einmachgläser steckte. Nach einer halben Stunde wimmelte und kreuchte es schon auf mehreren Lagen hinter dickem Glas. Morgen würde sie unbedingt einen Termin im Nagelstudio machen müssen. Wenn ihre Mutter diese zersplitterten Ruinen sähe, würde sie enterbt.

Der Dude winkte zu ihr herüber. Sie sah sein erhitztes Gesicht. Diese Freude. Dieser Stolz. Sie hatte ihm schon öfter mal kleine Aufmerksamkeiten mitgebracht. Hier mal eine CD, da mal ein Hemd, vielleicht mal eine DVD. Das entlockte ihm immer dieses süße, jungenhafte Lächeln, diesen Fieberkranz um die Augen, der sie schmelzen ließ. Aber nichts machte ihn so glücklich, nichts ließ ihn so strahlen wie ein Marmeladenglas voll Käfer, die sie ab und zu heimlich für ihn sammelte, weil sie wusste, wie froh sie ihn damit machte. In diesen Momenten strahlte er ein Glück aus wie sonst nur bei ihrer Mitteilung vor zwei Wochen, dass sie mit Zwillingen schwanger sei.

Madames Hose war klatschnass, ihre Arme bluteten, weil sie im spitzen Gebüsch hängen blieb, die riesigen Quaddeln der Brennnessel, die sie durch das T-Shirt und die Hose am ganzen Körper trotz aller Vorsicht davongetragen hatte, juckten so, dass sie sich am liebsten die Haut in Streifen vom

Fleisch ziehen wollte. Sie sagte nichts. Klagen wurden bei diesen Einsätzen nicht akzeptiert. Wem es zu arg wurde, der durfte eine Pause machen und eine Tüte rauchen. Stundenlang ging das so, an so vielen Wochenenden im Jahr, manchmal hier, im Vicky-Leandros-Gedächtniswald, manchmal in anderen absurden Forsten, die sie nach stundenlangen Irrfahrten, wie es ihr vorkam, erreichten. Es war ein hartes Programm im Dienste des ökologischen Fortschritts und der Wünsche der Kunden. Völlig gerädert saß sie montags manchmal im Büro, kaputter als nach jedem normalen Arbeitstag.

Sie schaute auf ihre drei Jungs, die wegen der Brennnesseln mittlerweile alle aussahen, als litten sie unter Ausformungen des Elefantensyndroms. Mehrere Säcke von dem Höllenzeug warteten bereits im Bus, andere standen halb voll auf der Lichtung. Das war so bezaubernd mit anzusehen, wie diese naiven, immer viel zu blauäugigen Jungs loslegten, mit welcher Begeisterung und mit welchem Spaß und ohne dabei auch nur irgendeinen Gedanken zu viel an die möglichen Konsequenzen zu verschwenden. Am liebsten würden die ihrem Zeug noch so ein Siegel draufdrücken: »Nach dem deutschen Reinheitsgebot gezüchtet«, so stolz waren sie auf ihre Ergebnisse. Ihre Hingabe und ihre handwerkliche Perfektion, ihr Fleiß und ihre Kompromisslosigkeit wurden tatsächlich mit der höchstmöglichen Qualität belohnt. Der Bauernverband wäre entzückt, solche Landwirte in seinen Reihen zu wissen, dachte Madame oft.

Für diese Jungs, gab es überhaupt keine Außenwelt, es gab nur ihr kleines, feines Universum der heiligen Brüder des gesegneten Grases. Ihre Euphorie und dieser Enthusiasmus hatte etwas Inspirierendes, Ansteckendes, diese Kerle wollten was, das spürte jeder, auch wenn niemand wusste, was sie so trieben. Diese Freiheit, die sie leben, dachte Madame, die strahlen sie auch nach außen aus, diese besondere Form von innerer Reinheit und Schönheit lässt sie leuchten. Das waren eben keine Typen, die sich im Rattenrennen der Angestelltenkultur hatten verbiegen und zerfleischen müssen, die kannten mehr vom Leben als Sitzungssäle und Hinterzimmer, in denen sie sich mit teigigen Typen um lächerliche Jobs streiten mussten. Hier ging es nicht um Kfz-Versicherungen oder lächerliche Brause für Erwachsene, nicht um aalglatte Leben in aalglatten Gebäuden und aalglatten Hirnen, hier wurde sehr ernst und sehr akribisch mit großer Energie und tiefster innerster Überzeugung an der perfekten Glücksformel gearbeitet. Die wollten wirklich das beste Gras der ganzen Welt herstellen. Und daran arbeiteten sie so ernsthaft wie einst die Wissenschaftler des Manhattan Project an der ersten Atombombe. Und irgendwie waren die Sachen durchaus vergleichbar, nur mit umgekehrten Vorzeichen: Sie wollten das Bewusstsein in neue Sphären sprengen – und dabei niemanden verletzen.

Erschöpft ließen sie sich auf der Heimfahrt von Underground Resistance und deren »Riot«-EP wach halten, der Bruder zusätzlich von ein paar kleinen Lines, die er mit seinem Standardspruch: »Auflegen, nachlegen, auf geht's« kommentierte. Der Dude ignorierte ihn, er war zufrieden. Die Ausbeute war ergiebig, damit würden sie lange hinkommen. Der Kleine war agil wie immer und blätterte eifrig in einem Hanf-Samen-Katalog. »Dude, wir müssen unbedingt mal »Top 44« ausprobieren, das sind echte Schnellblüher, hier steht's: Top 44 kann nach 44 Tagen blühen und ist gut für Anfänger geeignet. Ihr Rauch ist reichhaltig, pfeffrig und Skunk-ähnlich mit einem lang anhaltenden Buzz-Effekt. Klingt doch geil, oder?«

Der Dude lächelte bloß, es rührte ihn an, wenn er sah, wie sehr der Kleine für dieses Zeug, nun ja, brannte.

»Oder mal eine Haze-Sorte? Die wird auch sehr gelobt: Reife Haze-Buds werden von Genießern weltweit für ihren elektrisierenden, energetischen, aufmunternden High-Effekt geschätzt. Haze hat ein individuelles, komplexes Aroma, das während des Anbaus zurückhaltend ist, beim Rauchen aber ein sehr starkes Geschmacksempfinden auslöst. Hammer, das will man doch sofort mal ausprobieren!«

In den vier riesigen Restauranttöpfen köchelte das Brennnessel-Geäst vor sich hin, vier weitere waren bereits bis zum Anschlag gefüllt und warteten im Einweichbereich. Es war ein Gebräu aus den schlimmsten und heißesten Kesseln der Vorhölle. Keine Gewerkschaftsabteilung hätte die ungeschützte Arbeit an diesem Herd erlaubt, kein Arbeiter sie freiwillig gemacht. Nur in nordkoreanischen Umerziehungslagern wäre das heute vielleicht möglich, überlegte der Dude, aber das war's. Sie trugen Handschuhe, sie trugen Mundschutz und diese lächerlichen Schutzbrillen, die man aus dem Schul-Chemie-Unterricht kannte. Direkte Verätzungen wurden so weitestgehend vermieden. Hier und da spritzte plötzlich wie in der »Spinat mit dem Blubb«-Werbung von Verona Feldbusch ein grünes Bläschen aus dem schlecht bedeckelten Topf und verbrannte ein Stück Haut auf einem Unterarm oder einem nackten Oberschenkel, aber das eigentliche Problem war der Gestank. Ein undefinierbares ätzendes Etwas, ein Brechreizerreger vom Feinsten, säuerlich, scharf, als hielte man einen heißen Sandstrahler gefüllt mit groben Salzkörnern auf die vereiterte, nässende Innenseite der Nasenflügel kurz vor dem Stadium endgültiger Fäulnis. Der Sud kroch ins Hirn, diffundierte durch die Haut in jede Körperzelle und nahm alles in Beschlag.

Die Kocherei dauerte Stunde um Stunde. Anfangs hatte sich der Dude noch manchmal dabei übergeben, das war längst vorbei. Trotzdem blieb der Sud ätzend. Das sollte er auch sein, das war seine originäre Aufgabe, deswegen verteilten sie ihn ja später geradezu zärtlich zwischen den Pflanzen, damit er dort den Gegenangriff einleiten und vorhandene Feinde erledigen und zukünftige abhalten konnte.

Der Preis war hoch. Nach einem halben Tag schwitzten sie den Sud, pissten sie den Sud, kackten sie den Sud. Aber, dachte der Dude, wenn es unseren schönen Pflanzen damit gut geht, wenn sie genau das brauchen, dann kriegen sie das natürlich auch, denn das Ergebnis entschädigt uns für all diese Qualen.

*

Der kleine Dude sitzt am Frühstückstisch. Neben ihm isst sein Bruder. Die Schwestern sind nicht da, wieso sind die Schwestern nicht da, irgendwo müssen doch die Schwestern sein. Die Brüder kauern sich über ihre Teller und reden nicht. Sie wechseln Blicke. Es ist laut, sehr laut. Ein Mann brüllt. Er droht und schreit und tritt gegen Schränke, Geschirr klappert, eine Frau weint, sein Bruder reißt die Augen weit auf, man sieht fast nur noch das Weiße, der Dude hat Angst. Der Mann steht im Unterhemd vor ihm, Mund weit aufgerissen, Speichelfäden laufen auf das Unterhemd, auf dem weißen Stoff sind Eiflecken, dunkelgelbe Eiflecken, der Dude hasst Eigelb. Der Mann hat dichte schwarze Haare unter den Achseln, die kann der Dude gut sehen, weil der Mann direkt vor ihm die Arme weit nach oben gestreckt hat. Über dem Kopf des Mannes, der so laut schreit, dass der Dude gar nichts mehr hört, blitzt ein helles Licht. Der Dude spürt sein Herz im Mund. Ihm ist schlecht. Er zittert unkontrolliert. Das Licht bewegt sich rasend schnell auf den Dude zu. Es ist gar kein Licht, sondern blitzender Stahl. Der Dude lässt sich zur Seite fallen. Es gibt einen lauten Knall. Der Mann hat eine große Axt in den Kühlschrank geschlagen. Die Klinge ist in die Tür eingedrungen, wo eben noch der Dude gesessen hatte. Der Dude weint. Der Dude schreit.

»Hase, hey, Hase, alles gut, alles in Ordnung, nichts passiert, nur ein Traum …«

Der Dude sah Madame, die sich über ihn beugte und sein Gesicht in die Hände genommen hatte, er sah die Vorhänge und den Bauernschrank neben dem Bett. Er war zu Hause. Er war entkommen. Die Axt hatte ihn verfehlt.

Dieser verdammte Traum schon wieder. Er hasste das. Der Mann mit der Axt kam regelmäßig vorbei. Manchmal gab es ein paar Monate Pause, dann war er wieder auf Sendung, zu gewissen Zeiten einmal im Monat. Sie hatten schon so oft drüber geredet, die Sequenzen ergaben keinen Sinn. Sie waren kein Vorzeichen und keine Strafe für irgendwas, kein Symbol und keine Warnung. Er hatte einfach einen blöden Traum, der sich immer wiederholte.

»Was war es?«
»Besuch vom Axtmann.«
»Ach, war der in Urlaub? Hatten wir ja lange nichts von gehört.«
»Sehr witzig.«
»Gute Nacht.«
»Gute Nacht.«

*

Der Dude liebte seine Pflanzen. Er sprach mit ihnen, er spielte ihnen Musik vor und erzielte mit ein bisschen Vocal-House die besten Resultate, wie er glaubte. Er schnitt nur in bestimmten Mondphasen an ihnen herum, weil das als besonders sensibel galt. Es war eine Beschäftigung, die ihn erfüllte und beglückte, der Hanf berührte eine Stelle in seiner Seele, die er vorher nicht gekannt hatte. Cannabis gehörte seit vielen Jahren zu seinem Leben, zu seinem Denken, zu seinem Wesen, wie man sagen konnte, aber das war eine Einbahnstraße gewesen, der Dude als Nutzer, als Konsument, es hatte kein Geschäft auf Gegenseitigkeit gegeben, keine warme Beziehung im vollständigen Sinne. Die entstand erst jetzt. Der Dude konnte etwas zurückgeben, er umsorgte seine Schützlinge, er bemutterte und verhätschelte sie wie sonst nur seine schwangere Madame. Die Innigkeit wurde von den anderen belächelt und amüsiert registriert. Wenn sie morgens in den Schuppen kamen und sahen, wie sich der Dude zwischen den Topfreihen aus seinem Schlafsack quälte, weil er mal wieder inmitten seiner »wahren Freunde«, wie er die Aufzucht manchmal nur halb im Scherz nannte, geschlafen hatte, keine zehn Meter Luftlinie von seinem eigenen Bett und seiner heranwachsenden Familie entfernt, hörte er sich ungerührt ihre Sprüche an.

»Na, Dude, hast du es wieder mit unseren Pflanzen getrieben, du alte Sau, es riecht hier so seltsam!«

»Die Nachbarn haben erzählt, sie hätten seltsame Schreie aus dem Schuppen gehört, pass mal auf, dass die nicht die Bullen rufen.«

»Wenn wir an deinem Schwanz wieder Harz-Spuren finden, müssen wir über Kondome nachdenken.«

»Wird Madame nicht langsam eifersüchtig?«

»Ihr Quatschköpfe wisst einfach nicht, wie sich echte Liebe anfühlt. Wenn ihr reinkommt, kräuseln sich ja schon in allen Töpfen die Blätter – und jetzt Schnauze!«

Nächtelang diskutierten sie, wie was verbessert werden könnte. Neue Techniken wurden erörtert und wieder verworfen, neue Supertipps ausgetauscht und dabei vor allem ganz viel geraucht. Das war das Allerwichtigste: rauchen, rauchen, rauchen. Das führte nicht immer nur zu produktiven Diskussionen.

Als das Gerücht kursierte, nachts würden Polizeihubschrauber über der Stadt mit Wärmekameras kreisen, um die besonders erhitzten Cannabisplantagen-Räume in der Innenstadt ausfindig zu machen, gab es sofort wahnwitzige Ideen und paranoide Lösungsvorschläge. Kurz vor der Realisierung stand der profunde Plan, noch zwei, drei massive Kühlschränke zu kaufen, die allein der Eiswürfelproduktion dienen sollten, um mit diesen Würfelmassen das Glasdach des Schuppens effektiv zu kühlen und somit für die Kameras unsichtbar zu machen. Dieser an sich natürlich geniale Schlachtplan wurde nur deswegen kurzfristig verworfen, weil Madame sie alle mit den Worten aus dem Wohnzimmer schmiss: »Ich will mir diesen Blödsinn nicht länger anhören müssen!«

Eines Tages klingelte Erwin, ihr Vermieter. »Pass mal auf, Dude, ich bin echt ein toleranter Mensch, aber wenn ihr das weiter so stinken lasst, dann habe ich bald die Bullen in der Tür stehen, und darauf habe ich keinen Bock, also mach irgendwas!« Erwin drehte sich abrupt um und wollte nicht weiterquatschen. Das bedeutete: Der war echt sauer. Sonst entwickelte er aus beiläufigsten Bemerkungen noch lange Unterhaltungen, weil er hoffte, er bekäme ein bisschen Gras zugesteckt, was der Dude auch meistens tat. Manchmal schenkte er ihm auch ein oder zwei Briefchen mit Kokain, worauf der Erwin besonders scharf war. In Wirklichkeit war der alte Hippie Erwin ein passionierter Nasivist, der sich am liebsten von morgens bis abends das weiße Gold in die Nase gepumpt hätte. Aber aus alten ideologischen Gründen (»Yuppie-Droge«) und einer zickig wirkenden Lebensgefährtin, die nach sinnloser Radikalabstinenz auf allen interessanten Gebieten des Lebens aussah, gab er diese Leidenschaft nicht zu. Der Erwin kifft – das passte gerade noch in das Bild, das gleichaltrige Freunde von ihm, alle in den späten Fünfzigern, wohl hatten. Koks war in diesen Kreisen die Droge des Klassenfeinds, leistungssteigernd und kapitalismuskompatibel. In einer sehr betrunkenen Nacht hatte sich Erwin einmal dem Dude offenbart und ihn angebettelt, er möge ihm ab und zu doch bitte bisschen Coca besorgen, dann würde er auch nichts zu seinen deutlich umfangreicher als vereinbarten Aktivitäten im Schuppen sagen.

Der Dude hatte zähneknirschend zugesagt – im Sinne ihres Betriebs: Sie waren zwingend auf Erwins Wohlwollen angewiesen.

There's no such thing as a free lunch, hatte Margaret Thatcher einst das Wesen Kapitalismus prägnant zusammengefasst, das hatte Madame ihm einmal in diesem Zusammenhang erklärt, also sah der Dude die eingeforderten Deputate und die Besorgungsdienste für das Pulver als eine Art Zusatz-Miete für den ihnen gewährten Freiraum. Ohne Erwin keine Anlage. Also ein guter Deal. Aber beim letzten Stromausfall hatte der Altfreak ihm im Flur wütend zugezischt: »Ich warne dich, übertreibe es nicht, Dude.«

Mit den mittlerweile gut dreißig Natriumdampf- und Metallhalogen-Hochdrucklampen für ihre Zucht waren die Leitungen hoffnungslos überlastet. Mehrfach legten sie ihr Haus und einmal sogar das komplette Viertel lahm. Der Knall war gewaltig, ein Blick aus dem Fenster ließ sie zusammenzucken: Ganz Altona war rabenschwarz. Offensichtlich lag ein zentraler Verteilerpunkt direkt vor dem Laden unten.

Noch in der Nacht rückte der Entstördienst an. Als sie am Morgen vorsichtig rausschauten, hatten die Bauarbeiter mit einem Minibagger den Bürgersteig aufgerissen und werkelten tief im Erdreich. Der Dude ging runter und fragte freundlich nach der Ursache des gestrigen Blackouts. Ein verschwitzter Vorarbeiter kroch aus dem Loch, nahm den Helm ab und kratzte sich den nassen Schädel: »Keine Ahnung, da muss jemand einen Hammer-Kurzen fabriziert haben, das habe ich meiner ganzen Laufbahn noch nicht erlebt. Unsere Hauptsicherung am Verteiler ist praktisch geschmolzen. Vielleicht betreibt hier jemand irgendwo eine geheime Fabrik ...?«

Der Dude stutzte.

Der Vorarbeiter lachte, seine Kollegen grölten. Guter Scherz. Ha ha, geheime Fabrik. Sie drehten sich um und buddelten weiter.

Der Dude und seine Freunde schoben stundenlang Horror, krochen unter die Anlage, verstellten die Zeitschaltuhren entsprechend der unfreiwilligen Pause, um das größte Chaos für die Pflanzen zu verhindern. Er beantragte sofort eine Gewerbestromleitung. Für eine normale Wohnadresse. Niemand fragte jemals nach, was er damit wollte. Bei 1000 oder 2000 Euro Stromrechnung gab es im Konzern keine Fragen mehr, nur noch erleuchtete Gesichter. It's the economy, stupid.

Die Lampen im Schuppen entwickelten eine enorme Hitze. In Kombination mit der permanenten Bewässerung entstanden eine hohe Luftfeuchtigkeit und die Notwendigkeit, frische Luft zuzuführen. Dazu hatten zunächst zwei einfache Löcher an gegenüberliegenden Wänden gereicht – die heiße Luft trat aus der oberen Öffnung aus, der entstehende Unterdruck saugte frische Luft durch das tiefer angebrachte Loch an. Das war bei ein paar wenigen Pflanzen noch einfach, später brauchten sie kleine Ventilatoren für die Zu- und Abluft sowie Standventilatoren in den Räumen, um die Luft gut durchzumischen. Jetzt hatten sie die nächste Kapazitätsgrenze erreicht.

Nach Erwins jüngster Beschwerde über zu starke Geruchsbelästigung fuhren sie zu ihrem Lieblings-Fachgeschäft für den ambitionierten Hanf-Freund und kauften den bisher größten Ventilator mit einem Durchmesser von knapp einem Meter und eingebautem Kohlestoff-Filter. Die ersten Ventilatoren hatten sie noch mit Kästen, Gummiunterlagen und Steinwolle schallgedämpft, mittlerweile gab es die leisen Varianten auch zu kaufen. Hier ein paar hundert Euro fürs Equipment, da mal ein Tausender für den Strom, das waren echte Investitionen, dachte der Dude. Das musste alles wieder verdient werden. Sie waren zum Erfolg verdammt.

Nach den letzten Problemen mit dem Strom und der Lüftung hatte es zwischen Madame und dem Dude ein bisschen geknirscht, weil sie die in solchen Situationen entstehende Hektik als sehr unangenehm empfand, was er wiederum auf mangelndes Interesse an seiner Arbeit zurückführte, mindestens aber auf Unwissenheit. Es war nicht der erste Konflikt dieser Art. Deswegen hatte sie ihm den einen kleinen, giftigen Satzknochen hingeworfen. »Tja, wenn der Meister seine Geheimnisse nicht mit mir teilen will, weil er mir nicht vertraut, werde ich wohl dumm sterben müssen!« Fieser Vorwurf. Böse Unterstellung. Darauf gab es nur eine Antwort: den *Dude-Workshop*. Womit fing es einst an, wie hatte es sich entwickelt? Kurzum: Wie werde ich Profianbauer in drei Schritten?

Dude-Workshop Part I: die Grundlagen.

Das Starterset im Schuppen war einst eine Pflanze in einem 10-Liter-Majonnaise-Eimer. Füllung: einfache Erde von Blume 2000. Dann selbst angerührtes Gemisch aus Bauhaus-Erde, Ton-Phosphaten und einer Art künstlicher Fledermaus-Scheiße, Markenname »Guano«, alles mit Kalk angereichert. Steigerung auf zehn Eimer. Eine Pflanze pro Eimer. Grenze bei hundert Eimern. Besorgt von Restaurants und Pommesbuden im Umkreis. Beleuchtung: acht 600-Watt-Natriumdampflampen, etwa eine Lampe für vier Quadratmeter. Definitiv zu wenig. Erst eine Lampe pro Quadratmeter brachte befriedigende Ergebnisse. Leuchtmittel wurden über ein Seilzugsystem bewegt, um ein Verbrennen der wachsenden Geschöpfe zu verhindern. Austausch der Majo-Eimer durch gut 50 Blumenkästen, aufgebaut in einem U auf Böcken. Maximale Schuppenauslastung: knapp 300 Pflanzen mit 35 Lampen.

Diese Größe bedeutete: zehn Stunden Arbeit täglich, vier fürs Bewässern, dazu pH-Wert messen, elektrische Leitfähigkeit (EC) kontrollieren, Wasser und Raumtemperatur im Auge behalten, Zuluft und Abluft regeln, nach Schädlingen suchen, nett zu allen Pflanzen sein. Ein System aus Regenrinnen sollte Überflutungen beim Bewässern verhindern, trotzdem kam es laufend zu Überschwemmungen.

Sie bauten verschiedene Sorten an. Wissenschaftlich und gesetzlich gab es nur eine Cannabispflanze, die Cannabis Sativa (Gewöhnlicher Hanf), aber auch der Name Cannabis Indica (Indischer Hanf) wurde verwendet, um das Spektrum besser beschreiben zu können. Die meisten Indica-Sorten wuchsen kompakter, waren stämmiger und blühten schneller (sechs bis neun Wochen). Sie vermittelten ein kräftigeres »stoned«-Gefühl, ein entspannender Effekt trat ein – bei höheren Dosen auch ein einschläfernder. Die Sativa-Sorten wuchsen höher, hatten eine kürzere Vegetations-, aber dafür eine längere Blütezeit von neun bis sechzehn Wochen und leichtere Blüten. Sie bewirkten einen stärkeren »High«-Effekt, der als anregender wahrgenommen wurde, manchmal kam es zu psychedelischen Effekten.

Im Schuppen war ihre Hauptsorte eine Indica-Pflanze, deren Samen sie von Serious Seeds in Amsterdam unter dem Markennamen Hindu Kush gekauft hatten (traditionelle Afghani-Sorte, kam in den 80ern aus, logischerweise, Afghanistan). Ebenfalls ausprobiert: Nothern-Lights- und Citral-Sorten, einmal auch Top 44, eine Art High-Speed-Indoor-Pflanze, die nach 44 Tagen blühte. Allein die weiblichen Pflanzen waren interessant, weil sie das begehrte Tetrahydrocannabinol (THC) enthielten. Ihr Ziel waren vor allem die harzhaltigen Blütentrauben, die sie getrocknet und zerkleinert als Gras oder Marihuana (beide Begriffe wurden gleichberechtigt benutzt) verkauften. Haschisch oder Dope stellten sie nicht her – darunter verstand man das aus den Pflanzen extrahierte Harz. Das Zentrum einer Zucht war eine (besser noch: mehrere) Mutterpflanze, eine weibliche Pflanze, aus der Stecklinge gewonnen wurden. Damit erst war eine Plantage autark.

Wenn man mit Samen arbeitete, legte man die in ein gut angefeuchtetes Papiertaschentuch auf einen Teller, den man abdunkelte und bei einer Raumtemperatur zwischen 22 und 25 Grad ruhen ließ. Nach zwei Tagen keimten die Samen. In diesem Zustand wurden sie mit dem Samen nach oben einen Zentimeter tief in das gewählte und vorgedüngte Substrat gesteckt, im Schuppen war das Perliterde. Nach zwei bis drei Wochen kamen die Pflanzen in ein Indoor-Gewächshaus aus dem Baumarkt, Größe 1,20 m × 1,20 m.

Nach einer gewissen Wachstumsphase (blaues Licht) wurden die Pflänzchen in die Blütephase (rot-orangenes Licht) gestellt. Bei den weiblichen bildeten sich feine Drüsenhaare, bei den männlichen Gebilde, die der Dude als »Hodensäcke« bezeichnet, die Reservoirs für das Bestäubungsmaterial. Alle männlichen Pflanzen wurden vernichtet, die weiblichen wieder auf Wachstum gestellt, die potenteste wurde zur »Mutterpflanze«, die bis zu ihrem Lebensende weiterwuchs und neue Stecklinge produzierte. Diese wurden mit einem Wurzelstimulationshormon wie Clonex Cloning Gel behandelt und in Steckschaumblöcke eingebracht (oder Jiffy Torfquelltöpfe) und in das kleine Gewächshaus gestellt, unter dem eine handelsübliche Wärmematte für 20 bis 22 Grad sorgte. Die Luftfeuchtigkeit betrug anfangs rund 90 Prozent, nach etwa acht Tagen reduzierte man sie auf 50 Prozent, indem man das Dach etwas öffnete. Für die Stecklingszucht wurden wegen der geringeren Hitzeentwicklung Leuchtstoffröhren verwendet. Abgestorbene Kleinstblatt-Triebe mussten sofort entfernt werden, damit die Pflanzen nicht verfaulten.

Verdun im Garten

Erdgeruch, würzig, feucht, gut. Manchmal das schönste Parfum. Gerade allerdings nicht so. Scheiß-Erde. Scheiß-Gewicht. Fluchend schleppte der Dude einen Kasten nach dem anderen in die Dunkelheit und verteilte die verwurzelte braune Masse im Garten links und rechts neben dem Pfad zur Terrasse. Verdammte Erde, das hörte gar nicht mehr auf. Der Kleine, sein Bruder, Charly und No Brain drückten sich mit entleerten Kästen auf dem engen Pfad an ihm vorbei, um im Schuppen neue zu holen. Der Bruder zog unentwegt die Nase hoch, mitten im Sommer, glänzende Sekretstreifen über der Oberlippe, rot das Gesicht. Er glaubte wohl, das falle niemandem auf, die anderen dachten: voll druff, mal wieder. Egal. Solange das Koks ihm beim Schleppen half.

Sie hassten diese ewig gleiche Prozedur. Waren die Pflanzen abgeerntet, musste die Erde zügigst entsorgt werden, damit die Kästen schnell neu aufgefüllt und die hochgezogenen Stecklinge eingesetzt werden konnten. Heute, nicht morgen. Bitte keine Verzögerung, jeder Tag zählt, der Markt wartet ungern.

Bei rund fünfzig Kästen war das eine elende Schufterei, die durch die Dunkelheit nicht gerade erleichtert wurde, aber sie brauchten ein bisschen Schutz vor neugierigen Blicken der Nachbarn. Um sie herum war vor allem Gewerbe, aber ein paar normale Menschen wohnten trotzdem nebenan. Man musste kein Sherlock Holmes sein, um die Erd-Karawane nachts im Garten möglicherweise seltsam zu finden.

Beim achten oder neunten Gang, als er einen Kasten mit Schwung auf dem brusthohen Plateau neben sich platzieren wollte, schmerzte dem Dude plötzlich die rechte Schulter. Zu groß der Wurfwinkel, zu hoch die natürliche Mauer bereits. Er stutzte. Rieb sich das Gelenk. Hockte sich kurz hin, um durchzuatmen. Sah den tiefen Gang entlang bis zur Terrasse, drehte sich um, sah Licht durch die Tür aus dem Schuppen fallen. Glatt und fest standen die Seitenwände des Wegs – Seitenwände aus in Monaten aufgetürmter Erde. Gedankenverloren rieb er über die Oberfläche, zupfte hier und da an Wurzelspitzen, blickte nach oben zum Rand des Grabens, wie man das ja nur nennen konnte, und als dieses Wort seine zentrale Denkeinheit passierte, leuchtete ein Verständnislämpchen auf. Erschrocken sprang der Dude auf, sein Blick jagte über die Fläche vor dem Schuppen bis hin zum Haus. Schweiß trat ihm auf die Stirn. Ernte um Ernte kippten sie die Erde hierher, Kasten um Kasten, ein stufenloser Veränderungsprozess, dessen grausame Konsequenz ihm in all seiner schockierenden Deutlichkeit nie aufgefallen war, niemandem. Der Dude stellte sich den vier Gefährten in den Weg.

»Hey Dude, was ist mit dir los?«

»Alter, hast du Gespenster gesehen?«

»Oder biste auf nem schlechten Trip hängen geblieben?«

»Bestimmt zu viel von unserem eigenen Zeug geraucht, heimlich …«

Sie lachten.

Der Dude fuchtelte wild mit den Armen und schlug mit einer Hand auf den Erdhügel neben sich, der ihm bis zur Brustwarze ging. »Habt ihr euch hier schon einmal genau umgesehen in letzter Zeit, ja?«

Stille. Fragezeichen in den Gesichtern.

»Was meinst du?«

»Was soll ich schon meinen? Ich meine, dass es hier im Garten mittlerweile aussieht wie im verdammten Verdun!«

Der Dude hatte den letzten Teil des Satzes so laut ausgespien, dass alle gleichzeitig »Pssst« zischten.

»Da macht ihr alle so ein tuntiges ›Pssssst‹, damit wir nicht auffallen, aber ihr habt kein Problem damit, dass wir hier vor aller Augen ein Grabensystem aufwerfen wie eure Urgroßväter einst in Flandern, oder was?« Mit ausladender Geste drehte er sich im Kreis. »Noch zwei, drei Ernten, und wir kommen so auf den Balkon im ersten Stock, so viel Erde haben wir hier gebunkert. Wie auffällig ist das denn bitte?«

Sein Bruder ließ seinen Kasten einfach fallen.

»Fuck!«

Bedröppelte Gesichter. Erkenntnis-Horror. Schockstarre. Aufruhr in den erschöpften Köpfen. So eine Scheiße. Der Dude hatte recht. Wie hatte das passieren können?

Sie drehten ihre Hälse wie die Periskope alter U-Boote und betrachteten den Garten, als wären sie heute zum ersten Mal auf diesem Gelände. Der Weg, auf dem sie standen, war einst das Niveau des gesamten Gartens gewesen. Jetzt war nur noch ein schmaler Trampelpfad übrig. Der Rest: weg. Zugebombt mit Ernteerde. Möglicherweise Tonnen. Selbst gemischte Erde. Baumarkt-Fertigerde. Alle Sorten. Sofort aber erkennbar: zu viel Erde, viel zu viel. Nur direkt vor dem Schuppen und vor dem Haus war ein schmaler Streifen Originalebene übrig, davor erhob sich ihr Cannabiserden-Massiv. Der ganze verdammte Garten sah in der Tat aus wie ein Ausschnitt aus der Abteilung Weltkriegs-Schützengraben. Völlig grotesk. Oder, pragmatisch betrachtet: Auffälliger ging es kaum.

*

Madame hatte ein paar Freunde aus ihrer Agentur angekündigt. Der Dude hasste diese Abende, vor allem die durchsichtigen Ausreden, die er erfinden musste, um diesen Sozialfoltern zu entkommen.

Madame litt darunter, dass sie mitleidig angeschaut wurde, wenn das Thema wieder einmal auf ihren erneut abwesenden Mann zu sprechen kam, diesen komischen Kauz, der sich allen und allem zu verweigern schien.

Manchmal nahm der Dude die Qualen aus Liebe zu Madame auf sich, bei maximal einer von zehn Gelegenheiten, aber auch das fand er schon unaushaltbar. Der Dude hatte grundsätzlich keine Lust, sich vor irgendwem zu verstellen oder zu lügen, Heuchelei war ihm fremd. Diese gesellschaftlichen Grund-Gene fehlten ihm. Dass er als Betreiber einer illegalen Unternehmung gezwungen war, gegenüber allen Nichteingeweihten permanent zu lügen, war ihm der größte Horror. Also hatten Madame und er sich folgende Geschichte ausgedacht: Er arbeitete als Grafiker exklusiv für die riesige Baumarkt-Kette »Hammerkauf«, die es nur im Ruhrgebiet gab, wo er herkam. Der Name »Hammerkauf« lag aus Gründen, die der Dude Madame noch nicht erläutert hatte, auf der Hand und war nachprüfbar. Bei Besuchen von Kollegen oder Freunden von Madame hatte er aber ständig Angst, jemand könnte ihm detaillierte Gespräche über seinen Job aufdrängen: über sogenannte Projekte oder, noch stumpfer, noch hohler, über die Computer, möglicherweise sogar die Funktionalität einzelner Programme, die man als Grafiker so anwendete. Davon hatte der Dude keinen blassen Schimmer, weil er am eigens aus Tarngründen gekauften Super-Highspeed-Hammer-Computer niemals etwas anderes tat, als *Warcraft* zu spielen, derzeit *Warcraft 3: Reign of Chaos*.

Am lächerlichsten fand er die Muschis, die glaubten, sie könnten sich mit Drogen interessant machen. Das hätte der Dude beinahe lustig gefunden, wenn die Kerle ihn nicht so abgestoßen hätten. Wie sie in Kneipen oder Clubs auffällig zu zweit, zu dritt oder gar zu viert auf den Toiletten verschwanden, um sich dort auf den dreckigen Boden zu hocken und ihr verschnittenes Zeug von bepissten oder verschwitzten Klodeckeln mit dreckigen Scheinen tief in den Kopf zu ziehen, das fand er so unwürdig, dass es einem Verstoß gegen die Menschenwürde gleichkam. Anfangs hatten sich ab und zu Gäste und Freunde von Madame bei ihm einschleimen wollen, zu Hause oder draußen auf dem Kiez, wo man sich vielleicht durch Zufall mal traf. Stellte sich als keine gute Idee heraus.

»Hey Dude, willst du mit aufs Klo, bisschen was ziehen?«
»Mh, weiß nicht, was hast du denn da?«
»Koks!«
»Ach echt? Wow, bist ja ein ganz geiler Typ, zeig mal her.«
»Wie jetzt, hier, mitten in der Kneipe?«
»Klar, kannste mir ja unter dem Tisch geben, will mal sehen, ob sich das lohnt.«

Verklemmtes Rumgedrucke, seltsam gewundene Körperhaltung, Koks-Briefchen wurden aus Gesäßtaschen, Geldbörsen oder Socken herausgefummelt und unter dem Tisch zum Dude gereicht.

Der nahm das Briefchen, öffnete es, kippte es sich ganz ruhig komplett in die hohle Hand über dem Tisch und schnupfte das ganze Zeug mit einem Zug vor den Augen des verstörten Anbieters und aller zufälligen Beobachter ratzekahl weg.

»Siehste, so geht das.«
»Aber ...«
»War gar nicht so schlecht, bisschen wenig vielleicht. Willste noch ein Bier?«

Der Dude wurde schon lange nicht mehr auf eine Nase eingeladen.

Die ersten Besucher trafen ein, es waren die beiden Chefs von Madame, zwei Enddreißiger, die sich bei Unterhaltungen laufend abklatschen und sich auch sonst ständig vor allen zum Affen machen mussten. Sofort redeten sie erbarmungslos auf ihn ein. Das hatte der Dude noch nie verstanden – wie jemand glauben konnte, irgendwer wolle auf einer Party den öden Berufsalltag des Gegenübers erzählt bekommen. Nur weil der krankhaft narzisstische Erzähler fälschlicherweise annahm, das sei alles so irre spannend. Stundenlang erzählten solche Würstchen von Leuten, die niemand außer ihnen kannte, von Projekten, von denen niemand außer ihnen wissen wollte, von Details, die schon ihre eigenen Kollegen nicht mehr interessierten – das war alles sehr kaputt. Dem Dude war dieser ganze Schlag Mensch zutiefst zuwider. Institutions-Maschinen, Status-Junkies, Erfolgs-Deformierte, einer unappetitlicher als der andere. Und dabei immer gern einen auf locker machen mit einem Drink in der Hand oder banalen Absturzgeschichten vom letzten Wochenende. Wie er diesen Kinderkram hasste, diese albernen Anekdötchen und aufschneiderischen Imponiergesten, alles Seelenkrüppel, die sich allein über ihre Jobs definierten. Die Schlimmsten waren die »Kreativen«, moralisch verwahrlost und korrumpiert bis auf den Grund.

Ab und zu lud seine Frau auch Journalisten von bekannten Hamburger Magazinen ein. Deren Ego-Klatsche war ähnlich monströs, im Prinzip alles sozial schwer Gestörte, halbschwule Muschis, deren grundsätzliche Lebensangst sie zu unbrauchbaren Partygästen machte, egal wie verlogen selbstbewusst sie sich in ihren wöchentlichen oder monatlichen Strebertextchen aufführten. Graugesichtige Langeweiler, die immer am Rand standen, niemals tanzten oder durchdrehten und allein von ihrer eigenen Bedeutung, die sie durch den Namen ihres Arbeitgebers empfanden, in einer aufrechten Position gehalten wurden. Bieder, brav, straßenuntauglich, die ultimativen Partystinker.

Nach einer halben Stunde verschwand der Dude auch diesmal wieder unauffällig. *Warcraft 3* rief – und er hatte noch ein paar existenzielle Probleme zu lösen.

*

Lustlos steckte sich der Dude eine dicke Jolle an. Dieser ganze Entsorgungsquatsch nervte. Überschwemmungen oder Dürre hier, Müllberge dort, ohne Pause, eine Hetzjagd hatte begonnen, und er kam nicht mehr raus aus dem Hamsterrad. Irgendwas war ja immer. Er blies den Rauch sehr bedächtig aus und folgte andächtig den Dehnungsbewegungen des Qualms. Jeder Rauchstoß ein kleines Kunstwerk, dachte er, nie wieder wiederholbar, Momente-Kunst der feinsten Art. Stundenlang konnte er diesen erhabenen Schleiern folgen. Diesmal aber: Arschlecken. Problembewältigung, bitte.

Gut fünfzig Kästen mit Erde füllen, die selbst gemischt werden sollte, dazu die andauernde Notwendigkeit, die Dinger von Hand zu wässern, das konnte man alles so machen und war in seiner Reinheit auch ein schöner Ansatz, aber sie kamen ehrlicherweise kaum noch hinterher. Immer gab es Stress, Ausfälle und Ärger. Es ging ihm gar nicht darum, vom lobenswerten und vom Markt geschätzten Öko-Pfad abzuweichen, aber warum die Erde selbst mischen, wenn man sie perfekt angemischt kaufen konnte? Warum von Hand wässern, bis alle auf dem Zahnfleisch gingen, wenn man das automatisieren konnte? Trotzdem würden sie ja keine Chemie einsetzen und öko bleiben.

Er hatte den Kurswechsel mit dem Kleinen besprochen und als beschlossen verkündet. Sein Bruder grummelte und war tagelang beleidigt oder auf Koks, der Unterschied war manchmal nicht mehr klar sichtbar. Eight Fingers schaute etwas enttäuscht, No Brain war es egal, Charly war außer sich, sprach von Verrat und Lüge, von Kommerzialität und Ausverkauf. Am Morgen nach der Verkündung der Einführung einer automatischen Bewässerung und des Ankaufs vorgemischter Erde verließ er wütend ihre Runde und wurde nie wieder gesehen. Der Dude hatte keine Zeit und keine Lust, abgesprungenen Mitstreitern nachzutrauern, auf ihn und den treuen Kern wartete eine professionellere und bessere Zukunft.

Die Wassermassen hatten sie mittlerweile ganz gut im Griff. Sie hatten einfach die Wand zum benachbarten Klo eingeschlagen und einen Schlauch in die Schüssel gehängt. Das war jetzt nicht ganz präzise und offen mit Erwin abgesprochen, der diesen Teil des Schuppens für sich behalten hatte, weswegen sie die Wand auch nachts aufgestemmt und den Schutt möglichst lautlos in Plastiktüten entsorgt hatten, aber das würden sie ihm schon irgendwie erklären können. Ließ sich ja gar nicht mehr blicken, der Erwin. Ganz gut so, eigentlich.

Das ganze Abwasser floss jetzt in die Hamburger Kanalisation. Mit all dem Zeug drin, das mit ausgespült wurde. Wie in einem Horrorfilm, dachte der Dude manchmal, oder wie bei Batman, wo der Joker in Gottham City alle über die Leitungen vergiften will. Aber wenn überhaupt, verbreiteten sie in der hanseatischen Abwasserkultur nur ein bisschen Liebe und Gelassenheit. Ob es da zu seltsamen Mutationen käme? Komische Viecher im Hamburger Untergrund? Sahen hinterher alle aus wie einst nachts in seinem Lieblingsclub Purgatory im Keller? Der Dude hatte ein latent schlechtes Gewissen. Sehr latent.

Und jetzt die Erde. Computer an. Branchencheck. Aha. Steinwolle. Steinwollblöcke. Steinwollmatten. Die galten gerade als der letzte Schrei. Besser zu wässern, besser zu kontrollieren.

Er diskutierte das mit dem Kleinen. Eine Testphase wurde vereinbart. Pro Kasten eine Matte. Pro Matte vier Pflanzen. Nach sechs Wochen Zwischenbilanz. Ergebnis: komplette Umstellung auf Steinwolle. Keine Erde mehr, kein Verdun. Halleluja.

Sie gaben sich High Five und zogen kräftig einen durch. Der Bruder moserte wieder. Noch weitere Abkehr vom Pfad der reinen Lehre. Unpersönliche Steinwolle und so. Noch mehr Aggression. Noch stärker lief die Nase. Egal. Die anderen waren glücklich. Bis zur ersten Ernte.

Ratlos standen sie vor dem Haufen Steinwollmatten. Falsch. Richtig war: vor dem riesigen Haufen des mit dichtestem Cannabis-Wurzelwerk durchzogenen Steinwollmatten-Haufens. Ein beunruhigend voluminöser Anblick. Das Problem hat einen neuen Namen. Steinwolle. Gruppen-Depression.

»Wenn wir die jetzt oben auf unsere Verdun-Hügel legen, sieht das aus, als wollten wir auf unsere Schützengräben zur Krönung noch ein paar Bunker bauen.«

»Sehr lustig!«

»Und einfach in die Mülltonne ist keine Option?«

»Ja klar, ist ja auch völlig normal in Hamburg, dass man plötzlich zehn große Mülltonnen braucht, oder was?«

Es wurde vereinbart, dass jeder ab sofort bei jedem Schuppenbesuch ein, zwei Matten mitnehmen und irgendwo in der Umgebung entsorgen musste.

In den folgenden Wochen rieben sich viele Anwohner in den umliegenden Straßen morgens manchmal verwundert die Augen, weil überall seltsame Streifen herumlagen. In Mülltonnen der Nachbarn, öffentlichen Papierkörben, Bauschuttcontainern im Viertel, den Müllsäcken der Tankstelle gegenüber. Keine Möglichkeit blieb ungenutzt. Trotzdem wuchs im Garten der Haufen. Eben fünfzig weggeschafft, schon fünfzig neue da. Riesenproblem. Wirkungskreis ausdehnen, benachbarte Viertel aufsuchen, Matten im Rucksack in der U-Bahn quer durch die Stadt transportieren, jede Autofahrt ein bisschen Entsorgung, Müllkutschertouren auswendig lernen, Müllauto fährt vor, leert Tonne, Tonne wartet auf Besitzer, das ist der Moment, leere Tonne auf, Steinwollmatten rein, abhauen, völlig irrer Steinwollenmattenirrsinn. Bei nächstem Besuch im Schuppen: noch mehr Matten. Steinwollekoller.

MUTTER

Madame sah ihren Dude zufrieden von der Seite an, er sah blendend aus. Er trug seine blau getönten Sonnenbrillengläser zu seinem weißen Lieblingsleinenanzug, ein hell türkisfarbenes Hemd mit breitem Kragen und braune Schlangenlederboots. Ein echter Kerl, dachte sie verliebt, ihr Kerl.

Unentwegt trommelte er einen seltsamen Rhythmus auf das Lenkrad, das einzige Zeichen seiner inneren Anspannung. Den letzten Joint hatte er gerade ausgemacht, die beruhigende Wirkung machte sich sofort bemerkbar. Sie lagen gut in der Zeit, noch zwanzig Minuten, Mutter wartete mit Kuchen und Tee auf sie. Das erste Treffen. Der Dude hatte sich unfassbare drei Jahre, fast vier, geweigert und bis zuletzt gewunden, aber die mittlerweile sehr schwangere Madame hatte ihm gesagt: Wenn du meine Mutter nicht vor der voraussichtlichen Geburt unserer Söhne im Februar 2004 kennenlernst, werde ich dich nicht heiraten.

Daraufhin wollte der Dude sofort einen Termin ausmachen. Madame konnte sehr hartnäckig sein, er liebte das.

Dem Dude war das trotzdem alles nicht geheuer. Madame war cool, Madame war geil, Madame war sein ganz persönlicher Jackpot. Aber diese Familie? Die geschiedene Mutter war laufend auf den Klatschseiten des Abendblatts oder der Mopo zu finden, der Vater eine Unternehmerlegende alten Schlags, Brüder und Schwestern allesamt Karrieredurchstarter, die Freunde der Mutter schienen alle wichtigen Entscheider der Stadt zu sein, Senatoren und Verleger inklusive, kurzum: Für den Dude ein abstoßender Haufen, den es zu meiden galt. Mit Engelszungen hatte Madame ihn beredet, sie verwies auf die Hippie-Vergangenheit der Mutter, ihre legendäre Toleranz und Diskretion, sodass der Dude bald schon genervt war. »Na und, soll ich die jetzt zur Teilhaberin machen, deine tolle Elbschwalbe, oder was?«

»Dude, so redest du nicht über meine Mutter!«

»Ist doch wahr!«

Sie fuhren in seinem Kombi Richtung Blankenese. Heimlich hatte sie die dümmsten Aufkleber von der sogenannten Schrottmöhre abgeknibbelt, darunter die sehr alten und vergilbten »Arbeit ist Scheiße!«- und »Fick Heil!«-Sticker der Anarchistischen Pogo-Partei Deutschlands und diverse Hanfblätter, von denen der Dude behauptete, die könnten nur vom Kleinen stammen, er selbst würde seinen Wagen *never ever* derart zur Zielscheibe polizeilicher Aufmerksamkeit machen, vor allem nicht, seit die Behörden es so gezielt auf die Führerscheine vermeintlicher Kiffer abgesehen hätten. Madame fühlte sich ohne diese Verzierungen in jedem Fall sehr viel wohler.

Der Kies der Auffahrt knirschte unter den abgefahrenen Reifen, der Dude parkte neben dem Porsche-911-Cabrio der Mutter und dem Polo der Haushälterin. Durch den kathedralenartigen Eingangsflur gelangten sie rasch in das fußballfeldgroße Wohnzimmer, das auf angenehmste Weise spartanisch eingerichtet war und so vor allem das Gefühl von Raum und Luft vermittelte. Zwei, drei ausladende Ledersofas, eine rund fünf Meter lange Tafel, das war es im Prinzip, draußen sah man die Elbe, den Pool und ein Gartenhäuschen, das an anderer Stelle als stattliches Wohnhaus durchgegangen wäre. An den Seitenwänden hingen riesige Abzüge moderner Fotografie, alles Originale, hatte ihm Madame schon im Vorfeld gesagt und alles erklärt. Vor allem fiel dem Dude ein riesiges Bild mit ein paar scharfen nackten Frauen von diesem berühmten Helmut Newton auf – und direkt gegenüber ein ebenso großflächiges Bild von ein paar sehr schwarzen nackten Nuba von der alten Nazibraut Leni Riefenstahl. Ein Foto des deutsch-jüdischen Fotografen, der einst vor Hitlers Schergen fliehen musste, zusammen mit einem Bild von des Führers liebster Filmerin, das fanden solche Leute wahrscheinlich toll, dann drehten sie schier durch vor Angeberglück – nichts für den Dude, auch klar, aber trotzdem geile Körper.

Madame war stolz auf ihren neuen Mann und ärgerte sich, dass sie ihre Mutter trotz des heutigen Kennenlernens weiter anlügen sollte. Sie hätte ihrer alten Lady gern reinen Wein eingeschenkt. Der Dude hatte es ihr bei Androhung von Todesstrafe verboten. Das verstand sie nicht. Er stellte ein wichtiges Produkt her, das von sehr vielen netten Leuten nachgefragt wurde, er war offensichtlich ein gut organisierter und tüchtiger Unternehmer, ein ehrbarer Kaufmann in bester hanseatischer Tradition. Ihre Mutter würde das ähnlich sehen. Klar, der Staat und seine Ordnungsapparate hatten eine andere Sicht der Dinge, aber die fand sie so weltfremd und falsch und richtiggehend unverschämt wie alle anderen normalen Menschen auch. Dieser offizielle Beurteilungsmaßstab interessierte doch wirklich niemanden mehr. Den Besitz von ein paar Gramm musste der Staat dank des Verfassungsgerichts seit ein paar Jahren dulden, die Produzenten aber wurden weiter gnadenlos verfolgt? Was war das für eine Logik? Hello, anybody home?

Madame war eine große Optimistin und hoffte auf den Sieg der Vernunft. Irgendwann würde der Staat seinen Fehler einsehen und aufhören, jährlich Zehntausende durch anachronistische Gesetze in kriminelle Ecken zu drängen, in die sie weder gehörten noch gehören wollten. Allein die staatliche Heuchelei war doch eine Beleidigung des Intellekts: Wer Bier oder Schnaps wollte, ging zum nächsten offiziellen Alkoholdealer, zum Kiosk, zur Tankstelle oder zum

Supermarkt. Aber wer mit Cannabis ein deutlich harmloseres Genussmittel bevorzugte, wurde automatisch gezwungen, die Welt des Illegalen zu betreten.

Madame dachte an die vielen Bekannten ihrer Mutter und fand es viel schlimmer, etwa in einer legalen Bank zu arbeiten, als Gras anzubauen. Top-Banker gehen über Leichen, dachte sie, die haben kein Gewissen und keine Moral, die bringen der Menschheit kein Glück, sondern vergrößern nur ihr Elend. Sie gängeln Menschen und Völker und haben Taschenrechner da, wo sonst ein Herz schlägt. Sie finanzieren Todesmaschinen und spekulieren mit dem knappen Brot der Armen, sie schieben das Kapital nur dorthin, wo es wächst, nie dorthin, wo es wirklich gebraucht wird. Ihr Geld kennt kein Mitleid und kein Gewissen, sie kennen nur den Profit. Das war alles so verbrecherisch und gewalttätig in seinen Auswirkungen, wer da mitmachte, war ein echter Feind der Gesellschaft, überlegte Madame. Sie dachte an Hilmar Kopper, den früheren Chef der Deutschen Bank, der hier öfter gesessen hatte, dagegen war jeder Gras-Anbauer ein Samariter. Der Kopper könnte ja mal eine Liste mit Leuten aufstellen, die er mit seinem Wirken glücklich gemacht hatte. Wer sollte da schon drauf stehen? Ein paar befreundete Geldsäcke, korrupte Politiker, Waffenhändler und Spekulanten? Wenn der Menschheitsfeind Kopper überhaupt etwas mit der Kategorie »Glück« anfangen könnte: »Sagen Sie, was ist dieses Glück, über das alle reden?« Allein, wie der vor ein paar Jahren in »Blackbox BRD« über den ermordeten Herrhausen geredet hatte, über dessen möglichen Schuldenschnitt für die Dritte Welt, da hatte sie instinktiv gedacht: Wahnsinn, völlig klar, der Kopper steckt hinter dem Attentat, nicht die RAF. Kopper war für sie ein Prototyp, ein Bote des Unglücks und der Rücksichtslosigkeit. Jeder Gras-Anbauer konnte auf Hunderte, wenn nicht Tausende verweisen, die er glücklich machte. Menschen, die ihn lobten und preisten, die sich freuten, wenn er auftauchte. Wer hätte je Hilmar Kopper gelobt und gepriesen, wenn er auftauchte?

Für Madame war ihr Dude ein Unternehmer des Glücks, und darauf war sie sehr stolz.

Die Haushälterin servierte mit weißem Häubchen und schwarzem Kleidchen, dem Dude war zum Lachen zumute, er unterdrückte es. Die Mutter kam in so einer Art japanischem Fummel herangeweht, Modell hanseatischer Geisha, stand ihr aber top, wie der Dude sogleich bemerkte, die Alte hatte noch eine 1a Figur, fast wie ihre Tochter, war irgendwie auch beruhigend.

Sie saßen an der langen Tafel und schauten auf die Elbe, es war nur wenig Schiffsverkehr, vom Containerhafen drang Lärm herüber. Madame und Mutter tauschten aktuelle News aus, er hörte bloß zu, die Mutter lächelte ihm freundlich zu, drängte nicht, eigentlich alles ganz okay, wie der Dude nach der ersten Viertelstunde bemerkte. Madame hatte in vielen Gesprächen mit der Mutter den Boden für die weitere Unterhaltung bereitet. Die Story war wie immer: Er arbeitete als Grafiker und verantwortlicher Konzeptionist für die sehr große Dortmunder Baumarktkette »Hammerkauf«.

Beim nächsten lauten Knall aufeinanderprallender Container von der anderen Elbseite wandte sich die Mutter an den Dude: »Die Leute glauben immer, es sei das Allergrößte, hier zu wohnen. Aber über diesen bescheuerten Lärm, der frei Haus geliefert wird, vierundzwanzig Stunden am Tag, sieben Tage die Woche, wird nie geredet. Das gehört zur Elbchaussee-Heuchelei als fester Bestandteil dazu! Manchmal würde man schon gern die Anlagen drüben in die Luft jagen.« Sie lächelte.

Der Dude grinste. Eine lockere Unterhaltung über unverbindliche, aber durchaus nicht uninteressante Themen aus der Stadt entwickelte sich, es ging um den neuen Innensenator und Kriminalität, um den Stadtteil St. Pauli und die Rote Flora, die Mutter war erstaunlich gut informiert und eine echte Liberale, wie der Dude anerkennend feststellte. Sie fragte ihn nicht nach seinem Job und nicht nach seiner

Familie. Plötzlich servierte die Haushälterin ohne weitere Fragen Carlos I, seinen Lieblings-Brandy, für alle. Nachmittags um 17 Uhr 45, mitten in der Woche. Die Mutter prostete ihm zu. Irgendwie gefiel ihm die Frau. Ganz gute Idee eigentlich, hier mal vorbeizuschauen.

STARKER TOBAK

Der Dude schritt durch die Anlage. Morgen würde er ernten, seine Vorfreude war nicht ungetrübt. Sie hatten ihre Hauptsorte, das hauseigene Strongdude, kontinuierlich verbessert und kräftiger gemacht. Die konsequent angewendete reine Öko-Lehre führte zu überraschend intensiven Ergebnissen, wie sie erstaunt bemerkten. Die Rückmeldungen aus dem Markt waren sensationell, man riss ihnen das Zeug aus den Händen, zu sehr ordentlichen Preisen, Premiumprodukt, logisch. Diesmal waren sie noch akribischer vorgegangen, noch detailversessener. Jede Pflanze einzeln geprüft, manchmal mehrmals täglich. Top-pH-Werte, Top-EC-Werte, ideale Wasser- und Raumtemperatur zu jeder Tages- und Nachtzeit, keine Schädlinge weit und breit. Das war die perfekte Voraussetzung für eine Super-Ernte. Aber gestern Abend hatte Madame seine Welt erschüttert.

Seine höchst schwangere Madame hatte Heulkrämpfe gehabt, gar nicht zu beruhigen war sie gewesen, fast eine Viertelstunde hatte es gedauert, bis er die wichtigsten Informationen aus ihr herausbekommen hatte. Neffe Til, 16 Jahre alt, hatte sich zwei Tage vorher von einem Jungen aus der Klasse zu einem Joint überreden lassen. Das sei alles ganz harmlos, hatte er gesagt, und überhaupt nicht ungesund, das sei einwandfreies Öko-Gras, würde jeder in Hamburg rauchen. Der Sohn von Madame ältestem Bruder hatte dem sanften Sozialdruck nachgegeben und mit ein paar anderen mehrmals an der dicken Tüte gesogen. Eine halbe Stunde später war ihm sehr schlecht geworden, sein Organismus brach zusammen, er wirkte wie auf einem sehr miesen Trip, von dem er nicht mehr runterkam. Notarzt, Krankenhaus, das volle Programm. Derzeit, so die weinende Madame, sei er in Ochsenzoll in der Geschlossenen untergebracht. Man gehe von einem psychotischen Schub aus, der wohl durch das extrem harte Gras getriggert worden sei, wie das in der Fachsprache hieße. Es gebe wohl zwei, drei Prozent in der Bevölkerung mit psychotischen Anlagen, von denen die Betroffenen nichts wüssten und die auch durch Cannabis ausgelöst werden könnten.

Madame hatte ihn fixiert, wie sie ihn noch nie fixiert hatte. Ganz langsam hatte sie gesprochen, jede Silbe betonend. Ihre Stimme klang metallen und messerscharf. »Dude, kannst du ausschließen, dass das dein verdammtes Öko-Gras war?«

Das war ihm durch Mark und Bein gegangen.

»Ich weiß nicht, ich kann mir nicht vorstellen, dass ...«

»Dude!«

»Nein, kann ich wahrscheinlich nicht.«

»Dude, ich will, dass du das herausfindest und daraus deine Konsequenzen ziehst. Ich will nicht, dass du so einen Dreck verkaufst, mit dem du das Leben von meinem armen, unschuldigen Til zerstörst und ...«

Der Rest des Satzes war wegen der Schluchzwogen kaum noch zu verstehen gewesen.

»... und von irgendwelchen anderen jungen Menschen, die das Leben noch vor sich haben.«

»Aber das mit den Psychosen ist wissenschaftlich gar nicht so klar, das ...«

»Dude, ich will das nicht hören! Was bist du nur für ein Mensch?«

Er verstummte. So hatte er seine Madame noch nie gesehen.

*

Jetzt stand er vor seinen Pflanzen und hatte schlechte Laune. Ihr Strongdude war ein Kassenschlager – und ein echtes

Zufallsprodukt. Unter allen Umständen musste stets eine Bestäubung der weiblichen Pflanzen in der Blütephase verhindert werden, weil sie sonst Samen ausbildeten und damit für die Gras-Produktion zu vergessen waren. In der Anfangsphase hatten sich der Dude und seine Combo einmal gewundert, warum sich in ihrem Blüteraum nichts weiter entwickelte. Alles sah normal aus, niemand hatte eine Erklärung, die Unruhe wuchs, Gereiztheit machte sich breit. Wieder und wieder wurden pH- und EC-Werte gemessen und Vorwürfe gegen jeden erhoben, der etwas falsch gemacht haben könnte. Irgendwann schnitten sie einfach eine Blüte auf – sie war voller Samen. Die Erklärung fanden sie nach Tagen: Auf einem benachbarten Balkon hatte anscheinend jemand männliches Gras angepflanzt, irgendeine Afghani-Sorte, die durch diesen dusseligen Zufall ihre komplette Zucht bestäubt hatte. Dieser Zwischenfall hatte drei bemerkenswerte Konsequenzen.

1. Die komplette Ernte fiel aus.
2. Sie investierten sofort in Luftfilter für Feinstaub, damit sich diese Katastrophe nicht wiederholen würde.
3. Der Zufall hatte ihnen eine neue Kreuzung beschert, einen Samen, den es so nirgendwo auf dem Markt gab, ihre absolute Eigenkreation.

Sie kultivierten das Ergebnis und zogen es hoch, um seine Wirkung zu testen. Das Ergebnis war umwerfend. Sie hatten einen neuen Hybrid kreiert, der rosafarbene Buds mit einem extrem hohen Harzanteil hatte, der total frisch rüberkam, aber mit einem schweren Duft auch alle Liebhaber sofort restlos überzeugte. Vor allem: Das Zeug ballerte richtig gut.

Nach diesen Erfahrungen schmissen sie praktisch sofort alle anderen Gewächse aus dem Schuppen und konzentrierten sich nur noch auf diese eine eigene Sorte, die den Markt genauso überzeugte wie sie selbst. Das war das Geheimnis eines jeden echten Geschäftserfolgs: Nicht den anderen

Märkten folgen, sondern eigene schaffen. Eigene Märkte schafften eigene Nachfrage. Daraus erwuchs Unabhängigkeit, daraus resultierten höhere Preise – und höherer Profit. Capitalism, here we come. Sie nannten ihre Wunder-Sorte: Strongdude. Hammerzeug.

Aber diese Pflanzen waren dazu gedacht, Glück zu verbreiten, kein Unglück. Das war nicht immer allen sofort klarzumachen. Der Kleine hatte ihnen das alles mal ausführlich erklärt, wie der Hanf mehr als 5000 Jahre weltweit zu den wichtigsten Nutzpflanzen gehört hatte, Cannabis in diversen Darreichungsformen war sogar ein beliebtes und weit verbreitetes Medikament gewesen, bis die Pflanze vor dem Hintergrund einer seltsamen Gemengelage aus ökonomischen Interessen, diplomatischen Zwängen und politisch motivierter Propaganda in den zwanziger Jahren des 20. Jahrhunderts weltweit geächtet und schließlich auch in Deutschland verboten worden war. Einst waren Segel, Seile, Kleidung, Papier, Medikamente und viele andere existenzielle Dinge aus Hanf hergestellt worden. Ein schadstoffarmer, nachhaltiger, umweltfreundlicher Rohstoff, der aus ideologischen Gründen verschwunden war. Seit den frühen 90er Jahren durfte in der Bundesrepublik wieder Nutzhanf unter strengen Auflagen angebaut werden, wenn er einen THC-Gehalt von unter 0,2 Prozent hatte. Im 19. Jahrhundert hatten sich deutsche Raucher im Tabakwarenhandel noch die mit Haschisch gemischten Orientzigaretten »Harem« kaufen können, daher komme auch der Ausdruck »Das ist aber starker Tobak«. Alle hatten gelacht.

Mittlerweile war der Markt so differenziert wie bei Weinliebhabern. Alle strebten nach der noch besseren Ernte, dem noch perfekteren Produkt. Wer seinen eigenen Markt und seine eigene Nachfrage schaffte, konnte höhere Preise verlangen und war weniger abhängig von den üblichen Schwankungen. Das war ihr Ziel gewesen, und das hatten sie fast erreicht. Vielleicht hatten sie sich tatsächlich vergaloppiert, das war ehrlicherweise nicht auszuschließen. Dann würde er handeln müssen.

»Madame, es ist so weit. Willst du nicht dabei sein?«

»Nein, mir ist wirklich nicht danach. Und mach bitte die Küchentür zu und die zur Terrasse auf, ich habe in meinem Zustand keine Lust auf den Qualm.«

Sanft passierte der Zug seinen Mundraum, frisch und würzig nahm er ihn wahr, tief inhalierte er ihn, gierig saugten seine Kapillaren die Moleküle auf, freudig empfingen seine Blutgefäße das Tetrahydrocannabinol und das Cannabidiol. Nur ein kleiner Teil der Wirkstoffe wurde an das Gehirn weitergeleitet, wo er an bestimmte Rezeptorengruppen andockte, vor allem im Kleinhirn, im Hippocampus und in der vorderen Großhirnrinde. Er spürte, wie die Konzentration der Wirkstoffe langsam die Schwellendosis überstieg, die psychoaktive Wirkung konnte sich frei entfalten. Er nahm einen zweiten, tiefen Zug, nur noch wenige Minuten, dann würde er wissen, was es mit der Ernte auf sich hatte.

»Das Ausatmen nicht vergessen, Dude, ab und zu ruhig mal wieder ausatmen nach dem Inhalieren!« Streng ermahnte ihn Madame, die kurz den Kopf in die Küche steckte, die neueste Ausgabe der ZEIT unterm Arm.

Auf den Redaktionsfluren dort sollen ja früher während der Arbeitszeit auch einige gekifft haben, dachte der Dude kurz, der Madames Worte ignorierte und sich ganz auf den aus seinem Körper entweichenden Rest-Rauch konzentrierte.

Der Dude legte den Joint in den Aschenbecher und trank einen Schluck Wasser. Dann stutzte er. Er trank nie Wasser. Aber ihm war echt warm. Er stand auf und warf einen Blick auf das Thermostat. Das stand eindeutig auf 5, höchste Stufe, mitten im Sommer. Er versuchte, den Schalter nach rechts zu drehen, auf eine niedrigere Stufe, ging aber nicht. Na toll. Da investierte man Tage, Wochen, Monate in ein lupenrein ökologisches Produkt, aber daheim heizte man mal eben halb Hamburg mit – im Juni. Das T-Shirt war anscheinend auch aus purem Plastik, klebrig, eng, er fühlte, wie die Poren nach Luft gierten, wie die Haut heißer wurde, weil sie die Temperatur nicht mehr regulieren konnte. Wer kaufte nur solche Hemden, Plastik, Gummi, er verstand es nicht, zog sich das Shirt über den Kopf und riss das Fenster auf, weil die Küche stickig wurde. Auf seiner nackten Brust bildete sich ein kleiner salziger Rinnsal. Er stürzte mehr Wasser hinunter, zog ein weiteres Mal am Filter, das schmeckte schon ganz gut, aber irgendwer musste den Herd angemacht haben, die Platten glühten, durch das Fenster wehte es heiß herein. Eindeutig strömte Saharaluft in die Küche. Er wischte sich die Stirn ab und zog die Strümpfe aus. Wo war die Hose hin? Plötzlich saß der Dude splitterfasernackt auf dem Sofa im Wohnzimmer. Nur hier konnte er es aushalten. Er spürte ein Brennen auf der Haut, ein ausgewachsener Hitzschlag stand ihm bevor. Ich schmelze, dachte der Dude, ich schmelze, und alles nur wegen der Heizung. Er stöhnte auf.

Madame drehte sich um und sah von der ZEIT auf. Blickte ihn kurz an. Zog gequält die Augenbrauen hoch, schüttelte leicht angewidert den Kopf. Sie sagte irgendetwas, er hörte es nicht, sie ging einfach weg, Richtung Schlafzimmer, wie es aussah. Er hörte ein regelmäßiges Tockern, das spechtartige Geräusch machte ihn nervös. So konnte er sich nicht konzentrieren. In seinem Gesicht bewegte sich die untere Partie heftig zitternd, seine Zähne schlugen aufeinander, er fror. Der Dude kroch zum Kleiderschrank. Eben noch die gegrillte Sau am Spieß, schon nackt im sibirischen Kälte-Gulag. Er zog sich ein T-Shirt und zwei Pullover an, dazu die dicke Daunenjacke, und legte einen Schlafsack um seine Schultern. Es folgten die lange Unterhose, Kniestrümpfe in dreifacher Ausfertigung, die Bundeswehrhose und die Wollmütze plus die dicken Thermo-Fäustlinge von Madame. Das Iglu-Paket wurde unterstützt von zwei Wärmedecken, die er aus dem Bad holte. Er lag auf dem Sofa. Er konnte gar nicht so schnell zittern, wie er fror. Er wollte sterben. Er wollte nicht mehr sterben. Er schwitzte für sechzig Sekunden. Als er die Hose ausziehen wollte, kam die Kälte zurück. Dann wurde es wieder heiß, irre heiß. Dann oben kalt und unten heiß. Irgendwann wurde alles taub. Sein Kopf löste sich für ein paar Sekunden und betrachtete das Schauspiel von der Decke aus. Er wollte sich hinstellen, er konnte plötzlich nicht mehr stehen, er wollte sitzen, er wusste nicht, wie man sich hinsetzte, er hielt Sterben eine Sekunde lang für einen eleganten Ausweg.

Bald saß er am Küchentisch, der Joint war lange verglüht, das Fenster geschlossen, das Heizungsthermostat stand auf Null, wie den ganzen Abend schon, er sah blass aus, kalten Schweiß auf der Stirn. Vor ihm die leeren Hüllen von zwei Tafeln Schokolade und einer Packung Haribo Colorado. Er vibrierte noch ein bisschen nach.

Madame strich ihm zärtlich über den Nacken.

»Das sah nicht gut aus, Dude.«

Er nickte stumm.

»Das sah auch nicht aus, als ob du besonders viel Spaß gehabt hättest!«

Sie hatte recht. Das hatte er nicht gewollt. Anders: Doch, das hatte er gewollt. So rein, so pur, so hammerhart. Aber jetzt wollte er es nicht mehr. Er wollte von keinen Tils hören, die eventuell wegen seines Zeugs in der Gummizelle landeten, auch wenn die Beweiskette nicht hundertprozentig wasserdicht war. Ihm war jetzt auf jeden Fall klar: Ihr Öko-Purismus war ein Irrweg.

»Was denkst du, Dude?«

Er starrte auf den kleinen Grashaufen neben dem Joint und zerbröselte die Blüten zwischen den Fingern über dem Mülleimer.

»Wir müssen sofort mit diesem Öko-Turbo aufhören, ich muss mit meinem Bruder reden!«

*

»Das ist Alfred, von dem ich dir erzählt habe.«

Der Kleine hatte nicht gelogen, der Kerl sah wirklich aus wie Alfred E. Neuman aus den alten MAD-Heften, die er einmal auf dem Trödelmarkt geschenkt bekommen hatte. Der Dude wusste nicht, ob Alfred tatsächlich so hieß oder ob das bloß sein Spitzname war, weil er mit seinen brutal abstehenden Ohren am runden, aber dennoch seltsam in die Länge gezogenen Schädel und den roten Möhrenhaaren plus den Sommersprossen und dem aberwitzig geformten Mund, der ihm ein leicht abwesendes Dauerlächeln ins Gesicht getackert hatte, eben aussah wie sein berühmter Comic-Zwilling. Aber er hörte anscheinend auf den Namen. Seine grüne Arbeitskleidung schlotterte um seinen klapprigen Körper, mit dem er wohl jeden, selbst in Hamburg, überragte.

»Ich könnte alle vierzehn Tage vorbeikommen, wenn nötig auch einmal die Woche. Wenn ich selbst nicht kann, schicke ich einen meiner Jungs.«

Der Dude zuckte kurz zusammen. Jungs? Was für Jungs? Davon war vorher nicht die Rede gewesen. Gefiel ihm nicht. Gefiel ihm gar nicht.

Alfred spürte das Problem und wies hinter sich. »Die sind absolut zuverlässig. Das sind meine Brüder.«

Erst jetzt sah der Dude die beiden Alfred-Klone, die schweigend im Flur warteten. Exakt gleiche Gesichter, vielleicht ein bisschen jünger, dieselbe Ohrform, dieser lange, runde Fetzen-Schädel, das rote Kraut auf dem Skalp, die schlacksigen Gestelle, das war ja ein ganzer Alfred-E.-Neuman-Clan, dachte er. Mannomann, in welchem Labor sie die wohl hergestellt hatten.

»Sind die auch alle zuverlässig?«

Der Kleine vertraute Alfred und seiner Klon-Combo anscheinend blind. Und weil das so war, hatte der Dude eigentlich keine Bedenken. Wenn der Kleine sagte, die sind sauber, dann waren die sauber. Dennoch wollte der Dude einfach sehen, wie der lange Lulatsch reagierte.

Alfreds Gesicht blieb blass und unbewegt. Er hielt dem Dude-Blick locker stand. »Für die verbürge ich mich. Wenn einer von denen jemals was sagen würde oder in der Vergangenheit gesagt hätte, würde ich ihn eigenhändig in unseren größten Hächsler stecken!«

Keine weiteren Fragen, Euer Ehren. Das kam so tiefgefroren aus dem Alfred-Schädel, dass selbst der Dude es sofort glaubte. Seine Stimmung hellte sich augenblicklich auf. Vor ihm stand die Lösung. Die Lösung für ihr verdammtes Steinwollmattenproblem. Alfreds grüne Arbeitsuniform war der Schlüssel, denn mit seinen Blutsverwandten arbeitete er für den Stadtpark, Luftlinie nur wenige Kilometer entfernt, eine Oase mitten in Hamburg. Und kraft seiner Gärtnereikenntnisse war Alfred für einen Teil dort verantwortlich, so oder so ähnlich hatte es der Kleine erklärt. Das war dem Dude auch alles egal. Ihn interessierte nur: Die grinsende Mohrrübe holte die Matten ab, lud sie während seiner von der Stadt bezahlten Arbeitszeit auf seinen von der Stadt bezahlten Transporter und brachte sie, vermischt mit anderem Biomüll, zur Kompoststelle im Stadtpark oder eher wohl zur Müllpresse – oder wo auch immer er seine Ladungen normalerweise auf Kosten der Stadt offiziell entsorgte. Dafür würde Alfred eine angemessene Menge Gras bekommen.

Guter Deal. Perfekter Deal. Bestes Faustpfand für alles: Alfred. Missbrauch der Arbeitszeit. Missbrauch städtischen Eigentums. Missbrauch höchst illegaler Substanzen. Alfred hält besser dicht, logisch.

Bruder-Stress

Der Dude kam nach Hause und ging auf den Balkon, um eine kleine Tüte zu rauchen. Vor wenigen Wochen war er Vater von zwei Jungen geworden, Felix und Karl, seitdem durfte er in der Wohnung prinzipiell nicht mehr konsumieren. Jetzt erst sah er es: Die Tür des Schuppens stand offen. Am helllichten Tage.

Er ließ Spliff und Feuerzeug fallen, griff zum Teleskopschlagstock und raste die Treppe runter und rein in das Ding, zu allem bereit. Bizarre Szene. Da stand grinsend ein Typ mit verfilzter Rastamähne, Schere in der Hand, in *seinem* Arbeitsanzug, wie der Dude registrierte. Zudem lief aus einem Schrottplayer, der hier ganz bestimmt nicht hingehörte, wahrhaftig dieser Peter-Tosh-Kiffermusik-Quatsch, den er hasste, und zwar inbrünstig. Der Typ fühlte sich augenscheinlich wohl, er schien sich ein bisschen im Reggae-Rhythmus zu wiegen. Der Dude war kurz perplex. Er fand weiße Rastafaris und das ganze Jamaika-Brimborium höchstgradig albern, mit diesen Kiffer-Abziehbildern war er noch nie warm geworden.

»Wer bist du, was machst du hier, erklär dich, aber dalli.« Der Dude schlug nervös mit seinem Schlagstock gegen sein rechtes Bein und checkte kurz, ob noch mehr Besucher im Schuppen waren.

»Ja, Digga, ich ernte hier ein bisschen!«

»Das sehe ich, du Vollhonk, aber wer bist du?«

Keine Gewalt ist auch keine Lösung, dachte der Dude für einen Moment.

»Hey, alles easy, ich bin ein Freund von deinem Bruder ...«

»Scheiß auf meinen Bruder. Wie kommst du hier rein?«

Der weiße Rastafari grinste weiter. Der Dude spürte eine seltsame Stimmung, die auf ihn zurollte. Dieses Grinsen war ein durchaus aggressiver Akt.

»Ja, Mann, der ist voll cool, der hat mir den Schlüssel gegeben.«

»Was?«

»Der hat mir den Schlüssel gegeben, damit ich mir ein bisschen was mit nach Hause nehmen kann.«

Hier läuft was aus dem Ruder, dachte der Dude. Seinem Bruder hatte der extensive Mischkonsum offensichtlich derart den Verstand schrumpfen lassen, dass er zu einer Gefahr wurde. Er gab irgendwelchen Spinnern nicht nur das streng gehütete Geheimnis der Anlage preis, nein, er lud sie auch gleich noch zur Selbstbedienung ein, als ob das hier ein Erdbeerfeld im Alten Land wäre, Pflückspaß für die ganze Familie, oder wie?

Der Rasta-Mann drehte sich ungerührt um, machte sich an einer weiteren Pflanze zu schaffen und ließ den Dude einfach stehen. Der Bruder wankte durch die Tür, in jeder Hand ein Sixpack von der Tanke gegenüber. Hemd aus der Hose, Kippe zwischen den Lippen, fettige Haarsträhnen über dem erhitzten Gesicht. Die Stoned Airways setzte zur Landung an.

»Bruder, wir müssen uns unterhalten!«

»Ach, du schon wieder, was machst du denn immer für einen Stress, entspann dich mal.«

Der Bruder zog die Nase laut hoch und wischte sich mit dem Handrücken über die Oberlippe.

»Kriegst du eigentlich noch mit, was du hier anstellst, wie du alle gefährdest? Stell dir mal vor, ich stürme hier rein, denke, da ist ein Einbrecher, zack, liegt dein Kumpel hier in seinem weißen Rastablut. Bist du völlig übergeschnappt?«

Der Dude trat gegen den scheppernden CD-Player. Endlich Stille.

Der Ältere winkte genervt ab, öffnete ein Bier und reichte dem Rastamann auch eins. Sein kleiner Bruder ging ihm auf die Nerven. Er müsste auch gleich unbedingt mal ein bisschen nachlegen gehen. Nur eine Line, kam gerade so gut drauf. Immer dasselbe mit dem Dude. Wer hatte ihn denn in die Szene eingeführt, ihm die richtigen Leute vorgestellt? Und jetzt spielte er sich so auf und machte einen auf ehrgeizigen Kapitalisten und treusorgenden Familienvater, lachhaft. Der Dude war für ihn ein Verräter an der reinen Öko-Lehre, der sich der Wachstums-Logik des Markts und den Zwängen einer industrialisierteren Produktion unterwerfen wollte. Da würde er nicht mitmachen, niemals. Das Teilen, der Gedanke der Kooperation, des Miteinanders, das war doch der Kern von allem. Und jetzt durfte er nicht einmal mehr Freunde einladen? Absurd.

Den Dude überraschte die Reaktion seines Bruders nicht. Der Besucher war nicht der erste, es gab Vorgänger, es würde Nachfolger geben. Das Ding wurde größer, die Rechnungen für Wasser und Strom höher, die Entsorgungsprobleme drastischer, die Gefahr aufzufallen, wuchs, aber all das ging nicht hinein in den verrauchten Bruder-Schädel. Mit diesen verschrobenen Kommunen-Gedanken kamen sie nicht mehr weiter. Aber sein Bruder sah auf seiner Goldenen Hanfwolke nur die Engelein zirpen. Das würde sie noch alle in den Abgrund reißen. Der Dude würde das nicht zulassen. Nur ein paar Meter Luftlinie lebte jetzt auch Madame mit seinen beiden Jungs. Jegliches Risiko für die Familie würde er um jeden Preis vermeiden. Seine Frau wurde zusehends ungehaltener, wenn der Bruder statt in der Anlage zu schuften oben auf dem Balkon seinen teigigen nackten Oberkörper präsentierte, den Brandy aussoff, die ganze Nachbarschaft mit Joint-Geruch aufbrachte und sich fortwährend die Nase puderte. Eine neue Zeit hatte begonnen, aber der Bruder wollte immer noch die alte Jungen-WG-Zeit nachspielen. Als alter Sozi wusste der Dude, wie die Geschichte lief: »Vorwärts immer, rückwärts nimmer!« Kein Platz für Sentimentalitäten. Im Zweifelsfall auch nicht für Brüder.

Die Streitpunkte häuften sich. Dem Dude wurde der Absatz der größeren Mengen zu heiß. Er wollte nicht immer mehr Kunden, also potenzielle Mitwisser. Die Lösung: EIN Abnehmer für alles. Ein Preis, der ein bisschen unter dem Marktpreis liegt, dafür jede Ernte auf einen Schlag. Ein Transfer, ein Ansprechpartner, eine Preisgarantie – perfekt.

Das sah der Bruder ganz anders: schlechter Preis, totale Abhängigkeit, no way. In Wahrheit hatte er Angst. Vor zur Neige gehenden Vorräten. Vor dem Entzug.

Der Dude hatte gerechnet: Sie haben 10 Kilogramm Stoff, sie verkaufen 9,5 Kilo, der Bruder behält 500 Gramm für den Eigenbedarf, das wären bei drei Monaten bis zur nächsten Ernte rund 5 Gramm am Tag. Das sollte reichen.

Für den Bruder: ein Horrorszenario, die totale Dürre. Konzept Dopehead. Bruder Suchtkopf. Und jetzt noch diese irren Besucher. Das hatte keinen Sinn mehr. Der Dude packte den lallenden Bruder, der durch den Schuppen tänzelte, beim Kragen.

»Wir trennen uns, sofort. Das ist für alle das Beste. Ab morgen klare Aufteilung, inklusive Rigipswände: Linke Seite gehört dir, rechte mir, die Strongdude-Mutterpflanze uns beiden. Kapiert?«

Der Bruder verzog das Gesicht und prostete ihm spielerisch zu.

»Ab sofort keine Besuche von Fremden mehr in unserer Firma, die, wie du dich erinnern wirst, in meinem Schuppen steht. Noch Fragen?«

Zu laut. Zu aggressiv. Zu blöd, irgendwie. Sein Bruder brachte ihn zu schnell aus der Fassung. Ewige Geschwisterbande. Vielleicht aber auch nicht so ewig.

»Oha, mein kleiner Bruder als Großaufsprecher, ich lache mich scheckig. Ja, wenn ich mich recht entsinne, hast DU einen Mietvertrag für die Wohnung, wäre mir aber neu, dass du einen extra Vertrag mit Erwin für den Schuppen hast, wenn ich mich richtig erinnere, war das ein Handschlag-Deal mit uns beiden nachts um vier ...«

Der Bruder triumphierte. Der Dude verspürte einen großen Druck, fast schon einen inneren Zwang, die Sehnsucht nach Gewalt. Er beherrschte sich. Ging gerade so. Noch.

»Egal. Bleibt meine Wohnung, meine Haustür, mein Schuppen. Keine Besuche, kein Scheiß. Wir trennen die Produktion. Findest du doch auch besser. Reiß dich einfach zusammen.«

*

Die Wohnung ist dunkel und still. Es ist nachts, die drei Kinder schlafen. Irgendetwas ist anders, aber man weiß nicht, was. Unter dem Bett im Schlafzimmer der Mutter gibt es Geräusche, die da nicht hingehören. Die Tür vom Treppenhaus wird geöffnet, eine Frau betritt leise den Flur. Sie zieht sich aus, geht ins Bad, kommt heraus, dreht das Licht aus, wirft einen Blick auf die Kinder und legt sich in ihr Schlafzimmer. In der Sekunde kriecht ein großer, stämmiger Mann unter dem Bettkasten hervor, schreit »Du Hure, du Miststück«, reißt die Frau aus den Kissen und prügelt wie besinnungslos auf sie ein. Der kleine Dude steht in der Tür. Er sieht, wie seine Mutter blutet und schreit. Er sieht, wie Polizisten in die Wohnung stürmen und den Mann wegzerren, er sieht Männer in roten Jacken, die seine Mutter verbinden. Der Dude friert. Er steht allein im kalten Flur und weint in seinen braunen Teddy, dem ein Auge fehlt. Der Bruder kauert im Flur. Seine Schlafanzughose ist im Schritt dunkel. Er hat sich eingenässt.

Der Dude wachte genervt auf. Er wollte von dicken Titten träumen, von rasierten Mösen und riesigen Ernten, und das gern jede Nacht in Endlosschleife. Aber er hatte auf diesen Blödsinn keine Lust, der sich ihm regelmäßig vor die Linse schob. Axtmann, Kerl unterm Bett, dazu eine RTL-II-Traum-Version, die ihn verfolgte: Mann hält kleines Kind aus dem Fenster und schreit zu jemandem im Hintergrund: »Wenn du nicht sofort die Schnauze hältst, du Schlampe, ist der kleine Scheißer tot.« Das Gesicht des Mannes war nie erkennbar, das seiner Mutter schon, sein Bruder und seine Schwestern spielten ab und zu mit, aber das alles ergab keinen Sinn, nur schlechte Laune – wie heute. Er griff zum Hörer, ein hilfloser Reflex, wie er wusste. Seine Mutter sollte ihm zum x-ten Male bestätigen, dass sie auch keine Ahnung hatte, was das bedeutete, dass sie ihm nichts verheimlichte. Kurzes Telefonat, kurze Antworten, nein, woher soll ich wissen, warum du so seltsame Sachen träumst, keine Ahnung, natürlich hat dein Stiefvater Günther nichts damit zu tun, als ihr so klein wart, gab es den doch noch gar nicht, ach Junge, frag mich doch nicht immer dasselbe, tschüss.

Der Dude legte auf. Seine Mutter log nicht. Wenn er so eine halbschwule Muschi wäre, würde er mal zu einem Seelenklempner gehen, nur so zum Spaß, um mal zu sehen, was so ein Psychofritze dazu sagen würde, dachte er kurz, aber das kam für ihn natürlich nicht in Frage.

*

Die räumliche Trennung der Anlage war ein tiefer Einschnitt. Mit Steely und Mike räumte der Dude alles auseinander, fein säuberliche Aufteilung der Pflanzen und Vorrichtungen, inklusive der Lampen, sie hielten sich penibel dran: 50:50, keine Tricks, nichts, was hätte fehlinterpretiert werden können. Links Bruderland, rechts Dude-Territorium, in der Mitte die gemeinsame Mutterpflanze. Die Konsequenz war auch eine weitere Distanzierung vom Bruder, der nicht mehr an ihrer Wohnungstür klingelte, sondern über die Treppe gleich in den Garten schlich. Kein unerwünschter Nebeneffekt für Madame. Der Bruder machte ihr Angst. Diese Blicke, dieser Gestank, entweder roch er nach schimmelndem Biokompost oder nach billigem Puff. Ihr wurde das sowieso alles zu viel. Sie wollte nicht nur den Bruder nicht mehr in der Nähe haben, sie wollte von dem ganzen Geschäft nichts mehr mitbekommen. Hier war ihre Privatsphäre, hier lebten sie, hier wuchsen ihre Babys auf, hier verlangte sie mit verstärkter Intensität eine Business-freie-Zone.

Der Dude erzählte ihr von Expansionsplänen. Sein neuer Hauptabnehmer drängte auf größere Lieferungen, sonst müsse er sich nach einem anderen Produzenten umsehen. Er denke an eine größere Plantage außerhalb, 80 Kilometer von Hamburg entfernt, weit weg vom Bruder, weit weg von seinen beiden Jungen. Ein Haus am Deich, große Halle, ein Paradies für alle. Er habe schon Stecklinge aus Amsterdam dafür geordert. Sie betete heimlich, dass es bald so weit sein würde.

*

Dieter fuhr in seinem alten Benz gut gelaunt Richtung Duisburg. Der Radiosender 1Live nervte ihn irgendwie. Cooler Sender, hieß es immer, den musste hören, wenn du wissen willst, was gerade angesagt ist. Jajaja, dachte er bloß, fühlte sich sehr alt und schob die selbst gebrannte CD in den Player. Seine ganz persönlichen Best-of-Drogen-Songs, zusammengestellt von seinem Freund, dem Pop-Experten Joachim. Bisschen affig war das schon, eventuell auch nicht richtig klug, von wegen auffällig und so, aber Mann, man konnte es ja auch übertreiben. Außerdem war er gerade in der richtigen Stimmung. Es ging los. *Along Comes Mary* von The Association. Draußen flog NRW vorbei, die alte Heimat näherte sich, Kreuz Moers war schon angezeigt, später irgendwann auf die A43 und schließlich die A1, hoffentlich gab es nicht zu viel Verkehr, aber es waren noch Ferien und keine größeren Staus angekündigt. Dann endlich, Oldie but Goldie: *Cocaine In My Brain*, gefolgt von *Sweet Leaf* von Black Sabbath. Was für ein schöner Tag.

Wenn der Dude wüsste, mit welcher Beschallung seine Stecklinge gerade nach Hamburg geschaukelt wurden, fände der das gar nicht lustig. Insbesondere hasste er *I Wanna Take You Higher* von Sly & The Family Stone. Dieter hatte einmal miterlebt, wie der Dude bei den ersten Klängen so schnell schlechte Laune bekommen hatte, dass er rasch den Titel hatte ändern wollen. Leider war er ausgerechnet bei Peter Toshs alter Hymne, dem unvergesslichen *Legalize it* gelandet, was der Dude als »bewusste Provokation und Schlägerei-Aufforderung« deutete. Das war aber auch schwierig mit dem Dude. Der hatte beim letzten Mal sein Handy im Benz vergessen, da lag es auf dem Beifahrersitz, direkt neben der Wegbeschreibung zu seiner Hamburger Wohnung in Altona. Der Dude, sein alter Saufkumpel aus Dortmund-Nord. Das war ein Guter. Der hatte seine Mutter besucht und war zum BVB gegangen, da hatten sie sich durch Zufall getroffen. Der Dude hatte gehört, wie abgebrannt er war, und sogar gefragt, ob er ihm Geld geben soll, einfach so. Nee, nee, lass man gut sein, hatte er, Dieter, da geantwortet, Almosen werden nicht genommen. Na gut, hatte der Dude gesagt, wie wäre es mit einem kleinen Taxi-Dienst, nur eine Fuhre, 1000 auf die Kralle? Der Dude hatte wohl gehört, dass er das manchmal für so ein paar Anbauer im Pott machte, verlängertes Wochenende Venlo, bisschen rauchen, bisschen Vanille Vla, montags in die Gärtnerei, Sachen kaufen, dienstags nachmittags zurück, alles schön. Alle paar Monate tat er so dem ein oder anderen Kumpel mal einen Gefallen, jetzt eben dem Dude, und er wollte sowieso mal nach Hamburg gefahren sein.

Dieter spürte bei *Dark Star* von den Grateful Dead, dass er auf Toilette musste. Er machte bei der Tankstelle Hohe Mark Ost in der Nähe von Haltern eine Pause. Bei *I Get Lifted* von George McCrae steckte er sich eine möglicherweise zu dicke Tüte an, leider direkt neben dem Auto auf einer Bank, wo er sich sicher fühlte. Bob Marley startete gerade mit *Kaya*, als ihn die Polizeibeamten ansprachen. Erster Gedanke: Scheiße. Zweiter Gedanke: Bullen, was wollen die denn – hier? Das sagten sie ihm sehr schnell: Sie wollten wissen, was er da rauche und ob sie mal einen Blick in den Wagen werfen dürften, und bevor er das überhaupt richtig verstanden hatte, wollten sie schon wissen, wohin er mit all den Stecklingen wolle, für wen genau die bestimmt seien und ob er beruflich auf seinen Führerschein angewiesen sei, denn den sei er jetzt garantiert erst einmal los.

Dieter schluckte. Dieter sah das Handy vom Dude auf dem Beifahrersitz, sah die Hamburger Adresse, die zum Glück bei der letzten Bremsaktion nach vorne in den Fußraum des Beifahrersitzes gerutscht war, wo sie im Verpackungsmüll der Fast-Food-Exzesse der vergangenen sechs Monate verschwand. Dieter wurde blass. Dieter hatte es verbockt.

Der Dude flippte aus. Brutale Untertreibung. Der Dude schmiss Sachen durch die Wohnung, schlug mit der Rechten so einen harten Haken gegen die Wand, dass ihm auf den Knöcheln die Haut abplatzte, ließ die flachen Hände im Stakkato gegen die Stirn klatschen. Brachte auch keine Erleichterung. Dieter erwischt.

»Routinekontrolle«, hatte er gesagt.
»Hast du irgendwo draußen gekifft?«
»Äh, ja, also, das war es aber nicht …«
»Aha. Schon klar. Du Volldepp!«

Die Adresse, das Handy. Dieter hatte alles behalten dürfen. Nur die Stecklinge nicht. Unklare Situation. Dieter hatte denen viel Unsinn erzählt. Den Rest musste sein Anwalt klären. Egal, was der möglicherweise für ein Genie sein würde, es blieben: Handy und Adresse. Dieter sagte: Haben die gar nicht beachtet, echt. Klang nicht überzeugend. Misstrauen, so ätzend wie Senfgas. Was ist Dieters Rolle? Warum waren da Bullen? Warum sollten die nicht auf den Adresszettel gucken? Beschissene Situation. Was, wenn die checken kommen? Wenn die bisschen observieren? Alarmstufe Glutrot. Er fährt zum Bruder.

»Was willst du Idiot, hau ab.«
»Lass mich rein, ist wichtig, wirklich.«
»Okay, fünf Minuten.«

Der Dude schildert die Lage. Der Bruder guckt irre, verschwitzt, grinst blöd. Aber versteht anscheinend doch. Der Dude macht klar: Kein Wort mehr am Telefon. Am besten: Keine Besuche mehr bei uns, ich mache mal trotz unserer Differenzen ein paar Wochen deinen Teil mit. Ab sofort: Vorsicht.

Der Bruder lacht und zieht eine Mörderline, mittags um 12.

»Ist ja wie im Film, Digga ...«

Der Bruder kichert und schnaubt sich das Zeug in den Kopf, das klingt sehr seltsam, der Dude befürchtet, gleich kommt der ganze Dreck mit Hirn verklebt wieder raus.

Der Bruder hat einen echten Schaden.

DER HUND VON BASKERVILLE

Zufrieden schritt er durch den Gartenschuppen. Prall und fett glänzten die Blüten im hellen Lampenschein, seine erste Ernte ohne den ganz harten Öko-Terror stand kurz bevor, er hatte ein latent schlechtes Gewissen. Der Philosophie-Wechsel ließ ihn nicht völlig kalt. Die Entscheidung war ein tiefer Einschnitt, nicht nur für Fanatiker wie seinen Bruder. Es fühlte sich ein bisschen an wie Verrat, ein Abschied von der alten Familie, ein Abschied für immer. Ja, er hinterging seine eigenen Ideen, die Vorstellung der reinen Lehre. Doch in das Gefühl der Trauer, das ihn befiel, mischte sich das Gefühl von Erleichterung

Er blickte zur Decke hoch, bis unters Dach drängten sich die ausladenden Pflanzen, jeder Kubikmillimeter schien mit Blättern, Blüten oder Ästen aufgefüllt, seine Nase suchte bebend nach den letzten Sauerstoffmolekülen im Raum. Wohin er blickte, sah er ein reines, sauberes Produkt, keine Milben, keinen Schimmel, keine angefressenen Blätter, überall nur das pralle Manifest ambitionierter Gärtnerei. Nie wieder Brennnessel-Sud, nie wieder Kapitulation vor gefräßigen Ungeheuern, die über sein Bio-Arsenal lachten. Es war wie ein zweites Erwachsenwerden, das Ende seiner Anbau-Pubertät. Sein Geschäft würde nie wieder so unbeschwert sein wie zuvor, nie mehr so leicht, so erhebend. Dennoch war es die richtige Entscheidung gewesen. Die Ereignisse der vergangenen Wochen hatten ihn nur noch bestärkt. Das Verhalten seines Bruders und die Geburt seiner Kinder ließen ihm keine andere Wahl. Er trug Verantwortung, nie hatte er sie deutlicher gespürt. Der Kifferbuden-Spaß war vorbei, jetzt war er endgültig Unternehmer.

Der Markt verlangte mehr Ware. Wer nicht liefern konnte, war schnell weg vom Fenster. Wer schlechte Qualität lieferte, verlor sofort Abnehmer. Wer nicht dauerhaft gleichbleibend gute Qualität bot, galt als unzuverlässig. Nur wer in immer größeren Mengen produzierte, konnte attraktive Preise anbieten. Wer größere Mengen produzieren wollte, musste richtig investieren. Damit sich die Investitionen lohnten, musste deutlich mehr abgesetzt werden. Es war wie auf jedem hochentwickelten, ausdifferenzierten Markt der Welt: Allein Wachstum sicherte langfristig das Überleben. Hobbywirtschaft oder weitere Professionalisierung, dazwischen gab es praktisch nichts.

Das waren die konkreten Auswirkungen der kapitalistischen Urformel, nach der die globale Wirtschaft funktionierte und der man sich unterwarf – oder deren Nichtbeachtung einen überflüssig machte. Diese Formel hieß: MEHR. Mehr Produktion, mehr Output, mehr Umsatz, mehr Gewinn, mehr Investitionen. Das MEHR war Ziel und Selbstzweck in einem, es war Motor und Essenz allen Wirtschaftens, es setzte ungeheuere Kräfte frei, ob man wollte oder nicht. Natürlich fand der Dude diese Erkenntnis ein bisschen deprimierend, aber der Markt kennt keine Gnade, sagte er sich in diesen Momenten, eigentlich funktioniert der ganze verdammte Kapitalismus wie ein kolumbianisches Drogenkartell, mitmachen oder sterben: »Plata o plomo«, »Geld oder Blei« hieß das Gesetz, das Kokain-Händler und Staatsfeind Nummer 1 Pablo Escobar einst berühmt gemacht hatte – entweder du lässt dich bestechen und machst mit bei uns, oder du kriegst ein Stück Blei zwischen die Augen.

Aber der Dude würde sich nicht unterkriegen lassen. Sie wollten mehr? Sie würden mehr kriegen. Die Pflanzen werden größer und schwerer mit dem richtigen Dünger? Die Pflanzen bekommen den richtigen Dünger! Wir kriegen das Zeug schneller aus der Bude, wenn wir nicht zu jedem verdammten Strauch eine persönliche Beziehung aufbauen? Dann Schluss mit Streichelquatsch und Einzeltheraphie. Verglichen mit dem Rest vom Markt würde sein Gras immer noch schmecken wie die edelste Frucht aus dem Garten Eden. Er war schließlich der Dude.

Sein Handy vibrierte. Es war sein neuer Hauptabnehmer. Der war in den vergangenen Wochen spürbar nervöser geworden. Die Karten auf diversen Teilmärkten wurden gerade neu gemischt, die Strukturen waren ins Wanken geraten, es war eine Umbruchphase, in der sich jeder ein wenig neu positionieren konnte und musste. In solchen Perioden durfte man sich keine Fehler leisten, denn die Kunden waren in der Regel sehr unsentimental. Es sei denn, die Qualität stimmte. Das war der springende Punkt. Wer mit Qualität überzeugte, dem wurden auch mal Lieferengpässe verziehen und Produktionsausfälle, der schuf einen Teil der Nachfrage selbst und profitierte in seinem Segment, einem Boutiquengeschäft gleich, zugleich von einer deutlich geringeren Preiselastizität, vulgo: Die Kunden waren bereit, mehr Geld zu zahlen, und zogen nicht gleich weiter, nur weil die Konkurrenz billiger war. Aber gerade wenn man sich mit einer leicht veränderten Anbau-Philosophie versuchen wollte, war ein reibungsloser Ablauf eine Frage des Überlebens.

Der Dude blickte schnell in seinen Kalender. Er konnte es nicht fassen. Der Hauptabnehmer wollte die komplette Lieferung in zwei Tagen abholen. In zwei Tagen. Das war unmöglich. Wie sollte er das ganze Zeug bis dahin trocken kriegen? Mindestens vierzehn Tage würde er mit seiner üblichen Lufttrocknung in dem hinteren Teil der Halle brauchen. Eher sogar drei Wochen. Der Dude schloss kurz die Augen. Der Hauptabnehmer war ein zuverlässiger Geschäftspartner mit einem großen Gespür für den Markt und einem angemessenen Einfühlungsvermögen für die Bedürfnisse des Produzenten. Er war aber auch ein Geschäftsmann, der erwartete, dass man sich an getroffene Abmachungen hielt. Und wie der Dude fahriger werdend feststellte, während seine Augen hektisch zwischen Handy-Display und Kalender hin- und herzuckten, hatte er es vergeigt. Der Hauptabnehmer hatte recht. Der Dude hatte exakt diesen Liefertermin zugesagt. Eben noch der neue Unternehmer, der Hamburg von hinten aufrollt, jetzt schon der bekiffte Volltrottel, der die einfachsten Abmachungen nicht einhalten konnte. Er saß in der Klemme.

*

An der Schwelle zum Hausflur, mit dem Körper noch halb auf dem Bürgersteig, hielt Madame kurz inne. Aufgeregt sog sie die Luft ein, ihre blassen Nasenflügel blähten sich empört auf. So verharrte sie sekundenlang, unfähig und unwillig, weiterzugehen. Wie gelähmt lehnte sie sich gegen die Wand aus Gestank – ein penetranter, betäubender Grasgeruch hielt sie auf, klebrig, massiv, intensiv. Im Hintergrund toste der Feierabendverkehr mehrspurig an ihrer kleinen Burg vorbei. Hupen, Tuten, Benzin- und Abgasgeruch, das Konzert der Metropole, das Parfum der Großstadt, sie liebte es. So gern sie ihre Mutter an der Elbe besuchte, um nichts in der Welt würde sie ihre Adressen tauschen wollen. Sie hatte die Zwillinge heute erstmals abends bei ihrer Nanny geparkt, um endlich mal wieder mit einer Kollegin ausgehen zu können. Gleich nach dem Büro hatten sie losgewollt, vorher stand aber noch ein gemeinsamer kleiner Stopp in Madames Wohnung an, um sich frisch zu machen und bei einem Aperitif zu entspannen. Der Dude wusste davon, sie hatte es ihm gemailt, damit er vorgewarnt war. Auf dem Weg aus dem Büro aber hatte sich plötzlich der Ehemann der Kollegin gemeldet: ihr Sohn, Jonas, sie müsse sofort kommen, 40 Fieber und seltsamer Auswurf, er wisse weder ein noch aus, ganz hilflos klang er und ehrlich aufgebracht. Seufzend hatte die Kollegin im Foyer das Handy in ihre Handtasche gesteckt und mit den Schultern gezuckt. Der arme Junge, schon wieder hat es ihn erwischt, da geht was in der Kita um, ein anderes Mal, wir müssen das leider verschieben, Kinder eben.

Der Grasgeruch machte Madame schlechte Laune. Nicht nur, dass ihr das vor der Kollegin extrem unangenehm gewesen wäre und sie es kaum hätte erklären können (»Oh sorry, wir haben da ein neues Raumspray für den Hausflur«?), sie wollte grundsätzlich nicht, dass der Dude seine Arbeit mit nach Hause brachte. Sie war mit diesem Wunsch nicht allein, die Blätter und Talkshows waren doch voll davon. Immer nur Arbeit, die Anspannung, das Gehetztsein, Burnout überall, weil die Männer, es waren ja meist die Männer, den Stress und die schlechte Stimmung aus dem Büro mit in die Wohnung schleppten. Madame verlangte einen Ort echter Ruhe und Intimität, einen Rückzugsraum ohne die Gesetze des Berufslebens, der Funktionalität und Selbstoptimierung. Sie wollte ein normales Leben in ihren eigenen vier Wänden und keine Brigitte-Problemzone, die in all diesen küchenpsychologischen Frauenartikeln aufgearbeitet werden musste. Selbst im SPIEGEL und in der ZEIT wurden diese Aspekte mittlerweile kilometerlang erörtert, was ihr einerseits grotesk und zu brigittig vorkam, sie andererseits in ihrem Ansinnen aber nur bestärkte – sie war offensichtlich nicht allein damit.

Ihre Freundinnen wollten nicht, dass ihre Gatten Aktenordner mitbrachten, in denen sie sich abends und nachts vergruben, statt sich um sie oder ihre Kinder zu kümmern, und sie wollte eben nicht, dass der Dude in jeder Ecke das Gras herumliegen ließ. Er hatte zugesagt, seine Arbeit vor der Wohnungstür zu lassen. In der Praxis war diese klare Abmachung immer wieder Gegenstand von »Missverständnissen«, wie er es nannte, sie sprach lieber von »Betrug«. Sie war die ewig gleichen Diskussionen darüber leid. Sie waren schon ein paar Mal deswegen aneinandergeraten. Um feinste Demarkationslinien wurde gefeilscht, um semantische Feinheiten und Zentimeter. Mehrmals hatte er im Flur zur Wohnung prall gefüllte, stinkende Rucksäcke liegen lassen. Sie wollte aber kein wie auch immer geartetes »Material«, wie der Dude sein Produkt nannte, in der Wohnung haben, in der auch ihre Kinder lebten. »Das ist doch gar nicht die Wohnung, Schatz, das ist bloß der Hausflur, darüber gibt es keinen Deal, das ist nicht fair!«

»Dann wird der Deal eben ab sofort und hiermit erweitert«, hatte sie geantwortet und den Rest des Tages nicht mehr mit ihm gesprochen.

Und jetzt konnte sie schon am Hauseingang kaum noch atmen, so stank es nach den Ausdünstungen eines riesigen Cannabismonsters im hauseigenen Jurassic Park. Das würde Ärger geben.

Der Dude hatte Respekt vor Madame und ihren Wutausbrüchen. Unter dem zarten Firniss bürgerlicher Wohlanständigkeit und der jahrzehntelangen antrainierten sozialen Disziplin ihrer Klasse brodelte ein urwüchsiger Lavastrom, eine echte emotionale Ursuppe, deren versengende Hitze jederzeit zur Waffe werden konnte. Ohne dass man das auch nur ahnen würde, wie er sich schon öfter überrascht gesagt hatte, wenn selbst er mal wieder von der Wucht des einbrechenden Orkans weggerissen wurde. Er fand ihr rigoroses Verhalten bezüglich seines Materials nicht fair. Denn Madame hatte keine Ordnungsprobleme mit prall gefüllten Rucksäcken oder Sporttaschen. Es war nicht so, dass ihr der Anblick der herumliegenden oder stehenden Gefäße Bauchschmerzen oder ästhetisches Unbehagen bereiten würden, ihre Ablehnung hatte etwas mit dem Kern seines Geschäfts zu tun, dem eigentlichen Produkt. Sein schönes Gras, das sollte nicht herumliegen. Die Taschen – kein Problem. Das hatte er ihr in wütenden Momenten auch schon gesagt.

»Wenn ich die Kohle ranschleppe, dann, ja dann, dann sind es plötzlich nicht mehr die bösen, fiesen Taschen, die überall den Weg versperren und ein Leben unmöglich machen, nein, wenn sich die Scheine darin stapeln und quetschen, wird Madame plötzlich zur lieblichsten und leidenschaftlichsten Gastgeberin der obskursten Behälter und Gefäße, denn Bargeld nehmen wir in diesem Haushalt zu jeder Tages- und Nachtzeit rund um die Uhr an sieben Tagen in der Woche und zwölf Monaten im Jahr dankend entgegen. Nur mit dem Job, der dazu führt, mit dem mühsam und sehr liebevoll erzeugten Produkt, damit wollen wir selbstredend nichts, aber auch rein gar nichts zu tun haben!«

Sie sah nicht seine Arbeit, dachte er manchmal, seine Transport- und Lagerungsprobleme, die Lieferschwierigkeiten und den Termindruck, sie sah immer nur Gefahren und Probleme, an denen er schuld war. Was manchmal tatsächlich stimmte: Die Ernte nahte, es musste schnell gehen, Kuriere oder kleine Abnehmer machten Ärger, Mitarbeiter tauchten nicht auf, Lampen gaben den Geist auf, alles brach zusammen, ab und zu fühlte er sich wie auf einem Tennisplatz unter Beschuss einer außer Rand und Band geratenen Ballkanone. Ein Ding nach dem anderen weghauen und hoffen, dass es bald vorbei ist. Das waren echte Probleme, aber die wollte sie manchmal einfach nicht sehen. Er liebte sie trotzdem.

Madame lief durch den Flur, ihr Hermes-Tuch vor die Nase gepresst, um nicht ohnmächtig zu werden. Sie sah keine Mülltüten oder Rucksäcke, keine Sporttaschen oder Kartons. Das machte sie noch wütender. Das konnte nur bedeuten, dass die Quelle des Gestanks direkt in ihrer Wohnung liegen musste. Das war das absolute No-Go. Sie schnaufte, sie schnaubte, sie rührte hektisch mit dem Schlüssel in der metallenen schweren Wohnungstür und drückte sie auf. Falsch, sie versuchte, sie aufzudrücken. Ging aber nicht. Nach wenigen Zentimetern war Schluss. Es knisterte, es raschelte, ein seltsamer Widerstand bremste die dicke Tür, die sich nur einen Spalt öffnete. Die Wohnung war stockdunkel, schwarz wie ein lichtloses Loch. Aus der Dunkelheit wurde ihr ein heißer Lappen mitten ins Gesicht geworfen. Jedenfalls fühlte es sich so an. Aber es war nur feuchtnasse Hitze, die sie schwindeln ließ. Schweißperlen traten auf ihre Stirn. Teils Angst, teils Temperatur. Sie tastete nach dem Lichtschalter.

Strich über glatte Fläche, Falten, Plastik, spürte eine Lücke, fand endlich den Knopf, das Licht ging an, nur in ihrem Kopf blieb es dunkel, benebelt geradezu, sie zwang sich zur Konzentration.

Ihre Augen suchten die Szenerie nach etwas Bekanntem ab, einem Referenzbild aus der gar nicht so fernen Vergangenheit, sagen wir: von heute Morgen. Die Erinnerung und der Aufbau vor ihr waren nicht kompatibel. Ein Fehler in der Wahrnehmung vielleicht. Sie sah keine Möbel mehr, keine Wände und keine Teppiche, keine Tische, Stühle oder Bücher, alles weg. Nur noch Plastik. Schwarzes und graues Plastik. Über allem. Jemand hatte ihre schöne Wohnung einfach in eine riesige Plastiktüte gestopft, und mittendrin saß ein Mann. Nackt. Splitterfasernackt und in roten Gummistiefeln. Nur an seinen roten Gummistiefeln konnte sie den Dude überhaupt noch erkennen. Breit wie tausend Afghanen, wie sie sofort registrierte, saß er da, völlig abwesend, debil, aber glücklich grinsend, leicht irre kichernd inmitten seines grünen Schatzes, eine nackte Hand am ebenso entblößten Schwanz, die andere Hand im gelben Haushaltshandschuh zur Faust geballt sinnlos in die Höhe haltend. Ein stummer Gruß an die Welt. Sie erkannte die Geste sofort. Das berühmte Black-Panther-Foto von den olympischen Spielen 1968 in Mexiko-Stadt, sein Lieblingsbild, Siegerehrung nach dem 200-Meter-Weltrekord: Zwei schwarze US-Sportler auf dem Podest recken beim Abspielen der amerikanischen Nationalhymne jeweils eine Faust in einem schwarzen Handschuh in den Himmel. Eine kraftvolle, revolutionäre, aufständische Geste wider den rassistischen Mainstream, ein Affront für die USA. Und hier saß also ihr Hamburger Green Panther mit einer revolutionären, aufständischen Geste wider den legislativen Mainstream der Prohibition. Leider in ihrem Wohnzimmer. Er war irre, und sie liebte ihn. Aber sauer war sie trotzdem.

Die Wohnung war anscheinend hermetisch abgedunkelt und verrammelt bis auf die Eingangstür. Der Dude hatte das ganze Appartement, inklusive aller Nebenräume, wie sie mit einem schon gar nicht mehr so schnellen Blick nach links und rechts feststellte, zu einer gigantischen, provisorischen Trocken-, Sortier- und Zupfanlage ausgebaut. Die Heizungskörper waren offensichtlich alle maximal aufgedreht, es herrschten gefühlte 30 Grad bei ebenso intensiv gefühlten 100 Prozent Luftfeuchtigkeit.

Bislang hatte der Dude immer auf Naturtrocknung bestanden. Dauerte die lange, dauerte sie eben lange. Für ihn war auch das Teil des Strebens nach bester Qualität. Er nahm sich die Zeit, die es brauchte. Aber das war vor dem Philosophie- und Paradigmenwechsel gewesen. Er wollte den Hauptabnehmer nicht enttäuschen. Er spürte den Druck der neuen kapitalistischeren Perspektive. Und die hatte nach unkonventionellen Lösungen verlangt: In zwei Tagen musste die Ernte trocken sein.

Madame dachte kurz an ihre Bücher unter den Plastikplanen, an ihre Vinylplatten, eine kleine Sammlung nur, aber immerhin, auf diese klimatischen Bedingungen war der Hausrat nicht vorbereitet. Aber so schnell der Gedanke kam, so schnell war er auch wieder weg. Die Ausdünstungen der Pflanzen krochen ihr durch die Nase und den Mund in die Lungen und ins Hirn, auf der Haut verstopften sie die Poren, Madame unterdrückte mit Mühe eine heranrollende Kicherwelle aus einer übermütigen Ecke ihres überlasteten Denkzentrums. Jeder Quadratzentimeter war mit trocknenden oder noch zu zerrupfenden Pflanzen bedeckt, viele Kilogramm Naturstoffe gaben hier überschüssiges Wasser ab in die Luft, oder, präziser formuliert: Es stank gehirnerweichend nach Gras. Sie wurde unaufhaltsam stoned durch die Dämpfe.

Fasziniert und wütend starrte Madame auf ihren Mann, der bis heute Morgen noch der Dude gewesen war. Rote Augen wie die Hunde von Baskerville, das Antlitz kubistisch verschoben, so hatten ihm die ätherischen Öle seiner Pflanzen an den Gesichtsfäden gezogen. Er drehte den Kopf in ihre Richtung, bleckte die Zähne, wollte was sagen. Sie verstand es nicht. Ein seltsames Gebrabbel. Sie dachte an ihre Kollegin. Sie dachte an ihre Kinder. Sie hatte die Nase endgültig voll. Sie wollte von diesem Geschäft nichts mehr mitbekommen. Sie konnte sich nicht mehr gegen ein Kichern wehren, das hohl und metallen aus ihrem Inneren quoll und sie für Minuten mit hysterischer Schnappatmung außer Gefecht setzte. Madame hätte den Dude auf der Stelle erschießen können.

*

Dude-Workshop Part II: Licht, Bewässerung, Nahrung. Alte Anbauer-Regel: »Licht ist Gewicht«. Das Kunstlicht gaukelte den Pflanzen unterschiedliche Jahreszeiten vor. In der Wachstumsphase wurden sie 18 Stunden täglich mit blauem Licht beschienen, das entsprach den längsten Helligkeitsphasen Mitte Juni, in der Blütephase wurden sie 12 Stunden mit rotem Licht versorgt, entsprach den Lichtverhältnissen im September, der Hochblütezeit. Nur strikteste Einhaltung der Taktung und absolute Dunkelheit und Ruhe dazwischen brachten gute Ergebnisse, jede Störung verringerte den Ertrag. Im Schuppen nahmen sie 400er Metallhalogen-Hochdrucklampen für die Wachstumsphase sowie 600er Natriumdampf-Lampen für die Blütephase.

Wichtig: Der pH- und der EC-Wert, der Nahrungswert, mussten regelmäßig mit entsprechenden Messgeräten kontrolliert werden. Der EC-Wert gab an, wie viel Nährsalze sich in einer Nährlösung befanden, er definierte sozusagen auch die Leitfähigkeit einer Lösung und bestimmte, wie viel Nährstoffe eine Pflanze aufnahm. Dabei musste der EC-Wert des vorhandenen Leitungswassers bei den Berechnungen beachtet werden, der bei ihnen bei 0,4 lag. Für die ersten drei bis fünf Tage der Wurzelbildung wurden EC-Werte (gesamt) von 0,8 bis 1,2 empfohlen, für die folgenden zwei Wochen

1,1 bis 1,5 und für die letzte vegetative Phase bis zum Wachstumsstillstand nach Ausbildung der Blütenanlagen oder Fruchtansätze 1,3 bis 1,7. Die Nährlösung wurde mit Hilfe von Säure oder Lauge auf den gewünschten Wert gebracht. Im Wuchs eignete sich Salpetersäure, in der Blüte Phosphorsäure. Trieb man durch die Zugabe der Nährlösung den pH-Wert in die Höhe, besagte ein populäres Gerücht unter Anbauern, dass man diesen durch Unmengen von gepressten Zitronen wieder auf ein erträgliches Level drücken könne. Das versuchten sie nicht nur einmal, mit sehr mäßigem Erfolg. Deutlich praktischer und effizienter war der Einsatz fertiger Bio-Zitrus-Säuren. Der Dude verließ sich gern auf gekauftes Spezial-Cannabis-Düngemittel, das machte Dosierungs-Fehler weniger wahrscheinlich.

Der pH-Wert beschreibt den Säuregrad einer Substanz, ein Wert von 7,0 ist neutral, niedriger ist sauer, höher basisch. Für Cannabis lagen gute Werte generell zwischen 5,2 und 6,5, beim Anbau in Erde etwas darüber. Um den exakten pH-Wert zu bestimmen, waren Messungen in Wurzelnähe notwendig. Mit einer entsprechenden Spritze oder Pipette und auf jeden Fall – um keine Wurzeln zu schädigen – ganz vorsichtig und bei jeder Pflanze einzeln. Bei zehn Pflanzen okay, bei hundert die Hölle. Auch möglich: Proben aus dem Gießwasser nehmen. Das hielt der Dude allerdings für ungenauer, weil er damit mögliche Unterschiede bei einzelnen Pflanzen nicht wirklich erfassen konnte. Alles in allem eine Tätigkeit, die unendlich nervte.

Ab einer bestimmten Größe wurde auf automatische Bewässerung umgestellt. Für den Schuppen reichten zwei 250-Liter-Fässer mit jeweils einer Pumpe. Von den Fässern wurde ein 25 Millimeter dicker Plastikschlauch über alle Kästen gelegt, der am Ende verschlossen sein musste. Mit einem feinen Piekser wurden Löcher in den Schlauch gestochen, in die sogenannte Kapillare eingelassen wurden, die einen Tropfer am Ende hatten, der in Wurzelnähe der Pflanzen befestigt wurde. Die Pflanzen vom Dude wollten ihr Wässerchen zwischen 18 und 22 Grad aufbereitet haben. War es kälter, zuckten sie beleidigt zurück, wurde es wärmer, blieb ihnen die Luft weg. War das Wasser aus dem Gartenschlauch zu kalt, wurde es mit Aquarium-Heizstäben erwärmt. Verringerte sich dadurch der Sauerstoffgehalt, musste das ein Quirl ausgleichen. Auch zur gleichmäßigen Verteilung von Dünger im Wasser wurden Umwälzpumpen eingesetzt. Wurde zu viel Sauerstoff zugeführt oder anders der pH-Wert beeinflusst, mussten Gegenmaßnahmen eingeleitet werden. Ging eine der Pumpen kaputt oder hakte mal wieder ein Schwimmer, gab es Überschwemmungen. Im Herbst und Winter sorgten 14 Radiatoren für eine entspannte Temperatur von 20 Grad. Ein Abfall der Temperatur unter 18 Grad oder ein Anstieg auf über 29 Grad musste verhindert werden, weil sonst das Wachstum gebremst wurde.

Die Deadline

Erwin war tot. Einfach umgefallen, Herzinfarkt mit 57. »Morgens beim Sockenanziehen auf dem Bett ist er lautlos nach hinten geklappt«, erzählte seine Frau Susie. Sie hatte abends geklingelt und gefragt, ob der Dude eine Sekunde Zeit hätte. Am Tisch steckte sie sich eine rote Marlboro an und platzte mit belegter Stimme mit den Nachrichten heraus. Der Dude hatte sich schon gewundert, noch nie hatte Susie mit ihm reden wollen. Erwin war der Vermieter, ihm gehörte das Haus, mit ihm hatten sie auch ihre kleine Sondervereinbarung bezüglich des Gartenschuppens getroffen. Sie wussten von Susies Existenz, sie sahen sie ab und zu unten vor der Tür oder im Laden, aber zu mehr als einem höfliches Lächeln war es nie gekommen. Solange Erwin zufrieden war, gab es keinen Anlass zur Sorge. Und der war zufrieden, solange er regelmäßig eine Tüte Gras abholen konnte und ab und zu ein Briefchen Koks zugesteckt bekam. Der Dude überlegte gerade, ob der Erwin es eventuell mit dem Pulver übertrieben haben könnte, von wegen Herzinfarkt, als Susie unvermittelt in die Stille hinein sagte: »Ich weiß, was ihr im Garten macht. Damit wir keinen Stress kriegen, sage ich es euch deswegen lieber gleich. Ich werde das Haus allein erben. Sobald das formal unter Dach und Fach ist, habt ihr noch genau vier Wochen, um den Schuppen zu räumen. Keine Diskussionen, keine Verzögerungen. Ansonsten klingelt hier die Polizei. Haben wir uns verstanden?«

Der Dude blickte sie erstaunt an. Die Härte in ihrer Stimme überraschte ihn. Der Dude wurde regelrecht sauer auf

Erwin. Was hatte der sich auch so gehen lassen müssen. Ein bisschen mehr Sport, ein bisschen bessere Ernährung, ein bisschen mehr Selbstbeherrschung, und alles hätte in Ruhe so weitergehen können wie bisher. Beim Sockenanziehen. Ein Trauerspiel.

Der Dude wusste nicht genau, wie lange eine Testamentseröffnung dauern würde, aber er würde dringend die Suche nach einem Standort vor den Toren Hamburgs intensivieren müssen – ohne dass der Bruder das mitbekam. Dem wollte er beim nächsten Besuch alles erklären. Sie vereinbarten ein Treffen für Anfang kommender Woche.

*

Sie fuhren langsam über den Hof des Ruderclubs und blieben an der kleinen Brücke stehen, die zu dem eigentlichen Gelände führte. Es sah alles genau aus, wie im Internet beschrieben, sogar noch besser. Erster Eindruck: perfekt. Das riesige, frei stehende Haus direkt am breiten, träge dahinfließenden Fluss, der irgendwo in der Elbe endete, eine Halle, die mindestens 50 mal 30 Meter Grundfläche haben musste, umgeben von mehreren tausend Quadratmetern wilder Wiese samt Teich. Das alles direkt an einem pittoresken Dorf hinter dem Deich, getrennt von allem und allen – sie standen möglicherweise vor ihrem Paradies.

»Das müssen wir haben«, sagte der Dude und ging euphorisch Richtung Haus, vor dem ein älterer Herr in edlem Casual Chic wartete. Die anderen folgten. Der Kleine schnalzte mit der Zunge, Eight Fingers rieb sich die Hände.

Herr Breitling war ein distinguierter Herr Ende fünfzig, volles graues Haar, marineblauer Blazer, Armani-Jeans, Budapester, Typus hanseatischer Unternehmer, der wohl in Bremen ein Bauunternehmen besaß, wie er sogleich erzählte, und der dieses Anwesen vor ein paar Jahren geerbt hatte. Er begrüßte jeden mit kräftigem Handschlag und führte sie über das Anwesen. Er zeigte ihnen das geräumige Landhaus mit der bodentiefen Glasfront zur Wasserseite, die durch Bäume geschützte Terrasse direkt am Ufer, drinnen 300 Quadratmeter luxuriöse Behaglichkeit. Er verwies auf die moderne Designerküche, mehrere Schlafzimmer in der ersten Etage und im ausgebauten Dachgeschoss sowie einen perfekt ausgebauten Fitness- und Saunakeller, den der Dude schon während der Besichtigung zischelnd zum »Orgien-Keller« erklärte. Ihre Story war einleuchtend. Der Dude war ein erfolgreicher Kreativer, der einen ruhigen Ort für seine Schaffensphasen jenseits der hektischen Stadt und des heimischen Kinderlärms suchte, Eight Fingers war ein passionierter Fotograf, der intensive Naturstudien betrieb und das Wasser liebte. Beide zusammen suchten ein Haus und genügend Lagerraum für diverse Studioutensilien und ihre diversen Schiffe, die sie als passionierte Wasserratten im Laufe der Jahre erworben hätten. Der Dude hatte im Internet ein halbes Dutzend geeignet erscheinende Objekte bei ImmoScout ausfindig gemacht, alle rund 45 Minuten von Hamburg entfernt, die sie nacheinander abfuhren. Die Kriterien waren: genügend große Halle plus Haus, idealerweise in Wassernähe und in einiger Entfernung von den nächsten Wohnhäusern. Am vergangenen Wochenende hatten sie sich drei Nieten angeschaut, das Objekt vor ihrer Nase war das erste am heutigen Tag.

»Ich hoffe, dieser Einbau stört Sie nicht, der stammt noch von einer Computerfirma, die hier ein paar Jahre ihren Sitz hatte, daher auch die Starkstromleitungen, die Sie natürlich jederzeit stilllegen lassen können, wenn Ihnen das lieber wäre.«

»Ach, das würde uns nicht stören.«

Der Dude schaute seine Begleiter an und musste schwer an sich halten, um Herrn Breitling vor Freude nicht zu umarmen und zu küssen.

Mitten in der durch Oberlichter genügend hellen großen Halle mit Wellblechdach stand ein zweigeschossiger Einbau von etwa 20 mal 20 Metern Grundfläche, eine von außen nicht sichtbare und selbst von hier drinnen nicht einsehbare

Halle in der Halle mit einem funktionierenden Starkstromanschluss. Die Computerfirma hatte sich nicht lumpen lassen und ein solides Bauwerk errichtet, das nur noch isoliert und eingerichtet werden müsste, wie der Dude sofort kalkulierte, um in weniger als zwei Wochen einsatzbereit zu sein. Decke verstärken, Dämmfolie einziehen, Fenster wegmachen, Ventilatoren einbauen, fertig. Er sah die Aufteilung genau vor sich: unten ein Wachstums- und ein Blüteraum, dazu Zimmer für die eine oder andere Mutterpflanze, oben die Stecklinge, ein Trockenraum sowie ein weiterer Anbauraum, der ihnen erlauben würde, die Erntelast ein wenig zu verteilen, was bei den zu erwartenden Mengen eine große Erleichterung sein sollte. Und er hätte noch genug Platz für eine kleine Geheimkammer am Treppenaufgang, in dem er allein experimentieren könnte, wie er schon länger vorhatte. Er sah Platz für 1000 bis 2000 Pflanzen – und noch mehr Raum für ein entspanntes Leben und eine sehr unbeschwerte Zukunft für alle.

Herr Breitling wollte für Haus und Halle zusammen 3500 Euro im Monat, das wären mit Nebenkosten gut 5000 Euro oder eineinhalb Kilogramm, überschlug der Dude im Kopf und sagte sofort zu. Er zahlte die geforderte Kaution bar vor Ort und freute sich, dass Herr Breitling nicht einmal mit der Wimper zuckte ob der Entscheidungsfreude und Finanzkraft der bis eben noch gänzlich unbekannten Neumieter. Der Mann vom Bau ist schlau, dachte der Dude, der kennt sich aus mit Schwarzgeld & Co.

Herr Breitling gab ihnen die Schlüssel und empfahl sich. Bevor sie wieder in ihren Kombi stiegen, drehten sie sich noch einmal um. Malerisch sah ihr Anwesen im güldenen Abendlicht aus. Ein paar Möwen kreisten über dem Haus, auf dem Fluss tuckerte ein Fischerboot vorbei, vom Gelände des Ruderclubs hörten sie Arbeitslärm und Lachen. Das war ihr neues Zuhause, fern der gierigen Abdullahs und des bekloppten Bruders. Das war ihr Headquarter zur Eroberung der unendlichen Weiten der gierigen Märkte, das würde ab dem Geschäftsjahr 2005 der neue Sitz ihrer Cannabis GmbH sein.

*

Susie schob ihm am Abend vor seinem Treffen mit dem Bruder einen Brief unter der Haustür durch. Leider kleine Beschleunigung des Verfahrens: Restlose Räumung und besenreine Übergabe am Morgen des 15. Oktober, 9 Uhr. Sollten sie diese Vorgaben nicht erfüllen, sähe sie sich leider, wie bereits angekündigt, gezwungen, weitere Schritte einzuleiten. Mit freundlichen Grüßen.

Gott, war die Alte unlocker. Der arme Erwin. Der Dude wollte nie wieder schlecht oder spöttisch über ihren toleranten ehemaligen Vermieter denken.

Michael sah aus wie immer in letzter Zeit. Die dünnen, strähnigen Haare hingen ihm glänzend ins schweißnass schimmernde Gesicht. Seine Augenringe changierten ins Lila-Schwarze, die Nasobal-Linien waren schwarze Furchen, die Wasserablagerungen oberhalb der Wangen nahmen Horst-Tappert-Dimensionen an, er roch nach altem Schweiß, wie der Dude bei ihrer flüchtigen Begrüßungsumarmung an der Wohnungstür merkte, seine Fingerkuppen, zwischen denen eine Lucky Strike klemmte, waren dunkelgelb.

Der Dude erklärte ihm die Lage: Erwin tot. Das Haus gehört Susie. Wir müssen so schnell wie möglich raus. Offiziell wegen Eigenbedarf. Wenn wir Schwierigkeiten machen, lässt sie uns auffliegen.

»Ich gehe nicht raus, niemals!«

Michael verschränkte die Arme und lehnte sich am großen Holztisch trotzig zurück.

Der Dude bemühte sich, ruhig zu bleiben. Er betonte die absolute Endgültigkeit der Ansage und die Ausweglosigkeit ihrer Lage, er plädierte für einen geordneten Rückzug, für den drei Wochen Zeit blieben. Sie beide würden sich auf Ernteverluste einstellen müssen, aber die Alternative sei: Polizei und Knast.

Schon bei den letzten Worten des kleinen Bruders hatte sich Michael leicht nach vorne gebeugt und seine Lucky mit dem Daumen praktisch im Aschenbecher zermalmt, immer weiter drückte er auf dem bereits völlig zerquetschten Filter herum, als wollte er ihn durch das Glas pressen.

»Ich werden den Schuppen niemals räumen, verstehst du das? Niemals! Was glaubt ihr denn, wer ihr seid, dass ihr mich einfach vor die Tür setzen wollt? Habt ihr den Verstand verloren? Sag dieser alten Schlampe, ich werde keinen Millimeter weichen!«

»Michael, jetzt beruhige dich doch, dreh nicht durch. Was soll das denn? Ihr gehört das Haus bald, sie kann damit machen, was sie will. Sie allein entscheidet. Und wie ich gesagt habe, sie schmeißt uns beide raus, verstehst du, wir müssen da raus. Sonst gibt es richtig Ärger.«

»Genau, das kannst du ihr gern sagen, das wird allerdings richtigen Ärger geben. Wenn sie will, kann sie ja gern die Polizei holen und mich räumen lassen. Werden wir ja mal sehen, ob man in diesem Land alles mit einem machen kann. Ich habe einen ordentlichen Mietvertrag. Ohne Polizei kriegt die mich da nicht raus!«

Michaels Augen waren kleine blutunterlaufene Schlitze, ein, zwei unschöne Speichelfäden pendelten aus den verkrusteten Mundwinkeln langsam zur Tischoberfläche.

Der Dude schaute ihn entgeistert an. Das war also sein Bruder. Oder vielmehr das, was von ihm übrig geblieben war. So wie er da saß und aussah, könnte man ihn gegen Gebühr für jede beliebige Drogen-Aufklärungskampagne vermieten, so eindrucksvoll war sein körperlicher, sozialer und geistiger Zerfall. Seht her, junge Menschen dieser Erde, das macht der Alkohol aus euch, ja, Kinder, so endet ihr mit Kokain, und aufgepasst, so dumpf kann man sich rauchen, wenn man es jahrelang übertreibt.

»DU willst die Polizei holen? Mit einer Hanfplantage im Garten, so groß wie eine Sonderabteilung bei Planten und Bloomen? Tickst du nicht mehr richtig?«

Die letzte Frage war überflüssig. Sein Bruder tickte ganz offensichtlich nicht mehr richtig. Der meinte das mit der Polizei todernst und verstand nicht, was daran seltsam sein sollte.

»Ich lasse mein Leben nicht von so einer kleinen miesen Erbschmarotzerin durcheinanderbringen, verstehst du das nicht, du Kollaborateur?«

Michael stemmte sich auf beiden Fäusten auf dem Tisch nach vorne und ließ den Dude bis tief in den Rachen schauen. Das hatte der Dude dem Bruderkörper gar nicht mehr zugetraut, so ein Engagement, das war tatsächlich überraschend, was der noch für Reserven mobilisieren konnte, den sollte man nicht unterschätzen, den Bruder, so viel war klar.

»Du kannst deinen Frieden mit diesem Schweinesystem ja gern machen, was anderes hätte ich von dir gar nicht erwartet, alter Feigling, so warst du ja schon immer, alter Stiefvater-Liebling, aber ich werde nicht weichen, keinen Millimeter. Wir haben einen ordentlichen Vertrag für den Schuppen, und wenn die Alte echt Ärger macht, dann rufe ICH die Bullen.«

Nur mit größter Mühe überhörte der Dude die Stiefvater-Anspielung. »Michael, wir haben keinen Vertrag für den Schuppen, kapier das doch endlich. Das ist alles total illegal, ohne Erwin sind wir tot.«

»Leck mich am Arsch mit deinen schlauen Reden. Ein Klugscheißer warst du ja schon immer. Hier wird nicht geräumt. Ende der Durchsage!«

Der Dude verstummte. Das eine oder andere Zellgift hatte offensichtlich ein paar wichtige Leitungen zersetzt, es gab einfach kein Durchkommen mehr. Das war gefährlich. Für ihn, aber auch für alle anderen.

*

Der Dude arbeitete in den folgenden Wochen einfach weiter und bereitete seinen Auszug vor. Zugleich kümmerte er sich um die Pflanzen seines Bruders. Michael ließ sich nicht mehr blicken. Das war teils ihren Vorsichtsmaßnahmen geschuldet, teils seiner defätistischen Grundstimmung. Seit der Entdeckung von Dieters Stecklingen bei der Polizeikontrolle, die wie ein blöder Zufall gewirkt hatte, aber deswegen noch lange keiner gewesen sein musste, reduzierten sie jegliche Besuchsbewegungen auf ein absolutes Minimum. Zugleich ließ sich der Ältere wieder stärker gehen und trieb sich anscheinend tagelang auf St. Pauli herum. Früher war die Reeperbahn ihr gemeinsames Rauschzentrum gewesen, ihr stadteigener Erlebnispark. Morgens hatten sie oft zusammen über die Arbeitspendler gelacht, wenn sie selbst gerade aus irgendeinem Club oder einer Kneipe in die Sonne und zur U-Bahn stolperten. All die traurigen Deppen auf dem Weg zum Arbeits-Schaffot. Sie dagegen waren die Könige der Nacht, die Kings of Cool.

Jetzt gab es die arbeitsintensive Anlage, es gab Madame, es gab seine Söhne Felix und Karl, es gab Verantwortung und neue unternehmerische Interessen. Der Dude war kein King of Cool mehr, eher ein Held der Arbeit. Michael hasste diese Entwicklung. Er suchte ihr altes Leben.

Dem Dude wurde von seltsamen Sichtungen berichtet. Dein Bruder hängt mit Eisen-Willie ab, dem alten Knochenbrecher. Dein Bruder hat sich im Hans-Albers-Eck geprügelt. Michael hat im Hafenklang auf den Tisch gekotzt. Michael hat vor dem Tunnel eine Schlägerei angefangen. Michael kokst jetzt immer mit der Tina, der Tochter von Schlangen-Bernd, der einst als Jugendlicher noch bei Werner »Mucki« Pinzner, dem berühmten »St.-Pauli-Killer«, in die Lehre gegangen sein soll, bis sein Lehrherr sich 1986 mit einer großen Blutorgie standesgemäß von der Bildfläche verabschiedet hatte.

Schlangen-Bernd, der Dude konnte es nicht fassen. Zwar

waren die Zeiten von Typen wie »Mucki«, »Wiener Peter« »Karate-Tommy« und der »Nutella-Bande« schon lange vorbei und offiziell nur noch Teil der Kiez-Folklore, die auswärtige Besucher auf das Wohligste schaudern ließ. Aber gleichzeitig war diese Nostalgie-Show natürlich auch nur eine Nebelgranate, in deren Schutz die gleichen Verteilungskämpfe und dreckigen Geschäfte abgewickelt wurden wie immer. Ein bisschen eleganter und effizienter vielleicht. Dicke Autos und greller Ludenschick waren wahrscheinlich nur noch auf Motto-Partys in der »Ritze« ein Thema. Unauffällige Autos der gehobenen Mittelklasse oder Oberklasse, die vor gediegenen Villen an der Elbchaussee oder gepflegten Anwesen in den Elbvororten parkten, das passte viel besser in die neue Zeit. Die großen neuen Player hatten exotische Namen und machten sich selten die Hände mit Schlagringen oder gar Fäusten schmutzig. Diese Jobs erledigten andere für sie.

»Schlangen-Bernd«, das hörte sich gemütlich nach fernen Zeiten an, nach Geschichte und Ruhestand. Aber der Dude wusste, dem war nicht so. Die Führungsebene hatte sich personell verändert, aber die Anforderungen auf den unteren Etagen waren gleich geblieben. Alte Kämpen und neue Herren hatten sich arrangiert. Die handwerklichen Fähigkeiten eines Schlangen-Bernd waren zu jeder Zeit gefragt. Was blieb denen auch anderes übrig? Sie hatten nichts anderes gelernt. Sie machten einfach weiter, egal für wen. Wenn also Michael und »Schlangen-Bernd« plötzlich dicke Kumpel waren und sein Bruder mit dessen Tochter so auffällig koksend durch die Läden zog, dass ihm von mehreren Seiten davon berichtet wurde, waren das ganz schlechte Nachrichten. Und beunruhigende dazu. Das war kein guter Umgang. Und die Bullen mochten es nicht, wenn man auf dem Kiez ihren lässigen Pragmatismus zu sehr auf die Probe stellte und es direkt vor ihrer Nase zu bunt trieb. Das machte die richtig sauer.

Der Dude wollte pragmatisch denken. Wir müssen raus, ich mache allein weiter, mit Michael gibt es keine Zukunft. Bei jeder Veränderung in der jüngeren Vergangenheit war das Verhältnis schlechter und des Bruders Kokain-Konsum heftiger geworden. Die bewusste Abkehr vom irren Öko-Radikalismus hatte zum endgültigen inneren Bruch geführt. Michael hatte über das Schicksal des Neffen nur gelacht und gehöhnt, die ganze Familie sei doch psychopathisch, das sehe man denen doch an, das sei ein Gen-Problem, ganz bestimmt aber kein Gras-Problem, so ein kleiner Trip täte diesem Til bestimmt mal ganz gut. So eine Woche Ochsenzoll habe noch niemandem geschadet.

Die eigentlich unerschrockene Madame wollte den mittlerweile überhaupt nicht mehr sehen, der mache ihr und den Kindern Angst, wie der nervös und Kette rauchend durch die Wohnung stromerte, ziellos, ruhelos, laut vor sich hin sprechend, immer irgendwie auf dem Sprung, immer zehn wirre Ideen gleichzeitig ausführend.

Das war auch schlimm, aber er war immer noch sein Bruder. Ohne den Älteren würde es all dies hier nicht geben. Keine Wohnung in Hamburg, keine Anlage, kein sorgenfreies Leben. Wenn der verschwitzte, fahrige Bruder vor ihm stand, empfand er praktisch nichts mehr, manchmal vielleicht ein Gefühl unbestimmter Trauer, manchmal einfach bloß Abscheu. Aber jedes Mal, wenn er nicht da war, kamen diese unkontrollierten Sequenzen in seinen Kopf. Der Stiefvater. Die weinende Mutter. Dortmund-Nord. Der Geruch im Treppenhaus. Der Körper des Älteren neben ihm im Bett, das Zimmer kalt, zitternde Jungs, das Gebrüll auf dem Flur, das Gefühl der Vereisung, wenn die Tür geöffnet wurde, ein Luftzug, er war allein, klatschende Geräusche und unterdrücktes Weinen jenseits der Tür, er konnte es nicht vergessen. Sein Bruder, der Kaputtnik. Aber sein Bruder. Immer noch.

Mechanisch stellte der Dude die Pflanzen von Michael in Blüte, auch wenn es eigentlich keinen Sinn mehr hatte. Sie mussten in weniger als einer Woche raus, acht Wochen zu früh für die Gewächse des Bruders. Er sortierte seine eigene Ernte und war froh, dass ihn das von Susie vorgegebene Timing nur ein paar Kilo kosten würde. Bei seinem Bruder sah das leider anders aus. Der würde eine komplette Ernte verlieren. Es war nicht seine Schuld. Aber er wusste, Michael würde das anders sehen.

*

Zwei Tage vor dem Stichtag fand er einen eigelben Briefumschlag unter der Tür. In großer blauer Kinderschrift stand auf einem eigelben Din-A4-Bogen: »Letzte Warnung: Ich sehe da noch sehr viele Pflanzen. Ich kann mich nur wiederholen: Am 15. Oktober um 9 Uhr morgens übergebt ihr mir den Schuppen besenrein. Wenn nicht, ist um 10 Uhr die Polizei da. Hochachtungsvoll, Susie«.

Der Dude verabredete sich mit seinem Bruder in einem runtergekommenen Hafenstraßen-Café, in dem der zu dieser Zeit gern Hof hielt.

»Bruder, wir müssen in 48 Stunden geräumt haben.«

»Das mache ich nicht mit, vergiss es.« Michael lächelte ihn spöttisch an. Er mochte seine Stellung als älterer Bruder sehr. Es gab der Welt und dem innerfamiliären Gefüge eine klare Ordnung. Er würde für immer und ewig der Ältere bleiben. Und der Dude sein kleiner Bruder, der kleine Schisser und neuerdings auch Familien- und Arbeits-Streber, lachhaft. Was wollte diese Susie schon machen? Die Bullen rufen wegen so ein paar lächerlichen Kilogramm, die sie unters Volk brachten? Die würden doch nur grinsen, dachte sich Michael, die Leute machten sich immer die falschen Vorstellungen von den Bullen. Die waren ganz anders gepolt als früher, viel lässiger. Letztens erst hatte er mit Schlangen-Bernd und dessen Zieh-Tochter Tina einen lustigen Abend am Hamburger Berg verbracht, als plötzlich diese beiden Typen aufgekreuzt waren, denen man den Zivil-Bullen schon auf zehn Kilometer ansehen konnte. Was hatten die sich über Schlangen-Bernds Anwesenheit gefreut, zusammen hatten sie dann gesoffen bis morgens um fünf und mehrfach zu zweit, zu dritt oder einmal sogar zu viert in einem Hinterzimmer ein paar sehr ordentliche Lines gezogen. Kurz hatte Michael eine Eskalation befürchtet, als der Zivi mit dem Halstattoo, vom vielen Koksziehen schon zittergeil, der Tina, also der Tochter vom Schlangen-Bernd, einmal zu absichtsvoll zufällig mit seiner Hand etwas zu langsam am Arsch vorbeistrich. Schlangen-Bernd hatte sofort dessen Eier schraubstockgleich in einer Hand und fauchte ihn bloß an: »Noch einmal, und du bist ein toter Mann.«

Alle starrten sich an. Der Festgehaltene lachte gequält auf, der andere zog gerade seine staubbedeckte Nase aus einem der Tütchen auf dem Tisch und kicherte nur: »Los, habt euch wieder lieb!« Da hatten alle gelacht. Und als Schlangen-Bernd den beiden am Nobistor jeweils noch zwei frisch gebügelte 500-Euro-Scheine in die Hand drückte mit den Worten: »Hier Jungs, bisschen Taxigeld!«, da hatte sich Michael so gut und stark gefühlt wie schon lange nicht mehr. Was wusste der Dude schon? Diese Susie würde er in der Pfeife rauchen, basta.

»Michael, jetzt hör mir mal gut zu. Egal, ob das in deine Birne reingeht oder nicht: Wir räumen. Und zwar sofort. Es ist mir egal, wie du das findest, ich werde auf keinen Fall wegen dir in den Knast gehen – und du auch nicht. Verstehst du, was ich sage? Kommt das irgendwo an?«

In Michaels Miene bewegte sich nichts. Maskenhaft hing das Gesicht über dem Tisch. Alles sehr wächsern, plastikartig geradezu. Das ist gar nicht Michael, der hat seinen Roboter geschickt, dachte der Dude kurz. Aber er hörte einen Laut. Aus der mundgleichen Öffnung schepperte ein Satz ohne besondere Betonung: »Die dürfen nicht räumen, die dürfen meinen Schuppen nicht betreten, das ist gegen das Gesetz, ich werde die alle verklagen!«

»Ja, genau, der deutsche Gesetzgeber hat ja immer schon ein besonders großes Herz für fleißige Marihuana-Bauern gehabt, wahrscheinlich laden sie dich gleich zur nächsten Grünen Woche nach Berlin ein. Genau so funktioniert das hier.«

Den Realitätsfaden hatte der ältere Bruder offensichtlich endgültig verloren, es war hoffnungslos. Kürzlich hatte sich der Dude sehr intensiv bemüht, Michael zu einer Therapie in Ochsenzoll zu überreden, er hatte alles arrangiert, beinahe hatte er ihn schon so weit gehabt. Michael hatte zugestimmt und wollte nur noch schnell ein paar Sachen aus seiner Wohnung holen. Daraus wurde dann leider eine einwöchige Absturztour mit Total-Blackout. Als er wieder nüchtern war, sagte er: »Ich brauche keine Therapie. Mir geht es hervorragend!« Nächster Drink, nächste Tüte, nächste Line, Hallelujah, der Bruder-Express stampfte weiter. Im Hintergrund lief die erste Slime-Scheibe, ein Klassiker. »Haut die Bullen platt wie Stullen, schlagt die Polizei zu Brei!«

Der Dude schaute sich kurz in dem Café um. Wahrscheinlich hatten sie nur diese eine Platte hier. Seit über zwanzig Jahren dieselbe Leier. Er hasste diese Hafenstraßen-Folklore. Das war auch nicht besser als die besten Hits der 70er, 80er und 90er, auch wenn sie anders klangen. »Deutschland muss sterben, damit wir leben können.«

Sein Bruder wippte tatsächlich mit dem Kopf im Takt. Das fand der wohl gut, den Uralt-Punk, der blöde Kiffer. Der Dude musste kurz grinsen.

»Michael, deine Pflanzen waren erst seit ein paar Tagen in Blüte, die musst du leider komplett abschreiben. Ich habe die schon abgeschnitten und in Säcke verpackt, es ging nicht anders. Ich muss ja auch noch das ganze Equipment ausbauen.«

Der Bruder hatte einen seltsamen Schatten im Gesicht. Der Dude roch Stress. Mit einem Mal wirkte Michael äußerlich sehr ruhig, das machte es unheimlicher.

»Gut, dann komme ich gleich vorbei.«

»Nein, brauchst du nicht, vielleicht werden wir observiert, das ist deswegen keine gute Idee.«

»Doch, doch, ich trinke noch aus und komme später nach, kannst ruhig schon vorfahren.«

Michael blickte durch ihn durch. Nie war er dem Dude fremder gewesen.

Der Dude raste nach Hause. Raffte in Windeseile seine halb getrocknete Ernte zusammen und stopfte sie in eilig aufgestellte Umzugskartons, die er im Laufschritt über die Hintertreppe aus dem Garten auf die Terrasse brachte. Atemlos ließ er sich auf das Sofa fallen und wartete auf die Ankunft des Bruders. Michaels Mülltüten hatte er fein säuberlich in dessen Bereich aufgestellt. In zwei Stunden würde Madame mit den Kindern nach Hause kommen. Bis dahin müsste alles geklärt sein.

Schwere Schritte im Hausflur. Der Bruder hatte noch Schlüssel für die Haustür, das hatte er vergessen. Die Schritte gingen laut und deutlich an der Wohnungstür vorbei. Hintertreppe. Michael ging zum Schuppen. Drei Minuten später klopfte es an der Wohnungstür. Der Dude zögerte kurz, machte dann auf. Der Bruder vor ihm, leicht nach vorne gebeugt, bebend oder wankend, das war nicht auszumachen, Alkohol lag in der Luft, ein bisschen Gras, abgestandener Zigarettenrauch, der Bruder schwitzte. Eine Hand hinter dem Rücken verborgen. Der Dude dachte für Sekundenbruchteile an ein Messer, an eine Pistole, er traute Michael plötzlich alles zu.

»Alter, wo ist mein Geld?«

Michael kam näher. Der Dude war irritiert.

»Was für Geld?«

»Das Geld für meine Ernte!«

»Was denn für eine Ernte, es gibt keine Ernte, es gibt nur noch ein bisschen Biomüll in sechs schönen Müllsäcken unten im Schuppen, das ist deine Ernte, kapierst du das endlich?«

»Du schuldest mir das Geld für eine Ernte, her damit!«

»Spinnst du jetzt völlig, Michael? Du weißt, dass wir deine verdammten Pflanzen vor drei Tagen in Blüte gestellt haben. Hast du irgendwann schon einmal erlebt, dass man nach drei Tagen ernten kann? Oder haben wir hier plötzlich die grüne Weltrevolution heimlich verpasst? Und wenn wir schon über Geld reden, dann eher über deine 1000 Euro Stromanteil, die du mir noch schuldest!«

»Ich will jetzt sofort 40 000 Euro!«

»What? 40 000 Euro? Bist du völlig geisteskrank? Wofür willst du Penner denn 40 000 Euro?«

»Das wären 12 Kilogramm gewesen. Das macht 40 000 Euro.«

»Da war keine verdammte Ernte, es gibt kein Geld, und so, wie du gearbeitet hast, wären das selbst bei einer fristgerechten Ernte keine drei Kilo gewesen. Du hast da noch nie mehr als vier Kilo rausgeholt, du Botanik-Niete. Aber wenn du Geld brauchst, kann ich dich gern mal auf eine Cola einladen!«

»Du hast meine Ernte schon verkauft, du Schwein.«

»Was?«

»Du bescheißt mich um meine Ernte!«

»Du behauptest, ich hätte deine vergammelten Pflanzen nach ein paar Tagen Blüte geerntet und dann für 40 000 Euro verkauft?«

»Ja!«

»Du bist ja total irre. Unser geschätzter Stiefvater hätte wahrscheinlich doch noch ein bisschen härter zuschlagen müssen, damit bei dir oben wieder alles richtig tickt.«

»Du Schwein, das wirst du bereuen, dafür bringe ich dich um.«

Michael schrie ihn jetzt aus so kurzer Entfernung an, dass der Dude einen Nieselregen aus Spuckefragmenten auf sein Gesicht niedergehen spürte. Das mit ihrem Stiefvater hätte er wirklich nicht sagen sollen, aber jetzt war es zu spät. Sie hatten sich praktisch noch keinen Millimeter in die Wohnung bewegt und verharrten direkt auf der Schwelle. Die eine Michael-Hand klebte immer noch hinter dem Rücken.

»Verlass sofort mein Haus! Ich schmeiße dir deinen Scheiß morgen Nachmittag um 15 Uhr vor deine Tür.«

Der Bruder federte plötzlich seltsam vor und zurück. Der Dude roch die Absicht.

»Mach jetzt keinen Fehler, ich warne dich.«

Michael ging in kleinen Trippelschritten ein Stück zurück, der Dude drückte gegen die Tür, die Faust des Bruders sah er kommen, aber nicht rechtzeitig genug, er wollte mit dem Kopf ausweichen, die Tür war im Weg, schon kam die Schmerzwelle, die Knöchel trafen ihn knapp oberhalb des Jochbeins, Wirkungstreffer, aber er blieb stehen. Älteste Straßenschläger-Regel: Stehen bleiben. Immer. Egal wie. Wer jetzt umfällt, ist gleich vielleicht tot. Weil sie dann möglicherweise in dich reintreten, bis sich die Innereien aus den Verankerungen lösen. Am Boden bist du schutzlos. Sie springen dir auf den Schädel und zerspitzeln dir mit Anlauf die Nieren. Stehen bleiben. Und dann rücksichtslos und entschlossen zurückschlagen. Keine Angst vor Schmerzen oder Verletzungen haben. Nicht zögern. Zur Waffe werden. Ob in Dortmund-Nord oder auf dem Kiez. Diese Gesetze galten überall. Der Bruder hatte sie ihm beigebracht. Der Stiefvater hatte dabei geholfen.

*

Stiefvater Günther. Eben noch der beste Freund des Vaters, wie es immer hieß, plötzlich schon der neue Mann an der Seite der Mutter. Der echte Vater: weg, verschluckt, nie wieder erwähnt oder aufgetaucht. Dem Dude war das egal, er war zu klein, seinem Bruder nicht. Für Michael kam der Wechsel zu schnell, zu überraschend, der sah keinen neuen Vater, nur einen Eindringling, einen Feind. Erst bloß ein bisschen, dann immer stärker, immer aggressiver. Zuerst beeindruckte der

Günther sie noch durch seine 20-Tonner, kilometerlange Sattelschlepper, mit denen er sie durch die Siedlung fuhr, stolz wie Oskar waren sie da. Aber die Geschäfte liefen schlecht, die Spedition war zu sehr mit der maroden Stahlwirtschaft verbunden, schon saß Brummi-Fahrer Günther zu Hause rum und hat schlechte Laune und eine harte Fahne.

Günther war kein schlechter Kerl. Er wollte malochen gehen, er wollte seine Familie ernähren. Sie hatten kaum Geld, die Mutter war gelernte Näherin und ohne Job, ein bisschen putzen, mehr ging nicht, sie musste vier Kinder großziehen, das war anstrengend genug.

Günther hielt das Herumsitzen nicht aus. Er lieh sich Geld und kaufte eine kleine Gärtnerei auf. Gärtnern, das hatte er einst gelernt. Blumen für die Balkone der Mietshäuser, Sträucher für die Laubenpieper, es gab Hoffnung. Aber die Konkurrenz war hart, der Preiskampf unerbittlich von Anfang an, die ersten Baumärkte wurden gegründet. Günther setzte alles auf eine Karte. Der Laden musste laufen, oder er würde untergehen, und mit ihm seine neue Frau und deren Kinder, der Dude und seine drei Geschwister. Er hatte sich trotz der widrigen Umstände für diese Familie entschieden und beklagte sich nicht. Blumen, Sträucher, Bäumchen, Gärtnerei – das fanden der Dude und sein Bruder alles ein bisschen zu schwul. Die Väter ihrer Freunde in der Siedlung hatten echte Männer-Berufe, die waren Schlosser, LKW-Fahrer, Schweißer, die kochten Stahl bei Mannesmann oder arbeiteten tatsächlich noch als Steiger in einer der letzten Zechen. In ihrer Fantasie war ihr echter Vater mindestens Vorarbeiter bei Krupp oder ein harter Gewerkschaftsführer, wahlweise auch Lkw-Fahrer oder Inhaber einer Spedition. Die Gärtnerei war ihnen peinlich, und das ließen sie Günther spüren. Sie halfen ihm nicht und verspotteten ihn, wenn er an ihren Freunden vorbeifuhr. Er sagte angefressen: »Keiner von den anderen Vätern, euren sogenannten echten Männern, wäre in der Lage, einen Betrieb zu organisieren und zu führen, wie ich es täglich tun muss.« Sie antworteten mit blöden Sprüchen und ätzenden Widerworten, als Antwort erhielten sie die ersten Backpfeifen, wie die damals noch verharmlosend genannt wurden.

Günther kam um sieben nach Hause, Günther kam um acht nach Hause, Günther kam um Mitternacht nach Hause. Günther arbeitete auch am Wochenende rund um die Uhr. Er roch immer nach frischer Erde und hatte morgens noch den Dreck vom Vorabend unter den Nägeln. Und den Druck im Kopf, permanent. Das Geschäft ging nur noch schleppend. Günther wurde grau. Günther wurde dünn. Wenn der Dude und sein Bruder ihren Stiefvater in der Wohnung sahen, wirkte er manchmal wie in Trance. Er rechnete jetzt täglich auf Zetteln gegen die Realität an. Er redete immer weniger und ging nicht mehr so aufrecht, aber selbst in der heftigsten Krise schenkte er den armen Omas aus der Siedlung immer noch ab und zu Rosen – macht ja sonst keiner, wie Günther immer sagte.

Unterdessen entdeckte der Dude den Alkohol, mit 13 fiel er auf dem Rückweg von der Disco betrunken vom Fahrrad und beschloss, nur noch zu kiffen. Die neue Leidenschaft wollte finanziert werden, also vertickte er gleichzeitig etwas Zeug. Berufswahl aus Berufung. Ein Engagement, das seine Mutter nur bedingt unterstützen wollte. Jeden Doperest, den er in der Wohnung versteckte, entdeckte und entsorgte sie kommentarlos. Sie sprach ihn nie drauf an, sie machte ihm nie Vorhaltungen; wenn Günther ihn schlug, weil er ihn beim Rauchen erwischte, nahm sie ihn in den Arm und weinte still mit ihm. Er konnte ihr nicht böse sein. Sie war seine Mutter.

Die Baumärkte rückten näher. Der Stiefvater verschenkte weiter Rosen. Er roch immer noch nach frischer Erde, aber auch verstärkt nach Alkohol. Vormittags bisschen Bier, später heimlich auch Schnaps, schon in der Gärtnerei. Er gab dem Dude und seinem Bruder bei jeder Gelegenheit Stubenarrest. Mit Anlass, ohne Anlass, egal. Der Dude und der Bruder entwickelten sich wie alle Jugendlichen in der Siedlung, sie schwänzten die Schule, rauchten Gras und verprügelten die Mitglieder der Gangs aus den Nachbarstraßen. Wenn Günther sie abends anbrüllte und fragte, was sie mit dieser Einstellung im Leben einmal machen wollten, antworten sie: »Dann werden wir Penner, so wie du.« Günthers Schläge kamen härter und gezielter. Ihr echter Vater hätte das nie zugelassen, der hätte den fertiggemacht. Der Gedanke linderte die Schmerzen ein bisschen.

Das Geld wurde knapper, das Taschengeld gekürzt. Seine Mutter ging jetzt morgens putzen und nachmittags in der Gärtnerei helfen. Fast wöchentlich lagen Prospekte von neuen Gartencentern in den Baumärkten im Briefkasten. Der Stiefvater ging immer gebückter und hatte eine noch kürzere Zündschnur. Er schlug sie mit der flachen Hand oder mit den Knöcheln des Handrücken ins Gesicht, mit dem Gürtel oder mit dem Bügel aus der Garderobe auf den Hintern und die entblößten Schenkel, teilweise so heftig und unkontrolliert, dass dabei auch ihre kleinen Hoden von hinten getroffen wurden. Der Dude und sein Bruder vereinbarten ein Punktesystem, wen es in einer bestimmten Woche härter getroffen hatte. Prügel mit bloßen Händen gab einen Punkt, blaue Flecken oder Prellungen jeweils einen Sonderpunkt, Bügel und Kochlöffel zwei, am Körper zerbrochene Kochlöffel oder Bügel dreieinhalb, Gürtel und Reitgerte grundsätzlich drei Punkte, Gürtel mit Schnallenteil vier Punkte. Jede Blutspur zählte einen extra Punkt, offene blutende Wunden vier, blaue Augen zwei und einfache Schürfungen (beim Prügeln auf den Boden gefallen oder gegen die Kommode gerutscht) einen halben Punkt. So konnten sie die Ergebnisse besser mit den Punkten der Jungs aus der Nachbarschaft vergleichen. Der Dude und sein Bruder lagen oft vorne, möglicherweise zu oft. Der Bruder bekam viel mehr ab. Vielleicht, weil er ihrem echten Vater zu ähnlich sah, wie er selbst vermutete. Manchmal war Günther auch bloß von der körperlichen Anstrengung des Schlagens so erschöpft, dass es für den jüngeren Bruder einfach nicht mehr reichte. Die Mutter weinte oft still vor sich hin. Der Dude sah aus seinem Fenster den Neubau des nächsten Baumarkts, »Hammerkauf«. Er wischte sich die Tränen aus dem Gesicht. Er betete laut: »Mach ihn platt. Vernichte ihn!« Der neue Konkurrent »Hammerkauf« öffnete. Die Nägel des Stiefvaters wurden gar nicht mehr sauber, ihr Punktekonto stieg stetig.

Die Blicke, die ihm sein Bruder zuwarf, wenn er zurück in ihr Zimmer humpelte, weinend oder blutend oder beides, hatte der Dude nie vergessen. Michael auch nicht. Als Jugendlicher zerschnitt er dem Dude einmal fast den ganzen Handballen der rechten Hand mit einer Schere. Michael hatte sie ihm ins Auge rammen wollen, was der Dude durch eine blitzschnelle Abwehrbewegung verhinderte. Michael hänselte ihn vor Freunden, er schlug ihn regelmäßig, einmal schmiss er auf einer Party mit einer vollen Jägermeisterflasche auf ihn. Trotzdem hingen sie aneinander, er war sein Bruder. Die Familie, Dortmund-Nord. Das war ihre DNA. *You'll never walk alone.* Das legte man nicht einfach ab. Normalerweise.

*

Der Dude spürte den Schmerz des Bruder-Schlags, blieb aber stehen. Ein paar gezielte Fausthiebe und Tritte, schon ging Michael zu Boden – der durch Alkoholismus und massiven Drogenkonsum leicht geschwächte und nicht mehr auf der einstigen Höhe seiner körperlichen Leistungsfähigkeit agierende ältere Bruder, wie man sagen musste. Der Dude hielt einfach drauf, zerrte den Schreienden und Stöhnenden an den Haaren rückwärts die Treppen runter, spürte, wie der Michael-Körper die Stufen einzeln mitnahm, prustend, japsend, trat noch einmal hinterher, zog ihn an den Schultern hoch und schubste ihn Richtung Haustür.

»Es ist aus und vorbei, Michael. Lass dich hier nie wieder sehen, nie wieder, hau ab!«

Der Bruder war durch den Schwung des Stoßes auf den Knien gelandet, Kopf zur Tür, hockte da, schwer atmend, antwortete nicht, im Dude-Gesicht pochte es an der Treffer-Stelle heiß, er spürte, wie das Auge langsam blau wurde und anschwoll. Der Fall war erledigt. Bleierne Müdigkeit umhüllte ihn. Ermattet drehte er sich um und ging durch den langen Flur, in dem überall Steinplatten-Reste herumlagen, langsam zur Treppe. Er konnte sich später an keine vernünftigen Indizien für seine Reaktion erinnern, es war bloß so ein Gefühl von unmittelbarer Gefahr, das ihn auf den ersten Stufen plötzlich und instinktiv nach vorne fallen ließ, wo er sich mit beiden Händen abstützte, um sein rechtes Bein mit einer Macht nach hinten zu drücken, als wollte er das Universum wegtreten. Mach das jetzt sofort, das war der Gedanke. Und die Rettung. Sein rechter Fuß traf augenblicklich auf etwas Weiches. Er drehte sich um, sah, wie der Bruder-Körper von seinem Tritt geknickt wurde, wie der Bruder-Arm dadurch gehindert wurde, die bereits begonnene Bewegung auszuführen, mit der er ihm eine große, spitze Marmorscherbe, wie sie im Flur herumlagen, offensichtlich in den Rücken hatte jagen wollen. Scherbe. Rücken. Der wollte mich gerade erstechen, dachte der Dude überraschend klar und blickte auf den Wimmernden vor sich. Der eigene Bruder. »Mach, dass du wegkommst!«

Der Dude erreichte die Wohnung. Schloss die Tür. Blieb da einfach stehen und stand sinnlos herum. Zitternd. Bisschen Schnappatmung.

Mein Bruder wollte mich umbringen – der Gedanke fand nur langsam den Weg ins Schaltzentrum.

Lärm an der Tür. Michael hämmerte mit den Fäusten dagegen. Dann offenbar mit der Scherbe. Lass mich rein.

Mach die Tür auf. Immer hysterischer bohrte er die Spitze der Steinscherbe gegen die metallene Außenverkleidung der Tür.

Der Dude stützte sich von innen dagegen, spürte das Pochen, den rasselnden Atem, die Hysterie. Im Spiegel sah er sein geschwollenes Auge, blutunterlaufen. Er schaute auf die Uhr. In einer Stunde würde Madame mit den Kindern kommen. »Verpiss dich sofort aus meinem Flur. Ich will das nicht mehr, ich kann nicht mehr, hau ab, oder du wirst es bereuen, ich schwöre es!«

Der Bruder wechselte die Tonspur, er bettelte jetzt. »Lass mich rein, Dude, bitte, ich blute, ich brauche Hilfe.«

Der Dude lachte hysterisch. »Allerdings brauchst du Hilfe, und zwar in der Klapse!«

Das Stochern hörte auf. Ruhe kehrte ein. In einer dreiviertel Stunde käme die Familie zurück. Er musste den Schuppen räumen. Sein Bruder. Von hinten mit der Scherbe.

Schritte entfernten sich. Die schwere Eisentür zur Straße fiel hörbar ins Schloss. Der Dude stützte sich in der Küche auf den Tisch. Er packte alles Eis aus dem Kühlschrank in ein Geschirrtuch und hielt es sich auf die Schwellung im Gesicht. Stille im Flur. Nach Minuten öffnete der Dude vorsichtig die Tür. Teleskopschlagstock in der Hand, Messer im Gürtel. Tausend Dellen in der Metallhaut der Tür. Überall Blut. Auf dem Teppich, auf der Treppe, an den Wänden bis zur Haustür. Es sah aus, als hätte sich sein Bruder an der Scherbe verletzt und sei auf dem Weg nach draußen ausgelaufen. Die Frau aus dem Bioladen unten erzählte später, ein aufgeregter Typ sei hereingestolpert, er habe sich bei einem Unfall den halben Handballen abgeschnitten, da habe sie sofort den Erste-Hilfe-Kasten holen wollen, aber als sie wieder nach vorne gekommen sei, hätte sie außer ein paar Flecken im Laden nichts mehr von dem Verletzten gesehen, zum Glück, habe sie sich da gedacht, zum Glück.

TEIL II:
BLÜTE

FAMILIENBANDE

»Noch'n Bier, Jan?«
»Mh.«
»Heiner?«
»Mh.«
Der Dude zog drei neue Flaschen aus der Tüte und reichte sie an die beiden älteren Herren mit ihren Prinz-Heinrich-Mützen weiter.

Die nickten kurz, öffneten die Deckel, deuteten eine Art »Prost« an und sahen wieder auf den Fluss, auf dem sich gerade das exakt Gleiche abspielte wie in den drei Stunden vorher: nichts.

Jan Jensen und Heiner Heinrich waren seine beiden neuen besten Freunde hier draußen auf dem Land. Der eine war der Platzwart im Ruderclub, der andere ein pensionierter Bootsbauer, der freiwillig das Mädchen für alles spielte. Die meiste Zeit aber verbrachten sie mit der Lieblingsbeschäftigung aller Menschen hier im Norden: mit Schweigen. Keine Fragen stellen, nicht dumm daherquatschen, niemanden nerven, einfach mal so tagelang nebeneinander auf einer Bank sitzen und nichts sagen, das war die höchste Form der Verständigung am Deich. Der Dude hatte die beiden Nachbarn sofort als zentrale Kommunikationsfaktoren des Dorfs und des Ruderclubs ausgemacht und sich ihnen standesgemäß genähert – freundlich schweigend und mit ein paar Bier. Sehr viel später hatte er ihnen in wenigen Sätzen wiederholt die groben Fakten seines Lebens genannt, auf dass sie diese möglichst zielsicher bei allen verbreiten würden: erfolgreicher Kreativer aus Hamburg auf der Suche nach echter Ruhe. Sie hatten stumm genickt und weiter geradeaus gestarrt.

Der Dude nuckelte an seiner Flasche und grinste zufrieden. Der erste Eindruck hatte nicht getäuscht, das Haus war perfekt, ein Paradies. Madame liebte das Anwesen, Felix und Karl wollten nach den ersten Kurzbesuchen gar nicht mehr weg, zu viel gab es zu entdecken: die Kühe auf der Weide nebenan, den Teich, den Fluss direkt vor der Tür, ein Riesenspaß, alles. Vom ersten Tag an hatte sich der Dude um ein ordentliches Verhältnis zum Ruderclub bemüht; wenn er keine Probleme haben wollte, musste er sich unauffällig in das gesellschaftliche Leben integrieren. Kein billiges Unterfangen, denn für den Dude hatte die Tarnung einen Preis, und zwar mehrere zehntausend Euro, die er widerwillig unter »sinnlose, aber unvermeidliche Ausgaben« verbuchte. Auf dem Land hier am Wasser gab es nur eine plausible Erklärung, wie man eine Riesenhalle wie die auf seinem Gelände nutzte: als Lagerhalle für Schiffe, die repariert werden sollten oder auf ihren Einsatz zu anderen Jahreszeiten oder in anderen Gewässern warteten. Im Internet und aus einschlägigen Kleinanzeigen hatte der Dude bereits ein halbes Dutzend Wasserfahrzeuge aufgekauft, darunter zwei halbwegs fahrtüchtige Motorboote, zwei Jollen, einen Jollenkreuzer und sogar einen sehr runtergekommenen Kutter, der aber durch seine Größe beeindruckte. Ein enormer Aufwand, der den gewünschten Effekt hatte: Stand ausnahmsweise das große Tor weit offen, sah der ahnungslose Beobachter aufgebockte Schiffe wie überall hier sonst auch. Vereinzelt waren Leute aus dem Ruderclub auch schon zu ihm herüberspaziert und hatten einen Blick in die riesige Halle geworfen und über die Boote gefachsimpelt, den wuchtigen Einbau am hinteren Ende hatte niemand überhaupt nur wahrgenommen. Der Dude selbst fand zunehmend Gefallen an der Tarnung, er hatte keinen Führerschein, liebte aber kleine Spritztouren auf dem Fluss mit seinem 50-PS-Motorboot. Dieses kleine Geheimnis fanden Jan und Heiner anscheinend lustig. Sobald der Dude aus Hamburg anrauschte, gaben sie ihm eindeutige Handzeichen, ob der Dorfpolizist in der Nähe oder die Luft für den Führerscheinlosen rein war. Für Norddeutsche in diesem Teil des Landes galten solche Äußerungen schon als ungewöhnliche emotionale Ausbrüche. Nur als der Dude einmal aus dem Garten heraus mit dem Bauern von nebenan ein kurzes Gespräch anfangen wollte, dessen Weiden bis an seinen Zaun reichten, erhielt er eine Abfuhr. Der Dude sagte: »Moin, moin, alles klar?« Der Landwirt guckte ihn an, ohne eine Miene zu verziehen, und drehte sich um. Als er das bei seinen beiden neuen besten Kumpeln Jan und Heiner erwähnte, nickten die.

»Jau, das ist der Petersen. Das ist man einer.«
»Aber nette Jungs.«
»Arme Kerle.«
»Jau.«
Sie tranken schweigend weiter. Es war die knappste Verurteilung, die der Dude je gehört hatte.

Bauer Peter Petersen mochte den Dude nicht. Er mochte nicht, wie der aussah und herumlief, er mochte nicht, wie der sprach und wo der herkam. Bauer Petersen wollte nicht laufend Musik von dem Gelände hören und regte sich bei jedem fremden Auto auf, das sich näherte oder entfernte. Er wollte nicht, dass der Dude und andere nackt auf dessen Grundstück herumliefen, er hasste es, wenn er das laute Juchzen vernahm oder nachts sogar frivoles Stöhnen. Er verachtete die Männer vom Ruderclub, die sich mit so einem verbrüderten, und hatte seinen beiden Söhnen Paul und Hans streng verboten, sich mit dem oder anderen Fremden auf dem Gelände auch nur zu unterhalten. Ein paar Mal hatte er sie bereits erwischt, wie sie vom Wiesenrand mit seinem Feldstecher das Haus des neuen Nachbarn observiert hatten, versteckt in einem Busch. Er wusste, dass sie dort Ausschau hielten nach nackten oder leicht bekleideten Mädchen. Die Zwillinge waren in einem schlimmen Alter, nur Flausen im Kopf und Weiber. Morgens fand seine Frau manchmal zerknüllte Taschentücher unter ihren Kissen, er wollte davon gar nichts hören, er ließ sie noch härter arbeiten. Sie stellten ihm zu viele Fragen nach diesem Dude und dem Gesindel, das der mitbrachte. Er sah die Gier in ihren Augen. Er hatte sie eindringlich gewarnt. Seine Schläge hatten ihre Wirkung nicht verfehlt, hoffte Petersen.

Der Bauer hatte die Leute von der Computerfirma schon schlimm gefunden, die dort vorher gearbeitet hatten, aber der Dude war in seinen Augen ein noch viel größeres Ärgernis – außerdem wehte manchmal von der Halle so ein seltsamer Geruch herüber. Er kannte Typen wie den, viel reden, nicht richtig arbeiten, aber immer viel Geld auf der Tasche und einen Spruch auf den Lippen. Bauer Petersen hatte die direkte Zufahrt zu dem Haus, die über sein Gelände führte, schon vor langer Zeit unterbunden. Deswegen mussten der Dude und seine Besucher immer den lästigen Umweg über das Clubgelände fahren. Leider unterbanden die Ruderer das nicht, weil da auch schon zu viele Fremde und Angsthasen saßen. Er mochte die Wassersportler nicht. Er redete nicht mit ihnen und mied jeden Kontakt. Wenn sie ihre Partys feierten, fuhr er vorher gern den Mist durch die Straßen und schüttete so viel Jauche wie möglich auf seine Felder in der Nähe. Bauer Petersen wünschte, sein Großvater hätte nie die Wiesen vorne am Ufer verkauft und sein Vater nicht auch noch das Haus am Wasser, dann hätte er heute diese Probleme nicht. Das waren schwere Fehler gewesen, leider juristisch nicht anfechtbar. Er hatte alles überprüfen lassen. Manchmal träumte er davon, wie eine große Flut alle Probleme für ihn erledigte. Es gab nur noch wenige im Dorf, die ihn grüßten, aber das kannte er schon von seinem Vater. Das ist eben der Preis, wenn man den größten Hof am Ort hat, dachte

Bauer Petersen, den Neid habe ich mir durch meine Arbeit hart verdient.

*

»Hase, denk bitte dran, nächste Woche Samstag ist Familienfeier.«

»Du Schatz, das geht nicht, ich kann nicht mit zur Familienfeier.«

»Wieso das denn nicht?«

»Schatz, da habe ich gerade Ernte!«

»Du bist nie dabei!«

»Ja, aber wer soll es denn sonst machen, die beklauen mich doch sonst.«

»Es ist immer dasselbe! Ich bin dir völlig egal. Meine Familie ist dir völlig egal.«

»Aber so läuft das Geschäft, wenn geerntet wird, wird geerntet, das weißt du doch!«

»Ich hasse dich!«

»Was soll ich denn machen?«

Türenknallen. Weg war sie.

Der Dude stand verdattert in Unterhose in der Küche. Ihr Kaffee dampfte noch heiß aus der Tasse, das Ei war nur halb aufgegessen, Madame war richtig sauer. Er war von dem Ausbruch etwas überrascht worden, obwohl dieser Punkt ein Dauerthema zwischen ihnen war. Ihr war die Familie sehr wichtig. Ihm war die Plantage sehr wichtig. Aus seiner Sicht gab es nicht viel Spielraum für Kompromisse. Gerade in letzter Zeit forderten die neue Anlage und die neue Dimension des Geschäfts ihn mehr denn je. Er war hochmotiviert, aber auch gestresst. So gestresst, dass ihm die ersten kleineren Hinweise auf einen bevorstehenden emotionalen Tsunami von Madame schlicht entgangen waren. Kein gutes Zeichen.

Der Dude verstand seine Frau natürlich. Ordentliche Hamburger Familie, hanseatisch in Herkunft und Erziehung, ihr Stolz darauf. Grundsätzlich keine unangenehmen

Leute, aber ein bisschen anstrengend. Anstrengend fand er aber vor allem, dass er ihnen laufend etwas vorspielen musste, um das Geheimnis zu wahren. Das konnte er zwar mittlerweile ganz gut, aber es gefiel ihm nicht. Er war nicht gern der Lebens-Schauspieler, der anderen eine Welt zusammenlügen musste. Also vermied er Begegnungen lieber. Aber das Hauptproblem waren die geschäftlichen Verpflichtungen. Wachstumsphasen, Blütephasen, Erntephase. Jeder Tag Verzögerung bedeutete Verluste und Probleme mit Abnehmern und Mitarbeitern. Er hatte sich um ein florierendes Unternehmen zu kümmern, das in einem sehr sensiblen Markt unterwegs war. Das erforderte viel Zeit, die man keineswegs frei einteilen konnte. Und wie bei jedem Mittelständler war er selbst der entscheidende Faktor, auf ihn kam es vor allem an, da gab es nicht noch hundert andere Mitarbeiter, an die er gewichtige Dinge delegieren konnte, auch wenn er sich schon oft auf den Kleinen, Little Brain und Eight Fingers verließ. Aber laufend konnte er die Erwartungen der anderen Seite nicht erfüllen. Nicht die seiner Frau, nicht die ihrer Familie. So war er der Mann an Madames Seite geworden, der nie greifbar war. Der Familie kam das natürlich komisch vor, unhöflich, unmöglich und falsch. So verhielt man sich in ihren Kreisen nicht, so behandelte man Madame nicht, das war jenseits dessen, was die Familie erwartete – und duldete.

Er ging langsam ins Schlafzimmer. Madame lag auf dem Bett, das Gesicht in einem Kissen vergraben.

»Hey.«

»Was willst du? Du hast doch keine Zeit …«

»Ich …«

»Komm, schnell weg, die Ernte wartet, was verschwendest du hier deine Zeit? Wo doch Little Brain und Eight Fingers auf dich warten, die verstehen dich wenigstens richtig, das ist doch mehr so dein Kaliber …«

Wenn Madame wollte, war sie eine mobile Guillotine. Sie blickte ihn mit roten Augen an, das Kinn leicht nach vorne geschoben, die Haare hingen ihr ins nasse Gesicht. Mit verweinten Augen sind nicht viele Frauen so sexy, dachte der Dude kurz, aber auch nicht so gefährlich.

»Ich habe es mir anders überlegt. Ich komme mit!«

*

Der Dude kam extra etwas später, das hatte er in schwierigen Verhandlungen mit Madame vereinbart. Er nahm das Familienfest sehr ernst. Er hatte sich seinen neuen Schottenstoffanzug angezogen, das türkise Tartan-Muster erschien ihm passend. Das mochten die aus dieser Gesellschaftsschicht doch, wenn man so ein bisschen mit historischen und internationalen Bezügen spielte. Was ihm niemand sagte: Er sah damit zehn Meilen gegen den Nordostwind aus wie ein Kiez-Lude der ganz alten Schule. Madame konnte es ihm nicht sagen, weil sie es nicht sah. Die anderen sagten es ihm nicht, weil sie sich nicht trauten.

Dass er das richtige Outfit gewählt hatte, war ihm sofort nach dem Eintreten im feinen Hotel Louis C. Jakob direkt an der Elbe klar: Nicht wenige drehten sich um. Sollten sie doch ruhig schauen, so einen feinen Stoff bekamen sie nicht jeden Tag zu Gesicht, hier war ja mehr so Friedhofsschwarz und Grauemausgrau die Trendfarbe für den Herrn. Entweder diese Typen gaben Tausende Euro für maßgeschneiderte Anzüge aus, die an ihren Hängeschulter-Skeletten wirkten wie die billigsten Kombinationen von C&A, oder sie wählten Schnitte und Farben, die sie so unscheinbar wie nur möglich aussehen ließen. Das demonstrativ Unscheinbare war es, was er am meisten an Menschen dieser Art verachtete. Sie taten so zurückhaltend und unscheinbar und waren doch die Eitelsten und Egomanischsten, die Bedeutungshungrigsten und Auftrumpfendsten. Der Ehrgeiz schwitzte aus jeder ihrer gepflegten Poren, aber nicht nur der. Eigentlich duftete es in diesem Teil Hamburgs aus fast jedem Anzug nach dieser einzigartigen Mischung aus Gier und Angst. Nicht sein Parfum, so viel stand fest.

Madames Mutter eilte mit ausgestreckten Armen auf ihn zu. Eine wie natürlich wirkende simulierte Begrüßungsfreude, die selbstverständlich eine demonstrative Integrationsgeste war, gedacht für alle anderen. Er sah das und verstand es sofort so, wie gemeint war: als Ausdruck echter Sympathie. Er mochte Madames Mutter mittlerweile richtig, sie war vom Scheitel bis zur Sohle: eine coole echte Dame.

Zwei Schritte, zwei Küsschen, aufmerksam beobachtet von fast allen. »Dude, wie schön, dass du es geschafft hast, welch Freude, dich hier zu sehen!« Die Stimme hallte klar durch den Raum.

Madame vernahm das Signal und kam schnellen Schrittes zu ihnen. Noch eine Umarmung, Kuss auf den Mund, aufgeregtes Beieinanderstehen schafft Aufmerksamkeitskapital, Bedeutungsvorbehalt der anderen im Hinterkopf, Achtung, hier entsteht eine verschärfte Sozialplastik, Punkte setzen, Punkte sammeln, er machte einfach mit, es ging ganz leicht. Die Mutter lächelte ihn irgendwie wissend an, was irritierend war, aber es fühlte sich warm und richtig an, die Dame hatte es drauf, it's the society, stupid.

Der Dude erkannte Oma Gertrud, den eigentlichen Anlass des Zusammenkommens. Sie sah aus wie schlecht geliftete 75, wurde aber heute wohl 85, was wiederum für das Lifting sprach, vielleicht aber auch für die konservierende Kraft ihres geliebten echt schottischen Single Malt Whiskeys. Es war einerlei. Onkel Herbert lief durchs Bild, Großneffe Willi, Cousin Freddy winkte linkisch herüber, Tante Elisabeth tuschelte mit der Schwester der Mutter, am Buffet stand jemand, der von hinten aussah wie der Bürgermeister, beugte sich da tatsächlich der Innensenator über den Salat, es war so privat, wie eine Familienfeier in den Kreisen der Mutter werden konnte.

»Viel Spaß, die meisten beißen nicht«, sagte die Mutter und verabschiedete sich vom Dude und von Madame mit einem sanften Schubser, um ihren alten Buddy, den Direktor des Vier Jahreszeiten, zu begrüßen, »auf jeden Fall nicht so heftig, wie man vermuten würde.«

So geballt hatte er die Verwandtschaft noch nicht erlebt. Madame nutzte die Chance und schleppte ihn von einem zum anderen, stellte ihn allen vor. Je später der Abend wurde, desto lockerer die Atmosphäre. Die Würdenträger der Stadt hatten sich nach ein paar kurzen Standardreden, in denen sie Oma Gertrud für ihren Bürgersinn und ihr vielfältiges Engagement lobten und preisten, schnell aus dem Staub gemacht. Zurück blieben zwei Dutzend Angehörige und enge Freunde der Familie, die, wie der Dude wohlwollend feststellte, alle einen sehr ordentlichen Zug am Leibe hatten. Mit Onkel Herbert war er schnell beim Fußball, die Liga, die aktuelle Lage, welche Chancen er für seinen BVB in der laufenden Saison 2005/06 sehe und zu welchen Spielen er gehen wolle – es gab viel zu besprechen.

Die Männer zogen ihre Jacketts aus und bestellten Schnaps. So einfach hatte sich der Dude das nicht vorgestellt. Die älteren Herren wurden geradezu zutraulich. Großneffe Willi erzählte bereits den einen oder anderen anzüglichen Witz, Tante Elisabeth lachte am lautesten. Madame strahlte. Der Dude empfand plötzlich eine tiefe Zuneigung für diese Bande, die seiner Welt nicht ferner sein könnte. Sie machten es ihm sehr leicht.

Aber dann fragte Onkel Herbert, als schwerreicher Kaufmann auf drei Kontinenten aktiv, unvermittelt und mit etwas schwerer Zunge in eine Lach- und Sprechpause hinein: »Sag mal, du Dude, wenn du doch so ein unglaublich wichtiger und verdienter Mitarbeiter von diesem Baumarktdingens im Ruhrgebiet bist, dann kriegst du doch da bestimmt auch ordentlich Prozente, oder?« Herberts Gesicht glühte vor Freude, als ob er gerade die Weltenformel entdeckt hätte.

Alle anderen verstummten und blickten auf den Dude. Mensch, stimmt ja, dass sie darauf nicht selbst gekommen waren.

Der Dude sah hilflos zu Madame, die am Tresen mit ihrer Mutter lebenswichtige Dinge zu besprechen schien. Er sah die fragenden Millionärsgesichter um sich herum, Elbstraßen- und Alsterblick-Hamburger allesamt, von keiner materiellen Not oder irgendwelchen Selbstzweifeln jemals im Leben geplagt gewesen. Auf einmal hatten die alle einen seltsamen Glanz in den Augen.

»Junge, du kannst uns doch bestimmt so ein paar Sachen besorgen mit einem tollen Rabatt. Du bist doch deren Star.« Onkel Herbert zwinkerte verschwörerisch.

Der Dude verstand nur sehr langsam. Die wollten Rabatt. Die Millionäre wollten einen Nachlass im Baumarkt. Ihm wurde ganz warm. Er hatte doch nur diesen kleinen Joint geraucht vor der Abfahrt, und, nun gut, eben noch einen weiteren, draußen in der dunklen Ecke auf der Terrasse.

»Wie hoch ist denn dein Rabatt?«

»Zehn Prozent doch mindestens, oder?«

»Oder gar fünfzehn, das wäre fantastisch.«

»Nein, das muss mehr sein, er ist doch der wichtigste Mann im Laden.«

»Ja, das stimmt, so einem müssen sie doch zwanzig Prozent geben, wette ich!«

Die Diskussion um in herum tobte ohne seine Beteiligung. Sie hatten alle seine Geschichten geglaubt. Natürlich. Jetzt hatte er den Salat.

Andererseits, was sollte der Geiz? Sie glaubten die Geschichte? Gut für ihn. Gut für Madame. Gut für alle. Also würde er mitspielen, logisch. Ging gar nicht anders. Und wenn schon, denn schon, dachte der Dude. Er machte eine Aufmerksamkeit heischende Geste und sagte dann laut in die Runde: »Genau so ist es, meine Lieben. Ich bekomme einen Super-Spezial-Rabatt, wie ihn die Firma noch nie vergeben hat, ich kriege auf alles, und ich betone hiermit: wirklich auf alles genau 38 Prozent!«

Als die Zahl seinen Mundraum verließ, war er selbst etwas erschrocken, 25 Prozent hätten es ja vielleicht auch getan. Aber es war zu spät. Er sah die strahlenden Gesichter seiner Zuhörer, er hörte das aufgeregte Getuschel, er ahnte: Das würde der teuerste Satz seines Lebens werden.

Transportprobleme

Die neue Plantage war ehrfurchtgebietend groß, beachtliche Mengen waren zu erwarten gewesen, aber die theoretische Vorstellung, die ungezählten Berechnungen, die sie gemeinsam oder jeder heimlich für sich irgendwo hingekritzelt hatten, waren nichts, verglichen mit dem realen Ergebnis. Stumm standen der Dude, der Kleine, No Brain und Eight Fingers vor dem Ergebnis, das sie in der Halle ausgebreitet hatten, vor den Gras-Massen, wie man es nur nennen konnte. Erstmals hatten sie die Kapazitäten voll ausgenutzt. Weihevolle Stille. Ein neues Zeitalter war angebrochen. Es begann genau hier. Ein Wahnsinn.

»Wie kriegen wir das Zeug bloß weg? Dafür brauchen wir ja einen kleinen Laster …?«

Der Dude starrte Eight Fingers an. Der Kleine starrte Eight Fingers an. Selbst No Brain starrte ihn an.

Erster Gedanke: dümmste aller möglichen Bemerkungen im heiligen Augenblick des Epochenwechsels.

Zweite Überlegung: Fuck, der hat recht. Wie kriegen wir diese irren Massen in die Stadt?

Der Dude dachte kurz nach. Das Volumen der ersten 30 bis 35 Kilo, die hier auf den Abtransport warteten, war gigantisch.

Option eins: Den Kombi bis oben voll packen. In Müllsäcken, in Pappkartons wie bei einem Umzug. Da würde bei jeder Fuhre schon richtig was mitgehen, wenn man es geschickt anstellte. Aber 84 Kilometer mit diesem Hanf-Express über Landstraße und Autobahn? Zu auffällig, zu riskant, wurde verworfen.

Option zwei: Transportproblem wird dem Hauptabnehmer überlassen, dafür gibt es einen gewissen Preisnachlass. Vorteil: Man spart Zeit und Mühen, Risiko und logistische Probleme werden weitergereicht. Nachteil: Der Preisnachlass würde stärker ins Kontor schlagen als die zusätzlichen Kosten für den Transport in eigener Regie, der Kunde würde zu sehr Einblick in das innerste Wesen des Betriebs bekommen, und last but not least würde der Hauptabnehmer mit an Sicherheit grenzender Wahrscheinlichkeit zusätzliche Kräfte mit dieser Aufgabe betrauen, die jeder für sich ein zusätzliches Sicherheitsproblem im Sinne unerwünschter Mitwisser wären. Damit wurde Option zwei auch verworfen.

Option drei: Problem verschieben, erst einmal in Ruhe einen durchziehen.

Sie trotteten auf die Terrasse und ließen eine Tüte mit der neuen Ernte kreisen. Was für ein Geschmack, was für eine Würze, was für ein sensationelles Ergebnis. Andächtiges Schweigen. Möwen-Beobachtung. Enten-Zählung. Business-Glück. Glücks-Business.

»Wir könnten erst einmal ein halbes Kilo oder so mit der alten Luftfilter-Nummer in die Stadt bringen. Der Hauptabnehmer testet, in der Zeit überlegen wir uns eine Lösung …?«

No Brain kratzte sich die Narbe, an der einst die Kugel eingetreten war. Ein sicheres Zeichen höchster Erregung. Der Dude musterte intensiv den Joint in seiner rechten Hand, sah auf No Brain, der von sich selbst so verblüfft war wie alle anderen. So einen langen Satz hatte der Kerl seit Jahren nicht mehr gesagt. Beim Heiligen Bud, was hatten sie da nur für ein Kraut gezüchtet, das Stumme zum Sprechen brachte? Der Markt würde explodieren.

Die Luftfilternummer. Nicht ideal, weil zu klein, zu aufwändig, aber sicher. Der Kunde wartete dringend auf den neuen Stoff, sie mussten liefern, zumindest eine Probe. Den Rest würden sie später klären. No Brain, ihr neuer Vielsprecher, hatte recht.

Eight Fingers machte sich schon am Kombi zu schaffen. Bei offener Motorhaube nahm er ein paar Teile heraus, die man nicht so dringend brauchte, stopfte 100, 200 Gramm in den Hohlraum beim Filter, drückte noch 100 Gramm hinterher, dann war alles ausgefüllt. Dieses Versteck hatten sie früher oft für innerstädtische Kurierdienste verwendet, als sie noch mehrere Einzelkunden bedient hatten – für bis zu 200 Gramm war das eine praktische Sache.

Alle waren angenehm breit, es konnte losgehen. Der Dude steuerte den Kombi, neben ihm saß der Kleine, vor ihnen fuhr Eight Fingers in dem alten Golf als Vorhut. Er sollte vor möglichen Polizeikontrollen und Gefahren jeglicher Art warnen. Auf der Rückbank beider Wagen saß ungefragt, groß und fett, auch wenn es niemand zugeben wollte, ihre alte Freundin Paranoia. Mit jedem Kilometer wurde sie größer und bedrohlicher.

Der Dude sah den Kleinen kritisch von der Seite an: auffällig, der sieht doch total auffällig aus, dem sieht man doch den professionellen Kiffer auf zehn Meilen gegen den Wind an.

Stumm erwiderte der Kleine den bohrenden Blick: Der Dude sah aus wie ein Schmuggler, der ganze Gesichtsausdruck, die Körperhaltung, das Gehetzte, das ihn umgab, alles schrie: Ich bin schuldig, ich gebe alles zu.

Eight Fingers im Wagen vor ihnen hatte alle Scheiben runtergekurbelt und glaubte dennoch, im Grasgestank zu ersticken, den er aus seinen Poren plötzlich wahrzunehmen meinte. Die halten mich an, und ich bin geliefert. Ich glaube, ich bin sicher, weil ich nichts dabei habe, aber sie haben mich schon erkannt. Er erschrak, als er seine Augen bei einem Blick in den Rückspiegel sah, mit dem er sich vergewissern wollte, dass der Dude'sche Kombi noch hinter ihm war. Ängstliche Augen, rot geäderte Augen, Hanf-Augen, völlig klar, er hatte keine Chance.

Der Dude hatte Mühe, sich auf die Straße zu konzentrieren. Er sah die Zivis, überall saßen Zivis, in jedem zweiten Auto steckten staatsangestellte Kifferverfolger, die sich mit aller Macht als ordinäre Normalos zu tarnen versuchten, vergeblich zu tarnen versuchten, denn der Dude durchschaute ihr schäbiges Spiel. Der Rentner, der sich leidenschaftlich in der Nase bohrte, als sie ihn überholten, nur um keine zwei Minuten später wieder an ihnen vorbeizuziehen, lächelnd, ja, der hatte eindeutig herübergelächelt, da gab es kein Vertun, er hatte sie noch im Augenblick der Bespitzelung verhöhnt, so sicher fühlte er sich, genau wie die hanseatische Blondine, die ihn eben mit ihrem getunten S-Klasse-Mercedes mit LED-Licht in der Frontschürze und vor allem mit der 4-Rohr-Edelstahl-Auspuffanlage in der Sound Version »Earthquake« geschnitten hatte – nach dem 3er BMW war das wohl die schlimmste Proletenschleuder, die man auf deutschen Straßen treffen konnte, wie der Dude gleich wieder denken musste. Erstaunlich auch, was sich die Polizei mittlerweile für Autos leisten kann, überlegte er und bemerkte, nervöser werdend, dass die Blondine immer in ihrer Nähe blieb, obwohl er sich mal nach hinten fallen ließ und mal nach vorne zog. Junge Paare, die so taten, als ob sie sich unterhalten würden, Männergrüppchen, die sich in Kastenwagen, den sogenannten Idiotenbussen, als Handwerker getarnt hatten, Blaumänner, Handtattoos und Bratpfannen-Haarschnitt inklusive. Die Verfolgungsbehörden hatten keine Kosten und Mühen gescheut, um sie auffliegen zu lassen. Der Dude wischte sich die nassen Hände an der Jeans ab.

Ein Knall, der Kombi ruckelte seltsam, noch ein Knall, Auspuff, Qualm, eindeutig, das war ihr eigener Wagen, noch eine Mini-Explosion, der Kleine und der Dude sahen sich an.
»Oh no, der wird doch jetzt nicht ausgehen?«
Der Dude stocherte mit seinem rechten Fuß auf dem Gaspedal herum, mal zog er, dann wieder nicht, mehr Lärm, mehr Qualm.

»Wir halten auf keinen Fall an, wir fahren, solange es geht«, sagte der Dude.
Der Kleine nickte.
Fast 140 000 Kilometer hatte die Karre schon runter, noch nie, niemals hatte es ein Problem mit dem Motor gegeben, ausgerechnet jetzt, es war wie verhext.
Sie schafften es bis zur vereinbarten Übergabestelle, einem Parkplatz in der Nähe vom Bahnhof Dammtor. Eight Fingers öffnete die Motorhaube, der Kleine und der Dude hielten nach ihrem Kunden Ausschau. No Brain, der neue Non-stop-Talker, fluchte, hektisches Gepolter, Panik.
»Scheiße, das gibt es doch nicht.«
»Was ist los?«
»Das Gras ist weg!«
»Wie, das Gras ist weg?«
»Wie ich's sage, das gottverdammte Gras ist weg!«
No Brains Stimme zitterte, der Dude und der Kleine stürmten zum Auto. An der Luftfilter-Stelle war zu sehen: nichts. Was hieß: Alles weg. Riesenkatastrophe!
»Scheiße, wo ist mein Gras?!«
»Sag ich doch, es ist weg!«
»Aber wo ist es hin?«
»Keine Ahnung …?«
»Eight Fingers, hast du das auch richtig reingestopft …?«
»Dude, das ist jetzt echt unfair, ich habe das schon hundert Mal gemacht, und nie …«
»Ja, ja, ja, schon, gut, aber wo ist das verdammte Zeug?«
Gute Frage, hektische Antwortsuche. Sie stocherten im Motorblock rum, sie krochen unters Auto, sie gingen vor wie die Spurensicherung der Kripo und fanden – nichts. Riesenrätsel. Riesenmist. Riesenpeinlichkeit.
Dem Hauptabnehmer wurde schnell Bescheid gesagt. Treffen verschoben, unvorhergesehene Ereignisse, morgen selbe Stelle, selbe Zeit, ja klar, morgen klappt es, sorry auch, morgen bestimmt, wir garantieren, bis dann, tschüss.
Scheiße.

»Das ist bestimmt rausgesaugt worden!«

»Oder zwischen den Teilen durchgerutscht.«

»Der Fahrtwind, der Unterdruck, zack, weg ist es, wenn es nicht richtig sitzt oder reingestopft wurde …«

»Dude …!«

»Schon gut. Scheiße eben. Liegt wahrscheinlich irgendwo auf der Autobahn.«

So musste es gewesen sein. Der Sog ist stark, er zerrt am kostbaren Produkt, keine Chance hatten seine armen Pflänzchen, schwups, schon waren sie dahin. Wohl ein bisschen zu viel reingestopft. Wohl zu sicher gefühlt, wohl nicht richtig nachgedacht. Shit happens. Morgen eben noch einmal.

Der Dude brachte den Wagen zur Sicherheit zu einer befreundeten Werkstatt, der Lärm, der Qualm, eventuell zu viele Teile ausgebaut, die der Motor überraschenderweise doch braucht.

Drei Stunden später rief der KfZ-Meister an. Kombi tiptop, könnense abholen, ja, sofort, dann muss ich Ihnen auch noch was Seltsames zeigen, nee, kann ich nicht sagen, nee, nichts Schlimmes, kommense einfach vorbei.

Der Dude fuhr zur Werkstatt, die einem Kumpel gehörte, der auch gern Motorrad fuhr, Freund von Steely, alte Dortmund-Connection. Der war heute nicht da, aber alle wissen, er ist ein Freund vom Freund vom Chef. Harte Truppe, viel Testosteron, noch mehr Tattoos, hier und da Kutten an der Wand. Alle grinsten ihn bisschen zu doof und respektlos an. Der Meister mit den Gesichts-Spinnenweben und den Riesenlöchern im Ohr kam sich besonders schlau vor. Der Dude war sofort genervt.

»Willste gar nicht wissen, womit dein Filter verstopft war?«

»Nee.«

Der Mechanikerbrocken schob den Dude mit kumpelhafter Geste ins Büro. Der Dude sah nur diese komischen Löcher im Ohr, die ausgeleierten Hautläppchen, die den großen Plug gerade noch so halten können. Das ist das neue

Arschgeweih des gemeinen Handwerkers, dachte der Dude noch, da holte der Typ eine braunschwarz-verkohlte Wurst mit Zipfel aus der Schublade und legte sie triumphierend auf den Tisch.

Der Dude glaubte es nicht.

Der Ohrlochmann lachte, der Dude auch.

Nahm das Ding in die Hand, roch dran, schön würzig, schön hart, seine Graswurst. Das war es also. Der Wagen hatte sich sozusagen voll einen durchgezogen. Was da alles hätte passieren können. Hinter ihnen ein Polizeiwagen, aus dem Auspuff qualmt das beste Gras der Stadt, der ganze fucking Kombi sozusagen ein riesiger metallener Joint. Die Bullen dahinter. Werden total eingenebelt vom Auto-Bong, wissen gar nicht, wie ihnen geschieht, atmen komische Sachen ein, Qualm vom Kombi-Auspuff direkt in die Lüftungsanlage der Bullen an der Ampel, die Bullen lachen plötzlich wie blöd. Digga, was wäre das für ein Spaß gewesen.

Der Mechaniker und der Dude gaben sich High-Five. Irres Ding.

*

Dude-Workshop Part III: Ernte, Transport und Kokosmatten. Wurden die glitzernden weißen Härchen an den Blütenknospen braun, begann die Ernte. Alles überflüssige Grünzeug wurde entfernt und gesondert gesammelt, die Äste mit den Buds, den Blütenköpfen, dem eigentlichen Ziel aller Mühen, wurden zum Trocknen aufgehängt. Klein geschnittene Blätter oder Äste konnten als Füllmaterial verwendet werden, lehnte der Dude aber ab. Konnten aber auch in hochprozentiger Flüssigkeit wie Vodka mit Butter vermischt und ausgekocht werden. Daraus entstand Cannabis-Butter für diverse Verwendungen. Hielt der Dude für Schnickschnack. Normale Verwendung für den in Massen anfallenden Überschuss also: blaue Mülltüten.

Die gezupften Pflanzen wurden auf Netze zum Trocknen gehängt, war das Netz zu schwach, fiel alles zu Boden. Riesensauerei. Der

Dude zog die Lufttrocknung allen anderen Methoden, auch deutlich schnelleren, vor. So erzielte er den besten Geschmack – durch langsame, zeitintensive und behutsame Lufttrocknung. Um den Prozess zu beschleunigen, konnte man Ventilatoren aufstellen, die Feuchtigkeit aus der Luft saugten, wie man das von Baustellen oder aus Wohnungen mit einem Wasserschaden kennt. Dann musste man alle zwei Stunden literweise Wasser wegkippen. So konnte die Ernte innerhalb von vier Tagen trocken sein. Der Dude stand diesem »Schocktrocknen« sehr skeptisch gegenüber. Er fand die reine Methode ohne Hilfsmittel mit gut geregelter Zu- und Abluft eindeutig besser. Auf diese Weise wurde die Ernte in gut 14 Tagen fertig.

Das Gras nahm erstaunlich viel Raum ein. In ihre normalen adidas-Sporttaschen passten kaum mehr als 2000 Gramm. Später nahmen sie größere Treckingrucksäcke mit Gestell. Die fielen in der Öffentlichkeit kaum auf, seit halb Deutschland in hässlichen Outdoorklamotten herumlief und ein Volk auf Wanderschaft simulierte. In diese gingen bei harter Pressung gut sieben Kilogramm, manchmal sogar mehr. Als sie noch im Schuppen produziert hatten, liefen die Treffen nicht selten ab wie im Kino. Großkunde saß auf einer Bank mit der Tasche voll Geld, der Dude setzte sich mit der gleichen Tasche daneben, allerdings voll Gras. Nach einiger Zeit ging der Kunde mit der Tasche vom Dude, Ende des Deals. Gezählt und gewogen wurde erst zu Hause. Manchmal gab es extra Vorsichtsmaßnahmen: Die Beutel mit der abgepackten Ware in der Tasche wurden stark einparfümiert oder in Scheiße gewälzt, um mögliche Spürhunde abzulenken. Die Taschen kamen bei den wesentlich größeren Mengen der neuen Plantage und der Struktur mit lediglich einem Hauptabnehmer kaum noch zum Einsatz.

Ihre Stecklinge am Deich zogen sie in Steinwolle hoch. Dazu wurde die Steinwolle zuerst einmal ins Steinwollwasser getaucht, dann ausgedrückt und halb feucht gehalten (nicht zu nass – Fäulnisgefahr!). Ins Steinwollwasser gehörten ein Wurzelhilfsmittel und etwas Trichoderma Granulat, mit dem Schimmel unterdrückt wurde. Der Nahrungswert im Einweichwasser sollte zwischen 0,6 und 0,8 liegen, um unterschiedliche Werte im Substrat auszugleichen. Die Bewurzelungszeit betrug zwischen acht und zwölf Tagen, manchmal etwas länger. Die besten Resultate erzielten sie, wenn das Stecklinghaus in den ersten beiden Tagen nicht geöffnet wurde, weil das zu einer höheren Luftfeuchtigkeit führte. Ab dem 3. Tag öffneten sie das Stecklingshaus ein- bis zweimal täglich und nebelten es mit einer leichten Blattdüngerlösung ein. Die Lösung sollte einen pH-Wert zwischen 5,8 und 6,8 aufweisen, was den Stecklingen sozusagen Regenwasser vorgaukelte. Dabei war ein EC-Wert zwischen 0,2 und 0,4 vorteilhaft, die optimale Temperatur lag zwischen 24 und 28 Grad, am besten bei konstanten 26,5 Grad, mit einer Heizmatte wurde eine Bodentemperatur zwischen 18 und 22 Grad gehalten. Nach rund einer Woche begannen die Wurzeln der Hanfstecklinge zu greifen.

Die Stecklinge wurden in das neue Medium ihrer Wahl eingesetzt, Canna-CoGr-Matten, gepresste, trockene Kokosmatten, die aus einer Mischung aus Kokospulver, Kokosfasern und Kokosgranulat bestanden. Diese Matten kamen im getrockneten Zustand in einer Art Plastikschlauch in den Maßen von ungefähr einem Meter mal 15 Zentimeter an und passten genau in einen Blumenkasten. Pro Kasten wurden je nach Sorte vier oder fünf Stecklinge in die mit einer Nährlösung vorgewässerten Matten gesteckt und diese ans Bewässerungssystem angeschlossen. Durch die Feuchtigkeit quollen die Matten erheblich auf. Der größte Vorteil: Sie konnten mehrfach verwendet werden, falls sie schädlingsfrei blieben, was die Entsorgungsprobleme erheblich reduzierte (keine Erde!).

*

Das Schrillen der Alarmglocke riss den Dude aus dem Schlaf. Zerfaserte Dunkelheit, Schatten, die sich bewegen, kann gar nicht sein, ein neues Schrillen zerschnitt die Stille. Moment, hier gab es gar keine Alarmglocke, er war zu Hause. Er sprang auf, lief nackt zum Telefon, hastig, nicht noch einmal klingeln, bitte, nicht alle aufwecken. Das träge Herz bemühte sich ächzend, den plötzlichen Blutbedarf sicherzustellen, klappte nicht ganz, Kreislaufkirmes, der Dude wankte in den Flur und griff sich das laute Ding, bereits wach genug, um wütend zu sein.

»Was?«, bellte er in den Hörer.

Aber da wusste er schon, wer es war, logisch.

»Du schuldest mir 40 000 Euro!«

So sollte der Satz wohl lauten. Er klang doppelt so lang, an unmöglichen Stellen unterbrochen, eher Modell Buchstabensuppe, aber der Dude musste ihn gar nicht genau verstehen, weil er ihn bereits zu oft gehört hatte. Der giftige Satz. Der Lebensveränderungssatz.

»Gib mir endlich mein Geld, du Wichser, sonst mache ich dich fertig!«

Die Stimme des Bruders war noch breiiger als sonst. Alles schwammig, Gedanken, Worte, der Ton. Ein dumpfer Beat im Hintergrund. Stimmen. Mehr Gelalle. Der Dude schaute auf die Uhr am Handgelenk, 4 Uhr 18. Leicht bebend ging er in die Küche. Tür zu! Die Kinder! Madame!

»Du hast mich um meine Ernte betrogen, dafür musst du bezahlen …«

»Ich sage es dir jetzt zum letzten Mal: Es gab keine Ernte zu verkaufen, und alles, was in Blüte stand, habe ich dir in den Müllsäcken vor die Tür gelegt. Weil unsere Vermieterin sonst die Bullen gerufen hätte, wann kapierst du das endlich?«

»Ich will meine 40 000 Euro, du Verräter, und noch 10 000 oben drauf als Entschädigung für die Anlage, die du einfach abgebaut hast …«

»Du willst über Geld reden? Hier liegt eine Rechnung von unseren lieben Energie-Freunden, die 9000 Kracher für den Strom haben wollten, den unter anderem auch DU mit der Anlage verbraucht hast. Und wer hat die bezahlt? Wo bleibt dein Anteil?«

»Ich will die 50 000 Euro diese Woche, ich werde mir die Kohle holen, egal, ob du …«

Der Dude hörte gar nicht mehr genau hin, er hatte die Geschichte schon zwei Dutzend Male vorgekaut bekommen, 40000 oder 50000, bald würden es bestimmt 60 oder 70000 sein, warum nicht gleich eine Million? Er war wütend und hilflos zugleich. Wann genau hatte sein Bruder die falsche Abfahrt genommen? Michael war offensichtlich nicht mehr zurechnungsfähig. Und aggressiv. Er wurde immer aggressiver. Täglich rief er an, tagsüber, nachts, es schien immer schlimmer zu werden. Zwei Mal hatte er es gewagt, seiner Frau vor der Tür aufzulauern und sie anzuschreien, einmal waren sogar seine Söhne im Kinderwagen dabei gewesen, die sofort angefangen hatten zu weinen. Das war für den Dude zu viel. Nichts brachte ihn so schnell zum Kochen wie offene Aggression.

Unverhohlene Drohungen oder auch nur Andeutungen: Rote Linie.

Madame: tiefrote Linie.

Seine Kinder: blutrote Linie. Danger Zone.

Der Bruder hatte dafür kein Sensorium mehr.

»... und deswegen werde ich wohl noch einmal ein ernstes Wörtchen mit deiner Frau reden müssen. Auch meine bedauernswerten Neffen sollen ruhig wissen, was für ein Betrüger du bist ...«

Falscher Satz. Ganz falscher Satz.

»Wenn du dich noch einmal meiner Frau bedrohlich näherst, oder wenn du es nur wagen solltest, in der Nähe eines meiner Kinder aufzutauchen, geschweige denn, sie anzufassen, mache ich dich fertig, hast du das verstanden?«

Der Dude starrte auf den Hörer, die knarzende Stimme, Bässe, sein Bruder war für ihn sehr weit weg, er blickte nach draußen. Sein Bruder stammelte weiter. Er legte auf.

Friedlich lag der Schuppen unter ihm. Da hatte alles angefangen, die erste Pflanze im Majo-Eimer, ein verkrüppeltes Ding im ganzen großen Schuppen, was war das für eine Freude gewesen. Aufbruchstimmung, Neuanfang, diese Energie, diese Euphorie, das Gefühl, sie würden zusammen die Welt erobern können, *You'll never walk alone*, alles schien so klar und hell und glänzend. Ein halbes Dutzend halbwegs erwachsener Männer hatten sich lachend an die Hände gefasst und waren wie irre um diese pisselige Pflanze herumgetanzt. Sie war wie ein Symbol ihrer neuen Autonomie gewesen, in ihr hatte das Versprechen auf ganz viel Zukunft gesteckt. Keine Sekunde hatten sie darüber nachgedacht, wie das weitergehen könnte mit nur einer Pflanze und sechs oder sieben Jungs, die am liebsten von morgens bis abends konsumierten, ohne sich dafür krumm zu machen. Sie wollten doch nur ein bisschen kiffen, das war alles. Und der Kleine hatte sie auf den Weg gebracht. Der Dude musste lächeln. Er legte das Telefon auf den Küchentisch und zündete sich den Rest einer Tüte an, die er am Abend im Aschenbecher ausgedrückt hatte. Seine Uhr zeigte 4 Uhr 54. *There is no rest for the wicked ones.*

Wie glücklich der Kleine an diesem Tag ausgesehen hatte, ganz beseelt von der Freude der anderen und seiner Pflanze. Das war immer seine Mission gewesen, die anderen zu beglücken, Wissen weiterzuvermitteln, der ganze Typ war ein wandelndes Open-Source-Programm, als noch niemand in diesen Begriffen dachte. Alle hatte er damit angesteckt. Mit diesem jugendlichen, jungenhaften Elan, der keinen Pessimismus und keine schlechten Gedanken zuließ. Solche Menschen gab es eigentlich gar nicht. Der hatte einen geradezu göttlichen grünen Daumen und half ihnen, ihre Botanik-Ur-Seele zu entdecken und zu entwickeln.

Selbst sein Bruder, den kaum jemals was anderes interessiert hatte außer sein ganz eigener, höchstpersönlicher Gras-Konsum, war eine Zeit lang infiziert gewesen von diesem Geist. Sauberste Produkte, alles teilen, alle müssen rauchen, immer und überall, wir retten die Welt, indem wir sie rauchen lassen. Und irgendwie schien es auch die richtige Antwort auf die Fragen ihrer Kindheit zu sein. Der Dude und sein Bruder hatten nie gewusst, was sie werden sollten, nur, was sie nicht werden wollten: wie ihr Stiefvater. Günther war ihr Antiheld gewesen, der Loser, der Geschäftstrottel, der die Zeichen der Zeit nicht erkannt und geglaubt hatte, mit besonderer Qualität und besonderem Service im verarmten Ruhrgebiet gegen Megaläden à la »Hammerkauf« anzukommen. Als sie ihn Abend für Abend immer verknitterter und verbitterter vor dem Fernseher einschlafen sahen, hatten sie sich geschworen: So werden wir nie enden. Deswegen waren sie Feuer und Flamme für das Anbau-Projekt gewesen. Damals hatte der Bruder wenigstens noch eine Mission, dachte der Dude und starrte auf den Schuppen, der seit ihrem Auszug nicht mehr genutzt worden war, aber zu schnell kam das Koks hinzu, der falsche Stoff mit dem falschen Spirit. Die Mission löste sich auf in einer gnadenlosen Gier, und jetzt die Gier in einem kapitalen Dachschaden. So baute der sich seine Welt, immer schon. Der Bruder fühlte sich stets als Opfer. Besser: Nur so fühlte er sich wohl und konnte schön passiv bleiben. Sein Leben eine einzige Anklage – zu wenig Dope, zu wenig Geld, zu viel Arbeit, zu ungerechter Anteil an allem, eine permanente Weltverschwörung gegen einen unschuldigen Erdenbürger: seinen Bruder. Eigene Verantwortung für irgendwas: nö. Ein ödes Programm. Vorhersehbar. Langweilig. Und sehr unangenehm.

Klar, sein Bruder hatte immer auf die Fresse gekriegt. Erst vom Vater, angeblich, dann später vom Stiefvater, ganz sicher. Nur ein Jahr älter, aber dafür bei jeder Gelegenheit die doppelte Packung. Nicht schön, logisch, und manchmal hatte der Dude schon so etwas wie ein latentes Schuldgefühl gespürt, weil er nicht so viel abbekommen hatte. Andererseits: normale Härte. War den anderen in den Nachbarwohnungen in der Siedlung ja nicht anders gegangen.

Der Dude drückte den Stummel im Aschenbecher aus und öffnete die Tür zur Terrasse, um frische Luft hereinzulassen. Er hatte auch oft genug Prügel von Günther bekommen, bis er einmal im Affekt zurückgeschlagen hatte. Er, der Junge, hatte dem Erwachsenen den Kopf in den Magen gerammt. Das hatte den Dude selbst fast noch mehr erschüttert als zuvor die Prügel. Danach hatte Günther praktisch nie mehr mit ihm geredet. Auf dem Friedhof ist bessere Stimmung als bei uns, hatte er seinen Freunden damals gesagt. Die dachten, das wäre ein Witz, war es aber nicht. Schon lange hatte er damit seinen Frieden gemacht, Schluss, aus, vorbei, den ganzen Erinnerungsmüll einfach mal wegpacken und ohne den Ballast frisch durchstarten, frei sein. Der Bruder hatte nie aufgehört, sich in den Schmerzen der Kindheit zu suhlen, dachte der Dude, der brauchte das geradezu, immer wieder den Schorf abreißen, neu den alten Scheiß spüren, vielleicht, um überhaupt etwas zu spüren, aber immer im alten Dreck wühlen, das macht jeden kaputt. Und das war sein Bruder definitiv, kaputt. In dem steckte ein verwundetes Tier. Das war gefährlich. Damit kannte sich der Dude aus. Er zog die oberste Schublade der Anrichte auf und nahm die Ladygun heraus. Sie war frisch geputzt – und geladen. Am Wochenende würde er Madame im Wald das Schießen beibringen.

*

»Und das soll unser Mann sein? Ich meine, ist der wirklich zuverlässig?«

»Dude, ich vertraue dem, wie ich sonst nur dir vertraue. Okay, der hat so seine Macken, aber wer hat die nicht?«

»Ich weiß ja nicht, welche Macken du so hast, aber SO EINE wie der, die habe ICH ganz bestimmt nicht«

Der Dude saß mit dem Kleinen im Garten vor dem kleinen Teich in der Sonne. Argwöhnisch musterte er Gerd, den Taxifahrer, der ihre Transportprobleme lösen sollte. Taxi-Fernfahrt, paar Kisten von A nach B bringen, die eine oder andere Fahrt sogar auf Uhr, damit es nicht so auffällt, zu jeder Tages- und Nachtzeit buchbar, klang nicht schlecht. Könnte die Lösung sein. Aber war Gerd auch ihr Mann? Gerd, der als Raver getarnte Hippie mit Technoglatze. Bisschen viel Metall im Gesicht, bisschen zu tiefe Falten für seine 34 Jahre, möglicherweise viel gefeiert in seinem Leben, eventuell zu viel. Der Dude kannte ihn vom Sehen, vor allem aus dem Purgatory, als dieser Schuppen tatsächlich noch die Vorhölle gewesen war, damals, unten im Keller, mit diesen beiden kalt verschwitzten Engländern, die vor den Toiletten aus ihren prall gefüllten Plastikbeuteln das harte Glück verkauften, da war ihm der kosmische Gerd, wie sie ihn genannt hatten, mehrfach aufgefallen. Sehr lustig, aber auch sehr exzessiv, hemmungslos, schnell out of control, willkommen auf jeder richtigen Party, aber für so einen sensiblen Job?

Der Kleine ahnte, was der Dude dachte.

»Das Purgatory ist schon lange Geschichte, Dude, für uns alle.«

»Ja, ja, stimmt, aber bei dem bin ich mir nicht wirklich sicher.«

Große Zweifel. Berechtigte Zweifel, wenn man das Bild dazu nahm, das sich vor ihnen entfaltete. Eben hatten sie noch alle hier im Garten am Deich friedlich am Tisch gesessen, plötzlich, ohne jede Vorwarnung, wenn man seinen Verzehr von fast zwei Flaschen Wein innerhalb von einer halben Stunde plus ein, zwei imposanten Tüten ignorieren wollte, war der Gerd aufgesprungen, hatte sich das Hemd vom Leib gerissen und war barfuß in seinen deutlich zu engen Jeans-Shorts, wie der Dude fand, in hohem Tempo zum Weidezaun gelaufen, über ihn geflankt und hatte dann begonnen, mit seltsamen Grunzlauten und Juchzgeräuschen die bis eben friedlich vor sich hin grasenden Kühe und Jung-Bullen von Bauer Petersen aufzuschrecken. Präziser: Er wollte sich mit aller Gewalt auf den Rücken eines der erschrockenen Tiere schwingen. Skeptisch verfolgte der Dude die Vorstellung seines potenziellen Mitarbeiters. Gerd hastete über das Feld, er fiel hin, er rappelte sich wieder auf, er blieb in einem Kuhfladen stecken, er knallte mit der Visage voll in einen Scheißehaufen, er rannte und rannte, einmal saß er kurz auf einer Kuh, die fast einen Herzinfarkt bekommen hätte, selbst die Jung-Bullen waren in Panik auseinandergelaufen, als der spindeldürre Wahnsinnige auf seinen käsigen Storchenbeinen auf sie zustürmte und sie über den Acker jagte.

DIESE Macke haben garantiert nicht viele, dachte der Dude.

Momentan ritt Gerd auf einer altersschwach aussehenden Kuh, die Schaum vor dem Maul hatte. Er riss an einem ihrer Ohren und ballte eine Siegesfaust. Ihr Buffalo Bill vom Deich. Im Hintergrund hörte man jetzt eine lauter werdende Stimme. Sie sahen Bauer Petersen mit einer sehr großen Forke von der anderen Seite heranstapfen. Auch er schwang eine Faust, die sah aber anders aus. Gerd rutschte vom schwarz-weiß-gefleckten Tier und hüpfte mit ballettartigen Schritten in ihre Richtung. Bauer Petersen verfluchte ihn lautstark.

Der Dude rieb sich das Kinn. Spitzenvorstellung. Er hätte lieber beim Arbeitsamt Altona um Verstärkung gebeten. Na ja, kleiner Scherz.

»Du glaubst wirklich, das ist der Richtige?«

»Ich schwöre. Nüchtern ist der Bombe.«

»Na toll. Und wenn er nie nüchtern ist?«

»Lass ihn uns einfach ausprobieren.«

»Was ist mit den Storys, er hechelt auf allen vieren durch Lokale und hält sich für einen Wolf?«

»Wenn es auch nur das kleinste Problem gibt, kicken wir ihn wieder raus.«

»Wie viel?«

»300 Euro pro Kilogramm.«

»No way. 300 für zwei.«

»Ich rede mit ihm.«

»300 für zwei. Sonst kann er wieder seine Kühe vögeln gehen.«

Der Kleine lachte. Sie reichten sich die Hand. Deal.

*

Der Hauptabnehmer zahlte 3400 Euro für ein Kilogramm. Das war für die Top-Ware des Dude nicht sehr viel, aber er nahm dafür große Mengen ab, alles, wenn der Dude es wollte. Im Einzelverkauf ließ der Dude sich bis zu 4500 Euro pro Kilo geben, für 1000 Gramm aus seiner kleinen Geheimwerkstatt mussten die wenigen Genießer, die er an diesem Gourmet-Vergnügen teilhaben ließ, sogar 5500 Euro hinlegen. Der Dude war nicht billig, aber er hatte ja auch das beste Zeug des Nordens. Qualität hatte ihren Preis, Premium-Markt eben, schon klar.

Alle rauchten sein Gras. Die Musiker, die Werber, die Hip-Hopper, die Hafenstraßler, die Studenten, die Banker, die Immobilienmakler, die Gastronomen, die Anwälte, die Busfahrer, die Rocker, die Hebammen, die Pommesbudenbesitzer, die Abiturienten, die St.-Pauli-Fans, die HSV-Fans, die Schauspieler, die Penner. Sie rauchten es auf der Straße, auf Konzerten, in Kneipen, in Wohnzimmern, im Laufhaus, in den Gärten der Villen an der Elbchaussee, sie rauchten es auf Bodos Bootssteg und rund um die Alster, vor dem Michel und neben Lucullus, neben der Davidwache, wahrscheinlich auch drinnen, einfach überall. Egal, wo er hinging, roch es nach seinen Pflanzen, die er immer sofort erkannte, natürlich. »Du riechst doch deine Babys«, pflegte er zu sagen, »der Geruch ist ein Markenzeichen, das ich augenblicklich erkenne, da brauche ich nicht dran zu ziehen, ich weiß in der Sekunde, wenn diese kleinen zarten Atömchen meine Nasenschleimhäute streicheln, yes, ihr seid meine Geschöpfe, meine Arbeit, mein Stolz.« Das Glück des Unternehmers, der die tiefsten Wünsche seiner Kunden vollumfänglich befriedigt sieht. Entfremdung von der Arbeit? Kannte der Dude nicht.

Der Kleine erklärte ihre Arbeit zu einer subversiven Aktion: »Wir überwinden mitten im Kapitalismus den Schrecken des Kapitalismus mit unserem eigenen Kapitalismus, das ist revolutionär!«

Der Dude verstand kein Wort, er wusste nur: Es war wie ein göttlicher Traum. Alles schien zu klappen, alles funktionierte. Das Geld floss in Strömen, die Produktion lief reibungslos, der Markt war begeistert. Das beunruhigte ihn in seltenen schwachen Momenten auf eine eigenartige Weise, in denen er sich fragte, ob er nicht irgendwann sein persönliches Glückskapital aufgebraucht haben würde. An einem Abend fragte er Madame gedankenverloren: »Es läuft gerade so schön. Sollten wir jetzt nicht lieber aufhören?«

Sie schaute ihn irritiert an. »Was ist das denn für ein Spruch? So zaghaft kenne ich meinen Dude ja gar nicht. Papperlapapp. Jetzt geht es doch erst richtig los! Außerdem: Was sollen wir denn sonst machen? Du liebst doch deinen Beruf!«

Er lachte und prostete ihr zu: »Ja, klar, hast ja recht! War nur ein Witz.«

Mitarbeiter des Monats Juni: Gerd. Gerd kam pünktlich. Gerd lieferte zuverlässig ab. Mitarbeiter des Monats Juli: Gerd. Gerd rief an, wenn es Probleme gab. Gerd informierte alle bei Verspätungen. Mitarbeiter des Monats August: Gerd. Gerd klagte nicht über absurde Abholzeiten im Morgengrauen. Gerd packte mit an beim Beladen. Mitarbeiter des Monats September: Gerd. Gerd überschritt keine Geschwindigkeitsbegrenzung und parkte nicht im Halteverbot. Mitarbeiter des Monats Oktober: Gerd. Gerd rauchte nicht mehr im Taxi, er konsumierte überhaupt nicht mehr.

Der Mann war ein Volltreffer. Dieser Einsatz, dieser Ernst, dieses Verantwortungsgefühl, da freute sich jede Personalabteilung. Gerd war die Lösung all ihrer Transportprobleme. Gerd hatte sich eine Belohnung verdient. Super-Mitarbeiter Gerd durfte bei ihrer nächsten kleinen privaten Feier dabei sein.

GESELLSCHAFTS-SPIELE

Madames Mutter hatte am Sonntagnachmittag zum Tee geladen und möglicherweise eine klitzekleine Inkompatibilität bei der Gästeauswahl übersehen. Als ihr diese auffiel, war es bereits zu spät. Die auf handgeschöpftem Büttenpapier versendeten Kärtchen hatten ihre Adressaten überpünktlich erreicht, und alle hatten freudig zugesagt, auch ihr alter Studienfreund Lukas Steintal aus Potsdam, mit dem sie an der FU viel Spaß gehabt hatte, damals, in ihrer radikalen Phase. Die hatte allerdings bei Lukas nie richtig aufgehört, weswegen sie ein wenig beunruhigt war. Sie kannte keinen liebenswerteren und zugleich griesgrämigeren Mann als Lukas. Die Frauen: meist furchtbar komplizierte Geschöpfe, die nur Ärger wollten. Andere Männer: alles uninteressante Langeweiler oder ölige Angeber. Andere Anwälte: Verräter an der linken Sache oder unfähige Emporkömmlinge, die durch ihre plumpe Dummheit dem ganzen Rechtssystem Hohn sprachen. Denn das war Lukas: Anwalt. Ein genialer Strafrechtler, der unter seiner überbordenden Intelligenz genauso litt wie seine Umwelt, der er dank eines intellektuellen Tourette-Syndroms permanent die furchtbarsten Wahrheiten an den dummen Kopf schmiss. Allein war Lukas die Liebenswürdigkeit in Person, in Gesellschaft eine scharfgemachte Handgranate mit dem sozialen Sensorium einer Scheibe Brot. Weswegen ihn die Mutter manchmal zu als bedrohlich langweilig eingestuften Events einlud, um ein wenig Stimmung hineinzubringen – was in der Regel gelang. Leider war ihr entgangen, dass sie auch seinen »Kollegen«, Anwalt Dr. Motev, eingeladen hatte.

Dr. Motev sah mit seiner stets ein wenig zu sehr gebräunten Haut und den nach hinten gegelten Haaren fast aus wie Michel Friedmann, stand auch tatsächlich den Konservativen nahe und war ein fanatischer Unterstützer der Präventions-Aktion »*Fun is our only drug*«, bei der Madames Mutter selbst ebenfalls mitmischte, wenn auch mehr aus gesellschaftlichen Kontaktgründen. Gott, was hatten sie sich denn früher als Studenten alles gegönnt? Von den vielen Alkoholikern in den sogenannten besseren Kreisen mal ganz abgesehen. Außer ein paar verkorksten Ideologen meinte das Engagement doch sowieso kaum jemand ernst. Wer wollte denn den sympathischen jungen Leute von heute vorschreiben, womit die sich zu berauschen hätten? Lächerlich.

Auf dem Höhepunkt des Heroinproblems in der Stadt war es allerdings unmöglich gewesen, sich nicht zu engagieren, und so war sie später mehr aus Zufall dabei geblieben – wie viele andere Honoratioren auch. Deswegen war die Initiative heute einer der wichtigsten Treffpunkte für Entscheider und Macher – darum war der ehrgeizige Dr. Motev dort aktiv. Für ihn lohnte sich das Engagement sehr. Fast alle waren mittlerweile Klienten seiner Kanzlei, einer der größten der Stadt. Allerdings war Dr. Motev, der offensichtlich weitergehende politische Ambitionen hatte, teilweise in seinen Ansichten so manisch, so kompromisslos und missionarisch, dass selbst die Polizei der Hansestadt liberalere Standpunkte zu vertreten schien. Dr. Motev und Lukas, das konnte eigentlich nur ins Auge gehen.

*

Es war fast Mitternacht, alle schliefen, nur der Dude spielte noch ein bisschen *World of Warcraft*. Das Telefon klingelte, er griff gereizt zum Hörer.

»Ich habe dir tausendmal gesagt, du sollst nicht mehr anrufen.«

»Ist da Andreas Leuten?«

Eine fremde, ältere, metallisch klingende Stimme, nicht

sein Bruder, so viel stand fest. »Andreas Leuten«, das war mal der Taufname des Dude gewesen, damals, in einem anderen Leben. So hatte ihn seit vielen Jahren niemand mehr genannt.

»Wer will das wissen?«

Stille. Sauggeräusche. Schnaufen.

»Dein Vater.«

»Wollen Sie mich verarschen? Wer zum Teufel sind Sie?«

»Dein Vater, glaub mir doch.«

»Jetzt pass mal auf, egal, wer du Penner bist, rück deinen Namen raus, oder ich lege sofort auf.«

»Hier ist dein Vater. Hier ist Adalbert Leuten.«

Der Dude hielt die Luft an. Die Stimme am anderen Ende klang kalt, elektronisch fast. Entweder war das ein sehr makabrer Scherz, der Konsequenzen haben würde, oder ... Adalbert Leuten, so hieß tatsächlich sein sogenannter leiblicher Vater, die sagenumwobene Figur, die einfach verschwunden war, die Lichtgestalt, zu der sein Bruder und er sich den echten Vater immer hochgedichtet hatten, weil sie sonst nichts hatten, an das sie sich hatten klammern können. Keine Fotos, keine Erzählungen, nichts, ihre Mutter hatte jedes Zeugnis verweigert beziehungsweise alles als verloren oder zerstört gemeldet. Adalbert Leuten. Seit mehr als 30 Jahren hatte er nichts mehr von diesem Menschen gehört, seit vielen Jahren nicht einmal mehr an den Namen gedacht.

»Das glaube ich nicht«, sagte der Dude, »wie soll ich wissen, ob Sie mein Vater sind, da kann ja jeder kommen, und selbst wenn, ich kenne Sie ja eigentlich gar nicht, ich ...«

»Ich habe deiner Mutter Hildegard damals große Schmerzen zugefügt und mich aus Scham nie wieder gemeldet. Aber jetzt bin ich alt und krank und will reinen Tisch machen, endlich.«

Der Dude vermisste plötzlich seine Kniegelenke, aufwallende Hitze machte ihm zu schaffen, der Kopf fühlte sich seltsam leicht an, bisschen wackelig alles.

»Ja, aber wie, ich meine, und was wollen Sie ...«

»Du kannst ruhig Du sagen, du bist mein Sohn.«

»Okay, okay, also was willst du jetzt genau, wie hast du dir das vorgestellt?«

Der Dude hoffte auf eine längere Antwort, um seine Gedanken sortieren zu können. Adalbert Leuten. Sein verlorener Vater. Er konnte es immer noch nicht fassen oder glauben. Die Stimme klang seltsam, nicht echt, wie vom Band.

»Die Leitung scheint so komisch, Ihre Stimme, also deine Stimme klingt so verzerrt?«

»Ich habe ein Gesundheitsproblem, das mich sehr beeinträchtigt, wovon ich dir später mehr erzählen werde.«

Der Dude saß auf dem Teppichboden und versuchte, die Fotografien seiner Söhne an der Wand gegenüber zu fixieren. Die knarzende Stimme fasste in knappen Worten ein Leben zusammen, ein Leben, das zumindest er, der Dude, verpasst hatte. In ihren Träumen war ihr echter Vater ein Held gewesen, ein unerschrockener Kämpfer für die Familie und das Gute, ein Edelmann mit großen Reichtümern und großem Herzen. Das hatte seinen Bruder und ihn das reale Elend mit Stiefvater Günther leichter erleiden lassen. Sie hatten jahrelang so intensiv über diesen erfundenen noblen Vater geredet, bis sie fest an dessen Existenz geglaubt hatten. Sie gaben mit ihm auf dem Spielplatz an, der Dude erzählte später öfter von ihm bei seinen neuen Hamburger Freunden, wenn er seine Vergangenheit aufpolieren wollte.

Seltsam berührt lauschte er dem Mann am Hörer, der ihm mit dieser seltsamen Stimme erzählte, dass er, der Dude, eigentlich aus einer wohlhabenden Familie käme, zu deren Besitz Immobilien nicht nur in München und Düsseldorf gehörten, sondern auch eine Pension im Bayerischen Wald und eine kleine Möbelmanufaktur bei Bünde. Durch üble Machenschaften sei er, Adalbert Leuten, zwar wiederholt um seine Ansprüche geprellt worden, aber er werde nicht eher ruhen, bevor nicht ihm selbst und seinen »geliebten Söhnen« Gerechtigkeit widerfahre.

»Na ja, geliebte Söhne, wir wollen es mit den Gefühlen

nach dreißig Jahren Funkstille von deiner Seite nicht übertreiben, okay?«, entfuhr es dem Dude.

»Ich verstehe, dass du ungehalten bist, aber ich werde alles wiedergutmachen. Lass uns bald treffen, dann können wir in Ruhe über alles reden.«

Sie verabredeten einen Termin, er gab dem Dude eine Kreuzberger Adresse. Sie verabschiedeten sich sehr förmlich.

*

Der Dude und Madame liebten Partys, große, scharfe, wilde Partys, bei denen alle durchdrehten und sich Grenzen verschoben. Turn on, tune in, drop out, auf geht's. Gut zwei Dutzend engerer Freunde waren in der Wohnung, überall lag viel zu viel von allem, Alkoholika aus aller Welt, wer rauchen wollte, rauchte, exquisite Gras- und Dope-Sorten in getrennten Töpfen, Blättchen und Bongs in allen Größen, ein paar Bekannte hatten auch an die Nasivisten gedacht, das fand der Dude so mittelprächtig, wollte aber niemandem die Laune verderben. Seit den 90ern war das ja gewissermaßen die Grundausstattung für jedes ordentliche Fest, also standen hier die üblichen kleinen Schälchen mit weißen Haufen, bisschen Coca, bisschen MDMA zum Dippen, sogar ein kleines Fläschchen Poppers hatte jemand mitgebracht – gut, dass die Zwillinge bei der Mutter waren.

Laute Kulisse, schöne Kulisse, geile Kulisse. So viele Körper, die gern Körper waren, so viel Nähebedürfnis, sagenhaft. Wo so gefeiert wurde, waren auch immer die schärfsten Frauen, logisch. Sie waren plötzlich da, von irgendwoher von irgendwem mitgebracht, egal, Hauptsache genug und in der richtigen Stimmung. Ewiges Nachtleben-Grundgesetz: Die Mädchen kommen zu den Drogen. Präziser: Die allerschärfsten Mädchen kommen immer zu den Drogen. Die allerschärfsten Typen auch, na ja, manchmal. Das war ja die Wahrheit, die einem die Eltern oder die Lehrer oder die

»Keine Macht den Drogen«-Spinner immer verheimlichten, wie der Dude oft dachte. Dieses Universalgesetz galt weltweit, von Berlin bis London oder New York. Andere Szenen, andere Stoffe, aber immer der gleiche Typ Mädchen. Mädchen, die feiern wollten. Mädchen, die dabei sein wollten. Mädchen, die bei der angekündigten Schussfahrt gern in der ersten Reihe saßen. Einige knutschten bereits, im hinteren Schlafzimmer waren schon ein paar Nackte gesichtet worden, zufrieden grinste der Dude quer durch den Raum seiner strahlenden Madame zu, genau so musste es sein, *let it rock!*

Der Dude wollte gerade mit der schönen Viktoria diese Universalgesetze noch einmal genauer besprechen, was er noch nicht getan hatte, weil sie sich erst seit eben kannten, ein Grund mehr, weswegen er sich sehr dicht neben sie setzen musste, so klappte das mit der Kommunikation besser, auch geruchstechnisch, man war ja immer zu weit weg, insbesondere von ihrem Dekolleté, um die letzten Einzelheiten wirklich ganz genau erfassen zu können – da hörte er ein Knurren. Mitarbeiter des Monats Gerd machte auf sich aufmerksam. Sehr nackt, auf allen vieren, stob Gerd durch das Zimmer, schnüffelte an allen Beinen wie ein Hund, machte kurz Männchen, ließ die Zunge raushängen, krabbelte weiter. O nein, dachte der Dude bloß, das ist diese Wolfs-Nummer. Jetzt hockte Wolf des Monats vor den Füßen des Dude und knurrte laut. Bedrohungsgeste. Rote Augen, der bulimische Körper, die schweißbedeckte Glatze, der seltsam lange, auf seine Art auch spindeldürre, bleistiftartig längliche bleiche Schwanz, der Dude fühlte sich spontan etwas überfordert. Viktorias Lächeln war eingefroren. Ja, der habe sie schon den ganzen Abend verfolgt und angeschnüffelt, nicht nur am Bein, auch am Schoß habe er das versucht, der mache ihr ein bisschen Angst. Zu Recht, dachte der Dude, entschied sich aber, das nackte Elend zu seinen Füßen zu ignorieren. Partytime.

Er sah noch aus dem Augenwinkel, wie Gerd die Zähne fletschte und mit einem gewaltigen Schwung seinen Kiefer in seinen Unterschenkel hauen wollte, den eher unbekleideten Unterschenkel, denn auch der Dude hatte sich wegen der enormen äußeren und inneren Hitze, die überall und insbesondere von ihm spürbar war, etwas frei gemacht und war nur noch mit einem großen Badehandtuch um die Hüften bekleidet. Geistesgegenwärtig zog er sein Bein weg, und Gerds Kiefer und Schädel knallten mit enormer Wucht gegen den Stuhl, Blut überall, ein Aufjaulen, große klaffende Fleischwunde auf der Stirn, der Wolf des Monats ging beinahe k. o. Wimmernd und blutend lag er zu des Dudes Füßen.

Alles mal kurz anhalten, Houston, wir haben ein Problem. Das Krankenhaus fiel aus, einen Notarzt wollte man jetzt auch nicht herumlaufen haben, zu breit der Gerd, zu schön die Party und zu willig Viktoria. Der Dude holte das Nähzeug aus dem Korb der Madame, desinfizierte eine Nadel über einer Kerze und nähte die Platzwunde unter dem Gelächter der Umstehenden mit drei, vier gekonnten Stichen und dem dünnsten schwarzen Faden, den er hatte auf die Schnelle auftreiben können. Praktische Lösung, geniale Lösung, fand auch Gerd. Schönes Muster, sehr individuell. Sah nach großer Kunst aus. Historischer Moment. Jede Party ist nur so gut wie das Mythoskapital, das sie der Nachtlebenerzählung hinzufügen kann. So gesehen geschah hier gerade Großes. Alle spürten es, alle waren zufrieden. Gerd auch. Eine Stunde später sah der Dude ihn wieder an Beinen schnüffeln, wenn auch etwas vorsichtiger.

»Hey Kleiner, wir müssen die Tage mal über Gerd reden.«
»Schon klar.«

*

»Sie wollen doch nicht bestreiten, dass Cannabis als beliebteste Droge Deutschlands ein gewaltiges gesellschaftliches Problem ist, verehrter Kollege«, sagte Dr. Motev, und Madames Mutters schlimmste Befürchtungen wurden wahr.

Natürlich hatte Motev, dem ja bekanntermaßen politische Ambitionen vom Amt des Innensenators bis hin zur Gründung einer eher rechten Partei nachgesagt wurden, sofort erkannt, dass er hier an Mutters Teetafel im Kreis der Auserwählten, darunter Senatoren und Wirtschaftsführer, mit einer strikten Haltung möglicherweise leicht punkten konnte und deshalb nach einer beiläufigen und mit einem leicht verständnisvollen Lächeln versehenen Bemerkung des Rotary-Club-Vorsitzenden Friedrich Bausler, an der Schule seines Sohns werde wohl heftiger gekifft als zu seinen eigenen Unizeiten, sofort ein hartes Plädoyer wider die »schlimme Einstiegsdroge« begonnen hatte. Das war von ihrem Freund Lukas, ein lebenslanger Nichtraucher und Nichtkiffer, der aber an unlogischen Argumenten und ideologischem Paternalismus verzweifelte und deshalb seit Jahren offen für die Abschaffung der Cannabis-Prohibition eintrat, mit den Worten kommentiert worden: »Oha, da wird gekifft? Im schnöseligen Hamburg? Dann besteht ja noch Hoffnung!«

Danach gab es für Motev kein Halten mehr. »Wenn wir bei diesem gefährlichen Cannabis nicht rigoros durchgreifen, verlieren wir weiter ganze Generationen!«

»Ich weiß ja nicht, wo Sie sich so herumtreiben«, antwortete Lukas Steintal mit schnarrender Stimme, »aber ich kann ihnen von Altersarmut über Steuerhinterziehung bis hin zur verhinderten Integration und der Benachteiligung von Frauen und massenhaft verbreitetem Alkoholismus drei Dutzend Probleme nennen, die uns wirklich beunruhigen sollten. Der Konsum von relativ harmlosem Cannabis gehört nicht dazu.«

»Es wäre mir völlig neu, dass Sie sich plötzlich auch noch in der aktuellen medizinischen Forschung auskennen.«

»Tja, es wird jemanden wie Sie überraschen, aber einige Menschen bemühen sich halt um einen Blick über ihren Tellerrand.«

»Tatsache ist, dass es unter Experten völlig unstrittig ist, welchen Schaden dieses Zeug anrichten kann.«

»Ach ja, welcher Experte soll das denn bitte sein?«

»Unglaublich, dass Sie das in Frage stellen. Zum Beispiel sieht der Leiter des Deutschen Zentrums für Suchtfragen hier an der Uniklinik Eppendorf das ganz anders. Und der muss es ja wohl wissen!«

»Ach Gottchen, der schon wieder, wird der nicht vom Deutschen Verband der Bierbrauer bezahlt?«

»Ein bisschen mehr Sachlichkeit, Herr Kollege, nicht gleich polemisch werden, nur weil die Argumente fehlen, ja?«

»Sachlichkeit hieße, dass Sie die Willkür ihrer Argumentation zugeben würden. Angesichts von jährlich mehr als 70 000 Deutschen, die nach Angaben der Deutschen Hauptstelle für Suchtfragen jährlich an den Folgen ihres Alkoholkonsums sterben, ist doch eindeutig, wo die wahren Probleme liegen. Davon saufen sich gut 14 000 direkt zu Tode, die anderen rafft die Kombination mit Tabak oder andere Folge-Erkrankungen dahin. So oder so: Alkohol ist neben Tabak eindeutig die gefährlichste und tödlichste Droge unserer Gesellschaft, allerdings legal. Dagegen gibt es keinen einzigen eindeutig und zweifelsfrei bewiesenen Todesfall durch Cannabis-Konsum. Ich wiederhole es gern noch einmal: keinen einzigen. Das könnten selbst Sie ja mal zur Kenntnis nehmen.«

»Aber mein lieber Steintal, der übliche Hinweis auf ganz andere Problemfelder in dieser Diskussion ist doch völlig irrelevant. Als Jurist sollten Sie wissen, dass der Staat nicht willkürlich wesentlich Ungleiches gleich behandeln darf. Und Tatsache ist ja …

»Motev, schön, dass Sie das erwähnen, aber dann bitte auch nicht vergessen, dass der Staat nicht willkürlich wesentlich Gleiches ungleich behandeln darf, was er hier offensichtlich tut.«

»… Tatsache ist also, dass insbesondere bei Jugendlichen durch Cannabis-Missbrauch ein Leben lang Nachwirkungen auftreten können. Man redet von einer Verkleinerung des Hippocampus, in dem wichtige Strukturen des Gedächtnisses stecken. Andere Studien legen nahe, dass auch die Amygdala bei häufigem Missbrauch schrumpft, das Zentrum zur Gefühlsregulation von Angst und Aggression. Intelligenzstörungen kommen auch noch dazu.«

»Wie wir sehen, treten die auch ohne Cannabis allzu oft auf!«

Niemand lachte, Madames Mutter lächelte sinnfrei in die Runde, der Nachmittag nahm nicht gerade den Verlauf, den sie sich gewünscht hatte. Plötzlich klingelte es. Erfreut über diese unerwartete Pause eilte sie zur Tür. Da stand dieser Junge, den ihre Tochter nur »der Kleine« nannte. Stimmte ja, der wollte ihre Tochter abholen. Er stellte sich kurz vor und fragte nach Madame. »Kommen Sie doch bitte rein, nein, meine Tochter ist noch nicht da, nein, das ist kein Problem, ja, wenn Sie hier im Flur warten wollen, sie kommt bestimmt gleich.«

Der Kleine nahm im Flur auf einem alten Canapé Platz, von dem aus er den großen Saal und die Gesellschaft überblicken konnte. Er fühlte sich unwohl. Die Adresse, die Einrichtung, der Geruch, das Gefühl: Feindesland. Mit dieser Welt hatte er nichts zu tun und wollte er nichts zu tun haben. Die Mutter galt laut den Erzählungen von Madame und dem Dude zwar als coole Lady, aber der Rest? Er guckte kurz in den Raum: O je, Zombie-Nation, er hatte nichts anderes erwartet. Schon bereute er seine Hilfsbereitschaft. Kannst du ausnahmsweise Madame von ihrer Mutter abholen, hatte ihn der Dude gefragt, nur klingeln, schon kommt sie, in einer Minute ist alles vorbei. Von wegen. Jetzt hockte er hier im Flur und verschwendete seine Zeit. Was immer passiert, halt einfach den Mund, hatte ihm der Dude eingetrichtert. Einige Gesichter der illustren Runde glaubte der Kleine zu kennen. Woher nur? Zeitung? Fernsehen? Insbesondere den Kerl mit den gegelten Haaren. Er hatte das Gesicht schon einmal gesehen, nur wo?

»Cannabis kann das Gehirn gerade von Pubertierenden nicht nur dauerhaft verändern, das Teufelszeug kann psychotische Zustände mit Desorientiertheit hervorrufen. Wir reden von einem gestörten Ich-Gefühl und paranoiden Symptomen, ja, selbst Psychosen triggert es. Das reicht Ihnen wohl nicht, Kollege Steintal?«

»Ach, Motev, wenn Sie Statistiken lesen könnten, wüssten Sie, dass es in Ländern mit hohem Cannabis-Konsum nicht mehr Menschen mit psychotischen Schüben gibt als anderswo.«

Die anderen Gäste schauten sich peinlich berührt an, unsicher, wie sie reagieren sollten. Der Rotary Vorsitzende Bausler fühlte sich wegen seiner Anfangsbemerkung ein wenig in der Pflicht und wollte versöhnlich wirken.

»Na ja, wir alle finden es natürlich nicht schön, wenn Jugendliche zu diesen Mitteln greifen, andererseits, meine Güte, was haben wir denn selbst als junge Menschen angestellt und ausprobiert?«

Nicken in der Runde, zustimmendes Gemurmel, fragende Blicke, wie diese Bemerkung wohl ankommen würde, denn die nicht eindeutige Verurteilung von einer illegalen Droge war in gewissen Kreisen selbstredend ein schwerer Fehler und ein Affront, den man meist besser vermied, egal, was man wirklich darüber dachte.

»Jetzt bin ich aber wirklich überrascht, mein lieber Herr Bausler, wollen Sie etwa auch noch die Gefährlichkeit von Cannabis auf den jugendlichen Entwicklungsprozess in Frage stellen? Das wären ja ganz neue Positionen, die der ehrwürdige Rotary Club öffentlich vertritt!«

Dr. Motevs Stimme war schneidend, niemand wagte zu intervenieren, der Kleine spitzte die Ohren. Herr Bausler zuckte sichtbar zusammen und bereute sofort. Steintal schlug empört auf den Tisch.

»Das ist doch albern, Motev. Ich bin auch gegen das Verbot von Alkohol, trotzdem halte ich es für sinnvoll, den Verkauf an Jugendliche zu kontrollieren. Derzeit haben wir für illegale Substanzen wie Cannabis einen völlig enthemmten Schwarzmarkt ohne jede Art von Verbraucherschutz – ein staatlich regulierter Markt mit Qualitätskontrollen und Steuereinnahmen wie in Kalifornien scheint mir für alle Beteiligten die eindeutig bessere Lösung zu sein. Zudem würden wir mit einer Legalisierung einen großen Teil der mit Drogen verbundenen Kriminalitätsprobleme lösen – wenn auch zugegebenermaßen kein einziges Drogenproblem!«

»Und dafür wollen sie Entwicklungsschäden und die Gefährdung ganzer Generationen in Kauf nehmen? Möglicherweise sogar ihren Tod?«

Der Kleine war aufgestanden. Madames Mutter starrte auf die Elbe.

»Motev, Sie sind ein hoffnungsloser Ideologe. Einfach mal informieren, das hilft. Für das älteste medizinische Fachmedium der Welt, THE LANCET, steht Cannabis an 11. Stelle der Gefährlichkeit aller Drogen, sechs Stufen hinter Alkohol, zwei Stufen hinter Tabak. Und im AMERICAN SCIENTIST können Sie nachlesen: Selbst eine 100-fache Überdosis kann nicht tödlich wirken, bei Heroin schon eine 5-fache, bei Alkohol eine 10-fache.«

»Oh, ich bin schwer beeindruckt, Sie scheinen sich ja ganz besonders intensiv mit der Materie auseinandergesetzt zu haben. Das hat ja schon fast Franz-Josef-Strauß-Züge, mal eben das unschuldige Publikum mit Statistiken bombardieren. Wusste gar nicht, dass Sie dem vom Temperament her so nahe stehen. Nun gut, ein Königreich den Schlaumeiern.«

»Ist mir schon klar, dass jemand wie Sie sich ungern über Fakten unterhält, Zahlen erschweren einfach das Verbreiten von ideologischen Vorurteilen zu sehr.«

»Die möglicherweise unterschätzte Gefährlichkeit der einen Substanz ist kein Grund, eine andere mit aller Macht unters Volk bringen zu wollen!«

Madames Mutter registrierte besorgt, wie Steintals Gesicht allmählich rot anlief.

»Das ist doch Blödsinn. Noch nie wurden so viele Drogen konsumiert wie heute, trotz der irrsten Maßnahmen seit Jahrzehnten. Da muss man sich doch mal fragen, warum – und nicht einfach weitermachen wie bisher, oder? Das Abstinenzparadigma ist eine absolut heuchlerische, mit den Realitäten dieser Gesellschaft niemals in Einklang zu bringende Utopie.«

»Interessant, wie sehr Sie Ihr Herz an Kriminelle verloren haben, Herr Kollege.«

Steintal sprang auf. Niemand rührte sich.

»Kriminelle? Es gibt Zehntausende Tote jedes Jahr durch die Folgen des Alkoholkonsums, Tausende durch Promille befeuerte Autounfälle, Schlägereien, Vergewaltigungen, Morde, Millionen ausgefallener Arbeitsstunden, aber der gesellschaftliche Konsens ist: Egal, das nehmen wir in Kauf. Dagegen ist auch nichts zu sagen. Aber dann kann man natürlich keinem normalen Menschen erklären, warum der Konsum des harmloseren Cannabis eine Straftat sein soll. Oder der Anbau. Und weil es keinen nachvollziehbaren medizinischen oder anderen Grund für die unterschiedliche Behandlung von Alkohol und Cannabis gibt, wird die Verfolgung zu Recht als staatliche Willkür begriffen. Deswegen gibt es kein Unrechtsbewusstsein, der Staat kriminalisiert harmlose Bürger. Jedes Jahr werden in Deutschland gegen mehr als hunderttausend Menschen allein wegen sogenannter konsumbezogener Cannabis-Delikte Ermittlungsverfahren eingeleitet – was für eine Zeit- und Ressourcenverschwendung! Bei Alkohol sollen alle zu einem maßvollen, verantwortungsbewussten Konsum erzogen werden, aber bei Cannabis gibt es nur: totales Verbot und konsequente Konsumverteufelung. Der Staat macht sich doch lächerlich!«

Erschöpft sank Steintal zurück in seinen Sitz. Er hatte während der letzten Sätze gemerkt, dass er vielleicht zu hitzig war, und das am falschen Ort. Das würde ihm seine alte Freundin, Madames Mutter, nie verzeihen. Er sah pikierte Gesichter, er spürte Ablehnung, er war erschöpft. Warum brachte ihn Hamburg auch immer so in Rage? Wahrscheinlich ließ ihn die wohlgenährte Fassade, das Satte und Selbstgefällige der Stadt, die ihren offensichtlichen Minderwertigkeitskomplex gern mit der Phrase von der »schönsten Stadt der Welt« zu übertünchen versuchte, regelmäßig die Fassung verlieren. Egal. Jetzt war es sowieso zu spät.

Aber nicht für den Kleinen. Der sah plötzlich eine passende Bühne. Bevor die Mutter auch nur ansatzweise hätte verstehen könne, was gerade in ihrem Wohnzimmer passierte, sprang er vom Flur vor den großen Teetisch.

»Die Wahrheit ist: Die Prohibitionisten sind alles Fundamentalisten, Radikale, Irre eigentlich!«

Alle im Raum starrten jetzt verblüfft und irritiert den Kleinen an, den niemand hatte kommen sehen. Achselzucken, fragende Gesichter, unverhohlene Ablehnung: Wer stört den erlauchten Kreis?

»Ein Freund meiner Tochter«, wollte Madames Mutter noch sagen, aber das ging im allgemeinen Gemurmel und der flammenden Ansprache des Kleinen unter.

»Ach, Milliarden Dollar für den *War on Drugs*, und all unsere Gesetze und Verbote haben absolut nichts gebracht? Unsere Medizin funktioniert Nullkommanull? Dann versuchen wir es doch einfach mit noch mehr von der gleichen Suppe in noch höheren Dosen. Ist doch egal, was es bringt. Das ist die momentane Politik. Spinner, die etwas von der Welt fordern, von dem sie wissen, dass es nicht zu erreichen ist, hat man früher Idealisten genannt: Wir wollen absolute Gleichheit! Eine Welt ohne Verbrechen! Ohne Lügen. Ohne Alkohol! Okay, sollen sie mit ihren Plakaten durch die Fußgängerzonen laufen. Aber wenn Politik draus wird, wird es gefährlich.«

Der Kleine war in der Form seines Lebens. So oft hatte er sich schon bei Bürgerversammlungen, alternativen Treffen oder Demonstrationen zu Wort gemeldet, er kannte keine Furcht vor Unbekannten und sprach mit klarer, fester Stimme.

»Und wie nennen wir normalerweise Menschen, die wider alle Lebenserfahrung und Fakten komische Sachen fordern und ihren Idealismus zur Leitidee erklären, die um jeden Preis durchgesetzt werden muss? Das sind gefährliche Ideologen, potenzielle Tugendterroristen, beschissene Taliban. Die Prohibitionisten sind die Taliban unserer Gesellschaft. Und wer das nicht zugibt, ist ein Lügner!«

Er schaute Zustimmung heischend in die Runde. Er hatte gar nicht bemerkt, wie sich am Tisch vor ihm eine neue Stimmung breitgemacht hatte. Wie er mit jedem Wort die eben noch gespaltene Runde wieder zusammenbrachte, vereint in der instinktiven Ablehnung der anderen Welt, die so plötzlich und unvorhergesehen in ihre hineinplatzte. Selbst Motev und Steintal vergewisserten sich durch eindeutige Blicke ihres gemeinsamen Unwohlseins ob der neuen Situation. Das war jetzt beiden ein bisschen zu viel Echtleben im Diskurs. Demonstrativ wandten sich alle vom Kleinen ab und begannen betont harmlose Konversationen.

Die Mutter schaute ihn wohlwollend an und zuckte mit den Schultern. Aus dem Flur rief plötzlich Madame: »Ist der Kleine schon da?«

Drohkulissen

Als er abends eintrat, würdigte ihn Madame mit keinem Blick. Er fühlte einen Temperatursturz. Klirrende Kälte. Eiszeit.

»Schatz, hattest du einen schönen Tag? Wo sind denn meine süßen Mäuse?«

Sie ignorierte ihn und stellte scheppernd einen Teller mit einer offensichtlich sehr alten, sehr kalten Pizza vor ihm ab.

»Was ist passiert?«

Madame drehte sich schwungvoll um und platzierte das Telefon mitten auf den Artischockenstücken und Schinkenstreifen seiner Vier Jahreszeiten. Da blinkte was. Eine Nachricht auf dem Anrufbeantworter. Stimmte ja, das hatte gestern schon geblinkt, er erinnerte sich. Er hatte vergessen, die Nachricht abzuhören. Was ein Fehler war, wenn er sich das Gesicht von Madame ansah, ein möglicherweise schwerer Fehler. Er drückte den Knopf für den Wiedergabemodus. Madame riss ihm das Telefon aus der Hand, stellte auf Lautsprecher und legte es zurück auf die kalte Pizza.

Räuspern, schwerer Atem, Geraschel.

»Hallo, mh, ja, hallo? Ist da jemand? Also. Auf jeden Fall ist hier Ronald Saul, Dr. Ronald Saul. Ich bin ein Geschäftspartner von Herrn Michael Leuten. Wie ich hörte, haben Sie, Herr Dude, mit meinem Geschäftspartner eine Firma betrieben, eine sehr erfolgreiche Firma. Und da aus dieser gemeinsamen Geschäftstätigkeit schon längere Zeit noch Beträge ausstehen, möchte ich Sie hiermit im Namen und im Auftrag von Herrn Michael Leuten bitten, diese ausstehenden

Rechnungen umgehend vollumfänglich zu begleichen. Sollten wir zu unserem allertiefsten Bedauern feststellen, dass Sie dieser Aufforderung nicht umgehend nachkommen, werden wir, insbesondere angesichts der vielfachen und bisher erfolglosen Bemühungen meines Geschäftspartners in dieser Beziehung, werden wir uns also leider gezwungen sehen, wie Sie als Gentleman und Profi bestimmt verstehen werden, unseren Forderungen mit allen zur Verfügung stehenden Mitteln Nachdruck zu verleihen. Wir hoffen jedoch inständig, dass Sie sich und uns eine solche unerfreuliche Eskalation ersparen und einfach meinem Geschäftspartner bis Ende des Monats die 60 000 Euro zukommen lassen, auf die er einen eindeutigen und wohlbegründeten Anspruch hat. Sollten Sie zu diesem Thema noch Fragen haben oder Modalitäten der Zahlung erörtern wollen, können Sie mich jederzeit in meiner Kanzlei unter folgender Nummer erreichen ...«

Das Band war am Ende. Der Dude sah nur Madames Augen. Die machten ihm Angst. Er wollte die Situation ein bisschen deeskalieren, Friedensfahnen schwenken, Tauben aufsteigen lassen, körperliche Nähe zur Beruhigung aller Anwesenden suchen. Er wusste, wie sehr Madame es hasste, wenn er sein Geschäftsleben mit in die Wohnung schleppte, das war das ganz kleine Einmaleins ihrer Beziehung. Der Anruf war deshalb *worst case*. Das Verhalten des Bruders hatte die Spannung sowieso schon deutlich erhöht. Die blutbeschmierten Wände im Hausflur waren schon lange weiß getüncht, nichts erinnerte mehr an den Ausraster, aber die Wohnungstür selbst, die sprach immer noch Bände. Das ganze obere Drittel war übersät von kleinen, spitzen Dellen, die der Bruder mit dem Marmorstück, das für den Rücken des Dude bestimmt gewesen war, dort hineingehämmert hatte, sehr kunstvoll sah das aus, eine stete Erinnerung an die Naturgewalt, die jederzeit wieder auftauchen und alles verändern könnte.

»Schatz, ich weiß nicht, was der Typ ...«

Weiter kam er nicht. Sie warf ihm einen geöffneten Brief auf das Telefon auf der Pizza.

»Was ist das für ein Brief, wieso ist der geöffnet, sag mal, du öffnest doch nicht meine ...«

»Lies das! Sofort!«

Ihre eigentlich kräftige, runde Stimme, die er so liebte und deren Klang ihn allein schon erregen konnte, war durch große innere Hitze zu einem spitzen Stück Stahl geschmiedet worden. Ein Dolch, der Panzerplatten schnitt wie Butter. Ironiefreie Zone. Danger Zone. Höchste Aufmerksamkeit auf allen Kanälen. Bitte mitschreiben, nichts wird wiederholt, die Oberste Heeresleitung verkündet den Tagesbefehl. In diesem Modus waren Einwände nicht vorgesehen. Oder galten als Kriegserklärung.

Das weiße Blatt sog sich an der rechten unteren Ecke mit Fett voll. Der Dude überflog mit größter Konzentration die Zeilen. Praktisch der gleiche Wortlaut wie auf dem Band. Vielleicht noch schneidender. Noch unverschämter. Auf dem Umschlag sah er keine Briefmarke. Die Schweine hatten die Chuzpe und brachten das Ding persönlich zu ihrer Haustür. Langsam drückte sich der Schatten einer Artischockenecke durchs Papier.

»Dude!«

Madame sprach sehr ruhig. Sehr kalt. Ihre rot lackierten Fingernägel leuchteten wie Warnbojen. Neue Aura. Der ganze Körper: eine Warnung.

»Dude, ich will nicht, dass dieser Mensch oder dein Bruder oder irgendein anderer Verbrecher hier noch einmal auftaucht, mir auflauert, mich oder meine Kinder bedroht, hier anruft oder sonst wie irgendeine Rolle in unserem Leben spielt. Hast du das verstanden?«

Hatte er. Und noch mehr. Sein Bruder wollte die Eskalation. Sein Bruder hatte sich Verstärkung geholt. Der Bruder hatte die Familiengrenzen überschritten. Der Bruder war jetzt ein Gegner. Ein Gegner mit Verbündeten. Und die drohten ihm. Die drohen mir und meiner Familie, dachte der Dude, das ist ein fucking Drohbrief.

»Dude! Ich will nie wieder was von diesem Gesindel hören oder sehen, ist das klar? Halte die fern von unserem Leben!«

Er sah erschrocken hoch. Ihre letzten Worte hatten zittrig geklungen, ihre Augen schimmerten feucht, sie vibrierte ein bisschen, alles an ihr war plötzlich so – unsicher. Da war etwas in der Luft, ein Gefühl, ein Parfum, das es in diesem Haushalt noch nie gegeben hatte, das er nicht kannte, das Madame nicht kannte, und doch war es ganz eindeutig da. Der Dude war fassungslos. Madame, seine Madame hatte Angst. Die Wichser hatten seine Unerschütterliche erschüttert. Er stand auf und umarmte sie.

Der warme, vertraute Körper, das Schluchzen. Er selbst wurde ganz ruhig, alles war sehr klar. *When the going gets tough the tough get going.* Er presste sie an sich.

»Ich werde das regeln, mach dir keine Sorgen!«

*

Mitarbeiter des Monats November: Wurde leider noch gesucht. Gerd konnte gerade nicht. Wie es aussah, mindestens für die nächsten zwölf Monate nicht. Die Zukunft seiner hoffnungsvollen Karriere im Hamburger Taxigewerbe: ungewiss. Von seiner aufstrebenden Spediteurtätigkeit ganz zu schweigen.

In der Vorhalle der Plantage stapelten sich blaue Müllsäcke mit neuem Frachtgut. Das Telefon stand nicht still. Der Markt schlief nicht. Der Markt war gierig. Der Markt wollte nichts von Problemen hören, der Markt wollte Lösungen, mehr Nachschub.

Der Dude war gestresst. So viel Druck, so viel Hetze. Er konnte gar nicht mehr richtig entspannen. Wohin er auch ging, überall noch mehr Fragen, noch drängendere Probleme, noch unfähigere Mitarbeiter ohne eigene Ideen. Alles blieb irgendwie immer an ihm hängen. Der Markt war habgierig. Von wegen Kräfte hier und Kräfte da, alles gleicht sich spielerisch aus und findet ein Gleichgewicht, schnöde volkswirtschaftliche Theorie, ein Witz, die »unsichtbare

Hand« des Adam Smith spürte er nur an einer Stelle – an seiner Kehle. Kein schönes Gefühl. Die Kosten liefen ihm davon, und sie kriegten das Zeug nicht weg, weil Gerd ausfiel. Wegen nichts. Wegen 0,9 Gramm Dope. Er fasste es nicht. Scheiß Bullen. Scheiß Staat. Alles Muschis. Erst mal einen rauchen.

»Wolltest du ihn nicht sowieso feuern?«
»Hm.«
»Komm, hattest du doch auf der Party schon angedeutet.«
»Hm.«
»Das immer häufigere Zuspätkommen kurz vor der Party, die seltsamen Ausreden, das Ausflippen als Wolf, du wolltest den sowieso loswerden. Dann hätten wir jetzt dasselbe Problem.«
»Hm. Trotzdem.«
»Hast ja recht. Aber hilft alles nicht. Das wussten wir immer.«
»Ja. Aber ich kann das gar nicht glauben, dass man dagegen nichts machen kann mit irgendeinem Rechtsverdreher. Vielleicht ist er nur schlecht beraten?«
»Nein. Selbst Supermann hätte jetzt keine Chance.«
»Das gibt es doch nicht.«
»Leider doch!«
»Das ist ja Diktatur-Style, blanke Willkür, Faschismus.«
»Tja.«
»Kann er nicht dagegen klagen?«
»Nein.«
»Warum noch mal nicht?«
»Weil das Verwaltungsrecht ist, da hat man praktisch keinerlei juristische Möglichkeiten, sich gegen zu wehren. Einmal im Netz, zappelst du wie ein auf dem Rücken liegender Käfer.«
»Und dann machen sie dich fertig.«
»Exakt.«
»Faschisten, alles.«

»So ähnlich.«
»Wahnsinn.«

Nach der Party hatte sich Gerd schlecht gefühlt. Die provisorische Naht auf seiner Stirn, mit der er gestern noch ausgesehen hatte wie eine Zeichnung von Jonathan Meese, erinnerte ihn eher an ein schlechtes Remake von einem alten Frankenstein-Streifen, leider mit ihm in der Hauptrolle. Im Kopf sah es nicht besser aus. Es pochte und bollerte, große Unordnung überall, der Alkohol, klarer Fall. Seit er den Gras-Spediteur spielte, hatte er keinen Joint mehr angefasst, um jedes Risiko und jede Versuchung auszuschließen, klappte eigentlich erstaunlich gut. Sein Körper vermisste nichts. Sein Kopf schon. So einen kleinen Rausch ab und zu, das fand er eigentlich immer wichtig. Deswegen, und nur deswegen, hatte er nach zwei, drei Monaten ab und zu mal wieder bisschen Alkohol getrunken, bloß minimalste Mengen, die reichten ihm für einen netten Schwips, Bier, Wein, keine harten Sachen, die hatte er noch nie gemocht. Lustigerweise war es wie früher: Er vertrug keinen Alkohol. Ein, zwei Gläser, schon wankte seine Welt. Er kam zu spät, es gab den ersten Ärger auf der Arbeit. Eine ganze Flasche – und es war um ihn geschehen. Er dachte an den Dude-Blick auf der Party. Er hatte dem echt ins Bein beißen wollen. Eine Flasche Rotwein, zack, Lampe an, Verstand aus. Gerd schlug sich vor die Stirn. Ausgerechnet dem Dude. Der Dude-Blick hatte signalisiert: Digga, du bist draußen. Du bist mir zu irre.

Gerd atmete schwer. Gerd war sauer auf sich selbst. Er hatte es vermasselt. Der schöne Job, das gute Geld. Gerd wurde nervös. Gerd hatte plötzlich Lust auf eine kleine Tüte. Irgendwo war ein allerletzter Rest Dope. Er fand ein paar Brösel, drehte sich einen Stick und steckte den Rest gedankenverloren in die Jeans. Nur das eine Mal, sagte er sich, danach wieder ein Vierteljahr Pause. Das erste Hasch seit Monaten. Kam nicht schlecht.

Vier Tage später, Spätschicht, letzte Fahrt. Der Laden lief, Gerds Taxi surrte durch das Schanzenviertel, nahm drei lustige Typen auf, rauchend, na klar, es roch nach gutem Gras, eventuell nach dem Gras vom Dude, kein Problem, er machte die Fenster alle auf, nein, ich will nichts, vielen Dank, so schaukelte er die Truppe von der Daniela Bar zum Pudel Club, schönen Nacht noch, Cheerio. Kurz darauf: Polizeikelle, Kontrolle.

»Guten Abend, wir führen eine Alkohol- und Drogenkontrolle durch. Haben Sie in der letzten Zeit Alkohol oder Drogen konsumiert? Haben Sie überhaupt schon einmal Drogen konsumiert? Wenn ja, wann das letzte Mal? Kiffen Sie auch unter der Woche?«

Gerd, der Nüchterne, blieb ganz cool. Beantwortete alle Fragen freundlich und fast wahrheitsgemäß. Gerd, der X-Monats-Abstinenzler, fühlte sich sehr sicher. Leider roch der Wagen nach Gras. Leider hatte einer der lustigen Truppe seinen Mini-Stick vorne im Aschenbecher ausgedrückt, unbemerkt von Gerd, der in dem Moment gerade deren große Tasche aus dem Kofferraum geholt hatte, blöder Zufall, ganz großes Pech, das sich in diesem Augenblick hinter Gerd auftürmte, das er noch nicht sah, das ihn aber bald schon begraben würde, so rein verwaltungstechnisch. Leider kramte er vor den Beamten aus Versehen auch noch seinen verdammten und vergessenen Restkrümel aus der Jeans, das ergab kein gutes Bild, so aus Beamtensicht, leider musste er mit zum Bluttest. Klar, machte er mit ohne Widerrede, kam ihm gar nicht in den Sinn, warum denn auch, war doch alles sauber. Diese läppischen 0,9 Gramm, die gewogen wurden, waren im absoluten Bagatellbereich, da gab es keine Strafverfolgung, wussten doch alle, aber sie fanden leider, wie sich bald herausstellen sollte, vier Tage nach seiner Entspannungs-Tüte, im Blut noch ein bisschen zu viel THC, zu viel zumindest für die fleißigen Beamten in den Verwaltungen, die da keinen Spaß verstanden und sich schon die Hände rieben, denn wenn die schlimmen Kifferbrüder dachten, der nachlässige Gesetzgeber würde sie mit diesen fahrlässigen Bagatell-Regelungen etwas verschonen: leider schwerer Fehler. Ihr spürt nichts mehr? Ihr habt tagelang nicht mehr euer fieses Zeug inhaliert? Ihr denkt, ihr seid raus aus der Nummer? Pustekuchen. Alles, was wir brauchen, ist ein klitzekleines Nanogramm THC pro Milliliter Blutserum in euren verseuchten Adern. Ja, ihr habt richtig gehört, im Blutserum, nicht im Gesamtblut, so kriegen wir euch noch leichter dran. Wenn wir das finden: Good News für uns. Bad News für euch. Denn damit galt die Tour des stocknüchternen Gerd – vier Tage nach seinen Zügen am kleinen Entspannungsjoint – aus Verwaltungssicht, und nur aus dieser, als: Drogenfahrt. Ganz schlimm. Er konnte es nicht glauben, war aber so. Denn das hieß: Bußgeld und Fahrverbot. Aber das war der Fahrerlaubnisbehörde natürlich alles nicht genug – sie zog seinen Lappen richtig ein. Sofort.

Gerd verstand die Welt nicht mehr. Wieso begrenztes Fahrverbot, wenn die den Lappen gleich richtig wegnehmen? Tja. War eben so. Und dagegen war auch der Anwalt von Gerd im Prinzip machtlos. Gerd wollte ausflippen. Er telefonierte herum. Er las nach. Erfuhr, dass in der Schweiz für Fahrer von Bahnen und Bussen der THC-Grenzwert – ähnlich wie eine Alkohol-Promillegrenze – umgerechnet aufs Blutserum dreimal so hoch ist wie in Deutschland, und in irgendeinem amerikanischen Bundesstaat sogar zehnmal so hoch. Irre.

»Das kann doch nicht sein, ich gehe zum Europäischen Gerichtshof!«

Gerd, der Verzweifelte, war zum Kleinen gelaufen. Wenn einer helfen konnte, dann der. Wenn nicht, war man im Arsch. Aber richtig.

»Vergiss es. Für die Behörden ist es eine ›Drogenfahrt‹, weil sie davon ausgehen, dass irgendwann in den letzten Tagen Cannabis konsumiert wurde, egal, ob du noch was spürst oder seit Tagen nüchtern bist. Ende der Durchsage.«

»Da muss man doch vors Gericht ziehen können.«

»Viel Spaß dabei. Hatten letztens so einen Fall, der Freddie aus Bremen, der hat dagegen geklagt. Nichts hat es gebracht. Gutachten, Befunde, alles egal. Der war bis zum Oberverwaltungsgericht unterwegs. Überall dieselbe Leier. Die diskutieren keine abweichenden wissenschaftlichen Erkenntnisse, die sagen einfach: Bei einem Nanogramm THC pro Milliliter Blutserum liegt ›zeitnaher‹ Konsum vor, ungefähr innerhalb der letzten 24 Stunden. Egal, ob du vor zwei oder drei oder vier Tagen geraucht hast, egal, ob dein Körper ganz anders abbaut, und natürlich auch völlig egal, ob der Wert irgendwas mit Wirkung zu tun hat, was er eindeutig nicht hat.«

»Damit kommen die durch?«

»Seit die weisen Männer vom Verfassungsgericht gesagt haben, hey, der Besitz kleiner Mengen ist nicht mehr verfolgungswürdig, schikanieren sie uns eben so. Mein Anwalt hat mal gesagt: So wird der Verfolgungsdruck vom Strafrecht auf das Verwaltungsrecht ›verlagert‹. Kannst du nichts gegen tun.«

»Obwohl ich die Sicherheit im Straßenverkehr Nullkommanull gefährdet habe?«

»Es geht ihnen ja nicht um den Schutz von irgendwem, sonst würden sie sofort Alkohol verbieten und eine 0,0-Promillegrenze einführen. Es geht ihnen anscheinend vor allem um Einschüchterung. Millionen Kiffer? Und die Verfassungsrichter sind auch so Weicheier? Finden die doof. Deswegen führen sie ihren Kreuzzug.«

Der Kleine war aufgebracht.

»Sie können dich schon jagen, wenn sie kleinste Mengen fernab jeder Straße bei dir finden, Mengen, die praktisch erlaubt sind. Schwuppdiwupp kommt eine Überprüfungsaufforderung, fachärztliches Gutachten oder Idiotentest, das dürfen die. Das wäre so, als wenn ich nüchtern vom Getränkemarkt mit ein paar Pullen Wein im Auto komme, die Polizei hält mich an, die informieren die Führerscheinstelle, peng, bin ich im Eimer.«

»Unfassbar.«

»Die können dich schon fertigmachen, wenn du ein paar lockere Bemerkungen bei den Bullen machst, wie: Hey, ich kiffe nur am Wochenende. Bist du möglicherweise sofort ein regelmäßiger Konsument und nicht geeignet, Fahrzeuge zu führen. Erwähnst du, dass du manchmal Alkohol, manchmal Gras konsumierst, bist du sofort ein gefährlicher Mischkonsument, der keine Grenzen ziehen kann. Hältst du Kiffen nicht für gefährlicher als Alkohol – auch schwerer Fehler.«

»Oh.«

»Hast du irgendwas auf der Wache gesagt, von wegen Zeug ist nicht so schlimm oder so …?«

»Äh, na ja, vielleicht …«

»Dann haben sie dich. Sie nennen es ›Trennungsvermögen‹, also die ›uneingeschränkte Bereitschaft in die Einsicht der Notwendigkeit für das Nüchternheitsgebot für alle Verkehrsteilnehmer‹. Alles, was das in ihren Augen einschränkt oder relativiert, bringt dich unters Schaffot.«

»Scheiße.«

»Immer Klappe halten, auf nichts antworten, kein nettes Geplauder zulassen, alte Regel.«

»O je, o je, o je!«

»Ja. Haben die dich einmal am Wickel, musst DU DENEN beweisen, dass du wieder ein artiger Junge bist und dich ihrer Weltsicht unterwirfst. Abstinenznachweis, Gutachten, Urinprobe nach drei oder zwölf Monaten oder Haartest, neuer Antrag auf Fahrerlaubnis, das ganze demütigende, sauteure Programm.«

»Ich glaube, ich brauche jetzt echt einen Joint.«

*

Es wurde mittlerweile praktisch durchgehend geerntet. Da war richtig Fluss drin, wie der Dude zufrieden konstatierte, es gab keine allzu großen Verschnaufpausen. War die Ernte im großen Raum links eingebracht und ordentlich zum Trocknen ausgelegt, ging es rechts los, höchstens um zwei Wochen oder einen Monat verschoben. Dann wartete auch schon der dritte Raum, sodass eigentlich jeden Monat eine Ernte anstand. Er hatte für seine Pflanzen eine Faustformel gefunden, mit der er am besten fuhr: In der Wachstumsphase hatte er die besten Ergebnisse bei einem pH-Wert zwischen 5,8 und 6,0, in der Blütephase funktionierten Werte zwischen 6,0 und 6,4 gut. Da sich bestimmte Salze in der Pflanze nur bei einem pH-Wert von 6,0 auflösten, musste dieser nach Bedarf angeglichen werden. Vor der Ernte gab es noch zwei besondere Mahlzeiten für die Pflänzchen, einmal einen sogenannten Booster, einen Zusatz ins Gießwasser, der für besonders große, schwere Buds sorgen sollte. Und sehr viel später, wenige Tage vor der Ernte, einen feinen Zusatz wie etwa Canna Flush, mit dem überschüssige Nährstoffe und andere Rückstände herausgespült wurden. Das waren kleine, aber doch bemerkenswerte Maßnahmen für mehr Qualität – genauso wie ein natürlicher Lufttrocknungsprozess, der nach Ansicht des Dude immer noch wesentlich zu einem besseren Geschmackserlebnis beitrug. Wichtig war ein guter Luftabzug und konsequente Trockenheit. Manchmal wurden die Buds allerdings so trocken, dass sie sich gezwungen sahen, wieder Feuchtigkeit zuzuführen, weil die wertvollen Köpfe sonst beim Verpacken kaputtgingen und der Kunde nur Pulver bekommen hätte. Das sah nicht nur schlecht aus, sondern bedeutete auch einen nicht unerheblichen Gewichtsverlust, was sich auf den Umsatz und den Gesamtertrag der Ernte auswirkte. Die Bewässerung war technisch auf dem neuesten Stand, denn der Dude hatte sich endlich auch die Fässer kaufen können, von denen er immer geträumt hatte: Sechs 500-Liter-Gefäße mit Pumpen. Wuchtige, bollerig aussehende Wassercontainer, mit der die automatische Wasserversorgung ihrer Schätzchen gesichert und der Ernst ihrer Unternehmung verdeutlicht wurde. Derzeit hatten sie hundert hochmoderne Natriumdampflampen und Metallhalogen-Hochdrucklampen, und es wurden ständig mehr. Ihr Anblick machte den Dude froh. Das ist kein Spiel mehr, sagte die Anlage, hier sind Profis am Werk.

Der Dude war mittendrin in seiner eigenen volkswirtschaftlichen Expansionstheorie. Das System vergrößerte und änderte sich, bis dieser Wandel einen Automatismus in Gang setzt, den der eigentliche Urheber nicht mehr wirklich kontrollieren kann. Wachstum. Folgen des Wachstums, weiterer Wachstumsbedarf, um die Effizienz zu sichern. Plötzlich ging es nicht mehr um ein paar läppische Kilogramm wie noch im Schuppen, wo sie sich über eine Jahresproduktion von 30 bis 40 Kilo gefreut hatten, was einem Output von 7 bis 10 Kilo pro Quartal entsprochen hatte, sondern um deutlich größere Mengen. Sieben, acht oder zehn Kilo pro Ernte unter das Volk zu bringen, war eine Sache, 30 oder 50 Kilogramm waren ein ganz anderer Schnack. In einem Quartal brachte er es jetzt mindestens auf 30 Kilo, manchmal auch auf 40, mit den geplanten Erweiterungen könnten sie es auf 50 Kilogramm bringen, aber das war ihm im Moment alles zu schnell zu viel. Denn, das hatte der Dude sofort verstanden: Du brauchst andere und mehr Leute, um das zu transportieren, du brauchst eventuell sogar andere oder mehr Leute, um die 50 Kilogramm abzunehmen. Und wenn du 100 Kilogramm hast, ändern sich wiederum die Leute, mit denen du dealen musst. Du siehst irgendwann gar nicht mehr, wo die Kette endet, wer alles wo noch dranhängt. Das ist wie ein Atemhauch im Winter, dachte der Dude: Wenn du leicht ausatmest, siehst du präzise, wo die Atemwolke aufhört, wenn du kräftig ausstößt, geht der Hauch so weit, dass das Ende der Wolke nicht mehr genau bestimmt werden kann; es bleibt diffus, an den Rändern unscharf, unkontrollierbar. Dann wird es gefährlich.

Der Output stieg rasant, dem Markt und dem Hauptabnehmer konnte das trotzdem alles nicht schnell genug gehen. Das Material war begehrt und wurde ihnen aus den Händen gerissen. Der freundliche, aber zugleich sehr zielstrebige Hauptabnehmer wies ihn bei Besuchen am Deich mehrfach darauf hin, wie er durch diesen oder jenen Kniff den Ausstoß leicht erhöhen könnte, darauf ging der Dude nicht ein. Der Dude dachte: Scheiß auf die Effizienz, das ist schon effizient genug. Er wollte seine Pflanzen drei Monate wachsen sehen, groß und dicht mochte er sie am liebsten, erst wenn sie einen Meter fünfzig oder zwei Meter wurden, mit festen, dicken Stämmen, schlug sein Herz höher, die Schönheit dieser edlen Geschöpfe kam doch dann erst richtig zur Geltung – und sie waren einfacher zu pflegen. Er wusste, dass auf vielen Plantagen nur ein Bruchteil dieser Höhe angestrebt und alles extrem eng gestellt wurde, um so den maximalen Ertrag pro Quadratmeter Anbaufläche zu erzielen. Konnte man so machen, wollte er aber nicht, der Betrieb kam ihm schon industrialisiert und kapitalistisch genug vor, er wollte einen Rest Seele erhalten – und seinen Spaß. Der Hauptabnehmer fand dass naiv. Die Konkurrenz schläft nicht, sagte er, du musst dich entscheiden.

*

Der Dude hatte leider einen neuen Nebenjob. Der war sehr zeitaufwendig und nervte extrem. Und er verdiente nichts daran. Im Gegenteil. Er musste die Kohle dabei in ganz großem Stil raushauen. Genauer gesagt: seit der verhängnisvollen Familienfeier und der großen Verbrüderung mit Madames Verwandten. Es verging praktisch keine Woche mehr, in der nicht irgendeine verlorene Seele aus dem weit verzweigten Ahnen-Geäst ein plötzliches Bedürfnis nach Heimwerker- oder Gartenbedarf in sich entdeckte. Selbst Madame kam es seltsam vor, wer sich alles meldete und ihr unverfroren Bestellungen in den Block diktierte. Darunter waren Namen, die sie noch nie oder seit vielen Jahren nicht mehr gehört hatte. Anscheinend war ihr Dude zum heißesten Familientipp geworden. Eine zweifelhafte Ehre, wie sie dachte, eine verdammt teure Ehre, fand der Dude. Tja, it's the society, stupid.

Die reiche Verwandtschaft wollte nicht mal eben nur so ein paar Schraubenzieher oder einen Eimer Farbe, logisch.

Onkel Emil brauchte dringend einen großen Luxusrasenmäher, elektrisch. Oma Gertrud auf jeden Fall einen Aufsitzmäher, etwa einen Mega-Mulcher von Etesia mit 4 × 4 Allradantrieb in Permanenz und einer Schnittbreite von 1,44 Meter, wie sie mit großer Fachkenntnis betonte. Tante Elisabeth wollte anscheinend ein Steakrestaurant im Garten eröffnen, was anderes konnte man aus der Größe des gewünschten Grills gar nicht schließen. Tante Franziska wollte den Sommer nicht überleben, wenn ihr nicht binnen Monatsfrist ein mindestens, wie sie betonte, mindestens fünfzig Quadratmeter großer Plastikteich für ihre japanische Parklandschaft geliefert würde.

Der Dude wurde immer blasser, die Liste vor ihm auf dem Esszimmertisch immer länger. Da könnte er ja gleich mit der Plantage aufhören und sich nur noch seinem neuen Beruf als Großhändler widmen.

»Das schaffst du schon, Schatz«, versuchte ihn Madame aufzumuntern. Es klang nicht sehr überzeugend.

Das bedeutete für ihn einen Haufen Extra-Arbeit und kostete ihn Zehntausende Euro, eventuell mehr, wenn es so weitergehen würde. Er musste das Zeug zum normalen Preis in einem örtlichen Baumarkt um die Ecke kaufen, es dann so neutral wie möglich verpacken und anliefern lassen, sodass niemand mitbekam, dass die Waren nicht von »Hammerkauf« aus dem Ruhrgebiet in den Norden geliefert wurden, sondern vom Bauhaus nebenan. Ein Wahnsinn. Er verfluchte sich und seine Verbrüderungsrhetorik vom Wochenende. Scheiß Brandy. Rasenmäher. Plastikteiche. Carports. Die spinnen doch alle, die Millionäre, dachte der Dude, diese Pfennigfuchser. Na ja, andererseits: Musste er eben ein paar Kilogramm mehr verkaufen, auch nicht schlimm. Wenn die Produktion gut weiterlief, sollte das kein größeres Problem sein. Wenn.

Die Geheimnisse der anderen

Plötzlich fielen nach einer Kette von nur als unglücklich zu bezeichnenden Ereignissen nicht ein oder zwei, sondern gleich drei Ernten hintereinander aus. Schädlinge zerstörten das komplette Wurzelwerk, ein anderes Mal ließ No Brain kunstvoll einen Raum absaufen, in einem dritten Fall verweigerte eine Abteilung aus ungeklärter Ursache einfach das Wachstum. Es ging immer weiter, logisch, aber kurzfristig war da ein Loch. Drei Löcher ergaben einen Hohlraum, der dem Dude vorkam wie der 700 Meter tiefe Barringer-Krater in Arizona, den er vor Jahren mal besucht hatte. In ähnlichen Untiefen verschwand seine Laune, denn irgendwie hatte er sich, genau wie Madame, schon sehr an die Geldwellen gewöhnt, auf denen sie mittlerweile seit geraumer Zeit durchs Leben surften. Kurzfristig zurückstecken: Nö, warum denn? Geht auch gar nicht so schnell, sagt die Konsumtheorie, dauert eben bisschen, bis das Hirn umschaltet – wenn es überhaupt umschalten will.

Es war in jenen Tagen unverhoffter Not, wie sie der Dude empfand, dass ihm etwas unangenehm auffiel. Normalerweise achteten weder der Dude noch Madame darauf, wo wie viel Geld gebunkert war. Überall steckten ja die kleineren oder dickeren Rollen. Hier eine 2000er Rolle, da eine kleine 1000er, überall die dickeren 5000er. Zwischen den Socken, den Unterhemden, in der hohlen Stuhllehne, hinter fast allen Bildern, in Kaffeedosen, Schubladen, in Kartons und Zwischenräumen, niemand wusste genau, was für Summen es waren, es war auch völlig egal, es kam ja laufend Nachschub. Normalerweise. Jetzt wurde der Dude etwas sensibler.

Oben auf dem alten Bauernschrank im Flur hatte er eine große Schüssel mit Scheinen verstaut, die er nach langen Trinktouren oder anderen Kiezausflügen am nächsten Morgen dort für spätere Verwendung hinterlegte. Der Dude kam regelmäßig mit mehr Geld zurück, als er anfangs dabei hatte, da er entweder aus Gewohnheit ein paar Hundert Gramm mitnahm, von denen er einen Teil auf Drängen hin manchmal verkaufte. Oder er traf Leute, die ihm noch Geld schuldeten oder ihm einen Vorschuss auf beim nächsten Mal mitzubringendes Gras zusteckten. Ein paar bekannteren Musikern oder deren Managern brachte er Mengen bis zu einem halben Kilo auch gern mal persönlich vorbei. Wobei niemand dieser Menschen jemals auf die Idee gekommen wäre, sie kauften hier Gras, das der Dude selbst hergestellt hatte. Diese Abnehmer gingen alle davon aus, dass der Dude lediglich ein leidenschaftlicher Gras-Konsument war, der offensichtlich eine sehr gute Quelle hatte und ihnen bloß den Gefallen tat, für sie mit einzukaufen. Aus diesem Grund wurden bei jedem Kiez-Trip auch kleine Geschäfte getätigt – und wechselte Geld den Besitzer. Schmutziges Geld, altes Geld, nur Scheine, alle Größen, in nicht unerheblichen Mengen, sein ganz persönliches Sparschwein, wenn man so wollte. Am Wochenanfang stieg er auf den Jugendstil-Holzstuhl und wollte sich ein paar Hundert Euro greifen, ein paar Einkäufe waren zu erledigen, Freunde sollten zum Essen eingeladen, Geschenke für die Jungs gezahlt werden. Er griff in die Schüssel. Nahm einen Packen. Stutzte. Fühlte erneut. Komisch. Da stimmte etwas nicht. Er wusste ungefähr, wie sich der Scheinesalat ANFÜHLTE. Ein bestimmtes Volumen, ein gewisses Gewicht, das er seit Jahren erkannte, wenn er dort oben auf dem immer gleichen Stuhl stehend hineinlangte, ohne die Summe tatsächlich SEHEN zu können. Eindeutig, da fehlte was!

»Schatz, kommst du mal bitte?!«

»Was ist denn, Hase?«

»Sag mal, hast du zufälligerweise in den letzten Tagen mal hier oben aus meinem kleinen Reservoir ein paar Scheine abgezogen?«

Er stellte die Frage ohne Groll und ohne auch nur im Ansatz vorwurfsvoll zu klingen. Er liebte den wilden Konsumismus seiner wilden Lady. Sie war ja auch der lebende Gegenbeweis aller plausiblen ökonomischen Theorien. Die marginale Konsumquote kann nicht größer als »1« sein, weil man ja nicht mehr ausgeben kann, als an neuen Mitteln frisch dazufließt? Kleiner Scherz, oder was? Da kannten die Gelehrten aber seine Madame schlecht. Neues Geld fachte in ihr eine Lust an, die sich durch keine theoretischen Gedankenspiele begrenzen ließ. Legte man ihr einen 100er auf den Tisch, wurden mindestens 150 danach ausgegeben, sollte ein 500er verbraten werden, endete es nie vor 800 oder vielleicht auch 1000. Madame hatte den Kapitalismus auf eine sehr persönliche Art sehr gut verstanden und umarmt. »*Mehr davon*« war nicht nur einer ihrer Lieblingssongs der Toten Hosen, sondern auch ihr ganz persönlicher No. 1 Lebenshit, wie man ohne böse Unterstellung behaupten konnte.

Der Dude hatte ein gespaltenes Verhältnis zum Geld. Einerseits konnte er aus einem inneren Abwehrmechanismus heraus keine großen, teuren Güter kaufen, physisch unmöglich. Ursache: eine in der medizinischen Literatur nicht wirklich gebührend gewürdigte Großkonsum-Allergie, die sein Leben und seine Beziehung stellenweise schwer belastete und die sich für Außenstehende in ihrer ganzen Härte kaum nachvollziehen ließ. Aber er litt darunter. Madame litt darunter. Der Einzelhandel litt darunter. Eigentlich: ganz Deutschland.

Der Dude deutete sein Handicap manchmal als eine Art »antikapitalistischen Reflex«, eine körperliche Trotzreaktion auf die Zwänge des Systems, denen er sich ja auch ausgeliefert fühlte. Versuchsanordnung: Bettenkauf. »Hase, wir brauchen ein neues Bett!« Normaler Satz, normale Ansage. Nicht für den Dude. Für ihn war diese Drohung. Folge: Schweißausbrüche, Gänsehaut, Unwohlsein, Zittern. Wenn Madame ein Bett kaufte, kam man nicht unter sechs- oder siebentausend Euro weg, logisch, hier wurden nur nachhaltige Werte angeschafft. Dagegen hatte der Dude nichts, nur: Er selbst konnte die Scheine nicht hinlegen. U-n-m-ö-g-l-i-c-h. Ein Fall für den Psychologen wahrscheinlich.

Andererseits begrüßte er es, dass Madame seine konsumistische Verweigerungshaltung doppelt und dreifach überkompensierte, zweitens galt für ihn gleichzeitig die Devise, alles muss raus: Wenn ich trinke, sollen alle trinken. Niemand ging jemals leer aus, wenn der Dude unterwegs war, egal ob befreundet oder nicht, es war eine Art pathologischer altruistischer Effekt, dem er sich lustvoll hingab. Bei Bahnfahrten zu Heimspielen seiner Borussia nach Dortmund hatte er schon ganze Waggons auf ein Bier eingeladen. Das kostet Hunderte oder Tausende? Ja und? Das teure Bett aber – no way, das musste Madame machen.

Nachts war es nicht anders, er verteilte ganze Graspäckchen an Unbekannte, nur so. Drohte Stress, wurden erst einmal alle auf eine Tüte eingeladen. Peace, Mann. Aus reiner, echter Menschenliebe, aus Spaß, aus Überzeugung. Er war ein Geber, durch und durch, und Madame eigentlich auch. Jetzt aber fehlte Geld, wo es nicht fehlen sollte. Komische Sache.

Sie holten die Schüssel vom Schrank. Stellten sie auf den Tisch. Sie sah voll aus, aber ja, könnte durchaus sein, dass sie vorher immer grundsätzlich voller gewesen war. Sherlock Holmes, können Sie mal eben helfen?

»Hase, ich war da noch nie dran, warum denn auch, so schlecht geht es uns ja doch noch nicht.«

»Aber irgendwie fehlen da Scheine. Irgendeiner von unseren Freunden?«

»Ach was. Als ob die heimlich auf Stühle steigen und oben auf unseren Schränken nach Geld suchen würden, wo sie doch ohnehin bei uns immer alles kriegen, was sie wollen.«

Der Dude nickte, sie hatte recht. Der Verdacht klopfte an.

Zaghaft. Stärker. War da, ging nicht mehr weg, kein schönes Gefühl. Der Dude sprach als Erster den Gedanken aus, der zwischen ihnen immer nervöser stumm hin und her gesprungen war.

»Was ist mit Liliana?«

Madame wollte erst aufjapsen, ließ es aber bleiben. Ein unfairer Gedanke, aber möglich, klar. Die rührige Mittdreißigerin Liliana de Penalosa machte ihnen seit fast drei Jahren mindestens einmal die Woche sehr gründlich die Wohnung sauber. Fünf Stunden jeden Mittwoch, 50 Euro bar auf die Hand. Sie hatte einen Schlüssel und ihr unbedingtes Vertrauen, zumindest bisher. Sie kam aus Kolumbien und sprach schlecht Deutsch, sah blendend aus, auch wenn sie in den vergangenen ein, zwei Jahren nach ihrer Heirat deutlich in die Breite gegangen war. Lilianas Herkunft wirkte für eingeweihte Freunde wie ein Treppenwitz, aber sie hatte mit Drogen nichts zu tun und ahnte nichts vom geschäftlichen Engagement des Dude. Liliana war extrem zuverlässig. Praktisch Teil der Familie. Der Bruder als Feind von außen war schon einer zu viel. Sie wollten nicht noch einen in der Wohnung haben. Der Dude zählte eine bestimmte Summe exakt ab und deponierte sie kunstvoll verschlissen aussehend in der Schüssel. Der Haufen sah für jeden Laien genau so ungeordnet und groß aus wie all die Jahre und Monate zuvor. Es waren genau 13 480 Euro, ein kleines Gebirge aus sehr bakterienhaltigen Euronoten. Eine Falle für Liliana. Sie fühlten sich nicht wirklich gut.

*

»Alter, jetzt drehen sie alle durch.«

Aufgeregt wedelte No Brain mit einer Zeitung durch die Luft. So hektisch bewegte er das Blatt, dass alle anderen die Titelseite nur verwischt wahrnehmen konnten. Ein glimmender Joint in Nahaufnahme war zu erkennen und ein paar schreiend große Buchstaben, die zusammen so etwas wie »Kiffen kann töten« ergaben.

»Was ist das für ein Scheiß? Niemand ist jemals durchs Kiffen gestorben.«

»Doch, die haben es jetzt erstmals nachgewiesen. In Düsseldorf. Zwei Typen haben beim Rauchen plötzlich Herzrhythmus-Störungen bekommen. Bums, war es aus.«

»Quatsch, glaube ich nicht.«

»Doch, steht hier aber!«

»Au weia, erstens ist das ja eine echt superseriöse Quelle, dein Schmierenblättchen, zweitens haben die wahrscheinlich einfach zu viel von deinem Supergras geschmaucht, Dude.«

Alle lachten. Nur der Dude nicht. Er starrte den Kleinen an. Auf den war Verlass in solchen Fragen. Seit er sich der Sache verschrieben hatte, sog er alle Informationen zum Thema auf. Und weil er dabei so akribisch vorging, ließ er keine seriöse Quelle aus. Sogar die Seite der Bundeszentrale für gesundheitliche Aufklärung war eine seiner Lieblingsreferenzen. Wenn er in Diskussionen auf die verweisen konnte, punktete er immer. Für viele Erkenntnisse brauchte man nach Ansicht des Dude ohnehin nur den gesunden Menschenverstand. Einmal hatte der Kleine unter Protest aller anderen eine Studie zitiert, wonach bei Jugendlichen bei Dauerkonsum die Intelligenz-Entwicklung leiden könnte und ein Verlust an grauer Zellmasse zu beobachten sei. Herrgott, was waren das für bahnbrechende Ergebnisse? Dazu musste man ja kein Einstein sein, er brauchte sich nur seinen Bruder anzusehen. Der ganze verkommene Schädel des Bruders war doch eine einzige neuro-kognitive Störung ohne jede Form von menschlicher Intelligenz. Bei jeder Tüte, die der sich reinzog, konnte man förmlich riechen, wie die graue Zellmasse langsam verdampfte, falls er jemals welche gehabt haben sollte. Das Gleiche galt für mögliche »Gedächtnis-, Lern- oder Motivationsstörungen«. Wow, Hammer-Ding, hatte der Dude nur gedacht. Dafür wurden die bezahlt, um so etwas herauszufinden? Der Kleine hatte diese profanen Feststellungen sogar noch diskutieren wollen, lächerlich. Also er selbst und sein Bruder waren jahrelang nur zu nichts anderem zu motivieren gewesen als dem nächsten Joint, so viel stand mal fest.

»Zeig mal. Ach, zwei Tote in zwei verschiedenen Jahren. Das ist ja die ganz harte Empirie.«

»Na ja, tot ist tot. Das hatten wir vorher noch nicht.«

»Achtung, noch schlimmer, jetzt endgültig bewiesen: Atmen tötet. Wer ungefähr 90 Jahre durchatmet, fällt möglicherweise tot um. Politiker fordern: Atmen verbieten.«

»Sehr lustig.«

»Aber empirisch relevanter.«

»Was wollen sie jetzt machen? Gras verbieten?«

»Nur das Zeug vom Dude, das ist zu hart!«

»Ihr Weicheier. Früher war es vielleicht bisschen stark, heute ist es ... würzig.«

Alle lachten.

*

Der Dude fuhr nach Dortmund zur Mutter, zum BVB, Heimspiel gegen Schalke, Pflichtveranstaltung, logisch. So nannte er das immer: zur Mutter fahren. Der Stiefvater kam in dieser Erzählung gar nicht vor. Er ignorierte ihn einfach.

Aber der Dude bemerkte Veränderungen. Günther sah kaputter aus. Noch kaputter. Günther fragte nie, womit der Dude sein Geld verdiente. Günther hielt den Dude für einen Hallodri, einen Arbeitsverweigerer, einen Aufschneider und Drückeberger, der sich und andere betrügt, am Ende eben: kein ehrlicher Malocher. Darauf kam es jemandem wie Günther an, auf ehrliche Maloche. Solange man die ablieferte, war seine Welt in Ordnung, selbst wenn sie zusammenbrach. Seinen ersten Herzinfarkt hatte Günther an dem Tag, als er seinem ältesten Angestellten hatte kündigen müssen, die ersten schwachen Anzeichen eines Schlaganfalls, als er auf den gesamten Laden eine Hypothek aufnehmen musste. So wollte der Dude nicht werden, nicht so schwach, nicht so abhängig, nicht so verwundbar.

Manchmal war die Wohnung von Günther und der Mutter jetzt nicht richtig warm und der Kühlschrank selbst am verkaufsoffenen Samstag für zwei Personen am Wochenende zu leer. Nein, es ginge ihnen gut, nein, es gebe keine Probleme, er müsse sich keine Sorgen machen, sie habe nur ein Stück Fleisch gekauft, für ihn, weil sie es sowieso nicht mehr so mit Fleisch hätten, im Alter müsse man da mehr aufpassen. Der Dude fuhr heimlich an der Gärtnerei vorbei und stand praktisch vor Ruinen. Halb leere Regale, verkümmerte Bäumchen, kein Kunde weit und breit, irgendwo in der Ecke stand die Hülle von Günther und starrte die Straße hinunter zu dem Stau, der sich in der Dämmerung kurz vor Ladenschluss vor »Hammerkauf« über die ganze Straße gebildet hatte.

Die Mutter beschwerte sich nie. Sie ließ kein schlechtes Wort über Günther zu. Günther verließ das Haus morgens um sechs und kehrte nie vor sieben Uhr abends heim, er hatte immer noch Dreck unter den Nägeln, keinen frischen Dreck, es gab ja kaum noch etwas zu tun, das war der Dreck der Vergangenheit, der sich gar nicht mehr wegbürsten ließ. Wenn der Dude sich zu einer kritteligen Bemerkung über seinen Stiefvater hinreißen ließ, sagte seine Mutter bloß: »Du tust ihm unrecht. Ohne ihn hätten wir es nie geschafft, er hat mich und meine vier Kinder aufgenommen und gerettet. Er ist ein guter Mann, trotz allem.«

Der Dude schaute sie an. Die Augenlider der Mutter zitterten, ein roter Schimmer lag über dem Weiß, glänzend. Der Dude nahm seine Mutter in den Arm und steckte ihr 500 Euro in den Kittel.

Sie sagte: »Ach, du.«

*

Gerd war tatsächlich raus aus dem Spiel. Zum Bußgeld gab es ein dreimonatiges Fahrverbot, was aber egal war, weil die Führerscheinstelle ihm den Lappen ohnehin gleich wegnahm, wie der Kleine vorhergesagt hatte. Mindestens zwölf Monate, dann Abstinenznachweis, dann MPU und so weiter und so fort. Weg war der Gras-Spediteur Gerd. Man brauchte dringend Ersatz. Der Dude rief Steely an. Der kannte immer jemanden, der jemanden kannte. Der Dude machte das nicht gern. Er wollte nicht zu eng werden mit den Motorradleuten. Die machten ihre Geschäfte, er machte seine, klare Trennung. Andere Märkte, andere Produkte, andere Kunden, meistens zumindest. Das eine oder andere Mal hatte er Angebote bekommen. Mach mit uns eine Kneipe auf. Lass uns unsere Geschäfte und unser Know-how zusammenwerfen. Lass uns gemeinsam investieren. Er hatte sich alles höflich angehört – und abgelehnt. Sehr nett, aber bestimmt. Irgendwann waren keine Angebote mehr gekommen. Das Verhältnis zu Steely blieb bestehen und ungetrübt. Für den Dude der perfekte Deal. Er kannte die, ohne mit ihnen verbunden zu sein, alle wussten, dass er die kannte, das allein half schon in manchen Situationen. Steely hatte eine Idee. Mike würde die Touren zunächst übernehmen. Auch im Taxi. Zu gleichen Konditionen. Alles klar.

Mittwochmorgen kam Liliana wie immer um 9 Uhr, putzte wie immer, nahm die auf den Tisch bereit gelegten 50 Euro und ging wie immer um 14 Uhr. Aber am Abend war nichts mehr wie immer, denn in der Schüssel oben auf dem Schrank fehlten eindeutig knapp über 4000 Euro. Madame schwieg erschüttert, der Dude ließ seine Kiefer mahlen und die Fingerknochen knacken. Er war zu arglos gewesen. Sie hatte seine Leutseligkeit ausgenutzt. Seine Gelassenheit. Wie lange machte sie das schon? Wie viel Geld hatte sie schon mitgehen lassen? Kalte Wut, ein übermächtiges Gefühl. Liliana, die nette Liliana, die kinderliebe, treue Seele, die möglicherweise aber doch mit allen Wassern gewaschene Liliana, das kleine, gerissene Luder, dachte er, die bescheißt ihn. Das würde er nicht durchgehen lassen. Niemals.

Die Produktion lief auf vollen Touren, es wurde rund um die Uhr gearbeitet, einer allein kam nicht mehr hinterher. Der Dude verbrachte seine Zeit am Deich nicht nur am Wochenende mit der Familie, sondern oft die ganze Woche, mal mit Eight Fingers, mal mit No Brain, mal ohne sie. Bei schönem Wetter erholte er sich in einem Liegestuhl am Wasser oder im Garten am Teich, der bald schon trockengelegt war, weil sie die Matten aus dem Anbau irgendwo entsorgen mussten. Um die Terrasse herum war zuvor ein Erdwall gewachsen, der sie ein bisschen an die alten Verdun-Zeiten aus der Innenstadt erinnerte, weswegen sie diese Bemühungen gleich stoppten.

Der Sommer fühlte sich an wie an der Cote d'Azur, sie feierten mit nichtsahnenden Freunden Partys und kleine schmutzige Orgien, sie begrüßten befreundete Familien oder genossen die Stille der Einsamkeit. Im Herbst waren sie kurz beunruhigt, das Laub fiel, und man sah plötzlich die Abflussrohre am Ufer, die direkt aus der Plantage in den Fluss führten und sonst durch tief hängende Äste verborgen wurden, aber schon war Ende der Saison, kein Beobachter mehr vom Fluss zu erwarten. Der Dude, der erfolgreiche Grafiker aus Hamburg, der vor Burn-out und Family-Stress hierher floh, galt im Dorf als Kauz, laut und lebensfroh, ein BVB-Fan, der an Spieltagen im Dortmund-Trikot über die Wiesen sprang – sie mochten ihn. Ab und zu lud er ein paar Männer zu sich nach Hause ein. Mit dem Dorfpolizisten und dem Chef der örtlichen Wasserschutzpolizei neben der Riesen-Plantage Kicker zu spielen, den Spaß gönnte sich der Dude gern. Es war ein Leben wie im Paradies. Das mochte der Dude. Andere auch. Vielleicht nicht alle.

*

Es gab also tatsächlich Mädchen, die trugen so Unterwäsche wie in der Werbung. Paul und Hans Petersen, die Zwillinge vom benachbarten Bauern, konnten ihr Glück gar nicht fassen. Junge Frauen mit Tattoos, die den ganzen Arm bedeckten, sie trugen rote oder schwarze Spitze, Push-up BHs, dazu richtige High Heels – und sonst nichts. Die Mädchen rauchten, eine hatte gar keinen BH an, sondern zeigte allen stolz ihre großen, festen Brüste, in einem Nippel blinkte ein silberner Ring. Ein Junge griff ihr in den Schritt und lachte, das Mädchen machte sich an seiner Hose zu schaffen. Paul sagt: »O Mann!« Er hätte sich jetzt gern einen runtergeholt. Er traute sich nicht, nicht hier draußen, nachts auf der Wiese, direkt neben seinem Bruder.

Hans sagte: »Was ist denn, jetzt gib schon endlich her!« Er entriss Paul das Nachtsichtgerät, mit dem sie das Haus des Dude beobachteten. Sie lagen hinter einem Baum im Gras und konnten so einen Ausschnitt aus dem Wohnzimmer einsehen. Was sie sahen, war für sie ein Traum. Sie hätten alles dafür gegeben, wenn sie hier nicht nachts heimlich auf das Gelände eindringen müssten, um den Spaß mitzubekommen, sondern drinnen mitfeiern könnten. Wenn ihr Vater sie erwischte, gäbe es eine Tracht Prügel, die sich gewaschen hat. Ihr Vater war ein Arsch. Sie hassten ihn so, wie sie ihr Leben auf diesem verkackten Dorf hassten. Sie hatten Angst vor ihm. Sie hatten Angst vor der Großstadt. Andererseits … In der Einfahrt vor der Brücke standen ein halbes Dutzend Wagen mit Hamburger Kennzeichen. Der Dude feierte mal wieder mit seinen Freunden und Freundinnen. Paul und Hans hatten solche Feiern noch nie gesehen. Sie sahen sehr große Zigaretten, die weitergereicht wurden. Sie schauten sich an. Sie kamen zwar von einem Dorf am Rande der Welt, aber sie waren nicht blöd: Der Nachbar und seine Freunde nahmen Drogen, wie es aussah – der Nachbar kiffte. Wenn das der Vater wüsste.

*

Der Dude telefonierte ein bisschen herum, Informationen sammeln. Bis Monatsende war es nicht mehr lange hin. Dr. Saul. Dr. Ronald Saul. Nach dem Anruf und dem Brief fühlte er sich wie in einer Nebelbank im Wattenmeer, die Konturen der Fahrrinne waren nur schemenhaft zu erkennen, wohin sollte er steuern, nur keinen Fehler machen. Anscheinend kannte jeder Dr. Saul, nur er nicht. Schlechtes Zeichen. Mitten im Sumpf kannst du nur überleben, wenn du jede Sumpfblüte kennst. Seine Landidylle war weit weg, bisschen Kuhmist, Bauern, die nie reden, kreischende Möwen, keine Abdullahs, keine hysterischen Kokser, keine Dr. Sauls. Vielleicht hatte er sich in den vergangenen Monaten zu sicher gefühlt.

Es ging Schlag auf Schlag. Bad news just in. Dr. Saul war auch der Anwalt von Schlangen-Bernd und saß in einer Kanzlei mit Dr. Motev. Lustiger Zufall, bestimmt. Anwälte verteidigten doch jeden. Sagten sie so. In Wahrheit: eine gut geölte Feder zwischen extremen gesellschaftlichen Polen. Füße tief im Dreck, Kopf hoch über den Wolken. Oder einfach mittendrin. Im Zentrum der Macht. Und das gleich doppelt. Straßenmacht meets gesellschaftliche Macht. Effizientes Konzept. Ein Hauch von Hannover. Vielleicht ein Vorbild für den Rest der Republik. Der norddeutsche Weg. Oder mehr so das alte nordirische Modell: Sinn Féin ist der politische Arm für die PIRA, die Provisional IRA. In diesem Fall könnte Motev über Dr. Saul der politisch-korrupte Arm für den provisorischen Scharfrichter des Milieus sein. Fiese Unterstellung. Böse Spekulation. Null Beweise. Für den Dude hieß das in jedem Fall erst einmal: Au weia. Und: Cool bleiben.

Der Dude telefonierte weiter, hektisch. Mannomann. Er war Gras-Unternehmer. Wieso musste er seine Zeit mit so einem Mist vergeuden? Das war der Weg des Koks, dachte er sich, genau dahin führt er, der Bruder sollte ein Buch darüber schreiben. Aber der Bruder schrieb keine Bücher, der saß offensichtlich den halben Tag im »Python« am Hans-Albers-Platz und zog Nasen mit Schlangen-Bernd. Klang lustig, war es aber nicht. Häufiger noch aber zog er mit der kleinen geilen Schlampen-Tochter von Schlangen-Bernd Lines weg, zwitscherten dem Dude diverse Kumpel. Vorsicht, sagten die. Machte dem Alt-Kiezler immer noch Spaß, das alte »Folter & Gewalt GmbH & Co KG«-Spiel. Da lebte er seine innersten Leidenschaften aus, so Sachen, die man gar nicht wissen wollte. Obwohl.

Schlangen-Bernd wusste, wer der Dude war. Man kannte sich halt. Motorradfahrer, Abnehmer, hier mal ein Bier, da mal eine gemeinsame Tüte, der Kiez war nicht so groß. Der Bruder also voll dabei. Konnte eigentlich nicht gut gehen. Die Tochter war gar nicht die Tochter von Schlangen-Bernd, nur seine Ziehtochter. Mitte zwanzig, sah aus wie eine abgewrackte Tänzerin aus dem Dollhouse, trank wie ein Kerl, schnupfte wie ihr Vater, härter als jeder Typ, der sich ihr je genähert hatte. Schlangen-Bernd liebte sie abgöttisch. Der will mit eurer Brüder-Scheiße nichts zu tun haben, hörte der Dude, aber wenn du seine Tochter mit reinziehst, ist Krieg.

Vielleicht hatte sein Bruder Schulden und Leuten Geld versprochen, sonst würden die sich doch mit so einem Junkie gar nicht abgeben. Egal, er musste etwas tun. Ich regele das, hatte er Madame versprochen. Also rief er Dr. Saul an. Okay, lass uns das bereden. Wir treffen uns Mittwoch in einer Woche auf dem Parkdeck an den Landungsbrücken, 13 Uhr. Der wollte nicht zu ihm kommen, der wollte nicht, dass er zu ihm kommt, Dr. Saul wollte den Dude an einem öffentlichen Platz treffen. Auch nicht die feine Hamburger Anwaltsart. Okay, Pissarschgesicht, dachte der Dude, treffen wir uns da. War völlig klar, dass er da nicht allein hingehen konnte. Der Dude brauchte dringend Backup, er brauchte Steely und Mike. Kurz bevor er in den Wagen nach Sylt stieg, sagte er ihnen Bescheid. Dr. Saul würde sich wundern.

Das Sylt-Wochenende

Madame fühlte eine satte Zufriedenheit, gepaart mit leichtem Amüsement. Natürlich sahen die Männer ein bisschen verkleidet aus, aber eigentlich waren sie es nicht, was so komisch wie absurd war, einerseits.

Andererseits sah auch ihr Dude in seiner roten Hamburger Reederhose mit dem blau-weiß gestreiften Hemd, dem weiß abgesetzten Theo-Sommer-Gedächtniskragen und den nach hinten gegelten Haaren geradezu überzeugend echt aus wie ein kleines Hamburger Pfeffersäckchen, das seine Freizeit gern an Bodo's Bootsteg oder auf der Terrasse des Vier Jahreszeiten verbrachte. Sogar seinen marineblauen Doppelreiher mit goldenen Knöpfen hatte er für den Sylt-Kurzurlaub mitgebracht. Wie er seinen Hemdkragen kunstvoll hochgekrempelt hatte, wie er lachte und sich mit einer Hand durchs Haar fuhr, fiel er gar nicht mehr auf inmitten all der anderen exakt gleich gekleideten Herren, ein halbes Dutzend samt Frauen und Kinder. Sie trugen die Uniform ihres realen Lebens, er war kostümiert. Die anderen, das waren: Söhne von Freunden ihrer Mutter oder Männer von Madames Freundinnen, die wiederum Töchter von Freundinnen ihrer Mutter waren, oder es waren Freundinnen oder Freunde, die sich im Laufe ihrer Biografie jeweils aus einer sorgfältig überlegten Lebensklugheit heraus nach ihrer wilden Phase, wie das gemeinhin genannt wurde, Ehemänner oder -frauen gesucht hatten, die jederzeit Söhne oder Töchter von Freunden ihrer Mutter hätten sein können. Man könnte sagen: homogene Truppe. Madame dachte: feine Truppe. Alle anderen fanden: wichtige und richtige Truppe. Der Dude dachte: Arschlöcher, alle.

Sie saßen an einer langen Tafel in einem blühenden Garten vor einem Häuschen, das nach jedem Sylter Maßstab die Bezeichnung Reetdach-Villa verdiente, im schönen Keitum, und waren glücklich darüber, dass sie alle so glücklich waren. Deswegen fuhren ja auch alle ab und zu gemeinsam weg: Um sich mal wieder gegenseitig zu zeigen, wie toll alles läuft und wie sehr man alles im Griff hatte. Mal wieder ein Wochenende auf der Lieblingsinsel mit allen und allen Kids, das war der Plan seit Langem gewesen. Der Dude hatte sich mit Händen und Füßen gewehrt.

»Ich kann nicht mitkommen. Ich halte den psychischen Stress nicht aus.«

»Sehr lustig.«

»Immer muss ich mich verstellen. Immer habe ich Angst, eine dieser Knalltröten will mich in ein Gespräch über meine Arbeit verwickeln.«

»Das hat noch nie jemand gemacht, und es wird nicht ausgerechnet auf Sylt passieren.«

»Und wenn doch?«

»Als ob dich so eine Frage aus der Fassung bringen könnte. Sei nicht albern.«

»Das stresst mich aber so, ich habe einen höheren Puls, mein Blutdruck steigt unaufhörlich, womöglich krieg ich einen Herzinfarkt, und das dann mitten im Meer, auf einer Insel, wenn da etwas passiert, gibt es keine …«

»Halloooo, wir fahren nach Sylt, nicht auf die Kapverdischen Inseln. Auf Sylt kriegst du morgens um vier innerhalb von fünf Minuten einen Krankenwagen, in dem sie dir schon während der Fahrt zum 500 Meter entfernten Krankenhaus wahlweise ein Not-Facelifting oder eine OP am offenen Herzen verabreichen können.«

»Die ganze Zeit Stress, und dann darf ich noch nicht einmal einfach einen durchziehen.«

»Hase, das ist, wie wir wissen, der allergrößte Unsinn. Als ob bei denen ein lächerlicher kleiner Joint jemals ein Problem gewesen wäre …«

»Das stimmt natürlich. Das sind alles Hardcore-Kokainisten, diese Agenturfuzzis und anderen Wichtigheimer, das vergesse ich ja immer wieder, ohne ein paar Gramm auf der Tasche schaffen die es morgens gar nicht zur Arbeit, nur so können sie ihre geilen Praktikantinnen in den Mittagspausen …«

»Hase, stop it!«

Diesmal hatte sie ihn nicht vom Haken gelassen. Sie wollte kein Leben führen, als ob sie sich verstecken müssten. Sie waren doch keine Kriminellen. Sie nicht, und ihr Dude auch nicht. Sie verstand, achtete und bewunderte seine Arbeit und nahm alle Konsequenzen daraus billigend in Kauf. Seine unmöglichen Arbeitszeiten, seine dubiosen Geschäftskontakte, das eigenwillige Personal. Aber weil sie das alles akzeptierte und sich auf seine Welt einließ, forderte sie auch von ihm ein Mindestmaß an Integration, zumindest aber: Toleranz. Bis jetzt hielt er sich vorbildlich. Er hatte noch niemanden beleidigt oder provoziert, er redete sogar mit allen und verbreitete gute Laune, die ersten 48 Stunden waren geschafft, nur noch ein Abend, morgen Nachmittag würden sie die Heimreise antreten. Ein paar Tage würde sie sich anhören müssen, was für Totalausfälle sie als Freunde bezeichnete. Madame machte sich keinen großen Kopf deswegen. Das waren ihre Freunde, oder zumindest Menschen, mit denen sie gern zusammen war, na ja, zumindest mit den meisten. Wenn sie ehrlich war: eigentlich nur mit ein paar wenigen. Aber darauf kam es nicht an. Es ging um andere Sachen, wie meistens. Ganz bestimmt sogar. It's the society, stupid.

Sie wusste, dass der ein oder andere durchaus blasiert und arrogant wirken konnte, es störte sie nicht, im Gegenteil, in gewisser Weise suchte sie diese Arroganz geradezu, dieses Gefühl von Wichtigkeit und Macht, von Einfluss und sorgenloser Leichtigkeit. Das war es ja vor allem, was diese echten Reederssöhne wie Maximilian und Agenturbetreiber wie Klaas oder Erben wie Joseph ausstrahlten, egal, ob sie das Parfum des alten oder des neuen Gelds zu dick auftrugen, egal, ob sie in einer vergoldeten Wiege auf ihr privilegiertes Leben vorbereitet wurden oder sich ihr demonstrativ vor sich hergetragenes Überlegenheitsgefühl allein erarbeitet hatten: Sorglosigkeit. Gestopfte, tausendfach erprobte Sorglosigkeit. Das Gefühl von Macht. Dieses Bewusstsein, nichts und niemanden fürchten zu müssen, weil alles mit Geld geregelt werden konnte. Auf jeden Fall fast alles, was sie sich so vorstellen konnten. Was manchmal nicht allzu viel war, wie Madame gelegentlich dachte. Denn das war die Kehrseite dieser bewundernswerten Ruhe und Sicherheit: abgrundtiefe Langeweile. Zumindest für Madame. Wenn sie in die Runde sah, dachte sie stolz und ein bisschen erregt: Bei euch qualmt vielleicht mal eine dicke Zigarre, aber mein Dude, der brennt an beiden Enden.

Bilderbuch-Sommertag, eine Szene wie aus der BUNTEN oder GALA. Die Kinder fein gemacht, Schiebermützchen und Halstüchlein für die kleinen Herren, Designerseide für die Mini-Damen, jedes Stück Stoff ein Hinweis auf die Ambitionen von Frau Mama und Herrn Papa. Die waren in jedem Fall immer und zu jeder Zeit: riesig. Und trotz der Freundesatmosphäre galt das unausgesprochene Motto: nur nicht zu viel Understatement. Die Damen präsentierten sich entweder im leicht affektierten, burschikosen Inseldress, der mit dem maritimen Schnickschnack spielte, den alle Hamburger so liebten, sobald die erste Möwe in Sicht war. Die anderen, man könnte sagen fast alle, aber gefielen sich und ihren Männern sehr viel besser im sündhaft teuren Edelnuttenchic – für sehr viel Geld extrem billig aussehen, das war ja gerade der letzte Schrei. Da hatten sie sogar den Dude auf ihrer Seite.

Mit einem lauten Knall öffnete er die nächste Magnum-Flasche Bollinger. Alkohol und ein bisschen Fußball-Gequatsche, das kapierte der Dude sofort, das funktionierte auch hier. Sogar besser als anderswo. Eine gewisse Nähe zum gemeinen Volk galt als cooles Accessoire. Ein paar Kraftausdrücke, proletarische Fantasiesprüche, dazu eine kleine Portion Machotum, wie man ihn sich bei den anderen draußen im Lande, nun ja, vorstellte. Der Dude hasste das gespielt Breitbeinige dieser Klemmis. Zwei Stunden über Westernfilme unterhalten, als wären sie alle gern der Cowboy-Vortänzer bei YMCA – und dann über die besten Shops zum Kauf von roten Socken für den stilbewussten Mann von heute. Klar, dachte der Dude, für den stilbewussten schwulen Mann. Für ihn waren diese Männlichkeitsdarsteller genau das: halbschwule Muschis. Schon diese glatten Gesichter, viel zu gesund für seinen Geschmack, Streberhaut irgendwie; dazu trug der Mann von Welt offensichtlich gern hohe Stirn, all die anstrengende Denkarbeit, ach Gottchen, wo sollte die auch verrichtet werden. Wo kamen die nur alle her, irgendwo musste ein Nest sein. Egal. Er für den BVB, der Rest für den HSV, das passte doch gut. Er prostete ihnen zu, bumsrot das heiße Gesicht in der Sonne, alle hoben die Gläser in seine Richtung, was für ein lustiger Kerl, der machte ihnen Spaß, na dann, Prösterchen.

Die Sansibar hatte das Buffet geliefert, der Tisch verschwand unter Hummern, Lobster, Krebsen, ganze Fische daneben, dazu Leckereien direkt von Gosch, Muscheln, Salate, Krabben, das Eis klimperte in den Gin-Tonic-Gläsern, oder war es Whiskey, überall so schöne, dicke Prozente und ein bisschen Prickeln, zu Tisch jetzt alle, das große Fressen konnte beginnen. Schmatzen, Gläserklirren, laute Quer-über-den-Tisch-Unterhaltungen, dumme Sprüche, verschmierte Teller, umgestoßene Saucen-Töpfe, das Essen war schon nach wenigen Minuten ein Fest. Niemand hört den Vibrationsalarm, nur der Dude. Das rhythmische Zittern neben seinem Sack war ein Alarmsignal. Katastrophenankündigung. Vereisung aller Gesichtszüge in Lichtgeschwindigkeit. Madame sah, wie der Dude ein Telefon ans Ohr hielt, sie erkannte, welches Handy es war. Sie bereitete sich auf einen leichten Schmerz vor, bisschen Sozialstress eventuell. Jetzt nur nicht hängen lassen. Brust raus, Bauch rein, Dekolleté noch einmal sortieren, tief durchatmen. Kind, wir lassen uns gern gehen, aber niemals hängen. Ja, ja. Mutter, steh mir bei.

Der Dude hörte mit versteinertem Gesicht zu, nickte, redete kurz, hielt eine Hand vor den Mund, er hasste diese Telefonhaltung eigentlich, dann musste es schlimm sein. Er hatte die Augen geschlossen, strich sich wiederholt durchs Haar, öffnete die Lider, der Blick huschte durch die Runde, blieb nirgends hängen, ein halbgares Lächeln hatte sich in seinem Gesicht verfangen. Er legte auf, sagte nichts, er funkelte zu Madame herüber, vielleicht saß sie auch nur im Weg, nichts signalisierte ihr, dass sie gemeint sein könnte, sie sah bloß, was niemand sah, und hörte, was niemand sonst hörte: das dumpfe Grollen und Donnern in seinem Kopf, das Knirschen, eine atompilzgroße schwarze Wolke türmte sich über ihm auf, Schwefelgeruch nahm den Mann, das Haus, dann alle in Beschlag, ohne dass die lustige Runde auch nur ein Fitzelchen dieser dramatischen Entwicklungen mitbekommen hätte.

Plötzlich sprang der Dude auf und schrie viel zu laut: »Ich muss los, ich muss sofort nach Hamburg, ich habe ein verdammtes Problem …«

Alle verstummten, ein Dutzend Freunde blickten auf, Erstaunen und Erschrecken in den Gesichtern, hier und da ein ungläubiges Lachen, weil das mit so einem verzweifelten Druck aus dem Mann herausgepresst wurde, der nun, in die verblüffte Stille, weiter viel zu laut rief: »Ja, ich habe ein Scheiß-Problem mit …« Pause. Kurz mal eben die Erdkugel anhalten, bitte. Endlose Zeitdehnung, zu viel Schallfreiheit, böse Schallfreiheit, schmerzhafte Stille. Geht gar nicht. Die Rakete war in den Raum geschossen, es fehlte der Einschlag, der Aufschlag, eigentlich: eine schlüssige Fortsetzung des verdammten Satzes. Synapsengewitter, Elektrosturm auf allen Nervenbahnen, endlich purzelte es aus ihm heraus »… mit meinem Grafiker …!«

Stille, aber kein Argwohn, bisschen Überraschung vielleicht, aber kein feines Nervengas namens Misstrauen, eher Verwunderung, unterstützt vom Alkohol der vergangenen Stunden wird die gleich in Belustigung verwandelt – Heiterkeit. Also lachen alle ein bisschen los. Fühlt sich auch besser an. Man muss ja irgendwas machen.

Bevor wer Fragen stellen konnte, meckerte er sich warm: Der Andruck und die neue Software, der Kunde aus dem Häuschen, die Deadline wie ein Fallbeil über allem, kein Puffer mehr, ausgerechnet jetzt, aber wenn morgen Abend nicht, dann Apokalypse, gefolgt von einer Kette übelster Flüche und Verwünschungen. Der Auftritt war umso verwunderlicher, weil einige am Tisch in ähnlichen Branchen arbeiteten und sich absolut niemand vorstellen konnte, was das für ein Problem sein sollte mit einem Grafiker, das unbedingt an einem Samstagabend sofort gelöst werden muss. Aber da alle gern cool sein wollten, hieß die Antwort: Einmal nachschenken, bitte.

Der Dude riss seine Jacke vom Ständer und raste nach draußen, wo man Sekunden später den Motor aufjaulen hörte. Kritischer Moment für alle: Wie jetzt weitermachen?

Madame rettete sich, den Dude, alle: »Ja, ja, so ist der eben, mein irrer Mann, allzeit bereit.«

Befreites Gelächter. Wer reicht bitte mal den Hummer?

Madame wusste natürlich, die Plantage war der einzig mögliche Grund. Wahrscheinlich hatte seine treue Inkompetenz-Brigade, die Genossen No Brain und Eight Fingers, wieder einmal einen Fehler gemacht. Ihre Arbeitsbilanz sah in Madames Augen immer gleich aus: Fehler, saudoofer Fehler, Riesenkatastrophe. Einmal war fast die ganze Plantage abgebrannt, weil es einen Kurzen gegeben hatte und Eight Fingers nicht in der Lage gewesen war, das Feuer schnell genug zu löschen. Die Feuerwehr war aus bekannten Gründen keine Option. Also hatte das ein bisschen länger gedauert – der Schaden war entsprechend groß.

Eight Fingers war ja des Dude liebster Mitarbeiter, Madame war der immer etwas suspekt, so, wie der seine Behinderung pflegte: Ach, das könne er nicht machen und das auch nicht, um dann stundenlang vor der Glotze stumpf ein Radrennen nach dem anderen zu verfolgen, wahrscheinlich waren es auch Pornos, zu denen er, wie Madame vermutete, wie ein Besessener manisch onanierte, das hatte mal die andere Koryphäe, Mr. No Brain, angedeutet und sie dabei selbst doch sehr seltsam und unangenehm lüstern grinsend angeschaut. In ihren Augen zwei Einfaltspinsel der Extraklasse. Aber das war die Firma des Dude, die sollte er führen, wie er wollte.

Der Dude raste auf den Hof und wurde vom aufgelösten No Brain empfangen. Totaler Stromausfall. Keine Beleuchtung, keine Bewässerung, keine Idee für eine Lösung. In der Halle stapfte er durch zehn Zentimeter tiefes Wasser, jemand hatte das Bewässerungssystem ausgeknockt, Ursache unklar, schon hatte es einen heftigen Kurzen gegeben, sonnenklar. Eine ganze Ernte war in Gefahr, Liefertermine standen auf der Kippe, Beziehungen, Preise, alles. Märkte wollten nicht warten, Märkte interessierten seine lächerlichen Mickey-Mouse-Probleme nicht.

Der Dude rief Steely an, der musste mal wieder den Elektriker ihres Vertrauens aktivieren. Ein zuverlässiger Grieche von der Peloponnes aus der Region Mani, der verschwiegen wie ein Grab und ein wahrer Meister seines Fachs war. Ein Hoch auf die griechische Elektrikerausbildung, dachte der Dude jedes Mal, wenn der sogenannte Yorgos zum Einsatz gefahren wurde. Ohne ein Wort der Klage ließ er sich in Hamburg-Altona einen schwarzen Sack über den Kopf ziehen und über 80 Kilometer in die Einöde fahren, um hier in der Halle zu unmöglichen Zeiten Akkordarbeit zu leisten, nur um wieder mit dem Sack über den Kopf über 80 Kilometer zurückgefahren zu werden. Dafür gab es aber gut Cash auf die Hand, logisch.

Zwei Stunden später stand Yorgos rauchend in der großen Halle vor ihrem Plantageeinbau, er mochte die irren Kiffer irgendwie, auch wenn er mit dem Zeug selbst nichts am Hut hatte. Er liebte ihre Leidenschaft und Akribie, er schätzte ihre Zuverlässigkeit und vor allem natürlich ihre Großzügigkeit. Das Kiffen bekommt diesen Teutonen erstaunlich gut, dachte Yorgos, auf der Rückbank liegend mit dem schwarzen Sack über dem Kopf, der es noch nie erlebt hatte, dass ein Deutscher freiwillig etwas zu viel zahlte oder ein gutes Trinkgeld gegeben hätte, es entspannt sie und macht sie irgendwie menschlicher, man fängt geradezu an, sie zu mögen.

Diesmal brauchte er bis zum Morgengrauen. Sie gaben ihm 5000 Euro. Er versprach, in der kommenden Woche auch die letzten regulären Steckdosen durch Feuchtdosen zu ersetzen, das Risiko weiterer Ausfälle war zu hoch.

Am nächsten Morgen rief der Dude endlich Madame auf Sylt an. Dem Dude war die Erschöpfung noch anzuhören. Ein Kurzer, No Brain hatte wieder zugeschlagen.

»Schatz, kannst du den nicht einfach rausschmeißen?«

»Ich werde ihn gleich in einem Wassertank ertränken, damit die Welt eine bessere wird.«

Harte Zeiten

Liliana öffnete die Wohnungstür mit dem Schlüssel, den ihr der Dude gleich zu Beginn ihres illegalen Beschäftigungsverhältnisses gegeben hatte. Der Dude hörte, wie sie sich im Flur die Schuhe auszog, um in ihre Filzpantoffeln zu schlüpfen, in denen sie trotzdem noch umwerfend aussah, wie er schon öfter mit einem Seitenblick auf ihre einst tadellose Figur bemerkt hatte. Die schwarzen langen Haare ergänzt durch eine sanft-braune Haut bildeten einen aufregenden Gegensatz zu ihren strahlend weißen Zähnen. Liliana sah aus wie ein lateinamerikanischer Klischee-Traum, nicht zuletzt wegen ihrer beeindruckenden Brüste. Solche Brüste bei ihren, zumindest anfangs noch schmalen Hüften, sagenhaft, hatte er Dude bei ihrer Vorstellung gedacht und sich sogleich gefragt, ob er sie nicht einmal draußen auf der Terrasse von hinten nehmen könnte. Nur mal so. Liliana gehörte offensichtlich zu der Generation kolumbianischer Frauen, die sich den Glaubenssatz »Sin tetas no hay paraíso« (»Ohne Titten kein Paradies«), der es im Land der Kartelle sogar zum Titel einer eigenen Fernsehserie geschafft hatte, schon früh zu eigen gemacht hatte, was ihn begeisterte und seine Fantasiemaschine antrieb. So offensichtlich, dass ihm Madame bei der ersten Begegnung mit ihrer neuen Putzhilfe sofort einen Blick zugeworfen hatte, der signalisierte: Ein falscher Gedanke, und du wirst bereuen, mir jemals das Versteck deiner geladenen Ladygun gezeigt zu haben.

Madame war nicht prüde oder missgünstig, und schon des Öfteren hatte sie über seine euphoriebedingten, na ja, sexuellen Übersprungshandlungen nonchalant hinweggesehen, da sie ja selbst wusste, wie sich das manchmal entwickeln konnte, wenn man in so einer kleinen Stimmung war und alles in einem nach körperlicher Nähe drängte. So war das eben mit der Leidenschaft, entschuldigte er sein Treiben vor sich selbst manchmal, es gibt sie entweder ganz oder gar nicht. Die lässt sich nicht vor der eigenen Haustür abstellen, die tobt permanent in einem, die zeigt ihr gieriges Gesicht in den unmöglichsten Momenten. Schlimmer dran waren ja Nasivisten wie sein Bruder, die das Pulver so kopfgeil machte, dass sie sich wirklich nicht mehr unter Kontrolle hatten. Das Koks ließ sie sich fühlen, als wären sie wandelnde Potenzmonster, geil bis unter die letzte Haarspitze, obwohl paradoxerweise die meisten der Stoff, der sie so entfesselte, zugleich körperlich hängen ließ, was den mentalen Drang nur noch zu verstärken schien. Alles in allem für den nicht teilnehmenden Beobachter ein in der Regel lächerliches, nicht selten trauriges Schauspiel. Vor ein paar Monaten erst hatte sein vollgekokster Bruder an der Kasse bei Aldi nachmittags um vier ohne Vorwarnung plötzlich seinen unerigierten Schwanz aus der Hose geholt und sozusagen auf das Band gelegt, gleich neben die Tomaten und die fettarmen Joghurts. Nur um die arme verdatterte Frau an der Kasse, wie Zeugen später zu Protokoll gaben, mit erregungsheiserer Stimme viel zu laut und krächzend aufzufordern: »Fassen Sie ruhig mal an, nur so, das muss ja nichts bedeuten, bitte, nur einmal, Sie würden mir damit einen großen Gefallen tun, stellen Sie sich doch jetzt nicht so an!«

Das hatte einen hysterischen Zusammenbruch der jungen Dame und für seinen Bruder ein bundesweites Hausverbot in der Supermarktkette und eine Anzeige wegen Erregung öffentlichen Ärgernisses zur Folge gehabt. Kurzum: Das war auch nicht richtig befriedigend.

Mit Putzeimer, Besen und diversen Reinigungsmitteln bog Liliana in das Wohnzimmer ein und blieb erschrocken stehen. Normalerweise war um diese Zeit niemand zu Hause. Der Dude saß breitbeinig in seiner schwarzen Bundeswehrhose vor dem Tisch, nicht neben dem Tisch, nicht hinter dem Tisch, nein, er saß vor dem Tisch, was so ungewöhnlich wie bedrohlich aussah. Dieser Eindruck wurde möglicherweise verstärkt durch den Teleskopschlagstock, den er wirklich nur aus reiner Langeweile in die Hand genommen hatte. Der Dude legte ihn auf den Tisch, blickte ihr einige Sekunden lang in die Augen, bis er spürte, wie sehr sie die Ruhe und sein Verhalten ängstigten, was er gar nicht wollte, so wie er eigentlich gar nicht hier sitzen und dieses Gespräch führen müssen wollte. Er wollte seinen Job machen. Er wollte die Plantage pflegen. Er wollte gute, ehrliche Geschäfte mit seinem Gras abwickeln und sich den Rest der Zeit am liebsten um seine Familie und Freunde kümmern. Mit den Fischern am Deich sitzen, noch ein Astra trinken, den Möwen hinterherschauen, ab und zu den pH-Wert messen gehen, die Elektrik kontrollieren, dann »Moin, Moin« sagen, Bier aufmachen, weiter schweigen. DAS wollte er eigentlich. Stattdessen zwangen ihn Menschen wie sein Bruder oder Liliana, sich um sehr viel Unangenehmeres kümmern zu müssen. Auf niemanden war Verlass, er hasste das.

»Liliana, ich will nicht lange um den heißen Brei herumreden. Du hast richtig Scheiße gebaut. Wir wissen, dass du uns bestohlen hast. Das ist sehr traurig, und natürlich macht uns das sehr, sehr wütend!« Er schlug hart auf den Tisch. Seine rechte Handfläche brannte.

Liliana zuckte zusammen und hatte sofort Tränen in den Augen. Sie sah nicht mehr aus wie ein stolzes lateinamerikanisches Topmodel, sie sah plötzlich aus wie die kleine, immer teigigere Matrone, die seit ihrer Heirat aus ihr geworden war. Tatsächlich brachten den Dude seine eigenen Worte so in Wallung, weil ihm gerade wieder klar wurde, wie sehr sie ihn hintergangen hatte, obwohl er sie erst vor zwei Wochen in Abwesenheit von Madame unter Vernachlässigung aller üblichen Vorsichtsmaßnahmen nach der Putzarbeit zu einem Glas Brandy eingeladen hatte, aus dem dann schnell ein zweites und ein drittes geworden war. Beim dritten waren sie sich beim Anstoßen schon so nahe gekommen, dass er ihre Duftmischung aus abgetragenem Gaultier und einem leichten Film Arbeitsschweiß gierig aufsaugen konnte und das Gefühl gehabt hatte, sie ließe wie zufällig eine Hand eine Zehntelsekunde länger als nötig an seiner Hüfte vorbeistreifen. Jetzt würde es passieren, er war sich sicher. Er wollte es. Und sie wollte es auch. Die Luft zwischen ihnen war eine dichte Erregungsmasse. Just in dem Moment hatte Madame ihn auf dem Handy angerufen. So vorwurfsvoll hatte das Teil geklingelt, so hinterhältig wissend, das hatte er nicht ignorieren können. Zumal sie dringend mit den Jungs aus der Innenstadt abgeholt werden musste. Das war wahrscheinlich sein Glück gewesen. Und ihres auch.

»Ich will meine Kohle zurück, sofort und alles, verstanden?«
Liliana hatte verstanden, sofort und alles. Sagte aber:
»Oh no, oh no, oh no!«
Sie wurde blass.
»Wie: Oh no, oh no, oh no? Oh yes yes yes! Bist du schwer von Begriff? Ich will mein Geld wiederhaben, wo ist es?«
»Sorry, Dude, tut leid mir, sorry!«
Er registrierte eine dramatische Verschlechterung ihrer Deutschkenntnisse innerhalb kürzester Zeit. Sie sank zu Boden und weinte.
»Du sollst nicht weinen, du sollst mir sagen, wo die Kohle ist und wann du sie mir zurückbringst, kapiert?«
Schnell kam heraus, dass ihr Mann das Geld abgegriffen hatte. Der Dude und Madame hatten Liliana in der Vergangenheit einmal die Erlaubnis gegeben, dass ihr Mann ihr beim Putzen helfen dürfe, damit sie schneller fertig wird. Offensichtlich hatte sie das als eine dauerhafte Erlaubnis für seine Präsenz in der Dude-Wohnung missverstanden.

»Mann, große Probleme, kein Geld, so sorry, konnte nicht stoppen ...«

»Hör auf zu jammern. Ich sage es ein letztes Mal, ich will mein Geld zurück, und zwar zack-zack, bis Freitag ist das wieder da, sonst kriegt dein Mann echt Probleme. Und du auch. Wie war noch mal genau die Lage bezüglich deiner Aufenthaltsgenehmigung?«

Er drohte. Kein schöner Zug. Das war nicht unheikel, weil er selbst um jeden Preis jedes Aufsehen bei Ämtern vermeiden wollte, aber das konnte Liliana nicht wissen, vermutete der Dude, der damit aus diesen naheliegenden Gründen selbstverständlich nur blufte.

»Mann ist in Spanien, erst nächste Woche zurück ...«

»Okay, ich bin jetzt mal ein netter Mensch, weswegen ich die Abgabefrist bis nächste Woche Freitag verlängere, aber dann liegt hier ein Beutel, dick und prall mit meinen Scheinen, kapiert, und zwar nicht nur denen von vergangener Woche, sondern auch inklusive der Kohle von den Malen davor, hast du das verstanden?«

Wieder schepperte der Tisch, wieder brannte seine Hand. Liliana wimmerte. Möglicherweise hatte er sich das Handgelenk verstaucht. Er rieb über den Knochen und ärgerte sich. Was war das für Jahr? Geschäftlich lief es so gut wie nie zuvor. Falsch. Es könnte so gut laufen wie nie zuvor. Für alle. Für seinen Bruder, für die Putzfrau, für einige gierige Freunde, selbst für seinen Abnehmer. Tja. Aber sie alle waren vergiftet, anders konnte er das nicht nennen, sie hatten das MEHR-Virus in sich, einer aggressiven Krebszelle gleich, dagegen war der ordinäre schwarze Hautkrebs ein Kindergeburtstag. Deswegen drehten alle durch, deswegen musste er sich mit all diesen Sachen herumschlagen.

Jemand zupfte ihn am Hosenbein, Liliana. Rote Augen, nasses Gesicht, ein grauer Schatten über dem doch ganz schön dicken Gesicht, wie er erschrocken konstatieren musste, mein Gott, was hat die zugenommen, was ist das für ein Pfannkuchengesicht geworden, dachte der Dude. Er sah ihren Mund, der sich öffnete, sie sagte irgendwas, er hörte es nicht, es interessierte ihn nicht. Lippenstift verschmiert, eine Goldkrone weiter hinten. Vergangene Woche hätte er ihr noch gern seinen Schwanz in diesen Mund gesteckt, das war seine Lieblingsfantasie gewesen, wie sie gerade den Boden wischt und er seinen harten, erigierten Schwanz rausholt und ihn ihr einfach in den Mund steckt, wenn sie zu seinen Füßen das Parkett wischt, wie sie ganz erstaunt hochschaut, innehält, wie sie den Lappen zur Seite legt, lächelnd, und wie sie dann mit den noch nassen gelben Gummihandschuhen sein steifes Ding sehr fest umfasst und in ihren blutroten Lippen versenkt, wie sie dabei guckt und sich bewegt und er ihr die Haare nach hinten streicht, damit er sieht, wie ihre Zunge mit seiner Eichel spielt, sie drückt und bearbeitet. Ein Dutzend Mal hatte er sich das ausgemalt, in allen Varianten, auf dem Sessel sitzend, auf dem Sofa, auf dem Holzschemel in der Küche, aus der Dusche kommend, immer endete es in ihrem Mund. Er hatte zu dem Gedanken wie besessen onaniert, so hart und aggressiv, dass er dafür jedes Mal mindestens zwei oder drei Sitzungen im Studio an den Langhanteln hatte ausfallen lassen können, so hatte ihm der Trizeps danach gebrannt. Das war letzte Woche noch das geilste Elixier der Gegenwart gewesen, heute bereits Asche, sehr alte, leblose Vergangenheit. Jetzt schaute er ihr ins Gesicht und sah nur ein schwarzes Loch in einem viel zu dicken Haufen Fleisch, aus dem heraus es jammerte und schluchzte. Perspektiven ändern sich so schnell, der Verwesungsgeruch der Veränderung, er wurde ganz melancholisch, warum hatte sie alles kaputtgemacht?

»Was ist denn noch?«, herrschte er sie an, viel lauter, als er es eigentlich vorgehabt hatte. Eine neue Putzfrau müsste er jetzt auch noch suchen. Ausgelaugt, das war es, er fühlte sich einfach ausgelaugt. Er stemmte sich aus dem Stuhl, zog sie unsanft an den Händen vom Boden hoch, stieß sie zur Tür, drängte zur Eile, nahm einfach ihre Schuhe und ihren Mantel und warf alles in den Flur. So schubste er sie raus, in ihren Filzpantoffeln an den Füßen, mit den gelben Gummihandschuhen an den Händen, Hauptsache weg, raus, Ruhe. Im Umdrehen zischte er: »Die ganze Kohle, kapiert?«

*

Heute war es so weit, wichtiger Geschäftstermin, Dr. Saul auf dem Parkdeck an den Landungsbrücken treffen. Seit der Verabredung war es nachts ruhiger geworden, aber ab und zu klingelte es noch zu den unmöglichsten Zeiten. Niemand dran. Niemand redete. Mit etwas weniger Tinnitus im Ohr hätte der Dude ein unterdrücktes Atmen vernehmen können, Sauerstoffmoleküle, die sich durch verschorfte, zerkraterte, übel zerschlissene Nasen-Innenwände an einer nahezu ausgemusterten Scheidewand vorbeischleppten, kaum noch Sekret übrig, eher wie die Sahel-Zone, Blutpartikel hier und da, kam kaum was durch, das machte Geräusche, aber die hörte der Dude nicht, der knallte einfach wütend den Hörer auf die Anrichte und stellte wieder auf lautlos. Madame durfte das nicht mitkriegen, er sollte das regeln, er wollte das regeln, zwischen Wut und Hass lag nur ein bisschen Schlaflosigkeit, die morgens um 5 Uhr gereizter machte. Dabei war er eigentlich so ein Ghandi-Typ. Er wollte endlich wieder Ruhe. Steely und Mike sollten das Backup sein. Die Kuttenträger kannten sich mit solchen Terminen aus, die machten ihnen Spaß. Es war gut, wenn man sich auf Profis verlassen konnte. Der Dude war Produzent, auf dem Terrain fühlte er sich sicher. Für den Rest glaubte er an die arbeitsteilige Gesellschaft, jeder nach seinen Leidenschaften und Bedürfnissen, ein jeder nach seinem Können, so hatte das der olle Marx doch immer gewollt, dachte der Dude, der sich noch ganz gut an die Parolen linker Gruppen erinnern konnte, die an der Schule angesichts des Niedergangs der ganzen Region versucht hatten, an den alten Kampfgeist der Ruhrpottmalocher zu appellieren.

Aber die wollten davon nichts hören – oder lieber kiffen,

so wie er und seine Freunde. Feiern und kiffen, das hatte sie einst zusammengebracht, ihn, Steely und Mike. Feiern taten die beiden anderen immer noch gern, leider. Morgens um zehn wollten sie sich bei Steely treffen. Mike tauchte erst gar nicht auf, Steely war noch nicht im Bett gewesen. Super Profis, super Start.

*

Der Dude, Steely und Mike hingen damals in Dortmund-Nord auf demselben Spielplatz ab, ein gefühltes Leben lang. Die sogenannte Jugend war in ihrem Stadtteil ganz schön hart, dachte der Dude oft. Aber musste halt durch. Musste halt härter werden. Machen die anderen ja auch nicht anders. Überhaupt wichtigste Überlebensgarantie hier: die anderen. Das war die große Lektion, die niemand jemals vergaß, der sie eingehämmert bekommen hatte. Das schweißte zusammen. Forever. Zum Beispiel Steely und Mike, die da noch Volker und Michael hießen. Die verbrachten ihre Zeit schon früh in einer nahen Eisenbieger-Bude, wo Steely im Freihantelbereich allen zeigte, wo der Hammer hing, Mike immer an seiner Seite. Die Gewichtsscheiben wurden rasch größer, der Bizeps formte einen 30er, 40er, schließlich einen gigantischen 50er Oberarm – aus Volker wurde Steely. Die Umkleiden der Krafträume rochen noch beißend nach Männerschweiß, nicht nach schwulem Zitrusgras oder Yogi-Öl. Das war das Stichwort: Männer. Die trafen sich hier. Ziel: Ein richtiger Mann werden. Oder so aussehen. Sich auf der Straße wie einer benehmen können, wenn es drauf ankommt. Und es kam für den Dude und seine Freunde laufend drauf an.

Ein paar Gymnasiasten-Muschis trainierten auch da. Die kriegten nach Bedarf eine Backpfeife oder eine kleine Kopfnuss, nur so. Lustig, wie verstört die immer guckten und gar nicht kapierten, wie viel Freude allen ihre Angst machte – und dass es nur um die ging. »Warum schlagt ihr uns, können wir darüber nicht reden?« Besser noch: »Wer schlägt, ist immer im Unrecht!« Alle grinsten. »Ach ja, du Penner? Dann – zack – hast du hier gleich noch eine, wenn schon im Unrecht, dann aber richtig.« Steely lachte am lautesten. Und schlug am härtesten zu. Bis zum NRW-Meister im Full-Contact-Karate brachte er es. Dann hörte er damit auf, alles zu lasch, zu unlukrativ. Seitdem trug er die Kutte. Mike natürlich auch.

Steely roch wie eine schottische Destillerie und sah genauso alt aus. Der Dude guckte ihn entgeistert an, bisschen vorwurfsvoll auch, hielt allerdings die Klappe. Nicht alles noch schlimmer machen. Den Grunzlauten des Wankenden entnahm er die Frage nach der Uhrzeit, noch 50 Minuten zum Termin, kriegt er hin. Na ja. Steely war der zuverlässigste Mensch der Erde, ein Bollwerk im weiten, großen, kalten Meer der Unverbindlichkeit, normalerweise. Wenn mal Krieg käme, hatte der Dude mal überlegt, will ich mit genau diesem Kerl in einem Schützenloch sitzen, mit niemandem sonst. Aber hoffentlich sieht er dann anders aus als jetzt. Steely hat den Termin verpennt, das war die Wahrheit, wollte und konnte er aber nicht zugeben. Versuchte, ganz lässig zu wirken, klappte natürlich nicht. Kaschierte seinen peinlichen Fehler durch extra Aggression. Sagte beim Anziehen Sätze wie: »Die mache ich alle alle!« Oder: »Wenn die uns krumm kommen, sind sie tot.« Oder: »Ich sage denen gleich ›Noch ein Spruch – Kieferbruch!‹«

Der Dude erwiderte: »Beruhige dich mal, ich will mit denen erst mal reden, wir bringen jetzt niemanden um und hauen auch nicht gleich allen auf die Fresse, okay?«

Steely hörte gar nicht zu. Der war bereits in einem ganz anderen Film. Titel: Der letzte Samurai oder so. Er band sich seine zotteligen Haare zu einem straffen Pferdeschwanz zusammen, presste das alte Army-Shirt in die Bundeswehrhose und zog sich sein »Festtagskostüm« an, wie er seine Berufskleidung manchmal liebevoll nannte. Steely, der alte Waffennarr. Alles dabei. Metallweste unten drunter, große

Weste drüber, seine halbautomatische Glock 17 hier rein, Schlagstock da rein, Messer im Schaft, bei jeder Bewegung ein Fluch: Fucking hell, so früh am Morgen.

Im Auto durch die Stadt zu den Landungsbrücken, vorher noch bei Mike klingeln, ob es da ein Lebenszeichen gibt. Gab es nicht.

Steely sagte: »Scheißegal, mache ich die eben allein platt.«

Der Dude sagte: »Steely! Wir wollen erst einmal niemanden platt machen!«

»Mach dir keine Sorgen, ich schaffe das auch ohne Mike! Die haben keine Chance!«

»Steely, wir reden erst einmal mit denen!«

»Ohne Mike ist sogar einfacher, muss ich nicht gucken, was der gerade macht.«

»Mann! Du bleibst im Wagen. Erst wenn ich meinen rechten Arm hebe, kommst du raus. Mach keinen Scheiß!«

»Ja, ja, bin ich blöd oder was, ich mache die fertig, kannst dich auf mich verlassen!«

Der Dude wurde nervös. Es war ja nicht so, dass er solche Begegnungen alle naselang hatte. Im Gegensatz zu Steely und anderen. Der zweite Backup unauffindbar, der erste völlig drüber und entfesselt, der mögliche Gegner unbekannt und nicht berechenbar. Keine gute Ausgangslage. Der Dude redete auf Steely ein wie ein Arzt auf einen schwierigen Patienten. Passender: Wie Asterix auf Obelix, dem er auf der Fahrt zu einer Wildschweinzucht erklären musste, warum ausgerechnet heute ein guter Tag wäre, mit veganer Ernährung zu beginnen.

Das ganze Auto stank nach hohen Prozentzahlen und seltsamsten Ausdünstungen, die sich aus dem Menschenmassiv auf dem Beifahrersitz ungehemmt im schlecht gelüfteten Innenraum verbreiteten. Steely hatte Nachdurst. Steely hatte einen dicken Kopf. Steely war schwer genervt. Und der Dude hörte nicht auf, ihn mit Vorwürfen und Verhaltensregeln zu bombardieren. Stand Steely gar nicht drauf. Er sah auch überhaupt nicht das Problem, die Fakten lagen doch klar auf dem Tisch. Der Junkie-Bruder und irgend so ein feiner Anwaltsfucker erpressten den Dude, seinen Blutsbruder. Das war ein aggressiver, feindlicher Akt, den er wie einen Angriff auf sich selbst empfand, logisch. Darauf gab es nur eine Antwort, und eigentlich wusste der Dude, wie die auszusehen hatte. Das regte ihn echt auf, wie der hin und wieder dazu tendierte, realitätsfremde Hippiepositionen einzunehmen. Das lag bestimmt am Gras, dachte Steely manchmal besorgt, das Zeug machte aus gestandenen Männern um Frieden bettelnde Peaceniks, schlimme Sache. Dabei hatte er früher mal in den Pausen beim Eisenpumpen so ein Geschichtsbuch gelesen, als er noch auf der Realschule gewesen war, zehnte Klasse, Drittes Reich und so, hartes Zeug, aber was er sofort verstanden hatte, war: Wenn Hitler mit der SS vor der Tür steht, kannst du die nicht wie dieser Chamberlain nur mit Wattebäuschchen beschmeißen wollen. Du musst deren Sprache sprechen, weil du sonst stirbst. Daraus resultierten die universalen Gesetze des Steely:

Verhandeln, gern. Aber hat dein Gegenüber eine Waffe dabei, bring die größere mit.

Die drohen mit Gewalt? Schlag sofort zu, entschlossen und konsequent.

Die anderen sind in der Überzahl? Sei härter, konsequenter, raffinierter, brutaler.

Du hast wirklich überhaupt keine Chance, Nullkommanull? Verbünde dich mit ihnen.

Das waren simple Weltwahrheiten, aber die passten diesen kiffenden Ghandis wohl nicht. Dabei hatte er dem Dude es immer wieder eingehämmert, schon damals, im Herbst 1998, als es zum ersten Mal richtig ernst geworden war.

*

Leere Flaschen überall, Brandy, Bier, Champagner, Gin, der Mülleimer quoll über, Pizzareste auf dem Sofa, vernebelte

Sicht wie in der Dampfsauna. Schon so breit und erst 18 Uhr: Erntedankfest a lá Dude. Ihr erstes Kilogramm Gras wartete auf den Abtransport. Kleines Problem, das noch gelöst werden musste: der Vertrieb. Stand am Fischmarkt ist keine so gute Idee. Sie kannten niemanden, der ein ganzes Kilo kauft. Lösung: Der Dude zog allein los. Das war schön unauffällig – und naiv. Der Dude presste alles in eine Sporttasche, hübsch portioniert von 5 bis 100 Gramm. Er radelte angenehm breit ins Karoviertel. Die Jungs winkten ihm hinterher. Die Zukunft hatte soeben begonnen. Hallelujah.

Der Dude stellte sein Fahrrad an die Ecke, wo sie oft gekauft hatten. Er sah im Dunkeln vereinzelt bekannte Gesichter, er lächelte ihnen zu. Er wurde die ersten 2, 3, dann 10 Gramm los, es werden 30, 40, 50. Der Laden lief. Der Dude strahlte.

»Was hast du denn da?« Ein schlanker Abdullah zerrte an der Tasche. Schicker grauer Anzug, glänzende Lederschuhe, pomadisiertes Haar.

Der Dude klammerte sich am Taschengriff fest, der Anzugmann zog erstaunt eine Augenbraue hoch. Der Dude dachte, was will der Abdullah-Arsch, da bekam er eine Eisenstange vor den Kopf. Er sah im Fallen statt einer Eisenstange eine Faust am Ende eines sehr dicken Arms. Aufgepumpter Typ, weißes Unterhemd. Sieht aus wie eine schwule Sahneschnitte aus einem Ralf-König-Comic, dachte er noch, da trat der ihm mit seinen schwulen weißen Loafers hart in den Magen. Der Anzug-Abdullah fummelte in der Tasche herum, der Dude hätte gern etwas gefragt, hatte aber komischen Blutgeschmack im Mund.

»Jetzt pass mal auf«, sagte der Abdullah in 1a-Deutsch mit hanseatischem Akzent und sehr strahlenden Zähnen, wie dem Dude gleich auffiel, »du machst hier in unserem Gebiet keine Geschäfte, auch wenn es nur Gras ist, verstanden?«

Der Dude lag auf dem Pflaster, er antwortete nicht.

»Und weil du deinen Fehler sofort einsiehst und uns diese schicke Sporttasche mitsamt Inhalt überlässt, werden wir dich als Geste unseres guten Willens großzügigerweise so ziehen lassen und dich hier nie wieder sehen. Noch Fragen?«

Der Dude deutete ein Nein an.

»Schön, dass wir zwei uns so gut verstehen. Wie war gleich noch der Name?«

Der Dude bewegte sich nicht. Die Sahneschnitte drückte mit dem Loafer tief ins Gedärm.

»Dude.«

Geschwollene Wange, aufgeplatzte Lippe, im Kopf schwappten heiße Rasierklingen hin und her. Der Dude saß vor dem Spiegel. Diese Verbrecher, dachte er, und hätte gern die Bullen gerufen.

Steely schaute ihn wütend an. »Wenn du das durchgehen lässt, kannst du das Projekt gleich vergessen.«

»Steely, das sind Asoziale, wir wollen doch nicht …«

»Digga, kannst du es nicht oder willst du es nicht verstehen? Wenn du mitspielen willst, halte dich an die Regeln. Oder bleib draußen.«

»Aber das ist echt nicht mein …«

»Willst du mitspielen oder aufhören?«

»Kann man nicht mal mit denen …?«

»Nein, kann man nicht. Ich kenne mich da aus.«

Der Kleine guckte traurig.

»Auch dieses Verbrechen ist ein Resultat staatlicher Willkür. Der Staat verhindert einen kontrollierten legalen Markt und schafft dadurch erst den völlig unkontrollierten freien illegalen Markt, er macht sich so zum willigen Helfer von Kriminellen.«

Der Dude nickte, genau so musste man das sehen.

Steely grunzte, alles blödes Gelaber.

Der Kleine war weg. Steely sagte: Der Markt, die Regeln, Zeichen setzen. Der Dude wollte das alles nicht hören, so hatte er sich das nicht vorgestellt. Steely sagte: Mitspielen oder aufhören. Der Dude hatte Kopfschmerzen, dem Dude war schlecht, der Dude hatte ein bisschen Angst, allerdings wollte er auf keinen Fall aufhören. Der Dude fuhr mit Steely im Kombi ins Karoviertel. Sie sahen die Sahneschnitte über den Platz schlendern. Der Typ erkannte den Dude, guckte erstaunt, grinste breit. Er sagte: »Wen haben wir denn da …« Schon hatte Steely ihm den Schlagring auf den Kiefer getrümmert, das Geräusch signalisierte längerfristige Probleme für den Unterhemdträger, im Fallen trat der Dude ihm mit Anlauf gegen den Oberkörper, Luft entwich.

Der Dude sagte mit brüchiger Stimme: »Jetzt sind wir quitt.«

Steely sagte: »Wenn ihr Pisser den Dude noch einmal stört, gibt es richtig Ärger, verstanden?«

Der Liegende sah Steely, sah die Kutte, er machte den Eindruck, als hätte er alles sofort kapiert, könnte das aber gerade nicht so gut artikulieren.

Steely setzte den Dude zu Hause ab. Im Badezimmer fand er Blutspritzer an seinem Hals. Er schüttelte sich und wusch sie weg. Im Bett fing er an zu zittern.

Er hörte das Geräusch beim Aufprall des Schlagrings.

Er sah, wie der Typ zusammenklappt.

Er dachte an den Kleinen.

Er dachte an seinen Stiefvater.

Er sah, wie sein Bruder und er im Kinderzimmer auf die Prügel warten.

Sein Bruder humpelte zu seinem Bett.

Der Dude sah Blutspuren auf der Rückseite der Unterhose des Bruders.

Der Dude fühlte sich scheiße.

*

Der Dude und Steely fuhren mit ihrem alten Land Rover auf das Parkdeck, den Treffpunkt. In einer Ecke stand ein dicker schwarzer Mercedes, der Rest war leer. Der Dude fuhr am Benz vorbei, zog zwei, drei langsame Runden, Steely hatte sich klein gemacht, so klein sich ein 120 Kilo Fleischklops in Kampfmontur machen konnte. Gut, dass die Scheiben seit Jahren nicht gewaschen worden waren, das erschwerte Außenstehenden die Einsicht. Der Dude scannte die Szene, suchte nach verdächtigen Zeichen oder Bewegungen, auch auf den Nebendächern, in den Fenstern der anliegenden Häuser. Komische Gedanken plötzlich, Scharfschützen, Fernrohre, tödliche Gefahr. Er sah nichts. Nur seinen Bruder in einem weißen Tom-Wolfe-Leinenanzug, Stock in der Hand, der hatte tatsächlich einen Stock mit einem goldenen Knauf in der Hand, der Dude konnte es nicht fassen. Vor dem Auto stand ein farbloses Kerlchen mit einem Schirm, es regnete. Der graugesichtige Mann in seinem grauen Anzug sah aus wie ein Finanzbeamter, Typus deutscher Untertan, Mausgesicht mit Halbglatze, kein Vergleich zum glamourösen Motev. Zwei Türen der Limousine standen offen, die Scheiben waren nicht getönt, man überblickte gut den Innenraum, alles leer, die beiden schienen tatsächlich allein zu sein. Der Dude entspannte sich ein wenig. »Steely, leg dich hin und penn ein bisschen, das Ding ist so gut wie gelaufen. Mit den beiden Hungerhaken komme ich allein klar.«

Steely grunzte, was immer das bedeuten sollte.

Der Dude parkte zehn, zwanzig Meter entfernt so, dass niemand Steely sofort erkennen würde. Er ging auf die beiden Männer vor der Limousine zu, ignorierte die ausgestreckte rechte Hand des Schirmträgers und kam dicht vor seinem Tom-Wolfe-Bruder zu stehen, der sich auf seinen Stock stützte. Gehstock, Waffe, versteckter Säbel. Der Dude war nicht so locker, wie er wirkte, alles schien ihm möglich. Der Bruder sah noch aufgedunsener aus, das Jackett spannte am Bauch, das Gesicht wirkte, als hätte jemand im Supermarkt am Abend die Reste hinter der Fleischtheke einfach zusammengepappt und eine Nase draufgesetzt. Vielleicht sogar eine neue, das wäre wohl das Ersatzteil, das der Bruder am dringendsten brauchte. Irgendwas war auch mit den Zähnen passiert, da waren plötzlich Lücken im Gebiss. Mann, Mann, Mann, dachte der Dude, keine Macht den Drogen, vielleicht ist doch was dran.

»Was soll dieser Budenzauber hier, was quatscht ihr mir den Anrufbeantworter voll, warum terrorisierst du nachts besoffen meine Familie mit Anrufen, wer schreibt mir diese Briefe, was machst du hier für böses Blut, und was für absurde Forderungen stellst du? Das einzige Geld, über das wir beide noch zu reden haben, sind ist dein Anteil an den 9000 EURO SCHULDEN FÜR STROM.«

Der Bruder glotzte ihn ungläubig an, der Mund ein Grinsestrich, Schweiß auf der Stirn, der auf den Stock gestützte Körper zitterte leicht, möglicherweise zitterten auch nur die Ärmchen von der Stützbelastung, so oder so sah das Ergebnis gleich aus: ungesund.

»Also gib mir deinen Anteil an den Kosten, und wir sind quitt. Und wenn du das nicht kannst, würde ich aus reiner Gefälligkeit und weil du mein Bruder bist, deinen Anteil ausnahmsweise übernehmen. Aber dann war es das auch zwischen uns, okay?«

Der Bruder sagte nichts. Er bewegte sich nicht. Er sah nicht wirklich aus, als sei er in diesem Augenblick Bewohner desselben Planeten oder spreche eine artverwandte Sprache.

»Verstehst du, was ich dir gerade gesagt habe?«

Im Bruder-Gesicht gab es eine Bewegung, da regte sich etwas und wurde sofort sichtbar: Hass.

»Du Schwein hast mich beklaut, gib mir sofort mein Geld!«

Bevor der Dude antworten konnte, schob sich die graue Maus mit dem Schirm dazwischen.

»Dude, bleiben Sie doch professionell, bitte, ja? Sie haben wohl das Spiel noch nicht ganz verstanden, Sie müssen mit mir verhandeln. Sie brauchen gar nicht erst einen neuen Streit mit Ihrem Bruder vom Zaun brechen …«

»Was willst du denn? Einfach mal die Klappe halten, wenn sich zwei Erwachsene unterhalten, okay?«

»Dude, ich sage es Ihnen zum letzten Mal, Sie haben gar kein Recht …«

Falsche Vokabeln, falsche Tonlage, das brachte den Dude ganz durcheinander, der Plan, ganz ruhig über alles zu reden, wurde spontan geändert.

Er gab dem Anwalt eine harte Backpfeife.

Der wankte leicht. War entsetzt. Wange gerötet, Lippe leicht aufgeplatzt, Augen schreckensweit geöffnet, der Bruder hielt den Stock plötzlich wie einen Baseballschläger.

Irgendwie lief das hier gerade aus dem Ruder.

»Vorsicht, Freundchen, so war das hier aber nicht geplant.«

Der Anwalt klang plötzlich anders, rauere Stimme, eventuell war da ein drohender Unterton. Der Dude war an solchen Feinheiten gerade nicht so interessiert. Es passierte selten, aber jetzt hatten sie ihn so weit: Er flippte aus.

»Nicht geplant, nicht geplant, was redest du denn hier, Alter? Sei froh, dass ich dich nicht in die Elbe schmeiße. Was hast Du denn gedacht, was wir hier heute machen werden? Hier gibt es kein Geld einzutreiben, auf jeden Fall nicht von mir für meinen Bruder oder sogar für dich, verstehst du das? Was immer dir dieses Wrack erzählt hat, das ist alles Quatsch!«

Der Dude sah sich plötzlich brüllen und herumzappeln, kein schönes Bild. Bisschen beruhigen, runterfahren, Prioritäten wieder ordnen. Er wendete sich erneut an den Bruder, der unentschlossen in eigenartiger Position mit seinem Stock das Geschehen zu verstehen versuchte. Der Dude wollte dem Bruder noch einmal alles erklären. Er redete und redete. Dann weiteten sich die Pupillen des Bruders. Der Blick: über die Schulter des Dude. Der verstand nicht. Dann fiel der Groschen. O nein, dachte der Dude, o nein!

Zu spät.

Schon schoss die Faust von Steely an der Spitze seines kräftigen linken Arms rechts am Dude vorbei und endete mit einem satten, klatschenden Geräusch mitten in der feingliedrigen Gesichtspartie des Anwalts. Bumm. Dr. Saul hob regelrecht ab und flog eine Körperlänge nach hinten, schlug hart hin, blieb für einen Moment benommen liegen, rappelte sich hoch und lief fluchend davon. Später würde Steely zu seiner Rechtfertigung sagen, er habe keine Kippen mehr gehabt, und irgendwie habe ihm das alles zu lange gedauert, und bedrohlich habe es aus seiner Perspektive auch ausgesehen, da habe er doch handeln müssen, das sei schließlich seine Aufgabe gewesen.

Steely griff sich jetzt gleich den Bruder und fing an, ihn mit Hingabe zu würgen, hob ihn dabei hoch über die Reling des Dachs und wollte ihn offensichtlich vom Parkdeck werfen. Vier Geschosse, das würde eine ziemlich endgültige Sache werden. Ein Bein des Bruders flatterte bereits hilflos über dem Abgrund, der Gesichtsausdruck war ungesund. Eindruck: Das ist gleich vorbei. Möglicherweise für immer.

»Steely, lass ihn sofort los! Ist alles gut, wir haben alles im Griff, lass ihn los!«

Der Dude schrie, so laut er konnte. Die Sätze verschwanden mit gut 60, 70 Dezibel in Steelys Ohren, erreichten die richtigen Kammern, und siehe da: Der Freund ließ den Bruder zu Boden gleiten, war noch alles dran und funktionierte alles noch.

Der Dude rief dem fliehenden Anwalt hinterher, er solle zurückkommen, das sei doof gelaufen, aber nicht so gemeint gewesen. Der schrie von einem unteren Parkdeck Sachen zurück, die gar nicht zu seinem Anzug und dem Hamburger Elbvorort-Akzent passen wollten. Klangen auf jeden Fall nicht so, als sähe er das Missverständnis sofort auf der Hand liegen und das Vertrauen gesichert.

Der Dude ging langsam zurück. Der Bruder hatte sich über den Notausgang davongemacht, nichts erreicht, alle verschreckt, Chaos perfekt – eine beeindruckende Bilanz.

Der Dude beorderte Steely zurück zum Wagen. Dr. Saul kam tatsächlich zurück. Der Anwalt sah arg zerbeult aus. Die Wange dick, an der Nase Blut. Der Dude guckte verständnisvoll, er wollte jetzt versöhnen statt spalten.

»Das ist nur passiert, weil ihr Geld von Leuten erpressen wollt, die euch nichts schulden. Lasst es einfach sein, okay? Es gibt kein Geld von mir, ich schulde meinem Bruder nichts, und was immer er euch erzählt haben mag: Vergesst es. Blödes Koksergewäsch!«

Dr. Saul zupfte an seinem Anzug und wischte sich wortlos mit seinem Einstecktuch das Blut von Auge und Lippe, seine goldumrandete Nickelbrille war beschlagen.

Von unten hörten sie den Bruder außer sich vor Wut brüllen: »Ich mache dich fertig, wir machen dich fertig, euch alle, ich weiß ja, wo du wohnst!«

Später rief der Ältere die Mutter in Dortmund an und beschwerte sich darüber, dass »der dicke Freund« vom Dude ihm mehrere Rippen gebrochen habe. Na ja. Im Vergleich zu einem Flug vom obersten Parkdeck eine geradezu harmlose Blessur, aber so sah das der Bruder im Telefonat mit der Mutter naturgemäß nicht. Wie er auch den Grund des Treffens, seinen Erpressungsversuch, selbstverständlich nicht erwähnte. Mama, ich bin's, dein Opfersohn.

Der Anwalt sprach sehr ruhig und klar.

»So werden Sie nicht davonkommen, Dude. Ich kenne Leute, die nicht erfreut sein werden, wie das heute hier bisher abgelaufen ist …«

Bei diesen Worten grunzte Steely aus dem Auto Richtung Dr. Saul. Der Dude machte eine bremsende Handbewegung. Dr. Saul hatte wirklich Eier. Kam zurück, obwohl er gerade schwer abbekommen hatte, und fing sofort an zu drohen.

Das machte Dr. Saul nicht zum ersten Mal.

Das war eine Spur zu cool.

Das bedeutete: Der Stress würde weitergehen.

Kampf an allen Fronten

Die Ruderer feierten gern, fast jeden Monat drehten sie einmal richtig auf. Dann kamen nicht nur die Mitglieder aus dem Ruderclub, sondern es schleppte sich jedes Lebewesen zwischen 14 und 80 aus der weiteren Umgebung hierher. Es gab sonst auch nur wenig zu tun in dieser Gegend, in der man Partys noch »Feten« nannte. Bierbuden, Kinder-Karussells, sogar ein Schießstand wurden aufgeboten. Eigentliches Ziel aber wie auf jedem Dorffest: vollständige Trunkenheit aller. Der Dude sah meist schon kurz nach sieben Uhr abends die ersten Männer mit wehenden Schwänzen grölend auf der Brücke vor ihrer Zufahrt pinkeln, nach 22 Uhr torkelten die Orientierungslosen verloren über ihr Gelände. Eight Fingers hatte letztens zwei auf der Terrasse vor dem Wohnzimmer aufgegabelt, No Brain verscheuchte welche vom Hallentor. Nach Mitternacht war alles zu spät. Pärchen fummelten hinter jedem Baum, der Dude verhinderte mehrere Male in letzter Sekunde wilde Vögeleien auf dem Kühler seines Kombis. Seitdem wusste er, dass auch die Mäuse auf dem Land untenrum blitzblank waren. Das war natürlich geil, trotz des Ärgers. Denn die Betrunkenen wenige Meter vor ihrem Heiligtum bedeuteten Gefahr. Bei jeder Party lag der Dude mit einem Feldstecher unterm Dach, Eight Fingers saß bereit, um Eindringlinge abzuwehren. Einmal sah der Dude die Jungs von Bauer Petersen auf seinem Gelände mit einem Nachtsichtgerät herumlaufen, sagte aber nichts. Er mochte die beiden irgendwie, die unter dem Terrorregime ihres tumben Vaters litten. Der Dude wurde oft darauf angesprochen, warum er nicht mitfeiert, zu oft. Langsam wurde das ein richtiges Thema. Vorlaute Jugendliche riefen manchmal schon unverschämte Bemerkungen herüber oder liefen absichtlich auf sein Gelände, um ihn zu provozieren. Nicht schön für einen, der nicht auffallen will. Der Entschluss lautete: Beim nächsten Mal sind wir dabei.

Am Vormittag kam Schornsteinfeger Richard Müller, ein netter Kerl aus der Kreisstadt, der den Dude trotz seines freundlichen Wesens nervös machte. Grund war die Hauptsicherung. Das durch ein Wunder des Schicksals vorhandene Starkstrom-Aggregat von den Vormietern, der Computerfirma, war in dem Quader in der Halle, die dazugehörige Hauptsicherung allerdings im Haus im Keller. Wer immer an der Heizung oder den Sicherungen oder anderen technischen Vorrichtungen zu arbeiten hatte, kam an der verdammten Hauptsicherung vorbei. Das war ein heikler Punkt. Der Strombedarf der geheimen Plantage war exorbitant hoch. Ein halbes norddeutsches AKW arbeitete allein für ihre Gras-Produktion, witzelten sie manchmal, wenn die Rechnung kam. Ein paar Tausend Euro, kein Problem. Übrigens vor allem für die Anbieter nicht. Solange das Geld pünktlich kam, waren alle glücklich. Kein Mensch schien es zu wundern, dass ein Privathaus in der Pampa mehr Strom verbrauchte als das Musical »Der König der Löwen« im Hamburger Hafen. Der Zähler im Keller raste wie verrückt, das machte seltsame Geräusche und beim Hinsehen schon Laien schwindelig, Profis konnten dagegen nur alarmiert reagieren. Erstaunlicherweise war es ihnen gelungen, den Stromkasten zu öffnen, ohne die Plombe kaputtzumachen, und links und rechts sehr starke Magnete zu installieren. Dadurch wurde der Zähler deutlich abgebremst, machte aber noch seltsamere Geräusche. Das tiefe Brummen klang besorgniserregend und höchst unnatürlich. Kam ein Techniker ins Haus, drehten sie deswegen die Musik überall extra laut und taten so, als sei das völlig normal. Ein Heizungsinstallateur blieb einmal vor dem Zähler stehen und sagte in den Raum: »Was ist denn hier los, warum rast der Zähler so, die haben doch nur eine Lampe an.«

Der Dude klopfte ihm jovial auf die Schulter: »Klar, Digga, das ist für unsere Notenpresse hinten in der Halle, was meinst du, was die Dinger für einen Strom schlucken, das zieht dir die Schuhe aus, aber was will man machen, wenn man mit Qualität überzeugen will, dann muss man eben den Preis zahlen, oder?« Der Dude schaute dem Installateur ernst ins Gesicht.

Der war kurz verwirrt. Sah sich Hilfe suchend um. Sah den grinsenden Eight Fingers. Bemerkte das Schmunzeln des Dude. Lachte laut los. Guter Witz. Ging weiter. Die hatten schon ihren eigenen Humor, die Leute draußen am Deich.

Schornsteinfeger Müller sagte, es gebe ein Problem mit der Elektrik am Abzug, er müsse den kompletten Strom für eine halbe Stunde abstellen, möglicherweise auch länger.

»O Gott, eine halbe Stunde?«

»Ja, wieso, ist das irgendwie ein Problem?«

Der Bezirksschornsteinfeger verstand den Alarmismus in der Stimme des Dude nicht, der ihn regelrecht verschreckt anschaute.

»Äh, nein, alles gut, ich dachte nur daran, dass ich eigentlich noch an meinem, also, ich muss noch was am Computer machen…«

Dem Dude fiel nichts Besseres ein, das hörte sich plausibel an, der Schornsteinfeger wusste, dass er Grafiker oder so etwas Ähnliches war.

»Ach, dann ist es aber doch auch egal, so eine kurze Zeit überbrückt Ihr Laptop bestimmt mit dem Akku.«

Der Dude schluckte. Vor ihnen auf dem Tisch stand sein Laptop. Jeder Laptop der Welt überstand eine halbe Stunde ohne Strom, ein offensichtlich nagelneuer Apple sollte das auch können, der Mann in Schwarz vor ihm war ein helles Kerlchen, so viel stand fest.

»Stimmt natürlich, aber ich dachte an meinen stationären Rechner oben, aber ist ja auch egal, so dringend ist es auch wieder nicht.«

Der Dude hatte plötzlich ein echtes Problem. Ein Stromausfall, auch wenn er nur eine halbe Stunde dauern würde, brachte das fein aufeinander abgestimmte System von Wachstum und Blüte, von Bewässerung und Lichtdauer mit einem Schlag durcheinander. Als Anbauer war man für seine Pflanzen Gott. Man sagte ihnen, welche Jahreszeit war und ob sie wachsen oder blühen sollten, man gab ihnen die Nahrung, die man für richtig hielt, und den pH-Wert, der sie am besten gedeihen ließ. Und aus Dankbarkeit für diese liebevolle Behandlung beschenkten sie einen mit ihren schönsten Früchten. Wenn aber Gott sie ohne Vorwarnung hängen ließ, war es aus mit der großen Freundschaft und den Nettigkeiten. Jeder unvorhergesehene externe Schock konnte alles auf den Kopf stellen.

Schornsteinfeger Müller schaltete den Strom aus, der Dude fixierte seine Uhr. Er würde mit seiner Rotbrille in die Anlage kriechen und alle Zeitschaltuhren entsprechend anpassen müssen. Nach 25 Minuten machte der Feger, der nicht ahnte, wie sehr er in diesem Augenblick in das innerste Firmengeschehen eingriff, immer noch keine Anstalten, die Operation für beendet zu erklären, Eight Fingers hampelte nervös draußen vor der Halle herum, der Dude fragte alle zehn Sekunden: »Haben wir es gleich?«

Müller lachte. »Keine Panik, junger Mann, lassen Sie sich von ihren Auftraggebern doch nicht so stressen, das gibt sonst noch einen Herzinfarkt, Burn-out, liest man doch überall.«

Der Dude grinste gequält.

*

Berlin-Kreuzberg, Wiener Straße, Hinterhaus, Adalbert Leuten. Eine kleine 2-Zimmer-Wohnung, die ihre besten Zeiten lange hinter sich hatte, darin ein Mann, der vielleicht noch nie beste Zeiten erlebt hatte. Die gebeugte Gestalt war mittelgroß und hager, die Haut rot geädert und ledrig, erschlaffte Teile der früheren Gesichtsbespannung türmten sich zu unwirklichen Gebilden an unüblichen Stellen am großen Schädel, die langen Finger der knochigen Hände waren zwischen Mittel- und Zeigefinger gelb, es roch seltsam muffig – ob das aus den Räumen oder aus dem Menschen drang, war nicht sofort klar. Der Dude setzte sich an den kleinen Tisch in der unaufgeräumten Küche. Der frühere Reichtum war nicht gleich ersichtlich. Der Mann, der sein Vater sein sollte, sprach durch einen elektronischen Sprachverstärker am Kehlkopf und bot ihm morgens um elf ein Bier an, was er ablehnte. Es ging sofort ums Geld und ob er ihm mit ein bisschen Kleingeld aushelfen könne. Der Dude schob ihm hundert Euro über den Tisch und wäre gern gleich wieder gegangen, aber Adalbert Leuten musste ihm unbedingt noch seine Geschichte erzählen, einen Albtraum aus absurdesten wirtschaftlichen Missgeschicken und Betrügereien, die ihm widerfahren seien und der von Dudes Mutter gekrönt wurde, die ihn zeitlebens betrogen und sogar tätlich angegriffen habe, bis ihm sein ehemals bester Freund Günther die Ehe zerstört und die Frau weggenommen habe. Danach habe er seine wahre große Liebe gefunden, einen Engel mit zwei Kindern, denen er der Vater hatte sein wollen, der er seinen eigenen Kindern nicht hatte sein dürfen, weil die perfide Mutter jeden Kontakt verweigert und jeden der vielen Dutzend Briefe, die er in den Jahren geschrieben habe, zurückgeschickt habe. Und ausgerechnet diese jüngere Frau mit den beiden Töchtern habe dann ihm, dem Wohlhabenden, aus reiner Habgier nach dem Leben getrachtet.

»Sie wollte mich mit Salzsäure vergiften, das ging schief. Aber so habe ich meine Stimme verloren – und einen Teil meines Lebens dazu. Die Frau musste ins Gefängnis, die Kinder ins Heim. Die Sprachhilfe ist meine tägliche Erinnerung daran, dass sie keinen Erfolg hatte. Aber auch davon wollte deine tolle Mutter nichts wissen. Wahrscheinlich hat sie es mir gegönnt. Das ist die Wahrheit, die du vermutlich nie wissen solltest.«

Der Vater lallte jetzt hörbar, das Krächzen wurde unverständlicher. Es war mittlerweile Nachmittag, der Tisch vor ihnen vollgestellt mit Schultheiss-Flaschen, die der Vater allein geleert hatte, der Rauch seiner Vanelle-Halbschwarz-Selbstgedrehten behinderte die Sicht und das Atmen.

Der Dude konnte nichts sagen und ging möglicherweise grußlos, er konnte sich später nicht mehr daran erinnern. Im Zug zurück nach Hamburg betrank er sich in Rekordzeit. Zu Hause wählte er mit halb geschlossenen Augen die Nummer der Mutter in Dortmund und sprach ihr nur einen Satz aufs Band: »Warum hast du mich so betrogen?«

*

»Meine Herren, heute wird ein harter Tag, aber wir haben keine andere Wahl. Wir müssen alles geben im Kampf gegen unseren härtesten Feind, die hinterhältige, unerbittliche Spinnmilbenarschfotze. No mercy!«

Der Dude, No Brain und der Kleine zogen ihre Gasmasken an. In ihren Schutzanzügen sahen sie aus wie die letzten Überlebenden von Tschernobyl. Heute musste härteste Chemie versprüht werden, ein letztes Mal, bevor die Pflanzen in die Blütephase eintreten würden und nicht mehr behandelt werden könnten. Die Spinnmilbe war gesichtet worden, für sie das fieseste Drecksvieh unter allen Drecksviechern, weil es sich auf der Unterseite der Blätter versteckte und ein paar es immer schafften, selbst den konsequentesten Gegenmaßnahmen zu entkommen. Dagegen war die Weichhautmilbe schon fast ein leichter Gegner, aber das war lediglich relativ zu sehen. Ein Befall war wie ein erstes Läuten der Totenglocken. Appeasement war deshalb unter allen Umständen ausgeschlossen, mit den Milben gab es keine friedliche Ko-Existenz. Ihr Überleben bedeutete das Ende der Pflanzen, Ernteausfall, Geldausfall, Unglück. Deswegen sah ihr Vorraum der Anlage aus wie in ein gut sortierter Chemieladen und erinnerte an die Front bei Ypern am Tag vor dem ersten Giftgasangriff der Deutschen am 22. April 1915: Mittel wie Pyrethrum Ultra Me, Spruzit AF, Milben-Ex Kiron, Kanemite SC, Vertimec, Masai, Envidor, Samba K und Accorit unterstrichen ihre Ernsthaftigkeit.

Nach Beginn der Blütephase war eine Bekämpfung unmöglich, weil sich jede Art von Feuchtigkeit in den Blütenköpfen sammeln und Schimmel verursachen würde. Das wusste die hinterhältige Spinnmilbe, die sich wie ein erfahrener Erster-Weltkrieg-Kämpfer tief eingrub und praktisch überrollen ließ. Und wenn sich ihr Gegner sicher fühlte und dachte, die Gräben seien tot und leer, sprang sie mit lautem Hurra aus ihrem Unterstand und stürzte sich auf die wehrlosen Pflanzen. Ein überlebendes Eierpaar irgendwo in der Halle reichte, um immensen Schaden anzurichten. Die Schädlinge nervten, manchmal fühlte sich der Dude regelrecht umzingelt. Wenn die Luft zu trocken und zu schlecht war, kamen welche, wenn es zu feucht und zu heiß war, kamen auch welche, eigentlich kamen sie immer, meistens gleich im Verband, entschlossen, gefräßig, brutal.

Es gab die gierigen Blattläuse, andere Viecher knabberten unbemerkt das Wurzelwerk weg, was erst dann auffiel, wenn sich die Wasserfässer plötzlich doppelt so häufig entleerten wie sonst, weil die Flüssigkeit durch keine Verästelungen mehr aufgehalten und aufgesogen wurde. Die Made der Minierfliege fraß sich durch die Blätter und hinterließ im Blattgewebe Fresskanäle, die mit Luft und Kot aufgefüllt waren und zum Absterben der betroffenen Blätter führen konnten. Die Larven der Trauermücke machten sich im Untergrund am Wurzelwerk zu schaffen, gelangten sie bis zum Flugstadium, legten sie Unmassen Eier, wodurch sich das fiese Spiel fortsetzte. Wenn der Dude Hinweise auf solch einen Befall fand, griff er zur Hardcore-Chemo-Keule von Bayer. Gasmaske auf, Schutzanzug an, einfach rein in den Nährstoffkreislauf, danach waren alle und alles tot – bis auf die Pflanze. Er dachte an ihr altes striktes Öko-Gelübde und fühlte sich nicht gut dabei, aber es ging nicht anders.

*

Madame hatte sich aufgebrezelt wie zu besten Kiez-Zeiten. Schon auf dem Weg über die Brücke hatte ihr der Dude von hinten seine Zunge ins Ohr gesteckt und gefragt: »Bläst du mir einen für nen Fuffi, du geile Sau?«

Sie hatte ihn entrüstet weggestoßen: »Sie Unhold, wie können Sie es wagen, so mit mir zu reden? Unter hundert läuft hier nichts!« Für eine Hundertstel Sekunde lüftete sie ihren drei Millimeter langen Rock. Die schönste Muschi der Welt. Blitzblank. Keine Frau der Welt war so geil wie Madame.

Das schienen auch ein paar der zur Ruderparty angereisten Landmänner so zu sehen, wie der Dude schnell bemerkte. Sie saßen mit Jan und Heiner und deren Frauen an einer langen Holzbank und machten entspannte Konversation, da sah der Dude, wie Madame auf dem Weg zur Toilette Blicke folgten, die man einer Dame nicht hinterherwerfen sollte, zumindest nicht, wenn die Dame zum Dude gehörte. Aufgepumpte Jungmänner, die sich in ihre besten Camp-David-Dieter-Bohlen-Asi-Klamotten geschmissen hatten und bei jedem Fest auftauchten. Es waren die Typen, die er in solchen Nächten von der Halle fernhalten musste und die sich in der Gruppe besonders stark vorkamen, bevor sie später volltrunken über die Landstraßen nach Hause rasten.

Madame kehrte zum Tisch zurück, sie wurde ein bisschen von einem feisten Pferdeschwanz-Typen bedrängt, es gab einen kurzen verbalen Schlagabtausch, der Dude spürte Hitze.

»Was war da, was wollte der, macht der Stress?«

»Alles schön, mein Hase, cool bleiben, die sind alle ganz harmlos.«

Heiner grummelte.

»Erst machen sie Ärger, hinterher hauen sie sich oder fahren besoffen gegen den Baum. Auch nicht schade drum.«

Der Dude war verblüfft. So viel hatte Heiner niemals zuvor geredet.

Jan nickte zustimmend.

»Genau so ist es, genau so ist es.«

»Hase, lass die bitte in Ruhe, hörst du mich? Wir wollen einfach Spaß haben. Ignorier sie einfach, ja?«

»Ja, ja.«

Leider ignorierten die Jungmänner sie aber nicht. Der Dude in seinem weißen Leinenanzug und Madame in ihren High Heels und Mikroskirt zogen die Lärmenden automatisch an. Die Meute nahm Witterung auf. Erst saßen sie am Rand der langen Bank, dann rückten sie näher, schließlich verbreiteten sie so schlechte Laune mit ihren Frotzeleien, dass sich Jan und Heiner eingeschüchtert zurückzogen. Die anderen Clubmitglieder sahen aufkommendes Unheil, guckten aber verschämt woanders hin. Der Dude nahm das alles halb belustigt wahr. Lächelnd trank er einen nach dem anderen Kümmerling aus, die sie ihm auffordernd auf den Tisch stellten. Was wie eine nette Einladung wirkte, war natürlich ein Akt purer Aggression, der nur von Naivlingen missverstanden werden konnte. Er kannte das aus Dortmund, er kannte das aus Hamburg. Es war ein erprobtes Eskalationsprogramm, das Typen wie diese zur eigenen Belustigung auf solchen Feiern oder in jeder beliebigen Kneipe abspulten, um einmal in ihrem erbärmlichen Jammerlappen-Leben so etwas wie Macht zu spüren, dachte der Dude, der die Wirkung des Magenbitters angenehm registrierte und auf einen Konflikt überhaupt keine Lust hatte. Aber die Entscheidung lag nicht bei ihm.

Er sah, wie die anderen Ruderer besorgt zu ihrem Tisch schielten, an dem sich fünf oder sechs Kerle immer dichter und aggressiver um Madame und ihn drängten. Nach dem 13ten oder 14ten Kümmerling und einem halben Dutzend Biere war es so weit. Der mit dem Pferdeschwanz, der ihm direkt gegenüber und neben Madame saß, grinste ihn provozierend an, fasste Madame unvermittelt unterm Tisch einfach an den nackten Schenkel und wollte ihr seine Lippen auf den Hals drücken. Madame schrie auf vor Schreck. Ein zweiter Angreifer legte dem Dude gleichzeitig seine Finger von hinten auf die Schultern oder an den Hals, so genau wusste er das nachher nicht mehr, weil er sehr schnell aufsprang, dem Typen hinter sich den Ellenbogen in den Kehlkopf rammte, den Schädel seines Gegenübers mit beiden Händen griff und dessen Gesicht auf den massiven Holztisch schmetterte. Das alles dauerte ungefähr drei Sekunden. Die beiden feisten Jungen lagen am Boden. Ihre Freunde standen kalkweiß neben dem Tisch. Der Dude nahm Madame bei der Hand.

»Wenn ich euch noch einmal in der Nähe des Clubs sehe, habt ihr ein richtiges Problem, verstanden?«

Der Dude und Madame verabschiedeten sich höflich von Jan, Heiner und ihren Frauen, entschuldigten sich für den unangenehmen Zwischenfall und verließen erhobenen Hauptes die Halle. Die Jungmänner wurden nie wieder gesichtet. Niemand sprach ihn je auf den Vorfall an.

*

Madame merkte morgens vor dem Haus, was der Dude mit dem Ventilatorenproblem meinte. Es roch wirklich sehr intensiv nach Gras. Wenn sie ehrlich war, stank es bestialisch. Sie sah förmlich eine leicht grünlich gefärbte Wolke aus dem offenen Tor in ihre Richtung wehen.

»Huhu, Madame, wie schön, Sie hier zu sehen, warten Sie, ich komme gleich mal rüber.«

Madame warf den Kopf herum und sah Frau Petersen, die eigentlich ganz nette Gattin des grummeligen Bauern Petersen, die mit einem Kasten Stiefmütterchen bereits auf der Brücke zu ihrem Grundstück war und eindeutig der nahenden Cannabis-Wolke entgegeneilte.

Madame lief ein Schauer den Rücken hinunter, alles bisschen hektisch hier, geschwind bewegte sie sich auf die Nachbarin zu – um sie zu stoppen. Sie legte der leicht irritierten Frau Petersen besonders herzlich einen Arm um die Schulter und versuchte, sie Richtung Club zu drängen.

»Frau Petersen, das ist ja toll, lassen Sie uns doch gleich einen Kaffee im Clubheim trinken gehen.«

»Ach, warum nicht, gute Idee, aber vorher lege ich noch die Kiste mit den Stiefmütterchen vor Ihrer Haustür ab.«

Der ganze Petersen'sche Körper drängte zum Haus, vor der sich mittlerweile unaufhaltsam, wie Madame wusste, diese Graswolke aufbaute, ausbreitete und sie sicher ins Visier genommen hatte.

»Ach, das mit den Stiefmütterchen hat doch noch Zeit, das machen wir danach.«

Frau Petersen guckte verständnislos und wollte weitergehen, aber Madame riss ihr praktisch die Leichtholzkiste mit den Blumen aus den Händen. Zumindest versuchte sie es. Es folgte ein sehr merkwürdiges, in jedem Fall höchst unwürdiges und natürlich nicht nachvollziehbares Gerangel um die verdammten Stiefmütterchen, das fast zu einem handfesten Kampf hätte werden können, wobei Madame immer kompromissloser an der bis eben noch netten Frau Petersen herumzerrte, weil die alles entlarvenden Dämpfe nur noch ein paar Meter entfernt schienen.

»Ich nehme die Kiste – und ihr geht schön einen Kaffee trinken, oder?«

Wie aus dem Nichts war der Dude plötzlich neben ihnen aufgetaucht und hatte den Überraschungsmoment schnell für einen beherzten Griff zur Kiste genutzt.

Frau Petersen ordnete ihre Bluse und ihr Haar, sprachlos.

Madame lächelte dankbar den Dude an.

»Entschuldigung, Frau Petersen, das war jetzt ein bisschen ungestüm. Jetzt lade ich Sie erst einmal zu einem ordentlichen Getränk ein. Wer will denn Kaffee, wir haben uns beide ein Glas Sekt verdient, oder …?«

Madame führte die leicht überforderte Frau Petersen mit sanftem Druck weg von der Brücke und dem Geruch, der genau jetzt eine Intensität erreichte, die auch einer Frau Petersen in wenigen Sekunden nicht mehr verborgen geblieben wäre.

Kurz vor dem Clubhaus drehte sich Madame noch einmal um.

Der Dude winkte ihnen zu.

»Eigenartig«, sagte Frau Petersen, »eben dachte ich, ein ganz intensiver, seltsamer Geruch würde sich über uns ausbreiten. Komisch, oder?«

»Ja«, antwortete Madame, »das ist komisch.«

Nach diesem Zwischenfall bauten sie nicht nur ihre Ventilatoren-Kapazitäten aus und wechselten die Kohlefilter häufiger, sie stiegen auch sofort hauptsächlich auf Northern-Light-Gewächse um, die für ihren auffällig geringen Geruchsanteil bekannt waren und dennoch als erstaunlich produktive und potente Pflanzen galten. Die Hanfsamen der Northern Lights waren eine reine Afghani-Indica-Zuchtlinie mit kurzer Blüteperiode, als Mutterpflanze für neue Kreuzungen war diese Familie fast so beliebt wie die Skunk #1. Experten lobten die »sehr festen Buds mit einer ausgezeichneten Harzproduktion. Ihr Rauch hat einen vollen Körper, ist süß und scharf mit einem recht subtilen Geschmack.« Die Jungs liebten diese Pflanze – und der Markt auch.

*

Der Dude machte Feierabend, duschte, zog sich ein frisches Hemd an und ging ohne ein festes Ziel los. Hamburger Berg, Hein-Köllisch-Platz, Hans-Albers-Platz, Verweildauer wird nach Temperatur bestimmt. Ein Tresen. Ein Drink. Eine Frau, direkt neben ihm. Könnten schwarze Haare sein. Alles sehr exotisch, alles sehr aufregend. Auf jeden Fall: ein Körper. Na dann. Guter Abend. Keine Verabredungen, keine Termine, von der Nacht mitgenommen werden, das war der einzige Plan, der für ihn in dieser Stimmung funktionierte. Wenn alles Fremde vertraut wurde, wenn sich eine wohlige Wärme an eben noch unbekannten Orten einstellte, wenn er nicht mehr wusste, wer die Menschen um ihn herum waren und er sich selbst nicht mehr kannte oder erkannte, dann war er einer Stufe der Entgrenzung nahe, die ihn beflügelte und beglückte.

Es gab diese Momente, da lehnte er mit der Stirn gegen eine stinkende Kachelwand und urinierte in ein verdrecktes Pissoir irgendwo, da wusste er schon beim Rückweg zum Tresen nicht mehr, mit wem er hier vor sechzig Sekunden getrunken hatte und wie er hierher gekommen war. Manchmal erkannte er vertraute Gesichter, die ihm das Gefühl gaben, alles sei in Ordnung, manchmal nicht, egal, dann suchte er sich halt neue oder wartete darauf, dass ihn irgendwer ansprach. Passierte gar nichts, zündete er sich erst einmal einen an, das half immer.

Mittlerweile war es vier oder fünf Uhr, der Dude zog seine Zunge aus einem Gesicht, das ihn anlachte, scharfes Ding, keine Frage. Sie prostete ihm zu und griff ihm sehr beherzt an die Eier, einfach so, am Tresen. Das fühlte sich sehr gut an, er schaute an sich hinunter, kein Wunder, seine Hose war offen, ein wirklich guter Abend. Er lachte sie an und reichte ihr den strammen Spliff, den er eben gedreht hatte, war es schon der zehnte in diesem Schuppen oder erst der dritte, niemand wusste es, die Musik dröhnte, alles zuckte rhythmisch im Takt der warmen Bässe, ach könnte es doch immer so sein. Der Dude war ein bisschen aufgebrachter und nervöser als sonst, alles war irgendwie so anstrengend geworden, keine Zeit für nichts, überall Druck und Termine, sogar die fast vergessene Putzfrauengeschichte kam ihm angesichts der dunkeln Haare seiner Begleitung wieder in den Sinn, immer noch nicht gelöst, überall nur Probleme, er müsste mal wieder Urlaub machen. Die Schönheit bewegte sich sehr gekonnt mit ihrem weichen Muskel in seinem Mund, er wurde ein bisschen geil, mehr so im Kopf vielleicht. Er hatte sich von der Unbekannten tatsächlich zu einer Line auf dem

Klo einladen lassen, dumme Aktion, dummer Fehler, blöde Folgen. Morgen wäre er wieder suizidgefährdet. Vorher aber ein viel schlimmeres Gefühl, der Dude spürte es hochquellen, unaufhaltsam, ausgerechnet jetzt: Laberflash. Alles musste raus, sofort.

Der Dude lallte die Schwarzhaarige voll, die gern weitergeknutscht oder wenigstens mal die Finger des Typen in ihrer Muschi gespürt hätte, aber nein, der Typ wollte reden, der schwallte sie zu, okay, okay, machte sie eben mit, danach muss er aber ran, dachte sie, sonst war das mit dem Zeug doch völlig umsonst. Der Dude redete und redete. Die Putzfrau, das Geld, der Betrug. Die geforderte Rückgabe. Diverse Deadlines abgelaufen. Seit Ewigkeiten das gleiche Spiel. Ans Telefon ging Liliana nicht mehr, die ließ ihn voll hängen. Steely wüsste, wie man darauf reagiert. Der Dude aber war ein sentimentaler Kerl. Er dachte an Lilianas Mund, ihre Brüste, er wollte ihr noch eine Chance geben, aber Zweifel blieben, logisch.

»Du spinnst. Die meldet sich nie wieder. Ihr Typ erst recht nicht. Du bist naiv!« Die Schwarzhaarige sagte das ganz selbstverständlich, mit Akzent.

Er glaubte ihr sofort. Vor allem, weil ihr Blick sagte: »Du Trottel. Willst du den ganzen Abend weiterlabern oder mir bitte endlich einmal an die Muschi greifen, Mann?« Ja, wollte er, gern, gleich schon. Vorher aber bitte noch einmal kurz konzentrieren. Das geht aber so schlecht, das mit der Konzentration, alle ein bisschen abgekämpft nach dem harten Labermarathon, oder? Also hurtig aufs Klo, da ist mehr Ruhe, noch eine kleine Line, dann fluppt alles besser, bestimmt.

Wie gut, dass er die Handynummer von Liliana dabei hatte, noch besser, dass die Schwarzhaarige Spanierin war, toller Zufall, Lilianas Sprache, göttliche Fügung. Er diktierte ihr eine SMS an Liliana ins Handy. Für die Schwarzhaarige natürlich aufregend, lustige Typen hier unterwegs, meine

Güte, wie in einem wilden Film, und so sollen ihre Nachrichten an die unbekannte Putzfrau auch klingen, dachte sie, und machte alles noch einen Zacken schärfer. Der Dude legte los. »Liliana, wenn das Geld nicht bis morgen Mittag da ist, lasse ich dich, deine Tochter und deinen Mann sofort ausweisen, aber vorher geht es in meinen berühmten Keller, und das werdet ihr vermeiden wollen, wie euch alle bestätigen können, die von meinem Keller gehört haben. Morgen Mittag – oder ihr habt ein fettes Problem.« Das in etwa war der Text, den der Dude diktierte, die Schwarzhaarige machte daraus dank ihrer Kokshaltigkeit eine Botschaft, die Pablo Escobar an den Verhandlungstisch gebracht hätte. Der Dude war zufrieden und griff ihr endlich an die sehr feuchte Muschi.

Es klingelte. Der Dude taumelte zur Tür. Es war sehr hell, möglicherweise schon Mittag, in seinem Kopf eher noch so dunkelste Nacht. Da stand Lilianas Mann. Wortlos reichte der hagere Kerl ihm eine Aldi-Tüte und verschwand grußlos.

Der Dude zählte nach, keine 3000 Euro, weniger, als Liliana beim letzten Mal hatte mitgehen lassen, geschweige denn auch nur ein Anteil der Summen, die der Kerl zuvor wahrscheinlich geklaut hatte. Klar war: Den Rest konnte er abschreiben. Putzfrau weg, Geld weg, Kokskater – ein Scheiß-Tag.

Die Rettung der Weltwirtschaft

Der Dude ließ die Flüssigseife langsam über die Hände laufen. Die Zwischenräume nicht vergessen, die Finger ineinander verschränken, ordentlich reiben und rubbeln. Er sah die Waschanleitungen vor sich, die in den vergangenen Jahren überall aufgetaucht waren, weil man sich nur mit keimfrei gewaschenen Händen gegen die Attacken der unzähligen Gegner wappnen konnte. Irgendwelche Grippevirenärsche, komische Tierkrankheitserreger, Killerquatsch aus Afrika, am besten niemandem mehr die Hand schütteln. Die ganz Paranoiden hatten immer so ein kleines schwules Sagrotan-Fläschchen in der Tasche. Fand er nicht so gut.

Er blickte durch das geöffnete Fenster im Bad direkt auf den Fluss, der breit und träge an ihrem Haus vorbeifloss. Die Luft fühlte sich samten an, es roch leicht salzig, ein paar Möwen kreischten. Bilderbuch-Atmosphäre. Er liebte diesen Ort. Er trocknete sich ab und blickte zum Horizont. Ein paar Kilometer weiter war die Elbe, von da aus war es nicht mehr weit zum Meer. Man konnte es förmlich spüren. Andererseits: Scheiß aufs Meer. Er hatte zu tun.

Der Dude ging über die ausladende Treppe runter ins Wohnzimmer, wo er den Kleinen fleißig weiter sortieren sah. Der hatte grüne OP-Handschuhe an, das Cleverle, hauteng, strapazierfähig und gefühlsecht. Leider keine Option für ihn, Plastik-Allergie. Er sollte vielleicht aufhören, sich über die Sagrotan-Fläschchen der Hypochonder-Muschis lustig zu machen und sich auch so eins besorgen. Vogelgrippenquatsch und der Rest interessierten ihn nicht, aber der

Dreck auf den abgegriffenen Geldscheinen, der flößte ihm eine Scheißangst ein.

»Geld ist mir ja eigentlich egal, Dude, aber manchmal würde ich mir schon wünschen, ich wäre richtig reich und würde sie mit ihren eigenen Waffen schlagen können, einmal ihre Geldgeilheit und Korruptheit für den eigenen Vorteil ausnutzen, wir könnten uns eine bessere Republik kaufen.«

Der Kleine unterbrach das Zählen. Vor ihm lag ein ungeordneter Haufen Euroscheine, daneben Stapel aus 100er-Bündeln, aus 50er-Bündeln, aus 20er- und 10er-Packen, ein 500er-Schein ruhte verloren allein abseits. Dreckige, benutzte, abgegriffene Scheine. Der Dude hasste das. Man sah förmlich, wie wohl sich die Krankheitserreger auf den Lappen fühlten. Allein der Geruch inspirierte Albtraumszenarien. Kotze, Blut, Speichel, Schweiß, Urin, was wusste er denn, was die Monster da draußen mit dem Geld alles anstellten. Schon klar, dass er keine frisch gebügelten Noten direkt aus der Bundesbank erwarten konnte, aber das hier war eigentlich unter seiner Würde. Und dann auch noch ungeordnet. Der Abnehmer hatte sich entschuldigt. Die Hektik, der Stress, keine Zeit für nichts, also habe er die 60 000 Euro ausnahmsweise lose in die Sporttasche gestopft, seine Schuld, sein Fehler, es werde nicht wieder vorkommen. Also mussten sie zählen. Der Abnehmer hatte sie noch nie betrogen, aber blindes Vertrauen war selbst in dieser Geschäftsbeziehung ein Luxus, den sie nicht überstrapazieren wollten.

Die anderen waren schon im Wochenende. Alle paar Minuten klingelten ihre Handys, Ausgehangebote, Gig-Durchsagen, Treffpunkte, Meldungen aus einer sorglosen Welt. Sie mussten arbeiten. Das konnten sich diese ganzen verwöhnten Angestelltenluschen da draußen gar nicht vorstellen, was man manchmal für Opfer bringen musste, dachte der Dude und betrachtete versöhnlich den Lohn für die Arbeit der vergangenen Wochen.

»Aber Kleiner, schau dir das doch mal an, was vor uns auf dem Tisch liegt. Du bist ein bisschen reich.«

»Okay, ganz nett, aber Dude, das sind doch alles Peanuts. Weißt du, wann man wirklich reich ist?«

»Keine Ahnung. Ab zehn Millionen?«

»Nein. Richtig reich ist man, wenn man so viel Geld hat, dass man es nicht mehr zählen kann, sondern wiegen muss.«

Der Dude lachte.

»Wo hast du denn den Kalenderspruch her?«

»Im Ernst. In Mexiko oder Kolumbien wiegen die Kartelle die Dollars nur noch. Aber nicht nur Dollars. Alle Währungen, alle Scheine, alle Größen, und das jeweils in Massen.«

Der Dude musste kurz an die Unterhaltung mit Madame vom Vorabend denken. Auch da war es um Geld gegangen. Er hatte ihr in einem Moment brutaler Spontandepression erklärt, er wolle sich aus dem Geschäft zurückziehen, die stumpfe Arbeit, die ewige Heimlichtuerei, die stinkenden Pflanzen, er fürchte, er habe den Spaß an der Arbeit verloren. Das war alles nur halb ernst gemeint und eigentlich schon bei Vollendung der letzten Sätze nicht mehr wahr gewesen, aber wie stürmisch Madame darauf reagiert hatte, hatte ihn doch überrascht. Was das denn solle, das ginge doch nicht, wie könne er die materielle Existenz der ganzen Familie so aufs Spiel setzen, von der neuen Bulthaup-Küche und der versprochenen Fernreise für die Mutter mal ganz abgesehen. Nach fünf Minuten hatte sie sich wieder beruhigt. Aber der Auftritt hatte den Dude nachhaltig beeindruckt. So kannte er seine Madame gar nicht.

Der Kleine lief derweil vor dem Sofatisch auf und ab. Er sah Geld nur als lästige Notwendigkeit an, der er sich wohl oder übel beugte, weil es anders nicht ging. Er nahm bei jeder Ernte seinen Anteil, würde aber niemals nachfragen, wenn der Dude die Auszahlung vergessen sollte. Die Einnahmen waren eine logische Folge ihrer Aktivitäten, die unausweichliche Konsequenz einer bestimmten Versuchsanordnung. Aber sie motivierten ihn nicht. Null. Der Dude vermutete schon lange, dass der Kleine fast alles sofort an Freunde und Bedürftige verteilte oder verschenkte. Er selbst würde wahrscheinlich locker mit seinem mickrigen Gehalt aus dem Grow-Shop auskommen und davon noch die Hälfte sparen können. Der Rohkostfreak lebte praktisch von nichts. Im Herbst klaubte er im Alten Land ein paar angegammelte Äpfel von den Wiesen auf und kam damit bis zum Frühjahr durch. Ein echtes Phänomen. Geld faszinierte ihn aber auf einem abstrakteren Level. Als Symbol für Machtverteilung, als Treibstoff für gesellschaftliche Tendenzen und als vermutetes Schmiermittel für politische Prozesse, die ihn abstießen. Sein Lebenssinn war der Kampf um die Legalisierung des Cannabis geworden. Aus seiner Perspektive hing fast jedes gesellschaftliche oder wirtschaftliche Problem mit der Prohibition seines Lebenselixiers zusammen.

»Was die da oben ja auch nicht einsehen wollen, Dude, ist der positive Beitrag, den wir zum globalen Wirtschaftskreislauf beisteuern!«

»Was hat das mit uns zu tun? Mein positiver Beitrag wird zumindest heute höchstens darin bestehen, dass ich mir später schön einen reinpfeifen werde, um dann auf ganz lokaler Ebene im Hafenklang die Wirtschaft ein bisschen anzukurbeln!«

Der Dude wollte den Zähljob beenden und rasch nach Hause. Aber er ahnte, dass sein Gras-Missionar andere Ziele hatte.

»Was die Heuchler und Lügner nie wahrhaben wollen, ist doch, dass wir mit dem Zeug hier«, er zeigte erregt auf das Bargeld, »praktisch laufend die Weltwirtschaft nicht nur ankurbeln, sondern sogar retten, ja, wenn sie sich mal wieder vergaloppiert haben und alle in den Abgrund zu reißen drohen!«

Die Weltwirtschaft retten? Der Dude schaute den Kleinen besorgt an. Hatte der heimlich einen durchgezogen?

»Ich weiß nicht, ob das nicht ein bisschen übertrieben ist, dass wir gleich die Weltordnung retten, Kleiner?«

»Ach was, wer redet denn von uns? Obwohl, ja, auch wir gehören irgendwie dazu. Aber ich rede vom weltweiten

Drogengeschäft, dem Big Business. Alle gehen von ungefähr 500 Milliarden Dollar Umsatz im Jahr aus. So, und wie werden die konkret umgesetzt, Dude?«

Der Kleine zeigte triumphierend auf die dreckigen Noten.

»In Cash?«

»Halleluja, genau! 500 Milliarden Dollar in Cash. Das gibt es sonst in keinem verdammten Wirtschaftszweig auf der Welt. Nur bei uns, nur im Narcobusiness. Autos, Chemie, Nahrung, Rohstoffe, alles wird in der Regel schön überwiesen, von ein paar illegalen Deals mal abgesehen, aber ansonsten: nur Buchgeld, kein Cash. Das gibt es nur im unbeliebten Drogen-Segment. There is no business like drug business!«

»Das rettet noch keine Weltwirtschaft«, sagte der Dude, zeigte auf den Tisch und sah aus dem Augenwinkel auf der großen Uhr an der Wand, dass es bereits nach 19 Uhr war. Draußen wartete der schönste Sommerabend auf sie, aber nein, der Kleine musste noch mal eben seinen VWL-Grundkurs abspulen. Es war hoffnungslos.

»Denk mal an den Lehman-Crash voriges Jahr. Da hat der ganze Bankensektor gewankt, niemand traute mehr niemandem. Als kein Mensch und keine Bank irgendwem noch Geld leihen wollte. Wirklich, schon 2008 war alles kurz davor, richtig den Bach runterzugehen.«

»Ja und? Was hat das mit dem Drogenhandel und uns zu tun?«

Der Dude mochte das nicht, wenn der Kleine alle in einen Topf warf. Normalerweise differenzierte er sehr sorgfältig, um seiner »Legalize it«-Mission in Diskussionen mit hartem Stoff wie Kokain oder Heroin keine Stolpersteine in den Weg zu legen, aber wenn es mit ihm durchging, gab es nur noch »die« und »wir«. »Die« waren die Fortschrittshemmer, die regierenden Volksverblöder, Alkohol-Lobbyisten und professionellen Heuchler, die sich auf jedem Volksfest von ihrem besoffenen Volk mit der Volksdroge Bier in der Hand fotografieren ließen und gleichzeitig gegen die »Einstiegsdroge« Cannabis wetterten. »Wir« waren dann für den Kleinen plötzlich alle Beteiligten am weltweiten illegalen Drogenmarkt. Das sah der Dude ganz anders. Er hatte nichts mit denen zu tun. Nichts mit irgendwelchen abgefuckten Junkies, nichts mit nervenden Kokainisten und auch nichts mit den Produzenten und Lieferanten dieser Stoffe. Gar nichts. Weder ideologisch noch praktisch. Er war nicht Teil einer wie auch immer gearteten globalen Bewegung. Was hatte er mit mexikanischen Kartellirren zu tun, die ihre Konkurrenten enthaupteten oder in Fässern auflösten, was sollte ihn mit kolumbianischen Verbrechern verbinden, die ihren Widersachern die Zunge aus dem aufgeschnittenen Hals zogen und das als »kolumbianische Krawatte« verulkten? Das war er eben nicht: ein Verbrecher. Er war ein Genussmittelhersteller, der einer Jahrtausende alten Kulturpflanze wieder die Bedeutung zukommen lassen wollte, die sie gehabt hatte.

»Als nichts mehr ging, hat das Cash aus dem Drogenhandel den Totalabsturz der globalen Ökonomie verhindert!«

»Quatsch!«

»Doch, das ist erwiesen und ganz offiziell bestätigt worden!«

»Von wem denn? Von der Pressestelle der mexikanischen Drogenkartelle, oder was?«

Der Kleine lief rot an. Der Dude fand seine eigene Idee lustig.

»Meine Damen und Herren, wir bitten um Ihre Aufmerksamkeit. Es folgt der Pressesprecher der Sinaloa mit einem Bericht zur Entwicklung der Geldmengenaggregate M1, M2 und M3. Danach wird der Vorsitzende der Los Zetas ...«

»Hör auf, ich meine das ernst ...!«

»... etwas zur Stabilität des Bankensektors sagen, das Schlusswort spricht der Wirtschaftsexperte der Los Caballeros Templarios. Er wird sich voraussichtlich noch etwas verspäten, da die Häutung eines Verräters doch etwas mehr Zeit gebraucht hat als eingeplant.«

»Dude, ich meine das ernst. Die Vereinten Nationen haben das sozusagen offiziell bestätigt. Die haben so ein Büro in der Schweiz, das sich nur mit Drogen und Verbrechen beschäftigt ...«

»Ach, echt? Was verticken die da?«

»... und der Chef von denen, ein Typ namens Antonio Maria Costa, hat einer englischen Zeitung gesagt, zu einer gewissen Zeit in der Krise hätten einige Institute nur auf dieses Geld zurückgreifen können und ohne dieses Cash aus den Drogengeschäften wohl nicht überlebt.«

»Super Geschichte, stand das in der englischen Bild, oder was?«

»Nein, das stand im Guardian.«

Was der Kleine alles so für ein Zeug las, verwunderte den Dude immer wieder. Wie kam so einer dazu, sich mitten in Hamburg irgendeine bekloppte englische Zeitung zu kaufen. Er würde das nie verstehen.

»Ohne die Hunderte Milliarden frei florierender Scheine aus dem Straßenverkauf wäre Ebbe gewesen in den Kassen, bye, bye, Weltwirtschaft. Alter, 500 Milliarden in Cash jährlich, lass es meinetwegen auch nur 350 Milliarden sein, die kannst du eben nicht ignorieren, verstehst du, die müssen irgendwo hin, die werden ja nicht immer nur einfach gewogen oder in goldenen Kalaschnikows investiert, die werden eingezahlt, gewaschen, investiert.«

Der Kleine stocherte ziellos mit einem Finger in ihren Noten herum.

»Diese Geldmassen spülen, wenn sie wollen, einfach alles weg, die waschen ganzen Staaten die Fundamente damit weg, ohne dass es einer merkt, die spülen Staatsdiener und Regierungen weich, nicht nur in abgewrackten Staaten am Arsch der Welt, hier doch auch, aber keiner will es sehen, keiner will es merken, ist uns doch egal, woher die alle die Kohle haben, die seltsamen Gestalten, die in Deutschland plötzlich ganze Unternehmen und Wirtschaftszweige aufkaufen, Hauptsache, das Bruttosozialprodukt und die Arbeitsplätze werden gerettet.«

Dem Dude reichte es langsam mit den Seminar-Betrachtungen. Demonstrativ kniete er sich neben den Kleinen und zog einzelne 50er-Scheine aus dem Haufen. Der Kleine schaute trübsinnig. Der Dude schlug ihm freundschaftlich auf die Schulter.

»Komm, wir zählen jetzt schnell zu Ende und diskutieren das bei einem ordentlichen Bier in der Schanze weiter, ja?«

Sehr langsam nahm der Kleine einen der wenigen 500er-Scheine in die Hand. Niemand wollte 500er, weil man damit überall sofort auffiel und viele diese Scheine gar nicht akzeptierten.

»Wusstest du eigentlich, dass die Narcos langsam alle am liebsten auf Euro umsteigen würden?«

»Wieso? Zahlen die jetzt in Mexiko plötzlich mit Euro, oder was?«

»Weil eine Millionen Euro in Bar in 500er-Scheinen viel weniger wiegt als eine Millionen in Dollar, die zudem noch viel weniger wert sind. Die Euro-Millionen nehmen viel weniger Platz weg.«

»Ich hätte auch nichts gegen Dollar-Millionen, die dürften bei mir jeden Platz wegnehmen, den sie brauchen.«

Der Kleine ignorierte den Dude und strich versonnen über den blass-rosa 500er.

»Die finden unsere 500er richtig geil.«

»Woher willst du das schon wieder wissen?«

»Habe ich letztens irgendwo gelesen. So ein paar Spitzenbanker haben das gecheckt. In Spanien muss es Massen davon geben, weil da ein Großteil des Coca aus Südamerika und des marokkanischen Haschisch für Europa ankommt. Die brauchen alle Wechselgeld …!«

Beide lachten. Der Kleine fing wieder an, konzentriert die Scheine zu sortieren. Der Dude betrachtete ihn mit einem prüfenden Blick von der Seite. Der Kleine war ein schlaues Kerlchen. Ein bisschen zu naiv vielleicht fürs Geschäft, aber schlau. Und unbedingt zuverlässig. Er war froh, ihn an seiner Seite zu haben. Aber der denkt zu viel, der Kleine, dachte der Dude, das ist nicht gut, das zermürbt ihn eines Tages noch.

*

»Guten Abend, Ladys, wie geht es den schärfsten Damen westlich des Urals? Sehe ich euch da auf dem Trockenen sitzen? Nichts zu trinken auf dem Tisch, obwohl schon wieder Donnerstagabend ist?«

Madame und ihre drei Freundinnen Kelly, Lucie und Dagmar lachten und warfen wie Synchronschwimmerinnen ihre Haare gleichzeitig nach hinten. Riesenstimmung, Riesenspruch, Volltreffer. Die kleine freche Lucie drückte dabei etwas zu absichtsvoll ihre beachtlichen Brüste nach oben zum Rand des ohnehin zu engen Push-ups und grinste den Dude an, wie man den Mann seiner guten Freundin eigentlich nicht angrinsen sollte, wie Madame kurz dachte, aber sie ließ diesen Gedanken einfach durchrauschen, es waren auch sehr schöne Brüste, die konnte man gar nicht deutlich genug hervorheben. Sie waren alle wieder in einer kleinen Stimmung, und der Dude hatte ja recht, es war Donnerstagabend. Wenn das mal kein Grund für ein bisschen mehr Euphorie war.

Er war überraschend aufgetaucht, sie fragte nicht nach den Gründen. Termine platzten, Insekten machten sich über Bestände her, Ernten fielen aus, Mitarbeiter verschwanden oder tauchten nicht auf, der Dude hatte im Prinzip rund um die Uhr zu tun. Seit der Expansion nach draußen sah sie ihn immer seltener, immer gestresster wirkte ihr Kerl, der einst die Ruhe selbst gewesen war, die Macht der Verantwortung, die er seit Jahren trug, war durch diesen neuen Schritt erstmals sichtbar geworden. Er redete weniger, er traf sich nicht mehr so oft mit Freunden, er wollte plötzlich regelmäßig mal seine Ruhe haben, und, dramatischste aller denkbaren Entwicklungen: Er kiffte weniger. Oder anders. Mit weniger Spaß. Mit größerer Notwendigkeit vielleicht. Der normale Kiffer begründete seinen Konsum oft mit dem Wunsch »mal runterzukommen«. Diese Begründung hatte sie stets verachtet. Wieso sollte man jemals von irgendwas runterkommen wollen? Lächerlich. Es ging doch immer darum, neue Höhen zu erklimmen, in andere Bereiche vorzustoßen, Erkenntnisse und Spaß zu maximieren, vielleicht auch einfach nur durchzudrehen, aber »runter« wollte sie nie kommen, die sollten da unten mal alle schön unter sich bleiben, die Langeweiler. So sah es der Dude auch, eigentlich. Aber jetzt fiel er ihr manchmal so ausgezehrt vor die Füße, dass er sich tatsächlich einen Joint mit der klaren Vorgabe ansteckte, »entspannen« zu wollen. Das war eindeutig Alarmstufe rot.

Der Dude lief zur gegenüberliegenden Tankstelle. Er rannte durch die langen Regalreihen. Das war vielleicht die schönste und sinnvollste zivilisatorische Errungenschaft der vergangenen Jahrzehnte, wie der Dude in solchen Momenten oft dachte, Tankstellen, die wie Supermärkte funktionierten. Er grüßte Hubert an der Kasse, der bei seinem Eintritt strahlte. Hubert machte sechs von sieben Nachtschichten und freute sich über jeden Besuch von dem irren Nachbarn von gegenüber. Der Kerl war anscheinend ein berühmter Grafiker oder Werber, auf jeden Fall ließ er es jedes Mal krachen. Hubert hatte den Typen, den sie alle Dude nannten, noch nie tanken sehen, wahrscheinlich fuhr so einer gar keinen Wagen, sondern nur Taxi oder einen Oldtimer, der bloß am Wochenende den Asphalt küssen durfte, aber auf jeden Fall machte der garantiert den höchsten Umsatz von allen Einzelkunden hier. Viel wichtiger aber noch: Der schleppte manchmal die heißesten Geschosse von Altona mit, Frauen, die Hubert sonst nur ab und zu mal in einem Club aus der Ferne sah, wenn überhaupt, coole Weiber in High Heels, hautengen Kleidern, Hot Pants, halb nackt, je später die Nacht, desto geiler die Begleiterinnen, ein Wahnsinn. Einige von denen waren richtige Luder, wie die einen anflirteten oder sich nach vorne über den Tresen beugten, um ihm eine neue Tätowierung auf der Brust zu zeigen, Mannomann, was hatte er hier schon mit roten Ohren gestanden. Manchmal nervten die auch wie Hölle, was die dann alles erzählten, wirres Zeug, hysterisch geradezu und immer laut, leise konnten die gar nicht, wenn die reinkamen, war sofort der Ofen aus, jede andere Unterhaltung musste unterbrochen werden, keine Verständigung mehr möglich, am schlimmsten war es tatsächlich, wenn die Alte von dem, so eine etwas schickere, vornehmere Braut, die zugleich aber auch die absolut heißeste Nummer von allen jemals hier vorgeführten Mädchen war, wenn die ihren berüchtigten »Mädels-Abend« hatte. Dann war an der Tanke echt Land unter, Hubert war jedes Mal erleichtert, wenn die Girls wieder die Tür nach draußen fanden, so fertig machte ihn deren Präsenz zeitweise. Ein, zwei Mal war er schon, man könnte sagen, unsittlich angefasst worden, mindestens einmal hatte er mit so einer kleinen geilen Schlampe knutschen müssen, Lucie hieß die, das war sehr peinlich gewesen und auch ein bisschen gefährlich, weil ja überall Kameras waren und alles aufgezeichnet wurde. Wenn der Chef da durch Zufall mal draufgesehen hätte, au weia, das wäre es bestimmt gewesen. Diese Bilder! Hochnotpeinlich. Die hatte sich vor ihn hingestellt, drei Mädels dahinter. Dann hatte Lucie ihm unfassbarerweise ihre Hammer-Brüste gezeigt und ihm in diesem Schockmoment auch noch ihre Zunge in den Mund geschoben. Mit dem Gedanken daran hatte er sich noch wochenlang danach einen runtergeholt.

Wenn der Dude kam, knatterten die Kassen, bis sie heiß liefen. Chips, Salzstangen, alle Pringles-Sorten und die halbe Palette von Haribo, dazu tonnenweise Schokoriegel und alle möglichen Softdrinks, vor allem aber: Champagner. Flaschenweise Champagner, eigentlich kistenweise, wenn sie die Pullen denn in Kästen abgeben würden.

»Hubert, alte Socke, wie sieht es denn in eurer Brauseabteilung heute Abend aus, nur wieder die Aldi-Nummer, oder habt ihr auch mal was mit Geschmack da?«

Hubert hatte sich auf diese Frage insgeheim schon gefreut, denn endlich hatte sein Chef mal reagiert. Dieser etwas nervige, aber extrem spendierfreudige Kunde hatte sich wieder und wieder über das Schampus-Angebot beschwert. Nichts war gut genug oder gut genug gekühlt. Als er kürzlich mal überschlagen hatte, was der Chef an dem verdiente, war der schnell hellhörig geworden.

»Drehen Sie sich mal um, ich glaube, heute passt es ganz gut …«

Hubert strahlte. Das würde sich der Chef morgen unbedingt auf der Aufzeichnung ansehen müssen, wie der Dude vor dem nagelneuen, sauteuren, wahrscheinlich in keiner anderen Tankstelle Deutschlands vorhandenen Champagner-Kühlschrank erstarrte.

»Bollinger, Taittinger, Krug«, las ihr Lieblingskunde laut und juchzend die im Inneren gelagerten Marken vor. »Endlich habt ihr Proleten mal ein bisschen Geschmack entwickelt, wer hat euch denn dabei beraten?«

Der Dude ließ sich nicht lumpen und kaufte zwei Pullen von jeder Sorte, gab Hubert einen Fuffi Trinkgeld, worauf der heimlich gehofft hatte, denn auch dafür war der Verrückte von gegenüber bekannt: für pervers hohe Trinkgelder.

»Mach's gut Hubert, aber nicht so oft.«

Hubert lachte extra laut über den faden Witz. In der Tasche tastete er den Fuffi ab. So viel verdiente er netto kaum in einer ganzen Schicht.

Als er die Haustür öffnete, dachte der Dude: Digga, wenn die Tankstelle von gegenüber nur wegen dir einen Champagner-Kühlschrank kauft, hast du es irgendwie doch geschafft, oder?

Cooles Ding.

Madame sah ihren Dude glücklich an, der aus den Plastiktüten sechs Flaschen Champagner holte, vernünftige Marken, vernünftig gekühlt, hätte sie den Leuten von der Tankstelle gar nicht zugetraut. Er küsste sie zart auf die Lippen und verschwand mit den Worten: »Meine Damen, Sie entschuldigen mich, ich muss noch arbeiten. In diesem Sinne: Prost, ihr geilen Schlampen!«

Die Frauen prosteten ihm zu, Lucie ließ für Madames Geschmack ihre Zunge ein wenig zu feucht und zu lange heraushängen, alberner Anblick, provozierende Geste, sie würde das kleine vorlaute Ding wirklich im Blick behalten müssen. Die hatte sich manchmal nicht richtig im Griff. Vor ein paar Wochen hatten sie die nur mit Mühe davon zurückhalten können, den armen Hubert von der Tankstelle, den krummrückigen Aushilfsstudenten, nicht gleich auf dem Verkaufstresen zu vernaschen. Erniedrigung durch sexuelle Dominanz, das war eine von Lucies beliebtesten Strategien. Wahrscheinlich ihre einzige. Außer koksen.

Madame und ihre drei Freundinnen sahen, wie der Dude die Tür zu seinem Büro öffnete und es sich winkend hinter außerordentlich großen Apple-Bildschirmen bequem machte. Mit dem Fuß stieß er die Tür zu.

»Dein armer Kerl!«

»Um die Zeit noch arbeiten.«

»Was für einen Schatz du dir da geangelt hast. Und so fleißig.«

Madame nickte demütig. Ja, sie hatten mit allem recht. Gleich würde er wie ein Besessener an den hochwertigsten, größten und am schnellsten getakteten Superhighspeedrechnern der Rechnergeschichte arbeiten, aber nur an Anwendungen wie *Wrath of the Lich King*, das kürzlich *The Burning Crusade* abgelöst hatte – diese *World-of-Warcraft*-Erweiterung raubte dem Dude gerade den Schlaf. Headset auf, Tüte an, und schon stieß er in die Welt der Druiden, Hexenmeister, Jäger, Krieger, Magier, Paladine, Priester, Schamanen und Todesritter vor. Wichtig für den Dude war noch die Chatfunktion, die parallel zum Spiel lief, so konnte er noch den einen oder anderen Deal parallel abwickeln. Das Spiel begann, die Mädels-Runde vier Meter weiter war nicht mehr zu hören.

*

Die Sommerferien zogen sich unendlich hin, Paul und Hans sehnten sich nach der Schule. Je länger die Auszeit dauerte, desto härter nahm sie Bauer Petersen ran. Morgens um halb sechs mussten sie raus, er hetzte sie durch die Ställe und über die Felder, er drehte durch, wenn er sie auch nur eine Stunde herumsitzen sah, es war die Hölle. Heute hatten sie etwas Ruhe, weil ihr Vater so außer sich war. Der Vater hasste den Nachbarn, sie liebten ihn. Davon durfte aber weder der Vater noch der Nachbar etwas wissen. Der Nachbar war ihr Verbindungsmann in eine ferne Welt, in der es sich zu leben lohnte, im Gegensatz zu ihrem elenden Dorf. Noch zwei ätzende Jahre, dann erst würden sie dank ihrer verspäteten Einschulung Abitur machen. Ihr Vater behandelte sie aber sowieso wie kleine Jungs und ging fest davon aus, dass sie den Hof übernehmen würden. Na klar, gern, sagten sie, wenn er darüber redete. Sobald er ihnen den Rücken zudrehte, zeigten sie ihm den Mittelfinger. Hier wollten sie später nicht tot überm Zaun hängen. Sie würden sofort ausziehen, sie wollten gleich nach Hamburg gehen. Keine Misthaufen mehr, keinen Dreck an den Fingern, keine 14-Stunden-Schichten sieben Tage die Woche, Schluss mit der ganzen Landwirtschafts-Qual. Sie wollten leben wie der Dude. Das war das Leben, das ihren Vater ohnmächtig vor Wut werden ließ. Er tobte, er schrie, er wünschte dem Nachbarn die Pest an den Hals. Aber er konnte nichts machen. Der Nachbar verhielt sich korrekt. Die aus dem Club mochten ihn sogar. Und ihr Vater hatte auch ein bisschen Angst vor ihm – seit dem Vorfall damals auf dem Fest. Paul und Hans mussten immer lachen, wenn sie sich die Geschichte erzählten. Sie fanden den Dude cool. Sie wussten, wie die jungen Männer aus den Nachbardörfern werden konnten, wenn sie zu viel getrunken hatten, wie sie rumpöbelten und um jeden Preis Streit suchten, das machte ihnen Angst. Der Dude hatte ihnen gezeigt, wie ein Mann darauf reagiert. Das hatte sich bis zu ihrem Vater herumgesprochen.

Heute war ihr Vater besonders schlecht gelaunt. Gestern hatte der Dude wieder Besuch gehabt. Eine große Yacht lag vor dem Haus am Steg, überall Frauen wie aus der Werbung, Männer mit Bärten und gegeltem Haar, ein paar hatten Kutten über den durchtrainierten nackten Oberkörpern, sie hörten laute Musik, harten HipHop und lauschigen House, zu dem sich einige der Mädchen an Deck betörend bewegten. Es war ein bisschen wie Hollywood. Fast das ganze Dorf hatte heimlich einen Blick auf diesen Glamour geworfen. Plötzlich hatten alle was im Ruderclub zu tun, jeder wollte es mit eigenen Augen sehen. »Das ist ja wie GALA live«, hatte die Frau vom Bäcker gerufen und gelacht.

Die Leute vom Schiff hatten allen fröhlich zugeprostet, eine Stimmung wie an der Cote d'Azur. Eben waren sie wieder davongeschippert. Das Haus lag still da. Wie ausgestorben. Paul und Hans schauten sich an. Jetzt oder nie.

*

Madame hatte langsam einen kleinen Schwips, ihre Mädels auch, die vierte Flasche war im Einsatz. Das war genau die richtige Betriebstemperatur, um gleich auf diese Werberparty im Bunker am Heiligengeistfeld zu gehen, auf der sie sich einmal im Monat alle trafen. Das mit dem Champagner war natürlich ein bisschen dekadent, das liebte sie an ihrem Dude ja auch so. Mit dem vielen Geld, das seit Inbetriebnahme der Plantage in nie zuvor gesehenen Mengen durch die Tür hereinströmte, wurde nie, niemals, auch nicht ansatzweise irgendwas Vernünftiges »gemacht«, es wurde nicht angelegt, nicht investiert, nichts, seit Jahren gab es nur eine Verwendung für die schönen Scheine: Sie wurden rausgeblasen, rausgeballert, weggesprengt, dass es eine reine Freude war. Nur nichts anschaffen, mit dem man sich belasten könnte, nur nicht in die Zukunft denken, das war des Dudes Devise, die aus einem kosmischen Zufall exakt ihrer natürlichen DNA entsprach, es zählte das Hier und Jetzt und sonst nichts, raus mit dem Stoff, Nachschub ist bereits unterwegs. Herrlich.

Es dauerte nur kurz, bis sie sich an diese Leichtigkeit, diese Unerschöpflichkeit wirklich gewöhnt hatte. Aber seit sie kapiert hatte, dass sie kein schlechtes Gewissen haben musste, wenn sie am Abend mal aus Versehen ein paar Tausend Euro verbraten hatte, oder nicht mehr richtig wusste, wofür dieser oder jener Tausender draufgegangen war, als sie also erst einmal verstanden hatte, dass diese Bedenken der Vergangenheit angehörten, weil zu Hause schon wieder viele neue dicke Geldbatzen warteten, fing der Spaß erst richtig an.

Madame hatte von ihrem Salär in der Agentur auch ohne den Dude gut leben können, von den gelegentlichen Investment-Spritzen vonseiten der Mutter mal ganz zu schweigen. Diese finanzielle Unabhängigkeit war ihr ein wichtiges Statement, denn auch wenn sie sich gern etwas schicker machte und als Femme fatale unterwegs war, verachtete sie doch die Selbstverständlichkeit, mit der in ihrem Werbe- und Medienumfeld viele Frauen das RICHTIGE Geldverdienen ihren Kerlen überließen und damit der normalen 50er-Jahre-Geschlechter-Hölle sehr viel näher waren als die von diesen Kreisen verachteten Aldi-Verkäuferinnen-Tussis, die wenigstens für sich selbst sorgten. In dieser Hinsicht war sie ihrer Mutter sehr ähnlich. Auch die hatte als Juristin sehr wohl und gut von ihrem Einkommen leben können, was sie entsprechend selbstbewusst auf dem Geschlechtermarkt hatte auftreten lassen. Der attraktive Mann aus einer alten Hamburger Unternehmerfamilie, der bald Madames Vater wurde, war deshalb genau ihre Kragenweite gewesen. Die Muter hatte bald schon wegen der vielen gesellschaftlichen Verpflichtungen gar keine Zeit mehr für einen regulären Beruf gehabt, aber das war wirklich nicht ihre Schuld gewesen. Geld war auch für Madame mit dem Dude einfach kein Thema mehr. Es war immer genug da, die Bündel waren ja überall in der Wohnung deponiert, Ende der Diskussion. In der Wüste redete man auch nicht unentwegt über Sand.

Die Party war der Treff des coolen Teils der Hansestadt. Zumindest des Teils, der sich für cool hielt. Das war insbesondere in Hamburg immer ein großer Unterschied. Madame gefiel die Mischung aus pomadisierten Wichtigheimern, echten und halb echten Promis, verschlunztem Szenevolk, billigen Brause-Girls und erfolgreichen Medienmachern. Das Parfum aus Macht und machtvoller Verkommenheit kribbelte ihr unter der Haut, interessante Mischung, signalisierte das Denkzentrum, geile Mischung, meldeten ihre Lenden. Es dauerte jedes Mal, bis die Party in Fahrt kam, um halb zwölf war es noch sehr mau. Um die Stimmung ein wenig anzuheizen, verteilten Mitarbeiter des Gastgebers Bakko Getränkebons an attraktive Mädchen, die damit an der teuren Bar umsonst Alkohol konsumieren konnten. Diese einfache Rechnung hatte einst ein stadtbekannter Ölkopf namens Michael Klummer sehr eindrucksvoll aufgemacht: Investiere genügend in den Promillegehalt feierwilliger Mädchen, die sich sonst kaum etwas leisten können, und die Jungs und Männer mit dem Geld folgen automatisch. Dieses banale und sehr erfolgreiche Überrumpelungs-Konzept wurde gemeinhin als geniales Party- und Geschäftsmodell verkauft, war aber in den Augen von Madame logischerweise nichts anderes als eine abgeschmackte Form der Demütigung und Prostitution. Sie hatte natürlich nichts gegen die szeneüblichen Halbnutten, also all die Clubschlampen, deren Feierfreude und sexuelle Bereitschaft durch gelegentliche Drinks oder Drogengaben unendlich schnell gesteigert werden konnte und die als Gegenleistung willig und ganz automatisch für die berauschende und berauschte Stimmung sorgten, die sie alle so liebten, aber dieses offensichtliche Kobern mit roten Standardbons vom Vereinsbedarf war ihr ästhetisch und auch sonst zutiefst zuwider. Gastgeber Bakko bemühte sich stets sehr auffällig darum, dass sie und ihre Freundinnen bestens mit Bons versorgt waren. An einigen Abenden aber wollte er mal so etwas wie Macht spüren und hoffte, sie würden um seine lächerlichen Frei-Bons betteln. Groteske Fehleinschätzung.

Bakko winkte mit der roten Rolle, sie winkte zurück, sagte: »Mr. Hauptschule spielt sich auf, wir gehen sofort zum Tresen!«, griff in das Innere ihres großen, bewusst geschmacklosen Gucci-Beutels und ertastete einen fetten Stapel Scheine. Madame ließ die Kellner flitzen, der Gastgeber schaute irritiert, sie lächelte noch ein halbes Dutzend Freundinnen herbei und lud zur Tränke. Gläser leer, Gläser voll, die Kellner würden weitermachen, bis sie Stopp sagt. Sie sagte aber nicht Stopp. Noch lange nicht.

Wie einige dastanden und herüberglotzten, fassungslos, leicht angewidert vielleicht, aber doch zu gierig, um nicht irgendwie auch davon profitieren und ein Glas abstauben zu wollen. In diesen Geldmomenten lernte sie über einige Kollegen oder Bekannte oder Freunde mehr als in vielen Jahren ihrer Beziehungen vorher, nicht alles davon hätte sie wissen wollen. Aber ihr ging es allein um Glücksgefühle, alles Negative sollte draußen bleiben, auch die Gier der anderen, please. Das Geld verschaffte ihr ein Gefühl von Freiheit und Unabhängigkeit, das sie liebte und genoss. Sie sah, wie ihre Girls angenehm hysterisch und von sich selbst berauscht auf der Tanzfläche alle anderen in Grund und Boden tanzten, wie die interessanteren Typen am Rande sofort deren unschlagbaren Sex-Appeal aus Selbstbewusstsein und Größenwahn als das wirksamste Aphrodisiakum der Stadt erkannten und sich nach vorne schoben, um für den Fall der Fälle, falls sich eine der Damen zu einer auffordernden Geste herablassen würde, eine Pole Position innezuhaben. Madame ließ sich ein wenig vom Beat treiben, sie dachte an den Dude. Ihr Leben war wunderbar.

*

Sie hatten kein Ziel, keine feste Absicht, nur etwas Langeweile und Lust auf Abenteuer. Die Tür zur Halle war offen, niemand zu sehen oder zu hören. Aus einem hinteren Teil kamen Geräusche, es roch stark nach irgendwas. Sie stromerten zwischen den Schiffen herum und lachten über ein paar Kondome am Boden, zum Glück noch verpackt. Sie waren nervös. Sie durften nicht hier sein, das war verboten, ihr Vater würde sie erschlagen, der Dude eventuell auch. Gefährliches Gefühl. Geiles Gefühl. Hans hatte auf einmal Manschetten. Paul zog ihn weiter. »Es ist niemand da, los jetzt, du Feigling!« Das ließ Hans nicht auf sich sitzen. Er wollte Paul schlagen. Verfolgungsjagd quer durch die Halle. Atemlos blieben die Brüder vor der grauen fensterlosen Wand stehen. Wow. Eine Halle in der Halle, das hatten sie gar nicht gewusst. Der Lärm war hier in der äußeren Ecke am größten, der Gestank auch. Sie schauten sich an, hier passierte Großes, sie spürten es genau. Die Tür an der Seite wirkte offen, das schwere Vorhängeschloss hing lose an der Seite herunter. Ihre Herzen bollerten im gleichen Takt, als sie die Tür aufzogen und über eine Kettensäge steigen mussten, die auf der Schwelle lag.

*

Eight Fingers wurde immer launischer. Er war über die vergangenen Monate ein echter Griesgram geworden, der von morgens bis abends herummaulte. Er bekam zu wenig Lohn, er bekam zu wenig Gras, er hasste seine Schichten und fürchtete aufgrund der klimatischen Bedingungen in der Plantage verstärkt um seine Gesundheit, weswegen genau, konnte er nicht artikulieren. Der Stress mache ihm zu schaffen, sein Herz zeige erste Spuren durch die Überlastung, sein Klagelied war ein ruhiger, konstanter Strom im Weltenlauf. Stets forderte er mehr Unterstützung, mehr Helfer und stärkere Präsenz der anderen, aber wenn der Dude unangemeldet kam, fand er Eight Fingers meist in Jogginghose und Unterhemd vor dem riesigen Flachbildschirm. Stundenlang verlor er sich in aktuellen Live-Übertragungen der zehntausendsten Big-Brother-Staffel, zu einem Zeitpunkt, als der Dude und andere schon gar nicht mehr wussten, dass diese Unterschichts-Dokus überhaupt noch existierten. Sky brachte sie Eight Fingers zum Deich, rund um die Uhr. Und wenn der

Dude ihm sein gewünschtes Essen brachte, saß er in seinem ausgebeulten Dress stumm auf dem Sofa und starrte in die Maschine, als ob ihm die Weisheiten Gottes dort auf neue Weise vermittelt würden. Eight Fingers wollte immer nur Würstchen, und zwar nur die von Lidl, mit Senf. Zum Frühstück, zum Mittag, zum Abendessen, er verlangte Würstchen. Auf gar keinen Fall frische Würstchen vom Markt oder vom Bio-Metzger, wie der Dude mehrfach angeboten hatte, nur die von Lidl akzeptierte er, nur die seien »spitze«, wie er fortwährend betonte, wenn er vor dem Fernseher ein neues Glas aufmachte und sich mit klammen Fingern noch mehr kalte Stängel herausfischte. So saßen der Dude und Eight Fingers manchmal nebeneinander, und der treue Eight Fingers erzählte mit größter Leidenschaft alles über die kaputten Charaktere aus dem Big-Brother-Haus, er wusste über deren Verdauungsprobleme und Geschlechtskrankheiten und jeden Zickenalarm Bescheid. Er wollte nichts von Hamburg und der Szene wissen und war nicht an der grandiosen Natur vor der Tür interessiert. Er wollte seine Lidl-Würstchen, Big Brother und ein paar vorgerollte Tüten, die der Dude ihm dalassen musste, weil er aufgrund seiner zerstörten rechten Hand nicht in der Lage war, sich normale Joints zu drehen.

Madame hatte gegenüber dem Dude mehrfach angedeutet, dass Big Brother nur Tarnung sei und sich Eight Fingers in Wahrheit vor diversen Porno-Kanälen tot onaniere, wofür es dezente Hinweise von den anderen gebe, aber das konnte der Dude nicht glauben. Es war aber auch egal.

Eight Fingers bekam 500 Euro pro Monat bei freier Kost und Logis und ab und zu ein halbes Kilogramm Gras. Das war für einen Hartz-IV-Empfänger, der er offiziell war, doch ein durchaus respektables Einkommen, wie der Dude fand. Das waren zudem übliche und absolut marktkonforme Sätze, selbst ohne das Gras obendrauf, Tarife, die nur auf den ersten Blick niedrig aussahen. Der Dude war ein sozial denkender Mensch, aber eben auch Unternehmer, und der musste das große Ganze im Blick haben. Er wollte die Kosten im Zaum halten und sah nicht ein, warum er deutlich über den normalen Preisen zahlen sollte. Unter den gegebenen Umständen konnte Eight Fingers seinen Lohn plus die monetarisierten freiwilligen Deputate vollständig sparen, wenn er wollte, so sah die Rechnung schon ganz anders aus. Von den Grasteilen, die er offensichtlich darüber hinaus noch heimlich abzweigte und zu Geld machte, mal ganz abgesehen.

Das sah sein Mitarbeiter selbst zwar alles natürlich ganz anders. Lag es am Alter, lag es an den vielen Joints, Eight Fingers bereitete ihm zunehmend Sorgen. Die Notrufe häuften sich. Spätabends oder mitten in der Nacht, irgendwas war immer. Am Telefon sollte nicht drüber gesprochen werden, deswegen bedeutete ein Anruf für den Dude meist sogleich: hinfahren. Oder hinfliegen. Denn auch das kam mehr als einmal vor: Sie urlaubten auf Mallorca, plötzlich der stotternde, aufgeregte Eight Fingers am Apparat. Der Dude musste Mitreisenden wieder seine Lügenmärchen erzählen und zurückfliegen. Schon saß er in der nächsten Maschine nach Hamburg, um Stunden später feststellen zu dürfen, dass Superhirn Eight Fingers lediglich aus Versehen einen Stecker herausgezogen oder die Bewässerungspumpe im Vorbeigehen angerempelt und dadurch umgestellt hatte. Kleine, unbedeutende Nervereien, die durch Eight Fingers zu halben Katastrophen wurden, zumindest für den Dude. Andererseits war Eight Fingers ihm treu ergeben. Trotzdem.

Druck

Als der Dude seine kleine Ansprache beendet hatte, weinte seine Mutter. Sie sagte nichts, sie schüttelte bloß den Kopf und schluchzte, ein inneres Beben erfasste sie, bis ihr alter Körper hin und her geworfen wurde. Der Dude wollte sie umarmen, sie tat ihm leid, sie wich zurück. Völlig ungefiltert und ungeprüft hatte er ihr gerade in ihrer eigenen Wohnung in Dortmund alle Vorwürfe des Kreuzberger Vaters an den Kopf geworfen. Den Betrug, die Gewalt, die Lügen, die Mitleidlosigkeit, das Kontaktverbot, das ganze Elend seiner Jugend schien auf ein Mal eine Quelle zu haben: seine Mutter.

Sie ging zu dem wuchtigen alten schwarzen Wohnzimmerschrank, feinstes Gelsenkirchener Barock, hatte sie einst von seiner Großmutter geerbt, und holte zwei alte Aktenordner heraus, aus denen an einigen Stellen vergilbte Formulare und Briefe lugten.

»Das solltest du eigentlich nie sehen und erfahren«, sagte die Mutter und ließ sich mit einem tiefen Seufzer in ihren Lieblingssessel fallen. Es hörte sich an, als ob aus einem defekten Ballon die letzte Luft entwich. »Aber hier drin findest du alles über deinen Vater.«

Der Dude blätterte zögerlich den ersten Ordner auf. Aktenvermerke, Schriftstücke, Anzeigen, Polizeiprotokolle, Einsatzchronologien. Alte Papiere, alte Sprache, alte Geschichten, fein säuberlich und streng nach Datum geordnet. Private Schreiben, Amtsmitteilungen, hinten folgten Zeitungsausschnitte. Der Dude musste sich schwer konzentrieren, um nicht aus Versehen zu stark an den Seiten zu zerren. Seine Augen erfassten Satzteile, die sein Kopf gar nicht so schnell verarbeiten konnte.

»Der betrunkene Adalbert Leuten versuchte vor den Augen der Mutter den dreijährigen Sohn mit einer Axt zu erschlagen. Die Axt traf den Kühlschrank, der Sohn überlebte wie durch ein Wunder unverletzt …«

»… sah die Polizeistreife, wie Adalbert Leuten einen kleinen Jungen, der sich später als der jüngere Sohn des Beschuldigten herausstellte, im dritten Stock an einer Hand über den Balkon hielt und …«

Er hörte sein Herz klopfen. Seine Finger hinterließen nasse Flecken auf den dünn und fadenscheinig gewordenen Dokumenten.

»… hatte sich Adalbert Leuten unberechtigten Zugang zu der Wohnung der Hildegard Leuten verschafft und ihr unter ihrem Bett aufgelauert. Vor den Augen des jüngeren Sohns schlug der Beschuldigte auf seine Ex-Frau ein, bis die Polizei eintraf. Hildegard Leuten musste ärztlich versorgt werden …«

Er schaute auf, seine Mutter blickte leer in den Raum, die Wanduhr tickte laut.

Die Zeitungsausschnitte. Der Dude zerrte die gefalteten Seiten auseinander, einige Kanten rissen ein, einige Erinnerungen auch. Überschriften schoben sich ineinander, Passagen verwischten, Fakten verblassten, grob nur formierten sich die Umrisse des Ungeheuerlichen, das dort beschrieben stand, in seinem Kopf.

»Säureanschlag auf Mutter mit zwei Kindern«.

Er hielt die Luft an.

»Mordversuch im Wedding.«

»Mehrere Schwerverletzte.«

Das Ausatmen fiel ihm schwer.

»Täter überlebt.«

»Lebenslange Haft.«

Der Dude hörte auf zu blättern. Der Alte hatte versucht,

seine neue Familie und sich selbst umzubringen. Mit Salzsäure. Das war nicht ganz geglückt. Daher die Sprechhilfe. Den größten Teil seiner Abwesenheit hatte der sogenannte Vater in Berlin im Gefängnis gesessen.

Der Dude schloss die Augen und sah funkelnde Lichtblitze, wirr, alles sehr wirr. Der Vater hatte jahrzehntelang gesessen, weil er die jüngere Frau umgebracht hatte, deren Kinder aber anscheinend überlebt hatten. Oder waren die Kinder gestorben, und die Frau hatte überlebt? Schon in dieser Sekunde wusste der Dude nicht mehr, wie es laut Zeitungsbericht wirklich gewesen war, und es war ihm auch egal. Er würde die Fakten nicht überprüfen. Er spürte so viel Hass und Ekel, dass er alles durcheinanderbrachte. Er wollte keine weiteren Details wissen, nie wieder wollte er darüber etwas hören. Er wusste genug. Was er eben gelesen hatte, reichte, weil der Rest in dieser Sekunde ganz klar wurde. Sein Vater war der Axtmann. Der Schläger aus dem Bettkasten. Der Mann, der ihn als Kleinkind über dem Balkon-Abgrund hatte hängen lassen. Sein Vater war das größte Stück Scheiße, das ihm jemals in seinem Leben begegnet war. Die Fotze, die mein Vater war, dachte der Dude und war gelähmt vor Angst: das Blut, das in deinen Adern fließt. Der Geist, der in deinem Hirn schlummert. Der Hass, der dich geprägt hat. Da kam das alles her. Er schloss die Akten. Alles sortierte sich neu. Lebensmomente, Lebenserkenntnisse.

Die Mutter hatte die Hölle durchlebt. Er und seine Geschwister anscheinend auch. Als Alleinerziehende mit vier Kindern wäre die Mutter untergegangen – und sie auch. Günther, der Loser, hatte die Mutter gerettet. Günther, der Kinder-Verprügler, hatte sozusagen auch sie gerettet, irgendwie. Dem Dude schwindelte.

»Ich wollte dich damit nicht belasten.«

Die Stimme seiner Mutter zitterte. Er stand auf und nahm sie in den Arm. Sie hielten einander minutenlang fest.

Im Zug schlief er erschöpft ein. Benommen wachte er kurz hinter dem Bahnhof Dammtor auf. Sein Gesicht war nass. Der Mann aus den Aktenordnern war vor langer Zeit gestorben, er hatte nichts mit ihm zu tun.

Sein echter Vater hieß Günther.

*

Der Hauptabnehmer wollte noch mehr Stoff. Er drängte erneut auf eine schnellere Ernteabfolge. Er hatte schon beim letzten Besuch auf der Plantage die Pflanzenhöhe kritisiert. Gib ihnen nicht so viel Zeit, das geht effizienter, hatte er trocken bemerkt. Aber ich mag es lieber, wenn sie größer sind, hatte der Dude trotzig gesagt. Der Hauptabnehmer hatte ihn kühl angeschaut: »Der Markt mag es aber schneller lieber. Und wenn ich mich richtig erinnere, produzierst du hier für den Markt.«

Die gelegentlichen Ausfälle und Verzögerungen in diesem Jahr fand der Dude normal, der wichtigste Kunde hielt sie für inakzeptabel. Klar, alles nicht ideal, trotzdem war es das mit Abstand stärkste Jahr, das er als Produzent je hatte, so dachte der Dude. Das sah der Hauptabnehmer anders. Erstmals deutete er an, dass man ja auch nicht auf alle Ewigkeiten aneinander gekettet sein müsse, wenn man unterschiedliche Interessen entwickele. Das alarmierte den Dude sehr. Und machte ihm urplötzlich seine Abhängigkeit deutlich: Die Fixkosten lagen bereits deutlich über 12 000 Euro pro Monat, ihren ausschweifenden Lebensstandard, an den sich alle Beteiligten schnell gewöhnt hatten, gar nicht einberechnet. Er konnte gar keine kleineren Brötchen mehr backen, er durfte den Hauptabnehmer nicht enttäuschen. Einst hatte er, als klar wurde, dass man die Sache professioneller angehen müsste, mit Bedacht den schönsten und befriedigendsten Job der Welt gewählt. Alles passte: die Natur, der Duft, das gut riechende und schmeckende Ergebnis, die Freude, die er mit der Arbeit verbreitete – das motivierte mehr als alles andere. Oder eher: Das hatte lange sehr motiviert.

Jetzt spürte er den Druck an allen Enden, diese Kombination aus Zwängen und Verpflichtungen, die ihn gnadenlos in Geiselhaft nahm. Bittere Erkenntnis, schmerzhafte Erkenntnis: Er saß in der MEHR-Falle.

*

Neue Business-Stufe, völlig neues Problemlevel: Die Bewältigung der Bargeldmassen wurde schwierig. Nicht nur die Lagerung, auch das Ausgeben. In entwickelten Volkswirtschaften werden viele Transaktionen bargeldlos abgewickelt. Bargeld in kleinen Mengen ist gern gesehen, in großen nicht so. Schwarzgeldverdacht. Verbrechensverdacht. Ist man nur von bestimmten Russen oder Arabern gewohnt. Madame ging einmal im Monat zu jeder ihrer drei Banken und zahlte mittelhohe Beträge ein. Hier mal ein paar hundert, da mal tausend. Die extrem konservativ gekleidete, hochseriöse Madame verwickelte dabei grundsätzlich die ihr zu Füßen liegenden Bankmitarbeiter in charmante Flirtgespräche, in denen sie ihre elbnahe Verwandtschaft häufig erwähnte und auf deren lobenswerte Spendierfreudigkeit hinwies. Rücksichtsvolles Lächeln der angestellten Betrugprofis, halb unverschämte Bemerkungen, wenn Madame mal wieder ein Bündel besonders dreckiger Fünfziger einzahlte: »Na, na, na, Madame, aus welcher Kiste hat die Frau Großmama denn dieses Mal ihre Ersparnisse hervorgezaubert?« Befreites Auflachen aller Beteiligten, langer Augenaufschlag von Madame, geschafft.

Der Dude hatte ein Konto bei der Sparkasse, auf das zahlte er in ein oder zwei Etappen die Summe für die beiden Mieten ein. Die Geldhäuser hatten offiziell mehr Skrupel entwickelt, hohe Summen gingen hier bar wegen des Geldwäschegesetzes und der Meldepflicht eigentlich nicht mehr einfach so über den Tresen. Flog der Dude länger mit der Familie auf die Balearen und stauten sich deshalb Mieten und andere Ausgaben, also höhere Summen auf, die eingezahlt werden mussten, flog er während des Urlaubs lieber ein, zwei Mal zurück, um die Beträge einzeln begleichen zu können und Auffälligkeiten bei Vermietern oder dem Geldinstitut zu verhindern.

Die bahnbrechenden Existenzerkenntnisse der schwedischen Philosophengruppe Abba wurden vom Dude und Madame in entscheidenden Punkten eindrucksvoll bewiesen. Insbesondere die Wahrhaftigkeit des Geld-Axioms aus Madames Lieblingssong ihrer frühen Jugend: *Money, money, money, must be funny in a rich man's world*. Das hieß hier konkret: Wenn du viel Geld hast, fragt niemand mehr nach dem Woher.

Aufmerksamen Beobachtern müsste auffallen, dachte der Dude oft, dass die Geldmassen, mit denen ich jongliere, eigentlich nicht mit meinem Beruf verdient werden können. Zumindest wäre ein solches Einkommen als Grafiker so außergewöhnlich, dass sich daraus sofort berechtigte Fragen ergeben würden. Die kamen aber nicht. Seine Freunde fragten nicht, seine Schwiegereltern fragten nicht, im Nachtleben wollte niemand irgendwas wissen. Am stärksten war dieser Effekt in den Kreisen der Eltern von Madame zu beobachten. Etwaige Zweifel an seiner sozialen Kompatibilität und Seriosität wurden durch den offensichtlichen Erfolg und seine Baumarkt-Rabatte vollständig aufgelöst. Sein Cashflow hob den Dude auf ein ungeahntes Akzeptanzniveau. Der Geldsegen aus der Plantage bildete einen wirksamen Schutzschild um ihn, der ihm lästige Fragen vom Leib hielt. Das war ihm neu. Madame nicht. Ihre Mutter hatte ihr dieses gesellschaftliche Grundgesetz schon als Schülerin erklärt, als sie wegen ihres ausgeprägten Gerechtigkeitswahns oft weinend oder mit suizidalen Absichten am Abendbrottisch gesessen hatte, weil ihr die monströsen Machenschaften der sogenannten Freunde ihrer Mutter, also der Politiker, Immobilien-Spekulanten, Unternehmens-Besitzer, Krauss-Maffei-Eigentümer oder Erben so unseriös und asozial vorgekommen waren. »Unseriös und asozial zu sein, ist in diesen Kreisen ja durchaus kein Ausschlusskriterium, man könnte diese Eigenschaften vielmehr als zwingende Voraussetzung zur Erreichung höherer gesellschaftlicher Weihen bezeichnen. Alle abstoßenden menschlichen Züge werden durch Erfolg überkompensiert, wobei damit einfach Geld gemeint ist. Egal, was sie dir erzählen: Geld stinkt in diesen Zirkeln nicht, niemals, aber nur, solange es richtig viel Geld ist.«

Jetzt erst verstand Madame, was ihre Mutter damals damit gemeint hatte.

*

Bauer Petersen war froh, dass die Schule wieder begonnen hatte. Paul und Hans war die viele freie Zeit nicht bekommen. Er sah sie sinnlos durch die Felder streifen, zu jeder kleinen Arbeit musste er sie zwingen, nur mit äußerster Strenge brachte er sie zu der Unterstützung, die er für den Hof brauchte. Seit ein paar Wochen hatten sie zudem neue Marotten entwickelt, die ihm nicht gefielen. Sie sonderten sich häufiger als sonst ab und kicherten öfter wie kleine Mädchen, das fand er schrecklich. In ihren Zimmern müffelte es komisch – nicht nur wegen ihrer Waschphobie. Er hatte nichts dagegen, wenn seine Jungs heimlich rauchten, das machten junge Männer eben so, aber das Kraut, das sie nahmen, hatte er noch nie gerochen. Wenn er ihnen sagte: »Hört auf, so dämlich zu kichern«, kriegten sie sich gar nicht mehr ein. Die Lachkrämpfe hatte er nur mit ein paar sehr ordentlichen Backpfeifen wieder lösen können.

Sorge bereitete ihm auch die körperliche Entwicklung der Jungs. Fast täglich hatten sie jetzt irgendwas an den Augen, die gar nicht mehr weiß werden wollten. Wenn er sie danach fragte, antworteten sie ausweichend. Mal war es Staub, mal hatten sie Zug bekommen. Er wollte sie deswegen zum Arzt schicken, denn das Letzte, was er für seinen Hof gebrauchen konnte, waren Söhne mit Allergien oder anderem neumodischen Stadt-Kram.

Abends waren seine Söhne nicht wie verabredet zur Außenweide gekommen. Nur mühsam hatte er den Zaun dort allein richten können. Angesäuert stiefelte Petersen die Treppe hoch in Pauls Zimmer. Niemand da. Das Zimmer stank nach pubertierendem Jungen und ungewaschenen Socken, er schnappte nach Luft und öffnete das Fenster, er sah Paul und Hans hinter dem Schuppen kauern, eine große Glut erhellte ihre Gesichter. Er wollte das Zimmer wieder verlassen, dabei fiel ihm ein Funkeln unter dem Bett auf. Er ging auf die Knie und ertastete scharfkantigen Stahl. Fassungslos zog Bauer Petersen eine praktisch nagelneue Kettensäge unter dem Bett von Hans hervor. Ihm war sofort klar, wem die gehörte. Das war ein Prachtexemplar von einer Kettensäge, deren Sound ihm in der Sekunde aufgefallen war, in der sein nichtsnutziger Nachbar sie zum ersten Mal angeworfen hatte, um illegalerweise ein paar der ehrwürdigen Pappeln zu fällen, die noch von Petersens Großvater gepflanzt worden waren. Die anonyme Anzeige hatte leider keine Folgen gehabt. Bauer Petersen schluckte schwer. Seine Söhne waren Diebe.

Er griff sich die große Taschenlampe und rannte zum Schuppen. Im Lichtkegel sah er zwei zu Tode erschrockene Gesichter und eine sehr große Zigarette, die Hans zu Boden fallen ließ. Er scheuerte Paul sofort eine und schrie: »Was macht ihr Diebe hier?« Bauer Petersen entdeckte die glühende Wurst auf dem Boden im Licht der Taschenlampe, er hob die große Plastiktüte daneben auf, die bis oben hin voll mit Pflanzenmaterial war und sehr würzig roch. Bauer Petersen schwindelte etwas. Er war nur einfacher Bauer, aber selbst er verstand sofort, dass seine Söhne hier gerade Drogen konsumierten. Sein eigenes Fleisch und Blut beklaute den Nachbarn und konsumierte illegale Substanzen. Er scheuerte Hans auch noch eine, so fest er konnte. Diebstahl. Drogen, alles ein bisschen viel. Er setzte sich neben seine wimmernden Söhne. Morgen würde er die Kettensäge zurückbringen und eventuell die Polizei wegen der Drogen benachrichtigen müssen. Na ja, das vielleicht nicht, aber auf jeden Fall die Kettensäge zurückbringen.

»Morgen gebt ihr dem Nachbarn die Kettensäge zurück. Wenn der Idiot euch anzeigt, kommt ihr beide ins Gefängnis, ihr Schwachköpfe! Und wegen dem Kram hier«, er stieß mit dem Fuß die prall gefüllte Tüte zur Seite, »reden wir morgen.«

Die beiden hörten zeitgleich auf zu schluchzen.

»Was guckt ihr so belämmert, raus mit der Sprache!«

»Papa, ich glaube nicht, dass der irgendwen anzeigen würde.«

Bauer Petersen schaute Paul irritiert an. »Und wieso nicht, du Schlauberger?«

»Ganz einfach ...«

*

Am Morgen wollte der Dude seiner Mutter zum Geburtstag gratulieren. Jemand nahm den Hörer ab und sagte nichts, er hörte asthmatisches Atmen, schweres Geschlurfe, Signale aus einer kranken Welt, der Wohnung seiner Mutter. Das war Günther, der sich nicht traute, mit dem Dude zu reden, den er auch für einen Versager hielt, einen, der Verantwortung ablehnte und sich vor echter Arbeit drückte, der vielleicht auch einfach nicht mit dem Dude reden wollte, nach all dem, was geschehen war.

Ich bin bald Mitte dreißig und habe meinen irren Bruder an seinen Hass und seine Sucht verloren, ich habe keinen Kontakt zu meinen beiden Schwestern und kann nicht normal bei meiner Mutter anrufen, weil möglicherweise mein Stiefvater ans Telefon geht, mit dem ich seit zwanzig Jahren nichts mehr zu tun habe, dachte der Dude plötzlich, das ist doch alles total kaputt. Es gibt keine Ausreden mehr. Warum auch immer alles so gekommen ist, wie es gekommen ist – das Resultat ist ätzend. Er dachte an das Bild einer fröhlich feiernden Familie, die dichten Rauchschwaden in der kleinen Wohnung, die vielen Verwandten, das sich ihm eingeprägt hatte. Nie hatte er sich sicherer gefühlt, nie besser – na ja, höchstens im Stadion. *You'll never walk alone.* Wie gern er das immer sang. Wie ernst er das immer meinte. Eigentlich. Sah aber gerade nicht so aus. Er würde Günther einen Brief schreiben. Vergangene Woche hatte sein Stiefvater die Gärtnerei endgültig dicht gemacht, er war pleite gegangen, wie man sagen musste, hoch verschuldet, körperlich ausgebrannt, mental zerstört, das war die objektive Günther-Bilanz, mit freundlichen Grüßen von »Hammerkauf«. Seine Mutter hatte das nur kurz erwähnt, so leise, dass er es erst gar nicht verstanden hatte. »Wir kommen klar«, hatte sie schnell hinterhergeschickt. Er notierte sich auf einem Zettel: »Mutter mehr Geld schicken.«

Der Brief an Günther. Er starrte auf das linierte Blatt Papier. Seit Ewigkeiten schon hatte er keinen Brief mehr geschrieben. Er zeichnete mit seinem Bic-Kuli das Haus vom Nikolaus, erst eins, zwei, bald war die halbe Seite voll. Er nahm ein neues Blatt. Er sah seinen Bruder, seinen Hass und seine tödliche Umklammerung der Dämonen von einst. Der Bruder würde dem Stiefvater nie die Prügelorgien verzeihen und sich weiter in seinem Schmerz suhlen wollen – und deshalb niemals mit seiner Kindheit abschließen können. Wer bewusst die Scheiße am köcheln hält, dachte der Dude, muss sich nicht wundern, wenn es die ganze Zeit stinkt. Damit musste einmal Schluss sein.

»Lieber Günther, ich weiß, dass wir …« Der Dude schlug dem Stiefvater in knappen Worten einen Neuanfang vor, ohne Aufarbeitung, ohne Vorhaltungen und Therapie-Gedöns. Die Menschen, die sie einst gewesen waren, gab es nicht mehr, weil sie alle heute andere waren, andere Menschen in einer neuen Zeit und anderen Umständen, es hatte deshalb keinen Sinn mehr, weiter über die Geister der Vergangenheit zu reden. »Ja«, schrieb der Dude als letzten Satz, »ich hätte mir von dir vielleicht ab und zu mal eine Partie

Billard gewünscht statt noch einer Tracht Prügel, aber es war nun einmal, wie es war, und ich weiß jetzt, dass du Mutter in schwersten Zeiten beigestanden hast, und uns irgendwie auch – also Schwamm drüber, lass uns die Hände reichen.« Zehn Zeilen schwerste Krakelschrift, das war sein Friedensgesuch. Sie sprachen nie drüber. Aber beim nächsten Anruf ging Günther ganz normal ans Telefon und reichte ihn an seine Mutter weiter. Als sie sich verabschiedeten, sagte seine Mutter: »Danke für den Brief!« Sie klang sehr erleichtert.

*

Die Lieferprobleme wurden eklatant. Laufend sichere und zuverlässige Fuhren von zehn oder fünfzehn oder gar zwanzig Kilo zu organisieren, war eine logistische Höchstleistung. Einige bewährte Fahrer hatten den Führerschein wegen absoluter Bagatellen von den kettenhundscharfen – und wahrscheinlich abends fröhlich dahersaufenden – Behörden abgenommen bekommen. Das mit diesem Verwaltungsakt-Ding entwickelte sich zu einem richtigen Problem. Der Markt wollte konstanten Nachschub, und das Angebot an vertrauenserweckenden Transporteuren war begrenzt. Die Angestellten waren ohnehin ein Kapitel für sich. Insbesondere die notwendigen Aushilfen, ohne die man die schiere Größe der Anlage nicht mehr beherrschen konnte, waren ein Quell unerfreulicher Erfahrungen. Der eine saß den ganzen Tag schön am Ufer und träumte den Segelschiffen hinterher, während drinnen von ihm unbemerkt die Bude voll lief und die schönen Pflanzen im Dunkeln absoffen, weil ein Kurzschlussinferno den ganzen Betrieb lahmgelegt hatte. Andere rauchten zu viel und waren nicht mehr ansprechbar, wieder andere fingen mit einem Teil der Ware heimlich einen schwungvollen Handel an, weil sie glaubten, es merke niemand oder es komme nicht drauf an. Selbst die einfachsten Aufgaben, wie etwa die Reparatur des altersschwachen Vorhängeschlosses für die Tür zu ihrem Allerheiligsten, wurden monatelang ignoriert und auch nach Ermahnungen immer noch nicht erledigt. Die Leninsche Devise »Vertrauen ist gut, Kontrolle ist besser« war das geeignete Gegenmittel, aber ein zeitintensives und lästiges dazu. Außerdem war es dem Dude mittlerweile manchmal tatsächlich zu stumpf, wochenlang mit den Halbirren in der Einöde abzuhängen. Für eine kurze Weile war es ja lustig gewesen, die Natur, die Abgeschiedenheit, auch die orgiastischen Feiern mit den Besuchern aus Hamburg, aber ohne die Gäste kam es ihm an immer mehr Tagen einfach nur vor wie der Arsch der Welt und nicht wie das Paradies, das sie hier einst zu finden geglaubt hatten.

*

Unbekannte Krankheit Geldschwund. Wo blieb die ganze verdammte Kohle? Madame und ihr Dude dachten erst an Zufälle, dann an höhere Mächte, schließlich gaben sie dem Kapitalismus die Schuld, der seine Knechte an seine Brust presst, bis sie nicht mehr atmen konnten und nicht mehr wussten, wie ihnen geschah. Wer die Hitze liebt, muss den Ofen schneller heizen, einfache Formel. Dazu verstärkt Spießersorgen. Genauer: der sehr konkrete und grausame Unternehmer-Albtraum Fixkosten. Angefangen bei 10 000 Euro pro Monat, mittlerweile bei 13 000, Tendenz steigend, nicht eingerechnet: Reparaturen an der Anlage am Deich oder in der großzügigen Wohnung in Altona, sonstige Investitionen sowie Löhne für feste Mitarbeiter oder Provisionen für Aushilfskräfte, etwa im Transport oder Erntewesen.

Was den deutschen Spargelbauern die flinken Polen waren, schätzte der deutsche Gras-Unternehmer an den europaweit aktiven Erntetrupps vor allem aus Bulgarien. Kleine, hochspezialisierte Teams, die von Plantage zu Plantage zogen und als Geheimtipp weiterempfohlen wurden. Als es einmal sehr pressierte und der Hauptabnehmer argen Druck machte, klagte der Dude, das schiere Volumen überfordere derzeit seine Festangestellten, Aushilfen seien schwer zu bekommen. Der Hauptabnehmer bot diskrete Hilfe an, der Dude willigte ein unter der Bedingung, dass sich die Elite-Einheit mit verbundenen Augen zum Arbeitsplatz fahren ließe. Das war kein Problem, die fünf Edel-Zupfer waren einverstanden. In einer Nacht wurde die komplette Anlage, in der sich sozusagen zwei Ernten stauten, hervorragend eingebracht. Besonders tat sich die Anführerin der Männer hervor, deren Hände für das Gras-Geschäft extra gemacht zu sein schienen. Ihre Arbeit war so legendär wie ihr Ruf, die coole Sofia war ein Profi, der um seine Qualitäten wusste. Unter einem Kilogramm Rohware Lohn fing sie erst gar nicht an. Bereits nach dem ersten Einsatz wusste der Dude: Das war teuer, aber es lohnte sich. Sie war gründlicher als jeder andere, das brachte mehr Ertrag. Sie war schneller als jeder andere, was einen schnelleren Umschlag bedeutete. Die gesparten Tage hochgerechnet aufs Jahr brachten wiederum einen zusätzlichen Ernteteil, womit ihre höheren Kosten drin waren. Leider war sie nur für zwei Jahre und in dieser Zeit wegen ihrer vielfältigen Verpflichtungen auch nur sehr eingeschränkt verfügbar, dann wurde sie nie wieder gesehen. Andere Aushilfen waren auch nie billig, dafür selten problemlos. Die Pflücker nahmen mehr mit, als sie durften, sie kamen später, als sie sollten, sie arbeiteten langsamer als vereinbart, sie quatschten mehr, als für alle Beteiligten gut war.

Geldschwund durch Kosten, Geldschwund durch Lebenswut. Die schönen Scheinchen des Glücks-Business strebten automatisch in die freie Wildbahn, denn das Glück war generell dazu da, geteilt zu werden, das war ihr Motto, das war ihre Philosophie. Also mussten sie raus und ihre Mission erfüllen, die Welt dankte es ihnen mit strahlenden Gesichtern und viel geheuchelter Freundschaft, das war der Preis, den sie lächelnd in Kauf nahmen. Nur das Positive zählte. Ihre Cannabis GmbH war ein einziger großer monetärer Durchlauferhitzer, sie machten sich intensiv um das volkswirtschaftliche Wohl verdient. Das führte zwangsläufig zu, man könnte sagen: Übertreibungen.

Die ganze Welt stand ihnen offen, leider litten Madame und der Dude an einer angeborenen Balearen-Sucht, die gelegentlich mit einer nicht minder starken Schweden-Sucht bekämpft wurde, die mit der Sylt-Sucht ein magisches Urlaubs-Bermuda-Dreieck bildete, in dem alle anderen Wünsche und Träume verschwanden. Normale Auswahlkriterien für Unterkünfte, die im Netz gesucht wurden, also Faktoren wie Preis, Preis-Leistungs-Verhältnis und adäquate Größe spielten sehr explizit absolut keine Rolle.

»Wow, die Finca sieht toll aus, die nehmen wir.«

»Okay, Hase, wenn du meinst.«

»Drei Wochen, ach nee, lieber vier.«

»4000 Euro – die Woche.«

»Ja klar, was hast du gedacht: am Tag?«

»Hase, die hat aber acht Schlafzimmer.«

»Wir brauchen Platz.«

»Wir könnten Lucie mit Joe einladen, eventuell auch noch Jasmin und Tanja und Roger mit seinen beiden netten Windsurf-Freunden.«

»Ich dachte, die sind alle knapp bei Kasse.«

»Hase!«

»Okay, okay, okay. Dann frag die, ob sie können, wir zahlen die Flüge.«

Natürlich könnte ich jederzeit auch von Wasser und Brot leben, dachte Madame in solchen Momenten manchmal, aber warum sollte ich?

ZEITENWECHSEL

Der Stiefvater folgte ihm schweigend in die Halle. Sie hatten sich weder umarmt noch die Hand gegeben. Alles war fremd, alles war neu, nur nichts überstürzen. Der Dude ging an den Booten vorbei, der Stiefvater stellte keine Fragen und sah sich interessiert um. Eine schwere Tür noch, dann standen sie im Allerheiligsten. »Ich muss dir mal was zeigen«, hatte der Dude nur gesagt, »komm doch mal raus, allein.«

Günther hatte nicht gefragt, was das solle und warum er ohne die Mutter eingeladen wurde, sondern hatte einfach zugesagt und sich auf den 420 Kilometer weiten Weg gemacht. Der Dude fing an, den Kerl richtig zu mögen.

Er sah seinen Stiefvater von der Seite an, wie alt der geworden war, wie klein der jetzt wirkte, noch kleiner und zerbrechlicher als sonst, ein vom Leben und der Maloche verwitterter und verbitterter Mann, der »Günther mit dem grünen Daumen«, wie ihn die Alten in der Siedlung zu den besten Zeiten der Gärtnerei stets geadelt hatten. Jetzt saugte er mit Kennerblick das Bild vor sich auf. Günther, der ehrliche Malocher, der einst die Mutter vor dem Verbrecher gerettet und sich in den Dienst der Familie des früher besten Freundes gestellt hatte; Günther, den die Baumärkte überrollt hatten und dem der Staat nach jahrzehntelanger Schwerstarbeit nur so viel ließ, dass er ohne weitere staatliche Zuwendungen vom Sozialamt und heimliche Zahlungen vom Dude an die Mutter nicht in Würde überleben könnte; Günther, der redliche, ehrliche, niemals in seinem Leben irgendwo und irgendwie mit der Polizei in Berührung gekommene Malocher, blieb wie angewurzelt am Rande der beeindruckenden und sofort als illegal zu erkennenden Plantage mit offenem Mund stehen. Er stellte keine Fragen, er begriff. Er kritisierte nicht, er studierte. Er war nicht wütend, er war beeindruckt. Zutiefst.

Zaghaft bewegte sich der Stiefvater zwischen den Pflanzen, bückte sich mal hier und inspizierte eine Wasserleitung genauer, beugte sich dort vor, um die Schrift auf einem Düngersack zu entziffern. Mit geschürzten Lippen stand er vor dem Stromverteiler und mit gefalteten Händen andächtig vor einer der imposanten Mutterpflanzen. Unaufgefordert fing der Dude nach einer Weile an, ihm die technischen Details zu erklären, die Beleuchtungsphasen und den pH-Wert, die Schädlingsbekämpfung und die Erdentsorgung. Er zeigte ihm den Stecklingsraum und den Trockenbereich, die Wasserfässer und das Leitungssystem. Bereits nach zehn Minuten machte der Stiefvater die ersten kritischen Bemerkungen, kurz darauf einen sinnvollen Verbesserungsvorschlag zur Anordnung der Kästen, auch die Bewässerungstechnik schien ihm noch nicht effizient oder ausgefeilt genug.

»Ja, aber das haben wir schon einmal …«, warf der Dude ein.

»Wer ist denn hier der echte Gärtner, du oder ich?«, fragte der Stiefvater mit spielerischem Ernst.

Das war der erste Witz, den der Stiefvater jemals in seiner Anwesenheit gemacht hatte, dachte der Dude.

Günthers Ideen waren durchaus sinnvolle Hinweise, deren Vor- und Nachteile gleich hitzig debattiert werden mussten. Und während sie sich in technischen Details und botanischen Schlaumeiereien verloren, sah der Dude das Gesicht des Stiefvaters, das zerfurchte, kaputte Gesicht des alten Mannes, wie das plötzlich zu leuchten begann und mit frischem Blut versorgt wurde, und er dachte, dass er mit diesem unbekannten Menschen, der ihm jahrlang auf die Fresse gehauen und sein Leben zur Hölle gemacht hatte, dass er sich mit dem noch nie so lange und so gut und so intensiv unterhalten hatte wie jetzt, von Fachmann zu Fachmann.

Auf dem Weg nach draußen räusperte sich der Stiefvater umständlich. »Sag mal, kann man wegen so einer Anlage nicht … richtig Ärger bekommen?«

»Ach, da hat sich einiges getan in der Gesetzgebung …«

»Ich meine konkret so eine Anlage.«

»Mach dir keine Sorgen, Günther, außerdem ist das hier Schleswig-Holstein, die hier oben im Norden sind ein bisschen liberaler als der Rest der Republik.«

»Bist du sicher?«

»Im Ernstfall maximal Bewährung, garantiert.«

»Hör auf, beschwöre es nicht! Deine Mutter darf auf keinen Fall …«

»Günther, hier passiert nichts, mach dir keine Sorgen!«

»Versprochen?«

»Versprochen!«

Als der Dude die Tür abschloss, ging der Stiefvater auf ihn zu, nahm sich die Hände des Dude, sah die schwarzen Erdränder unter seinen Nägeln, legte ihm eine Hand auf die Schulter, lächelte und sagte: »Junge!«

*

Bauer Petersen stand auf der Weide am Wasser. Er war sauer. Die Stromzufuhr im Zaun war unterbrochen, ein paar Kühe hatten das schon gemerkt und versuchten die Absperrung zu überwinden. Er suchte die Fehlerquelle und fand einen Baum vom Nachbargrundstück, der auf dem Zaun lag und damit den Kreislauf unterbrach. Es war ein Baum aus dem Garten des Dude. Das war später seine Geschichte. Niemand wusste, ob sie stimmte, niemand würde es je wissen, es gab keine Zeugen. Bauer Petersen rief nach dem Dude, niemand antwortete. Petersen stieg über den platt gedrückten Zaun auf das Gelände des Dude und rief weiter dessen Namen. Nicht sehr laut, wie man behaupten könnte. Der Landwirt ging ohne große Umwege auf die Hallentür zu, die offen stand. Bauer Petersen klingelte erst gar nicht am Haus oder guckte vorne am Ufer, wo der Dude sich oft sonnte oder las, er ging auf die offene Tür zu und gleich hinein in die Halle. Er sah die Boote, er rief noch einmal den Namen des Dude, allerdings sehr leise. Er hielt kurz inne. Stille. Nein. Er hörte das Geräusch von Elektromotoren, größeren Elektromotoren. Es roch schon wieder so komisch. Bauer Petersen ging auf Zehenspitzen zwischen den Schiffen lang. Er sah eine seltsame Wand im hinteren Teil der Halle. Er kam näher und sah, dass die Wand Teil von einer Art fensterlosem Gebäude in der Halle war. Er sah eine geschlossene Tür mit einem größeren Vorhängeschloss, das nicht abgeschlossen war. Er wollte jetzt wissen, was in diesem Kubikel war. Vorsichtig öffnete er die Tür. Das Elektromotoren-Geräusch wurde sehr viel lauter, der Gestank sehr intensiv. Er trat ein, er sah einen blauen Schein, seine Augen gewöhnten sich rasch an die ungewohnten Lichtverhältnisse. Pflanzen, der ganze große Raum, in dem er jetzt stand, war voll mit sehr großen, prächtigen Pflanzen, die bestialisch stanken. Wassertanks, Ventilatoren, Bewässerungssysteme, Düngersäcke, Belüftungsvorrichtungen. Bauer Petersen staunte. Bauer Petersen ging sehr leise und sehr schnell nach draußen. Er achtete darauf, dass ihn niemand sah. Er kletterte auf sein Grundstück, wuchtete den umgefallenen Baum von seinem Zaun, richtete ihn wieder auf, so gut es ging, beseitigte alle Spuren und lief nach Hause. Seine Frau stand in der Küche.

»Alles in Ordnung, Peter?«

»Alles bestens.«

Bauer Petersen grinste.

Seine Frau wunderte sich.

Sie hatte ihn seit Jahren nicht mehr lächeln gesehen.

*

Der Dude hockte sich im warmen Schein der rot-orangenen Natriumdampflampen auf den Boden und sah die langen Reihen mit seinen Pflanzen entlang. In den vergangenen Monaten hatte er ein bisschen viel Wildwuchs zugelassen, wie er selbstkritisch einräumen musste, er hatte teilweise bei der Bewässerung geschludert, er hatte den pH-Wert kaum noch präzise bestimmt, und wenn, nur in wirklich amateurhaft groben Stichproben, er hatte Nahrungszusätze kraft seiner Erfahrung nach dem lässigen Pi-mal-Daumen-Prinzip verabreicht und sich einen Teufel um jede EC-Wert-Abweichung gekümmert. Er hätte die Liste endlos fortsetzen können. Trotzdem hielten sich seine Zöglinge recht wacker. Diese schlauen Geschöpfe überlebten im Prinzip sogar ohne diesen Supersensibelbetreuungs-Quatsch, wenn auch nicht so ertragreich. Das Zeug war zäh. Es war eine echte Schande, dachte der Dude wieder einmal, dass dieser einst so wichtige Rohstofflieferant für so viele Länder aus willkürlichen, irrationalen Gründen und politischen Zwängen aus dem kollektiven Gedächtnis verschwunden war. Es ging ja nicht nur um den schönen Rausch – Papier, Seile, Medizin, Kleidung und vieles mehr war jahrhundertelang aus Hanf hergestellt worden. Zwar durfte in Deutschland der sogenannte Nutzhanf unter sehr strengen Bedingungen wieder angebaut werden, aber die Fläche, auf der das geschah, war ein Witz im Vergleich zur glorreichen Vergangenheit.

Er liebte diese Pflanzen immer noch, aber es war irgendwie anders geworden. Er sah nicht mehr die Schönheit der Buds, die elegante Form der Blätter, die ungestüme Energie, er sah nur noch: Arbeit. Nervtötende, monotone Arbeit. Er konnte das alles kaum noch ertragen, das Bewässern, den Gestank, die Ungeziefer, die Probleme, das Schneiden, die Mitarbeiter. Und da sollte er noch jeden Tag zu jeder einzelnen Muschi gehen und ihre Blätter streicheln? Bei 1000, 1500 oder 2000 Pflanzen? Unterm Strich fühlte er sich wie ein Liebhaber, der nach all den Jahren kein Top-Model mehr neben sich sah, sondern nur noch irgendeine Alte, die nervte. Wahrscheinlich geht es dem Typen von Kate Moss genauso, dachte der Dude kurz, der freut sich nicht jeden Morgen auf die Muschi von Kate Moss, eben weil er die schon tausend Mal gesehen hat, der würde auch gern mal eine andere Muschi sehen, such is life. Er wurde unsentimental, er wurde hart. Er machte die Tür auf, ließ einen Kontrollblick schweifen, machte die Nahrung fertig und ging wieder. Er ließ seinen Ehrgeiz schleifen. Es war ihm zunehmend schnuppe. Sollte der Hauptabnehmer doch Konsequenzen ziehen. Und wenn mal wieder ein paar Pflanzen schlappmachten, bekam er die Quittung. Wäre er vor zwei Wochen besser mal in die Hocke gegangen und hätte kontrolliert, ob da wirklich Wasser läuft, dann sähe es jetzt nicht aus wie in der Sahel-Zone. Hätte er mal besser gesehen, dass die Lampe 24 Stunden brennt und nicht nur die gewünschten zwölf. Ergebnis: Monate umsonst. Keine Ware, kein Geld, unzufriedene Abnehmer, Ärger ohne Ende.

Der Dude fühlte sich so seltsam kraftlos, unmotiviert, ausgebrannt. Was war das für ein Leben geworden? Vier Tage war er mindestens die Woche auf der Plantage, das bedeutete stumpfeste, monotonste Arbeit zehn Stunden am Stück, manchmal mehr, selten weniger. Blieben drei Tage für Hamburg, für Madame und seine beiden Söhne, vor allem aber für die Auslieferung und die Besorgung von neuen Materialien, Dünger für die Wachstumsphase, Dünger für die Blütephase, neue Schutzhandschuhe, Nährlösungen, Werkzeugen, Gespräche mit dem Hauptabnehmer, und seit jenem verhängnisvollen Fest natürlich auch noch für die bescheuerten Bestellungen der Verwandtschaft seiner Frau, sodass für Madame und die Kinder wieder kaum etwas übrig blieb außer Stress und hehren Absichtserklärungen, die ihm niemand mehr richtig abnahm. Er konnte sich gar nicht mehr daran erinnern, wann er das letzte Mal so richtig gepflegt auf dem Kiez abgestürzt war. Das war sehr bedenklich. War so ein Leben wirklich sein Ziel gewesen? In jedem anderen Betrieb hätte man ihm einen Burn-out attestiert. Aber er war ja der Chef.

*

Der Hauptabnehmer wollte ihn außerplanmäßig in der Schanze treffen, um 17 Uhr am Lütt'n Grill in der Max-Brauer-Allee. Der Dude hatte ihn seit drei Wochen nicht gesehen, keine Zeit, zu viel Arbeit, keine Lieferungen. Punkt 17 Uhr trafen sie sich vor dem Imbiss mit den besten Hähnchen und Pommes der Stadt. Der Hauptabnehmer kaufte zwei Fritz Cola, quatschte kurz mit Inhaber Harry und forderte den Dude zu einem kleinen Spaziergang Richtung Rote Flora auf. Er wirkte entspannt und freundlich, die Sonne schien, überall auf dem Schulterblatt drängten sich junge Leute, der Dude liebte die Szenerie.

»Dude, ich höre auf.«
»Womit?«
»Mit unserem Geschäft.«
»Du machst Witze?«
»Nein, es ist mein voller Ernst.«

Der Dude blieb stehen. Sein Denkzentrum meldete Überlastung der Analyseabteilung. Der Hauptabnehmer schaute ihn unbefangen an, kein Argwohn, keine Tücke war auf dieser Oberfläche erkennbar. Dem Dude fiel wieder mal auf, wie unauffällig der Hauptabnehmer aussah. Er war die personifizierte Unauffälligkeit. Mittelgroß, mittelschlank, normales weißes Hemd, normale blaue Jeans, ebenmäßige Gesichtszüge mit keinerlei bemerkenswerten Merkmalen. Ein perfektes Jedermanngesicht. Es würde nie Sinn machen, diesen Kerl mit Phantomzeichnungen zu suchen, alle und niemand könnten damit gemeint sein. Maximal verwechselbar. Eine bessere Tarnung gab es nicht. Und keinen größeren Gegensatz zur viel beschworenen »Verbrechervisage«, wie sie sich die bürgerliche Öffentlichkeit gern herbeiträumte, um eine klare Grenze ziehen zu können, hier wir, da die. Kann man doch schon am Gesicht erkennen. Denkste. Das war nicht nur in ihrem Geschäftsbereich so. Auch da, wo es wirklich kriminell wurde, konnte man dieses Phänomen beobachten. Es gab natürlich gewöhnliche Straßenköter-Kriminelle, grobgesichtige Dampfwalzen, denen man die Lust am

Gesetzesbruch sofort ansah, aber in der Etage darüber, da, wo es wirklich interessant wurde, da, wo die Strippen gezogen und die Netze ausgelegt wurden, da waren es oft genug Dutzendwaren-Gesichter, die am Drücker saßen.

»Das glaube ich nicht.«

»Doch, wirklich, das ist kein Witz.«

»Aber warum?«

Der Dude wurde für eine Sekunde argwöhnisch. Der Hauptabnehmer war bestens im Geschäft. Gerade erst in der jüngeren Vergangenheit hatte er vehement mehr Volumen gefordert. Der hörte doch nicht einfach auf. Also: Der Hauptabnehmer war gewarnt worden. Der Hauptabnehmer wollte ihn ans Messer liefern und sich vorher aus dem Staub machen. Der Hauptabnehmer wurde von seinen Hintermännern bedroht und wollte in Deckung gehen. In jedem Fall aber: Desaster-News.

»Du musst dir keine Sorgen machen, es hat absolut nichts mit dir zu tun, es gibt keine Gefahr von keiner Seite, alles wird normal weiterlaufen, mein Cousin Rocko, den du schon kennst, macht genauso weiter, wie wir beide gearbeitet haben.«

Der Dude war ein wenig beruhigt. Cousin Rocko war ihm bekannt, mit dem kam er aus. Der angebliche Cousin, wie man auch hätte sagen können, richtig hatte der Dude an das Verwandtschaftsgeflecht nie geglaubt, er hatte es immer nur als eine vertrauensbildende PR-Maßnahme verstanden, die dem Dude wohl hatte signalisieren sollen: Alles safe, der Typ ist sicher, alles cool.

»Aber wenn alles so weiterlaufen soll, warum hörst du dann auf?«

Sie hatten die Sparkasse erreicht und drehten automatisch wieder um gen Bar Rossi.

»Das wird mir alles zu viel, der Stress, der Druck, ich bin schon zu lange dabei, ich brauche dringend mal eine Pause und möchte wieder in meinem alten Beruf als Architekt arbeiten.«

Pause ist gut, dachte der Dude für einen Moment, genau so geht es mir auch. Das mit dem Architekten fand er ganz lustig und glaubte es keine Sekunde, sah aber keine Notwendigkeit, das zu kommentieren.

»Burn-out, Dude, ich glaube, mich hat es auch voll erwischt.«

»Dann sind wir ja schon zwei!«

Der Hauptabnehmer klopfte ihm freundschaftlich auf die Schulter. »Ich werde den Übergang noch etwas begleiten und mich ab 1. Juli völlig zurückziehen.«

Sie gaben sich die Hände. Der Dude spürte anschwellende Wehmut. Lächerliches Gefühl. Das war der Hauptabnehmer. Ein reiner Geschäftskontakt. Na ja, vielleicht ein bisschen mehr. Der hatte ihn zur Expansion gedrängt, ohne den hätte er nie am Deich begonnen, ohne den hätte er nie diese Dimensionen erreicht, nie diese Kohle verdient. Sie hatten zusammen gesoffen und geraucht, sie hatten den Markt mit dem besten Gras der Stadt beliefert. Der Dude spürte, hier ging gerade mehr als nur ein Vertriebsweg zu Ende.

*

Ein paar Freunde hatten sich aus heiterem Himmel angemeldet, berichtete ihm Madame am frühen Abend am Telefon. »Muss das wirklich sein?«, war seine spontane Reaktion gewesen, die von Madame ignoriert worden war. »Ist doch immer nett«, flötete sie in den Hörer und legte auf.

Er war noch auf der Plantage gewesen, Madame wollte wie üblich schnell ein paar Sachen einkaufen: Scampis, Steaks, Champagner und Brandy für alle, auf dem Esstisch und in der Küche würden wie immer große Schalen mit diversen Gras- und Dope-Sorten stehen. Erst sehr spät war der Dude vom Deich losgekommen, es hatte plötzlich wieder Probleme mit dem pH-Wert gegeben, den sie stundenlang nicht in den Griff kriegen konnten, bis sich auf einen Schlag wieder alles normalisiert hatte, genauso unerklärlich, wie die Abweichung am Morgen gekommen war.

Als der Dude die Tür zur ihrer Wohnung öffnete, war die Stimmung schon bestens, überall saßen, lagen und standen Freunde und Menschen herum, die er nicht kannte, alle tranken, als ob es kein Morgen gäbe, alle rauchten, als sei Cannabis gerade legalisiert und frei verteilt worden, die Tische schienen sich unter der Last erstklassiger Steaks und hummerartiger Viecher zu biegen. Madame winkte ihm freudig aus der Mitte des Raums, er hob müde eine Hand, ihm fielen plötzlich die Blutkrusten an seinen Fingern auf, kleine Risse und Schnitte, die er sich bei der Arbeit mit dem Skalpell an seinen Lieblingspflanzen im Geheimraum zugezogen hatte. Er würde an eine neue Packung Schutzhandschuhe denken müssen.

Er trottete den linken Flur hinunter zum zweiten Badezimmer, weg von den Feiernden. Auf halbem Weg stolperte er im Dunkeln über zwei Körper im Flur. Eine Hand packte ihn fest am Bein. »Alter, kannst du nicht mal bisschen aufpassen, du Blindfisch?« Schemenhaft sah er ein junges Männergesicht, das er nicht kannte, er sah eine sehr junge Frau, die neben dem Kerl auf dem Boden saß und eine Hand in seinem Hosenschlitz hatte. Das Mädchen hatte lange brünette Haare und trug nicht viel außer einem billigen Parfum. Sie blickte wütend zu ihm hoch: »Spinnst du? Wer bist du überhaupt?«

Er trat dem Typen mit einem kurzen Stoß auf das Bein, der überrascht seinen Griff löste. »Ich bin der Sandmann.« Er ging ins Bad und verschloss die Tür hinter sich.

Er schaute in den Spiegel. Er hatte Kratzer im Gesicht, seine Finger waren grün und teilweise blutverschmiert oder verkrustet, klebrige Harzspuren entdeckte er auf beiden Oberarmen und an den Oberschenkeln seiner Kleidung, obwohl er doch so aufgepasst hatte, zudem stank er penetrant nach Cannabis. Er putzte sich die Nase und sah grüne Staubreste im Taschentuch. Er ging noch einmal die wichtigsten Punkte durch, die er sich gleich auf seiner abendlichen To-do-Liste notieren wollte. Er würde den Elektriker zur Anlage bestellen müssen, irgendwo war die Quelle für einen erneuten extrem lästigen Wackelkontakt, das hatte oberste Priorität. Das wären schon wieder rund 5000 Euro. Die schwankende Wasserqualität machte ihn verrückt, er würde morgen herumtelefonieren müssen, woran das wohl liegt und wie man das unter Kontrolle kriegen könnte. Die Milbenwichser machten sich im Wachstumsraum schon über einige Pflanzen her, das durfte nicht geschehen, irgendwer hatte bei der Verteilung der Pestizide gepennt. No Brain würde morgen ausfallen, weil er zum Idiotentest musste, deren Vorbereitung er noch bezahlen müsste, wobei unklar war, ob er den Führerschein je wiederbekommen würde. Fiele No Brain komplett aus, wäre das für die Erntesaison ein Drama. Auf seinem Diensthandy sah er ein halbes Dutzend Anrufe mit unbekannter Nummer, das waren Rocko oder der Hauptabnehmer, die jetzt beide auf eine schnellere Lieferung drängten. Der Dude musterte die Schatten unter seinen Augen. Er sah so müde aus, wie er sich fühlte. Der Lärm der Party wurde intensiver. Jemand bollerte gegen die Badezimmertür. Er drehte den Schlüssel um, riss die Tür auf, das junge Pärchens von eben.

»Die Party ist da hinten, raus aus meinem Privat-Trakt!«
Mit einem Scheppern fiel die Tür wieder ins Schloss.
Der Dude setzte sich auf den Rand der Badewanne.
Irgendwie lief alles aus dem Ruder.

Gäste, die er nicht kannte, waren grundsätzlich okay, er mochte die »Open House«-Idee. Nur traf er in letzter Zeit zu viele Leute in seinen eigenen vier Wänden, die er noch nie gesehen hatte. Früher hatten sie auch regelmäßig Besuch gehabt, Freunde, die einfach mit ihnen abhingen, Madame und er liebten das. Aber jetzt übertrieben es einige, alles wurde auf eine unangenehme Art selbstverständlicher: Champagner für alle, Dope für alle, Geld für alle. Sie waren gern großzügige Gastgeber und teilten, was sie hatten, trotzdem meinte er, einen Stimmungs- und Mentalitätswechsel feststellen zu können. Wenn sie auf der Sofalandschaft herumlagen und er in den Raum rief: »Wer holt noch mal ein paar Pullen Brause von der Tanke?«, wussten seine Freunde, was zu tun war. Einer würde sich erbarmen, aufstehen, in die obere Kommodenschublade mit den Cash-Reserven greifen, einen Batzen Scheine einstecken und die Flaschen kaufen gehen. Irgendwann merkte der Dude, dass einige nie das Wechselgeld zurücklegten. Bei ein, zwei vermutete er bald, dass sie bewusst mehr Geld als notwendig herausnahmen, deutlich mehr Geld. Same Story bei den Gras-Töpfen. Einige verstanden das anscheinend als Angebot, sich gleich noch was für zu Hause mitzunehmen, und zwar ordentliche Mengen. Es gab Leute, die pumpten ihn um 10 000 oder 30 000 Euro für einen Autokauf an. Die Karren durfte er zwar jederzeit fahren, aber oft wurde schnell klar, die werden ihren fucking Kredit nie zurückzahlen. Er selbst hätte sich alles kaufen können – und wollte nichts. Im Gegensatz zu manchen seiner sogenannten Freunde. Eigentlich mochte er diese Mischung aus Lebenskünstlern, Idealisten, Musikern und Hedonisten sehr und verstand den Reiz und die Verlockung des Überangebots, das auf seine Kappe ging, aber das machte ihm alles gerade trotzdem zu oft schlechte Laune.

Letzte Woche erst hatte er erfahren, dass der schusselige Bodo, der Hartz-IV-Profi, der sich auffällig oft freiwillig meldete, wenn es darum ging, mit seinem Geld Champagner einzukaufen oder andere Besorgungen zu erledigen, dass sich dieser fundamental mittellose Bodo heimlich eine kleine Eigentumswohnung in Berlin gekauft und bar bezahlt hatte. Der Dude hatte kein Fass aufmachen wollen, aber Bodo Hausverbot erteilt. Wahrscheinlich hatte die arme Sau der Überfluss korrumpiert. Aber wie sehr hat mich der Überfluss selbst schon korrumpiert, dachte der Dude plötzlich, und alle anderen dazu?

Schwerfällig stand er vom Rand der Badewanne auf, zog die Tür auf und ging entschlossen Richtung Wohnzimmer, wo ein paar zarte Mädchen zu harten Elektrobeats tanzten.

Mit einem Ruck riss er den Stecker des Computers aus der Steckdose. Plötzliche Stille, große Überraschung, aufgeregtes Gelächter, maulende Stimmen: »Ey, was sollndas?«

»Liebe Leute. Toll, dass ihr alle hier wart, danke für euer Kommen, die Party ist vorbei, tschüss, bis zum nächsten Mal!« Der Dude redete mit fester Stimme, ruhig und bestimmt.

Ungläubige Blicke, Madame guckte sehr fragend, sie sah sein Gesicht, sie wusste, es ist ernst.

Erste lautere Proteste.

»Spinnst du, was soll das?«

»Digga, kannste doch nicht machen, wir bleiben hier.«

»Wer ist der Typ überhaupt?«

Oha, falsche Frage. Madame sah, wie der Dude den Modus wechselte. Adern an der Schläfe schwollen an. Sie sah, wie er den unbekannten Gast fixierte, der diese Unverschämtheit von sich gegeben hatte. Der Dude packte ihn am Kragen, zerrte ihn hoch und drückte ihn zur Tür. »Ihr verpisst euch jetzt alle sofort. In fünf Minuten seid ihr alle draußen, oder ich übernehme keine Verantwortung für nichts mehr, habt ihr das verstanden, ihr Arschgeigen?«

*

Er hatte Schwindel, Magenschmerzen und Depressionen. Er brauchte dringend Urlaub. Mallorca, sofort. Er wollte darüber nicht diskutieren. Er wusste, dass die Kinder Schule hatten, sollte Madame sie eben entschuldigen, Attest vom Arzt, ihm doch egal. Am Abend saßen sie bereits im Flieger. Suite im Es Moli in Deià, wenn schon, denn schon. Er lag auf der Terrasse und fühlte sich ganzkörpertaub. Der Drink schmeckte nicht, das Licht wirkte fahl, er konnte sich selbst nicht leiden. Der Kater am nächsten Tag war eine willkommene Abwechslung, Madame ließ ihn gewähren, die Jungs hatten Spaß, langsam kam er an. Gegen 16 Uhr klingelte das Telefon. Eight Fingers.

»Das Licht ist aus.«

»Wie, das Licht ist aus?«

»Ja, aus.«

»Ja, du Vollhonk, ich bin ja nicht schwerhörig, was heißt denn das bitte?«

»Ja, da ist irgendwie kein Strom mehr.«

»Scheiße. Das gibt es doch nicht.«

»Ja, weiß auch nicht.«

»Ihr fucking Versager!«

Er spürte Madames Hand auf seinem Bein. Er blickte auf. Ein Dutzend Gäste am Pool starrte ihn an. Er hatte geschrien. So what. Kein Strom, das waren schlechte Nachrichten, ein Worst-Case-Szenario. Jede Stunde zählte. Er fluchte, er schlug mit der Faust gegen die Schranktür in ihrem Zimmer, er nahm einen Flieger gegen 20 Uhr, in den frühen Morgenstunden war er am Deich, um fünf Uhr war wieder alles in Ordnung, Eight Fingers hatte einfach aus Versehen mal wieder eine Leitung gekappt. Um zehn Uhr saß er im Flieger zurück nach Mallorca. Er hasste diese Situationen. Es hörte nie auf. Sie gingen mit Leuten aus, plötzlich klingelte sein Telefon, dann die übliche Lügenlitanei: »Riesenmörderprobleme in der Firma, ich muss sofort weg, alles steht auf dem Spiel!« Selbst naivste Menschen fanden das irgendwann komisch. So viele Kataloge druckte kein Unternehmen der Welt, so viele Probleme hatte kein Grafiker jemals. Aber zum Glück fragte nie jemand nach. Da war er wieder, sein Schutzschild aus Geld. Im Flugzeug fror er, teils aus Müdigkeit, teils aus Überarbeitung, er hatte das Gefühl, etwas sei in ihm erloschen. Er sah Mallorca im Wasser liegen, der Airbus schwebte Richtung Landebahn, plötzlich drängte sich der unerhörteste aller Gedanken mit kalter Entschlossenheit auf: Ich will nicht mehr!

*

Sie fuhren ausnahmsweise zur Eppendorfer Grillstation, der berühmten Pommesbude, in der Olli »Dittsche« Dittrich im Bademantel die Welt erklärte. Halbes Hähnchen mit Pommes rot-weiß, dazu eine Thüringer als Curry und ein Krautsalat plus drei Astra. Sie standen an der Theke und warteten. Aus dem Augenwinkel sah der Dude eine Gestalt eintreten, die Geschirr von draußen reinbrachte.

Madame sagte: »Das war doch dein Bruder?«
»Glaube ich nicht!«
»Doch, ich schwöre, das muss er gewesen sein.«

Der Dude ging nach draußen, langsam. Da stand er, leibhaftig: der Bruder. Der Ältere. Einst der vertrauteste Mensch auf der Welt, heute ein Gegner, vielleicht sogar *der* Gegner.

Der Bruder lehnte am Heck eines alten BMW und grüßte ihn mit gestrecktem Mittelfinger. Das Gesicht wie schmerzverzerrt, alles in Bewegung, er hatte seine Mimik nicht unter Kontrolle, vielleicht Wut oder Hass, eventuell auch nur ein schlechter Trip, nach einem Friedensangebot sah das nicht aus. Der Bruder öffnete eilig den Kofferraum und holte einen Golfschläger heraus, ein Eisen. Ließ es spielerisch pendeln, dann kreisen, stellte sich in Abschlagpositur, holte aus, traf einen imaginären Ball, den er mit größter Wucht in Richtung Dude schlug. Er hatte davon gehört. Plötzlich war der Bruder auf dem Kiez nicht mehr ohne einen Golfschläger gesichtet worden. Weil er sich bedroht fühlte, wie es hieß. Weil er jederzeit bereit sein wollte, wie einige sagten. Weil er ein Irrer war, der jederzeit explodieren konnte, wie andere befürchteten, die dazu eine schnelle Schniefbewegung mit einem ausgestreckten Zeigefinger unter der Nase machten, *Much Too Much* sollte das bedeuten, zu viel Schneetreiben für die zarten Lappen hinter den harten Schädelknochen, zu viel Happy Powder, Devil's Dandruff oder Charlie, mit anderen Worten: Mama Coca hat den Jungen ganz schön im Griff. Vorsicht also, Vorsicht.

Der Bruder trug eine schwarze, glänzende adidas-Trainingshose und eine dazu passende Jacke, Standarduniform in den Hartz-IV-Zentren und bei ein paar Möchtegern-Luden auf dem Kiez, eher späte 90er Jahre allerdings. Über der Jacke hatte er das lederne Brustgeschirr der Kleindealer-Amateure und Trainingsjacken-Assis. Am Straßenrand schlich ein Streifenwagen vorbei, die Menschen vor der Pommesbude fest im Blick. Sein Bruder. Alle anderen Nachtschwärmer starrten mittlerweile zu ihm rüber. Im Ballonseidenanzug mit einem Golfschläger Pirouetten drehend nachts um halb eins vor der Pommesbude. Durch und durch ein jämmerlicher Anblick. Aber auch ein bedrohlicher. Die Blicke des Bruders sagten: *It's not over yet*.

*

»Wir hören auf.«

»Was meinst du, Hase, womit hören wir auf?«

»Du weißt genau, was ich meine – mit der Anlage.«

»Du willst die Anlage aufgeben, das ist nicht dein Ernst!«

»Schatz, jetzt tu nicht so, als ob wir noch nie drüber gesprochen hätten. Man soll aufhören, wenn es am schönsten ist.«

»Ja, aber warum gerade jetzt, ich meine …«

»Schatz, ich will nicht mehr, ich kann nicht mehr, um ehrlich zu sein, es kotzt mich an!«

»Das ist aber vielleicht doch ein bisschen zu heftig, sollten wir nicht …«

»Hast du nicht selbst immer gesagt, wenn es nach dir ginge, könnten wir jederzeit aufhören, ohne Probleme, du bräuchtest das alles nicht, das Geld und so weiter …?«

»Ja, Hase, natürlich, Hase, das meine ich ja auch immer noch genau so, aber wann genau willst du aufhören?«

»Nächsten Monat, also in drei Wochen.«

»Was? So schnell? Das halte ich für völlig überstürzt!«

»Besser zügig als …«

»Hase, wenn ich das richtig sehe, sind wir mitten in der Blütephase, die nächste Ernte steht in fünf Wochen an, ein weiterer großer Teil kurz darauf. Warum auf all das Geld verzichten?«

Kurz wunderte sich der Dude, wie präzise Madame, die sich nie intensiv um sein Geschäft kümmerte, was er sehr an ihr schätzte, wie genau die Bescheid wusste. Madame durfte man nicht unterschätzen, dachte er, niemals.

»Dann kann man nie aufhören, auf jede Ernte folgt eine weitere, das ist das Business.«

»Ja, aber wir haben nicht jedes Mal den Umbau des Schlafzimmers und des hinteren Badezimmers geplant, außerdem steht noch der teure Mallorca-Urlaub an und die Shopping-Woche in New York, wo wir beide ganz allein hin wollten, unser Romantik-Trip zum Big Apple, oder hast du das schon vergessen?«

Der Dude vernahm eine gewisse Schärfe in ihrer Stimme, die ihn überraschte. Mit so viel Widerstand hätte er nicht gerechnet.

»Nein, Schatz, habe ich natürlich nicht vergessen, aber …«

»Siehst du, und wenn du mal all diese Sachen zusammenrechnest, dann wäre es doch besser für alle Beteiligten, wenn wir das Geld auch noch mitnehmen würden!«

»Ich weiß nicht …«

»Hase, glaube mir, das wäre wirklich verschenktes Glück, warum solltest du das machen?«

»Ach Schatz, beim letzten Mal, als ich ans Aufhören dachte, war es die Fernreise, die wir deiner Mutter schenken wollten, und der Luxus-Carport für die Nanny der Jungs plus diese völlig übertriebene Bulthaup-Küche, weswegen du nicht wolltest, dass ich aufhöre, und jetzt …«

»Das ist gemein, wie kannst du nur behaupten, ich hätte dich an irgendwas gehindert, das ist unfair, du kannst doch entscheiden, was du willst, aber wenn du mich fragst, sage ich dir auch meine ehrliche Meinung.«

»Schon gut, schon gut, reg dich nicht auf. Dann nehme ich halt die nächsten beiden Ernten noch mit und höre im Oktober auf, einverstanden.«

»Hase?«

»Ja?«

»Dann lass uns doch gleich einen klaren Schnitt für alle machen und Jahresende sagen, oder? Dann haben wir auch noch ein bisschen Geld für eine kleine Finca auf Mallorca, von der doch vor allem du immer so geträumt hast?«

»Finca? Aber du weißt doch, dass ich keine größeren ...«

»Hase ... bitte!«

»Okay, okay, am 31. Dezember ist Schluss, aber endgültig! Und dann überlegen wir, ob wir nicht doch nach Kalifornien auswandern sollen, damit ich dort ganz legal unser Bio-Gras anbaue!«

»Einverstanden, mein Hase. Ich liebe dich.«

»Ich dich auch, Schatz, ich dich auch.«

*

Rocko würde die Anlage übernehmen. Als der Dude kurz seine Absicht andeutete, war sofort wieder der Hauptabnehmer aufgetaucht, um die Verhandlungen zu führen. Der hatte schon oft getönt, man könne viel mehr aus der Anlage herausholen – das Doppelte sei »locker drin«, behauptete sogar Rocko. Das waren beste Voraussetzungen für den genialsten Deal der Firmengeschichte. Für zwei Koffer voll Bargeld – mindestens 250 000 Cash – und dem garantierten Gegenwert von 10 Kilogramm Gras pro Quartal für die gesamte Betriebszeit der Plantage würde der Dude Haus und Anlage am 1. Januar 2012 samt Einbauten und Mitarbeiter übergeben. Er verpflichtete sich zugleich, die entsprechende Mietvertragsänderung mit dem Bremer Bauunternehmer klarzumachen. Unter dem Strich bedeutete das eine Netto-Apanage von rund 150 000 Euro pro Jahr – zuzüglich der Einmalzahlung am 31. Dezember. Das war der Jackpot.

Nach dem Handshake-Vertrag lagen sich Madame und der Dude weinend vor Glück in den Armen. Die Probleme des deutschen Mittelstands bei der Übergabe von Familienunternehmen in die nächste Generation waren groß und bekannt. Geradezu vorbildlich hatte der Dude aus eigener Initiative die Reißleine gezogen, er würde ein hervorragend aufgestelltes Unternehmen mit einem tadellosen Ruf übergeben. Das war verantwortungsbewusstes Verhalten, das war

Nachhaltigkeit im besten Sinne, das war auch ein bisschen selbstlos, kurzum: Das war das Holz, aus dem die tragenden Säulen einer jeden Gesellschaft geschnitzt sein sollten. Eigentlich gehörten so Menschen wie er, dachte der Dude, nicht in die Illegalität, sondern auf das Cover vom MANAGER MAGAZIN oder CAPITAL. Die anschließende Party, deren wahren Grund sie niemandem verrieten, dauerte von Freitag bis Montagmittag.

TEIL III:
ERNTE

Ein besonderer Tag

Der Dude wachte auf und fühlte sich fremd im eigenen Bett. Vertraut der Raum, seltsam das Gefühl. Ein paar Traumschleier verwirrten ihn. Die alte unheimliche Geschichte. Seine Mutter und ihre Schwester, wie sie gleichzeitig gespürt hatten, dass ihre Mutter tot ist, Minuten später kam die telefonische Bestätigung. Ein Siebter Sinn, liegt in der Familie, wurde behauptet. Der Dude spürte jetzt öfter Blicke. In letzter Zeit hatte er manchmal gedacht, alle gucken dich komisch an. Eigenartige Gesichter, banale Gesichter, die er immer wieder zu sehen glaubte. Fahrgäste in der Bahn, Autofahrer an der Tankstelle, flüchtige Erscheinungen, nicht zu fassen, eben noch da, schon wieder weg. Vielleicht auch nur Stress. Er hatte es so satt, er fand keine Ruhe mehr.

Nur noch fünf Wochen. Falsch: fünf Wochen und zwei Tage. Am Nachmittag des 31. Dezembers würde er die Plantage übergeben, endlich. Nie wieder diese Nerverei, nie wieder diese Paranoia, diese Hektik, diesen Druck, diese Verantwortung. Er war restlos und ernsthaft ausgebrannt bis auf die letzte Faser seines Körpers, aber er würde das Ding ebenso bis zur letzten Sekunde als Profi durchziehen. Er war bereit für das Paradies. Nur noch Kohle, kein Risiko mehr, keine Arbeit. Er ging zum offenen Fenster, die Luft war kalt und klar, unten toste der Verkehr, die Wohnung war still, Madame bei der Arbeit, die Jungs in der Schule, um 14 Uhr würden sie nach Hause kommen. Bis dahin hätte er alles erledigt: Hemden bei der Wäscherei abholen, Kombi in der Werkstatt kurz checken lassen, den Champagner kaufen und das Geld abholen vom Hauptabnehmer, der doch noch eine Lieferung hatte haben wollen, nein, andersrum, erst das Geld einsacken, dann einkaufen, er war schließlich blank, aber nicht mehr lange. Gut gelaunt sprang der Dude ins Bad, rasierte sich ordentlich den Schwanz und im Gesicht. Zahltage waren immer Festtage, die euphorische Stimmung machte ihn geil, er würde es heute Madame mal wieder richtig besorgen, vielleicht käme ja auch eine ihrer extrem sinnesfreudigen Freundinnen vorbei, an solchen Tagen schien immer alles möglich. Fast zwölf Kilo hatte er höchstpersönlich vorgestern noch schnell ausgeliefert, das Geschäft brummte, heute würde er dafür noch gut 40 000 in Empfang nehmen. Eine schöne Perspektive. Er holte sich schnell einen runter, um nicht mit zu viel Druck in den Tag zu starten.

Frisch geduscht und rasiert, im gebügelten Hemd, musterte er sich im Spiegel, er gefiel sich. Er lächelte sich an. Fünf Wochen und zwei Tage. Er würde der glücklichste Mensch Hamburgs sein. Und Madame auch. Und die Jungs erst recht. Lange Reisen, endlose Feiern, was immer sie wollten, wann immer sie wollten, wohin sie wollten, alles wäre möglich. Ein Blick auf die Uhr, 9 Uhr 40, er sollte jetzt los, sonst würde es knapp werden.

Er federte die Treppe zur Haustür runter, das Handy am Ohr. Er redete kurz mit dem Schrauber in der Werkstatt, jede Verzögerung musste vermieden werden, er schilderte erneut die seltsamen Klänge aus dem Auspuff, das eigenartige Geruckel, der Mechaniker stellte ein paar Fragen, der Dude war in Hochstimmung. Bald wäre er alle Sorgen los, ein toller Weihnachtsurlaub wartete auf die ganze Familie. Ausnahmsweise Kanarische Inseln; wie es aussah, würden sie doch noch einen Platz im Robinson Club bekommen. Madame war nicht wirklich entzückt, zu steif und deutsch und spießig fand sie das erzwungene Gemeinschaftserlebnis mit den anderen an großen runden Tischen, aber mit Blick auf das garantierte Wetter und den sagenhaften Strand würde sie ihr Unwohlsein für neun Tage wohl unterdrücken können, hoffte der Dude. Strahlend öffnete er die Haustür und sah seinen Wagen in der Sonne funkeln. So sehr er seine Arbeit mittlerweile verabscheute, der Zahltag, also der Tag, an dem all die Mühen und Qualen, die Sorgfalt und der Ehrgeiz, die Liebe und der Fleiß belohnt wurden, versetzte ihn immer noch in unvergleichliche Euphorie. Nichts konnte ihn so leicht glücklich machen und beruhigen wie ein großer Haufen ordentlich gebündelter, nicht zu schmutziger Euroscheine, nichts, oder zumindest fast nichts gab ihm so ein intensives, befriedigendes Gefühl von Freiheit und Geilheit wie ein Riesenbatzen ordentlicher Mäuse. Anfangs hatte er das Gefühl zunächst unterdrückt und dann sehr irritiert als normale Begleiterscheinung zu akzeptieren gelernt: Schon die Vorstellung der Geldbündel erregte ihn. Er kannte kein besseres Aphrodisiakum. Diese Kohle als Resultat seiner ureigensten Leistung war das effektivste und das schönste Viagra. Heilige FDP, wenn das einer seiner alten Sozialisten-Freunde aus dem Pott hören könnte. Er lachte vor Vorfreude und konnte sich kaum auf die Worte des KfZ-Menschen am Handy konzentrieren.

Der Dude schloss die Tür ab, das Smartphone zwischen Ohr und Schulter geklemmt, und bewegte sich langsam zu seinem Auto, das am Bordsteinrand geparkt war. Aus dem Augenwinkel sah er vor dem Bio-Laden links vier oder fünf Männer stehen, die ihn entgeistert anguckten, er telefonierte weiter, dachte kurz, das ist irgendwie nicht normal, er schaute beiläufig nach rechts, wo ein paar mittelalte Gestalten komisch auf dem Bürgersteig herumhingen in ihren seltsamen Jeans und noch seltsameren Blousons. Er kümmerte sich nicht weiter drum und setzte sich hinter das Steuer seines Wagens, gleich würde es 9 Uhr 50, er hatte keine Zeit zu verlieren. Der Dude sagte zum Mechaniker »Tschüss, bis gleich« und legte das Handy auf den Beifahrersitz.

Ein Schatten huschte vor seinen Augen vorbei. Präziser: Eine mächtige Gestalt polterte von rechts nach links über die Motorhaube und riss die Fahrertür auf, zugleich wurde die Beifahrerseite mit einem heftigen Ruck aufgerissen. Zwei fremde Körper platzten herein. Zu viel plötzliche Masse für den kleinen Innenraum. Spontane Enge, reale Erstickungsgefahr, Organismus schaltet auf sofortigen Funktions-Schock und überschwemmt den Dude mit zu viel chemischen Botenstoffen. Lärm, Schreie, Gewalt lagen in der Luft. Falsch: Die Gewalt war sehr konkret und sehr kalt. Von links und rechts wurden ihm Pistolen an den Kopf gedrückt. Gleichzeitigkeit der Ereignisse, information overload.

»Keine falsche Bewegung! Sind Sie der Dude?«

Der Dude erstarrte. Hielt beide Hände im Schoß. Spürte die Mündungen hart am Schädel. Roch den beißenden Stress-Atem der beiden Bullen, hörte, wie sie heftig die Luft einsogen, sah die anderen auf dem Bürgersteig um den Wagen herum hektisch einen Kreis bilden.

Scheiße, Zivilbullenarschfickerärsche, dachte der Dude und registrierte die zwei Eindringlinge in Jeans und Turnschuhen und mit Ohrringen wie in Zeitlupe, die auf eine besonders lächerliche Art, wie das nur Bullen können, auf jugendlich machten.

»Hände nach vorne! Sind sie bewaffnet?«

Der Dude schüttelte den Kopf, seine Hände lagen vorne auf den Armaturen, die beiden Pistolen klebten an seinem Kopf.

Trotz der unbequemen Position sah er weiter an der Ecke noch mehr Männer stehen. Die Typen von eben, die schlecht gekleideten Kerle am Eingang: Bullen. An der Ecke, in voller Kampfmontur mit Helmen, Schutzwesten und einem dicken Eisenpömpel: noch mehr Bullen. Die waren kurz davor gewesen, die Wohnung zu stürmen, wie sich bald herausstellte, fünf Minuten später wäre es so weit gewesen, dann wäre die Hölle losgebrochen, durch seinen zeitigen Aufbruch hatte er allen einen Strich durch die Rechnung gemacht. So hatte er immerhin die Türen gerettet und sich einen möglicherweise unkontrollierbaren Brutalozugriff der maskierten Bulldozertruppe erspart. So gesehen hatte er wohl sogar Glück gehabt, aber so konnte er das gerade nicht wirklich empfinden. Der Dude dachte nicht viel, alles brummte, alles vibrierte, keine Einordnung möglich, keine Analyse, der Schreck, der Schock ließ nur eine Endlosschleife zu: Scheiße, um 14 Uhr kommen die Jungs, bis dahin muss hier alles geregelt sein.

Er sah die Bullenhorden vor seiner Haustür, er spürte die Waffen, er sah das schwere Gerät, er hörte die Funkfetzen von allen Seiten und sah ihre Blicke. Es war gerade mal zehn Uhr. Sein Nacken schmerzte, der Pistolenstahl bohrte sich durchs Haar in den Knochen, seine Stirn wurde gegen das Lenkrad gepresst.

Kurze Lageanalyse.
Möglichst realistisch.
Der Zugriff war kein Zufall.
Bei dem Aufwand.
Der war von langer Hand geplant.
Möglicher Grund: Sie wussten alles.
Wahrscheinliches Fazit: Er war im Arsch.
Und zwar völlig.
14 Uhr schien keine realistische Zeit zu sein.

Die beiden Polizisten zerrten ihn zum Hauseingang und durchsuchten ihn nach Waffen. Der eine war dreckig blond, der andere schwarzhaarig, beide eher klein und kräftig, und sie sahen aus, als hätten sie ihre frühe Jugend auf den Straßen von Rothenburgsort und die spätere in den einschlägigen Krafträumen des Viertels verbracht. Viel Druck im Kopf, viel Testosteron im Blut, gefährliche Mischung. Würde jederzeit auch zu einer Karriere bei Steely und seinen Freunden reichen, dachte der Dude kurz, bevor sie ihn zurechtbogen. Hände gegen die Wand, Beine breitbeinig nach hinten, Bullen-Finger im Schritt, dumme Sprüche, noch dümmeres Gegluckse von den Umstehenden, surreale Situation, hatte er irgendwie nichts mit zu tun, komischer Film, die behandelten ihn wie einen Top-Verbrecher. Er wusste: Scheiß Situation. Er verstand es aber noch nicht wirklich. Vielleicht doch eine Verwechslung?

»Haben Sie nicht einen Hund, ist Ihr Hund da?«

Der Dude starrte den Blonden an, der sich wohl schon mit Namen und Dienstgrad vorgestellt hatte, was ihm aber entgangen sein musste.

»Verstehen Sie mich nicht, wo ist Ihr Hund?«

Einfache Frage, tausend Implikationen. Das Gewitter im Dude'schen Hirn machte die Übersetzung und Einordnung nicht leichter. Wenn die nach dem Hund fragten, den es nicht mehr gab, hieß das einerseits, die beobachteten ihn schon verdammt lange, weil sie den Hund mitbekommen hatten. Also: Super-GAU.

Andererseits wussten sie nicht, ob es den Köter noch gibt. Also hatten sie ihn womöglich nur nachlässig beobachtet.

»Sind Sie taub? Wo ist Ihr Scheiß Köter?«

Der Dude schüttelte den Kopf. »Wir haben keinen Hund mehr, schon lange nicht mehr!«

*

Ihr Hund: Bobby. Fünftes Familienmitglied. Drittes Baby. Eine Art Labrador mit ein paar Spritzern fremden Bluts, Giftspritzern, wie sich leider zu spät herausstellte. Bobby wurde älter, Bobby wurde wilder, Bobby knurrte manchmal komisch, Bobby weckte Zweifel beim Dude. Der Rest der Familie sah und hörte nichts: unser süßer Bobby.

Aber Bobby guckte jetzt manchmal wie ein hinterfotziger Pitbull-Terrier, dachte der Dude, behielt das jedoch für sich. Eines Tages ging Madame mit Bobby und den Kleinen spazieren, sie ließ Hund und Jungs auf den Wiesen an der Alster in Sichtweite kurz allein spielen, um ein Eis zu holen, sie hörte Schreie, sie sah Leute mit entsetzten Gesichtern zu ihren Söhnen und Bobby laufen, Karl schrie um sein Leben, Felix blutete am Hals und am Arm, Bobby erwürgte ihn beinahe mit dem Pullover und seinem Eigengewicht, mit gröbster Gewalt zerrte Madame mit Hilfe mehrerer unerschrockener Jogger den schäumenden Hund von ihrem Jungen weg, der kurz in ärztliche Behandlung musste. Madame weinte still im Wohnzimmer vor sich hin. Der Dude streichelte seine Jungs in den Schlaf. Er sah die Schürfwunden, die Verbände und das Würgemal. Dem Dude fiel eine Träne aus dem Auge auf den blassen Arm seines verletzten Sohns. Seine Kinder griff niemand ungestraft an. Das war Danger Zone. Die galt für alle.

Bobby winselte, Madame wurde von heftigen Weinkrämpfen geschüttelt, er hörte »Nein, nein!«, es tat ihm auch leid, aber: blutrote Linie. Er sah Bobby, wie er freudig über die Wiesen vor der Plantage lief, Bobby, der auf die Kinder im Planschbecken aufpasste, Bobby, der seine Jungs davon abhielt, in den Teich am Deich zu plumpsen, als der Teich noch nicht mit Graserde aufgeschüttet worden war. Das war ein anderer Bobby gewesen. Der Dude zog den Hund nach draußen und fuhr mit ihm zum Isekai, schnitt ihm das Halsband ab und versenkte ihn in einer mit Steinen beschwerten, fest verklebten und zusätzlich verbundenen riesigen Mülltüte im Kanal. Ein paar Blasen stiegen auf, dann war Stille.

Bobby musste ins Heim, sagte er den Kindern am nächsten Morgen. Madame mied seinen Blick. Er hasste sich für die Lüge. Ging aber nicht anders.

*

Kein Hund, keine Waffen, Sonny und Rico aus Rothenburgsort, wie er den Blonden und den Schwarzhaarigen gleich getauft hatte, entspannten sich sichtlich. Zwei, drei Gestalten machten sich an seinem Kombi zu schaffen, kein Problem, die Karre war sauber, kaputt, aber sauber. Er ignorierte die wachsende Schar von Schaulustigen auf dem Bürgersteig, die höhnischen Bemerkungen der türkischen Jungs von gegenüber, mit denen er oft Probleme gehabt hatte und deren ältere Brüder mit den Karoviertel-Ärschen fiese Geschäfte machten, wie er nur zu gut wusste. Der Dude musterte die vielen Beamten auf dem Bürgersteig. Ach, das war doch der Langeweiler von der Shell-Tankstelle vor der letzten Autobahnausfahrt auf dem Weg zum Deich, da der Depp aus dem Baumarkt in Harburg, der Trottel daneben hing immer in der Sparkasse herum, wenn ich mal da war, und der mit dem Schnäuzer war ihm wegen der unmöglichen kurzen Hosen beim letzten Ruderfest tatsächlich aufgefallen. Seine Schatten, jetzt erkannte er sie wieder. Die Knie fühlten sich weich an. Flaues Gefühl im Magen. Mit diesen Gedanken ging er die Treppe zur Wohnung hoch, ohne Handschellen, fünfzehn Leute um ihn herum, immer zwei sehr nahe neben ihm, Körperkontakt. Er wurde aufs Sofa platziert, die Beamten strömten aus, besetzten seine Wohnung, ihm wurden amtliche Zettel vor die Nase gehalten, alles rechtens.

»Dude, Sie werden dringend verdächtigt, den Anbau und Verkauf von erheblichen Mengen Marihuana über einen sehr langen Zeitraum erwerbsmäßig betrieben zu haben!«

»Was? Ich? Marihuana? Das kann gar nicht sein. Das muss eine Verwechslung sein …!«

Niemand hörte ihm richtig zu. Niemand nahm ihn mehr ernst. Er guckte auf die Uhr. Gleich halb elf. Die Zeit tickte davon. Die Jungs durften nichts mitbekommen. Ihm traten Schweißtropfen auf die Stirn. Aus den Nebenräumen hörte er Gepolter, volle Schubladen, die auf den Boden krachten.

»Boss, kommense mal her, ich habe hier was!«

Anerkennende Pfiffe aus dem Esszimmer, Getrappel.

Der Dude atmete tief durch.

Mann, war er am Arsch.

Die Bullen hatten sich zu früh gefreut. In der einen Schublade waren vielleicht zwanzig Gramm, damit war man noch kein Schwerverbrecher. Der Dude spürte ihre wachsende Unzufriedenheit. Tja, hatten sich die Bullen wohl ein bisschen verkalkuliert, dachte der Dude, was hatten die erwartet, eine Plantage mitten in der Stadt? Witzig, da kamen sie ein paar Jahre zu spät.

»Dude, nur zu Ihrer Information, zeitgleich durchsuchen wir auch Ihre Plantage am Deich!«

»Was für eine Plantage am Deich, ich weiß nicht, wovon Sie sprechen ...«

»Schon klar, aber das Haus, das dort auf ihren Namen läuft und von ihnen seit Jahren bezahlt wird, das kennen sie schon, oder? Und die große Halle davor, vor der sie oft gesichtet und fotografiert wurden, auch, oder ...?«

»Das Haus kenne ich natürlich, in der Halle stehen Boote von mir und Freunden, von einer sogenannten Plantage ist mir nichts bekannt ...«

»Schon klar, schon klar, lassen Sie man gut sein.«

Die Bewegungen der Bullen wurden hektischer, fahriger, keine gute Stimmung.

Der Dude ging alles durch: Wie viel Dope hast du in der Wohnung? Wie viel Geld? Wann kommen die Jungs? Wann die Frau? Wie lange bleiben die hier? Wie mache ich das mit den Kindern?

Mittlerweile elf Uhr. Das Kinder-Ding machte den Dude richtig nervös. Die Jungs kommen nach Hause. Sehen ihn hier sitzen. Vielleicht in Handschellen. Die fremden Leute. Leute, die ihren Vater schlecht behandeln. In der eigenen Wohnung. Der Vater wehrt sich nicht. Sie verstehen nichts. Sie weinen. Sie haben Angst. Der Gedanke schnürte ihm den Hals zu. Die Uhr tickte unerbittlich weiter.

Das konnte er ihnen nicht antun.

»Was sucht ihr denn, kann ich euch irgendwie helfen, meine Jungs kommen nämlich bald aus der Schule, und mir wäre es sehr lieb, wenn ihr bis dahin alle wieder verschwunden wärt, wie ihr vielleicht verstehen könnt.«

Sonny und Rico wechselten schnelle Blicke. »Ja, was wohl, wir suchen Drogen, Schlaumeier.«

»Ach so, ja, könnt ihr haben, in der Küche oben rechts in der Keksbox müsste was sein, da hinten in dem Fach bei der

Kommode ist auch noch was, und da vorne in der Abstellkammer in dem Terpentineimer auch.«

Das waren die privaten Rauchwaren des Dude und so ein bisschen Geschenkmaterial für Freunde, schönes Gras, leckeres Dope, feine Sachen. Endlich fanden sie stattlichere Mengen, das beruhigte die Gemüter sehr, der Beschuldigte verhält sich kooperativ, auch die Familienvater-Nummer fanden alle den Umständen entsprechend ganz gut, die Stimmung verbesserte sich augenblicklich. Beamte aus Hamburg waren da, Kollegen aus Schleswig-Holstein, ein großer Auflauf, der bitte nicht umsonst gewesen sein sollte.

Gedankenkarussel, Gedankenterror. Die Kinder kommen um 14 Uhr. Sie dürfen nichts mitbekommen. Auch Scheiße: die Plantage. Was machen die mit dem armen Eight Fingers, der treuen Seele, dem sensiblen No Brain? Er hatte Funk-Fetzen mitbekommen, es hörte sich grausam an, Rollkommando, GSG-9 oder KSK oder eine andere Killertruppe hatten sie geschickt, erbarmungslose Exekutoren, Hunde, Hubschrauber, Schiffe, es hörte sich an wie ein Remake der Landung der Aliierten anno 1944. Aus den Funkgeräten roch es nach verbrannter Erde und verbrannten Träumen. *The End is in sight.*

Die Beamten sammelten das Gras und das Dope aus der Wohnung in einem blauen Müllsack vor den Füßen des Dude. Zwei Beamte saßen sehr dicht neben ihm. Aber er wollte ja gar nicht weg oder fliehen oder irgendwas machen, er fühlte sich müde und schlapp und seltsam verwirrt, weniger Schock als erwartet, dachte er kurz, abstraktes Gefühl der Bedrohung, nicht sehr real, egal, wie real alles war. Nächster Gedanke: Hoffentlich finden sie nicht die ganze Kohle.

»Ach, was haben wir denn hier, kleiner Lottogewinn, oder was?«

Hinter dem Urlaubsbild fanden sie die 15 000, die 21 000 in

der Zuckerdose auch, die 4000 in der Shampoo-Flasche waren schon für Fortgeschrittene, die diversen Schein-Rollen in den Schubladen zwischen Hemden und Socken, zusammen weitere 45 000, eher einfache Beute.

»Was haben Sie denn hier? Und hier? Und hier? Woher kommt dieses Geld?«

»Ach, so viel Geld, keine Ahnung, wo haben sie das gerade gefunden? Interessant. Tja, wohl gespart, eventuell aber leider auch noch nie gesehen ...«

»Dann haben Sie ja bestimmt nichts dagegen, wenn wir das jetzt erst einmal mitnehmen und beschlagnahmen, oder?«

»Tja, äh ... nö.«

Zufrieden packten die Beamten ihre Sachen. In der Mülltüte waren rund hundert Gramm bestes Dope, dazu ein dreiviertel Kilogramm Gras, plus Bargeld in erheblichen Mengen. Die Wohnung sah fast noch manierlich aus, bemerkte der Dude zufrieden, das Bargeld und die Graskrümel in seiner Hosentasche und weitere Zehntausende Euro, die in Stuhlbeinen und Spiegelhohlräumen auf den Einsatz warteten, hatten sie glücklicherweise gar nicht erst gesucht, es hätte also alles noch schlimmer kommen können. Um halb zwölf waren alle draußen.

Es ging zum Revier.

Noch zweieinhalb Stunden bis zur Ankunft der Jungs.

Im Polizei-Auto erstes Aufatmen, erste Zwischenbilanz.

Kinder sehen keine Polizisten zu Hause.

Keinen Vater in Handschellen.

Gut.

Falscher Gedanke dazwischen: Erlösung. Endlich ist er die Plantage los. Auch blöd: Er hätte schon einen Anwalt anrufen können. Sein Recht. Aber er konnte keinen Anwalt anrufen, weil er keinen kannte. Erschütternde Erkenntnis. Schlimme Sache. Er war Plantagenbesitzer und ernährte sich und seine Familie schon seit einer gefühlten Ewigkeit durch den Anbau von Gras, das auf dem Hoheitsgebiet der Bundesrepublik Deutschland ein absolut illegaler Stoff war. Aber im Ernstfall wusste er nicht, welchen Anwalt er anrufen sollte. Wahrscheinlich war er der größte Volltrottel der Grasanbaugeschichte. Der Dude sackte tiefer ins Polster der Rückbank. Unerwünschte Lebensveränderungen kündigten sich möglicherweise schon sehr bald sehr konkret an. Von wegen Champagner und schmutziger Sex am Nachmittag. Wie gut, dass er sich am Morgen wenigstens schon einen runtergeholt hatte.

Der Dude hatte Platzangst. Echte Klaustrophobie. Kein schönes Talent, wenn man in einer kleinen Zelle sitzt. »Ich bekomme in solchen Räumen Atemnot und Beklemmungen«, hatte er den Wärtern gesagt. Deswegen war jetzt oben das Fenster offen, deswegen stand ein Glas Wasser vor ihm. Gelbe Wand. Gelbe verfickte Wand. Gelbe verfickte Wand mit beschissenen Analphabeten-Sprüchen von irgendwelchen kriminellen Vollassis.

Dem Dude wurde schlecht. Tief durchatmen.

Ihm wurde kotzübel. Du siehst deine Jungs nie wieder.

Ausatmen nicht vergessen.

Er sah es vor sich: Die Jungs kommen nach Hause, niemand da. Niemand macht auf. Das erste Mal in ihrem Leben. Obwohl Papa es doch versprochen hat.

Es gab dafür auch keinen Plan B, weil diese Situation ausgeschlossen war.

»Ich muss meine Frau anrufen wegen der Kinder!«

»Nein, unmöglich, geht nicht, Zugriffphase!«

So hatte es vor einer Stunde zu Hause noch geheißen.

Der Dude wurde hektisch. Klopfte immer wieder gegen die Zellentür. Flehte. Bettelte.

»Jemand muss meine Frau informieren, bitte! Sonst stehen meine Jungs vor der Tür und kommen nicht rein. Die sind noch so klein, bitte!«

Endlose Minuten vergingen, Getuschel, er verstand kein

Wort, endlich die Ansage: »Okay, geben Sie uns die Nummer Ihrer Frau, wir informieren sie, ausnahmsweise.«

Bei Madame klingelte das Telefon.

»Hier ist die Polizei, bitte holen Sie heute ausnahmsweise die Kinder ab, nein, wir können Ihnen nicht sagen, worum es geht, nein, Ihr Mann hat sich nicht geprügelt und ist nicht bei einem Unfall verletzt worden, bitte stellen Sie keine weiteren Fragen, die ich Ihnen sowieso nicht beantworten darf, holen Sie die Kinder ab, weil Ihr Mann derzeit verhindert ist, vielen Dank, auf Wiederhören.«

Raus aus der Zelle, warten im Flur, warten im Büro, Fragen, noch mehr Fragen, er bekam das schon alles gar nicht mehr richtig mit, Innenohrpfeifen, Herzrasen, Bruder Kopfschmerz. Dann: Internet. Anwaltslisten. Er suchte in der elendsten Situation seines Lebens wie ein ahnungsloser Vollhonk nach einem Anwalt im Internet, Profis bei der Arbeit, Glückwunsch.

»Budelsdorf« kam ihm bekannt vor. Mini-Lichtblick. Das war doch der Kerl, der Dieter einst aus der Stecklings-Falle herausgeholt hatte, na ja, er hatte ihn zumindest vor dem Allerschlimmsten bewahrt, hatte es nachher immer geheißen. War auch wurscht, denn die anderen Namen sagten ihm absolut gar nichts. Anruf, Fakten-Check, Klärung. Der Dude war nicht vorbestraft, hatte noch nie im Leben Kontakt mit der Polizei, keinen Punkt in Flensburg, nichts. Er musste nicht in U-Haft, wurde nicht dem Haftrichter vorgeführt, alles Wesentliche würde morgen früh besprochen, beim Dude zu Hause. Der Budelsdorf war vielleicht gar nicht so schlecht, dachte der Dude.

Es war nach 18 Uhr, als ein älterer Bulle ihn endlich nach Hause brachte. Das bedeutete: höchster Alarm. Auf Madames Reaktion kam es jetzt an, ob aus einer schlimmen Lage eine hoffnungslose würde. Würde sie sich verplappern?

Madame war vorbereitet. Sie ahnte, was ihre Rolle sein müsste, besser: Sie wusste es. Die Kinder hatte sie gleich von der Schule zu einer Freundin gebracht, die keine weiteren Fragen gestellt hatte. Die Jungs waren begeistert. Sie durften bei Leo übernachten, ihrem besten Freund, mitten in der Woche, hurra!

Zu Hause räumte Madame rasch das Chaos auf, das die Beamten hinterlassen hatten. Wichtigste Ordnungsaufgabe: Geldüberprüfung. Welche Depots hatten sie entdeckt, welche nicht, viel war weg, genug noch da. Sie sortierte die Bündel und brachte sie in Sicherheit. Gegen fünf erst rief endlich der Dude einmal an, er käme in Kürze nach Hause, er werde wohl gebracht, wie er extra lang gedehnt betonte. Da kam also jemand mit. Noch einmal Inspektion der Wohnung. Bisschen Gras fand sie noch, ein paar Scheine hatte sie übersehen. Alle Fundsachen brachte sie in den Wagen ihrer Freundin, den sie sich ausgeliehen und unauffällig vor dem Haus geparkt hatte. Sicher war sicher.

Um 18 Uhr 25 klingelte es an der Tür. »Baby, ich bin es, und ich bringe noch jemanden mit!« Da trat der schon mit einem Schnauzbartträger durch die Tür. Der Dude stellte ihn als Kommissar Mochold vor, das war der Ermittler, der ihn drei Monate lang observiert hatte, wie sich herausstellte. Der Beamte war ein nicht unsympathischer Vollpfosten, Bürstenhaarschnitt, Blouson. Der gab Madame sehr höflich die Hand: »Ich glaube, Ihr Mann muss Ihnen was sagen.«

Madame wusste, was von ihr erwartet wurde. Madame würde ihr Bestes geben. Für die Familie, für den Dude, für sich selbst.

»Hase, sag mir sofort, was ist los, was ist passiert, hast du dich geprügelt? Hattest du einen Unfall? Sag es mir bitte, ich habe echt solche Angst, was ist los?

Madame war innerlich zutiefst aufgewühlt, das brauchte sie nicht zu spielen, auch wenn die Gründe vielleicht andere waren, als sie jetzt vorgab. Madame tastete ihren etwas linkisch neben dem Beamten im Raum stehenden Mann ab, entsetzt, erschüttert, zitternd, als ob sie überprüfen wollte, ob sie ihn in einem Stück angeliefert hatten.

»Was ist mit dir, bist du in Ordnung, Hase, was ist mit dem anderen, was hast du nur gemacht, sag's mir doch endlich.«

Ihre ausgedachte Story für die Polizei war: Sie hätten seit Längerem einen heftigen Streit mit den Mietern des Bioladens im Erdgeschoss wegen Lärm- und Geruchsbelästigung, und der Dude war tatsächlich einige Male mit den Männern dort, fanatischen, kompromisslosen Biofaschisten, aneinandergeraten. Und sie ging jetzt für diesen Auftritt vor dem Beamten einfach davon aus, dass sie sofort angenommen habe, dass dieser Streit zu einer Prügelei mit den Ökonudeln geführt habe.

»Nein, das ist es nicht«, druckst der Dude herum.

»Ja, was um Gottes Willen ist es denn dann, bitte?«

»Ich muss dir was sagen.«

»Ja, verdammt, dann sag es doch schon!«

»Tja«, sagte der Dude langsam und etwas leiser, »ich hatte eine Marihuana-Plantage …!«

Madame merkte förmlich, wie der Beamte seine Polizeischeinwerfer punktgenau auf sie richtete und ihr Gesicht, jeden Millimeter, jede Pore, jeden Pickel, nach einer auffälligen oder ermittlungstechnisch irgendwie interessanten Bewegung abscannte, der Druck seines Blicks war geradezu physisch spürbar, so sehr konzentrierte er sich auf sie und jede Mikrosekunde dieser Begegnung.

»Was, wie, was …«, stammelte Madame entsetzt. Ihr ganzer Körper, ihre Stimme, ihr Gesicht – ein einziges großes Fragezeichen. Sie war die personifizierte Fassungslosigkeit. Ihre tatsächliche Nervosität und Erschütterung lieferte sekundengenau erhebliche Tränenströme zum Geschehen.

»Ja, ich hatte eine Plantage bei unserem Wochenendhaus …«

Stummes Entsetzen. Entgleiste Gesichtszüge. Still rauschende Wasserfälle.

Es lief wie am Schnürchen.

»Aber, aber, das kann doch gar nicht sein, wir waren da doch auch mit unseren Kindern ...« Die naive, unschuldige, nichts ahnende Mutter, die betrogene, hinters Licht geführte, hintergangene Mutter, deren Lebensblase gerade platzte, vor den Augen des ermittelnden, väterlichen Beamten.

»Das ... ich, wo soll das denn gewesen sein, das gibt es doch gar nicht ...«

Der Dude guckte wie der beschämteste und deprimierteste Mensch auf Erden, und vielleicht war er es in dem Moment auch, und in dieser gebeugten, gebrochenen Haltung fing er langsam und stockend an, seine Geschichte in sehr groben Zügen zu erzählen.

Madame winkte irgendwann ab und sagte, nicht ohne Strenge und einer neuen, eben entdeckten und sich langsam von unten nach oben ausbreitenden Eiseskälte: »Darüber reden wir später ...!«

Madame drehte sich von ihrem Dude, von ihrem geliebten, genial auftretenden Dude ab und überwältigte die Sinne des beistehenden Kommissars, so hoffte sie zumindest, mit ihrem nassen, verquollenen Gesicht, in dem sich gerade Leben und Lieben aufzulösen schienen.

»Ich bin so enttäuscht, ich bin absolut fassungslos.«

Effektpause. Nasenschnäuzen. Schütteln. Haare ordnen. Mehr Tränen. Das floss sehr ordentlich, sehr eindrucksvoll, der Körper machte ihr keine Schande.

»Aber trotzdem bleibt das eine Sache zwischen mir und meinem Mann, was wir da noch zu bereden haben. Was aber kann ich jetzt noch tun? Was wollen Sie noch wissen?«

»Nein, danke, Madame, Sie können gerade gar nichts machen, wir wissen alles, es ist alles in Ordnung.«

Der Beamte sprach mit seiner dunklen, sonoren Stimme ruhig auf sie ein. Sie lauschte ihm ergeben. Sie nickte, sie schluchzte. Sie distanzierte sich, aber sie verriet ihn nicht, er blieb ihr Mann, auch wenn er hinter ihrem Rücken Gras angebaut haben sollte, was sie immer noch nicht glauben konnte.

»Doch, es ist so, glauben Sie mir, wir haben alle Beweise, er war ein Profi.«

Ja, dachte Madame stolz, schön, dass ihr Banausen das auch erkennt, nur das nützt uns leider nichts in dieser Situation. Gut aber auch, dass wir Profis unserem Schwur immer treu geblieben sind und nicht einmal in all den Jahren über Gras, Hasch, Marihuana oder Anbau oder Plantage am Telefon miteinander gesprochen haben, sonst würde mich der Schnauzbart nicht so anschauen wie eine verlorene Tochter.

Kommissar Mochold kam Madame immer näher, kein Auge hatte er mehr für den Dude. Der Polizist sprach sehr ernst und nahm mit einer sehr berührenden, völlig natürlichen Geste ihre Hand, blickte ihr tief in die Augen und sagte mit fester Stimme: »Madame, ich muss Ihnen sagen, Sie sind eine wirklich tolle Frau!«

»Das können Sie doch nicht sagen, ich bin bis auf meine Grundfeste erschüttert, Sie erleben mich in einem Moment der Auflösung, des Zusammenbruchs.«

»Ja, aber andere Frauen, das kann ich Ihnen aus langjähriger Erfahrung sagen, hätten jetzt schon lange ihre Koffer gepackt und ihren Mann hier stehen lassen.«

»Aber das ist doch mein Mann, da packe ich doch unter keinen Umständen meine Koffer, weil, der bleibt doch mein Mann.«

Da lächelte Kommissar Mochold: »Wissen Sie was, wenn das hier alles vorbei ist, dann kochen wir mal zusammen, ich habe von Ihrem Mann auf der Fahrt hierher gehört, dass Sie so ausgezeichnet kochen sollen. Ich muss Ihnen mal was sagen, Ihr Mann, das spüre ich, mit dem werde ich noch richtig dicke, das ist so ein feiner Kerl, wenn Sie wüssten, mit was für Typen ich sonst zu tun habe, mit diesen ganzen Albaner-Tonis und Karoviertel-Türken und was weiß ich, wo die alle herkommen, dann wüssten Sie, was das für ein Unterschied ist, auf jeden Fall, wenn wir hiermit durch sind, dann lassen Sie uns doch bitte mal zusammen – kochen.«

Madame sah ihn interessiert an. Mein über alles geliebter Dude wird von einer entfesselten Horde brutaler Zivilpolizisten vor der eigenen Haustür gekidnappt und wie ein schwerkrimineller Asozialer verschleppt und trotz seiner Klaustrophobie allein in eine schäbige Zelle gesteckt, während weitere Truppen unsere mit viel Liebe geführte Anlage niederwalzen und damit unsere Existenzgrundlage zerstören, dachte Madame, aber der will mit uns – KOCHEN? Kommissar Mochold wirkte aufrichtig ergriffen, sie spürte keinen Hauch von Sarkasmus, keinen Funken Ironie, der meinte das so: KOCHEN. Vielleicht stimmte mit dem etwas nicht, vielleicht war das auch nur ein ganz perfider Trick, mit dem er sie überrumpeln und ihr ihre Mitwisserschaft beweisen wollte, es blieb unklar.

Er verabschiedete sich formvollendet, morgen um zehn würde er wiederkommen, das Protokoll aufnehmen. Und danach wahrscheinlich gleich mit dem Kochen anfangen wollen, dachte Madame kurz.

GRAF ZAHL

Dr. Budelsdorf trat ein, der Anwalt, den der Dude in seiner Not am Nachmittag praktisch aus der Polizeistation heraus über eine Internetsuche aktiviert hatte. Madame starrte ihn erschrocken an. Der Kerl sah aus wie Graf Zahl aus der Sesamstraße und rauschte in seinem viel zu großen dunkelblauen Anzug mit weit ausladenden Schritten und wehendem Mantel ins Wohnzimmer, riesige zwei Meter lang, dünn wie eine Spinne, das Jackett abgeschubbert, eingehüllt in eine Wolke aus Selbstgefälligkeit und Mottenkugelgeruch, es roch nach Unheil, glaubte Madame bemerken zu können, die in seinem kantenscharf geschnitzten Gesicht eine Mixtur aus Dünkel und Ahnungslosigkeit schimmern sah. Er schmiss sich in einen Sessel und ertränkte sie in einer stakkatoartigen Geschichtenflut, einer großen Rechts-Erzählung, die – grob gesprochen – um Europa und die Menschheitsgeschichte, die römische und griechische Philosophie, vor allem aber um ihn selbst kreiste. Um seine Kontakte, um seine Erfolge, um seine raffinierten, wenn nicht genialischen Kniffe, mit denen er schon die vertracktesten Situationen und auswegslosesten Fälle gerettet habe, also wirklich eindeutig und absolut hoffnungslose Strafsachen, nicht so Kinkerlitzchen wie den vorliegenden Sachverhalt, über den sich der Dude in keinster Weise Sorgen machen müsse, so wie er die Hamburger Staatsanwälte und Richter kenne und wie diese ihn schätzten, das sei ein Kinderspiel im Vergleich zu den tatsächlich unübersichtlichen Dingen, mit denen er sich üblicherweise rund um die

Uhr als einer der erfahrensten Advokaten der Stadt kümmern müsse.

Das klang alles so grandios, dass Madame ahnte, da sitzt womöglich der größte Hallodri der Hamburger Justizgeschichte, leider bei uns, leider in einer Situation, in der wir ihm vertrauen müssen, obwohl das natürlich in eine Katastrophe führen wird.

Er wisse sehr präzise, führte Dr. Budelsdorf weiter in rasendem Tempo aus, was der leitende Staatsanwalt in dieser Angelegenheit, der ihm auch privat bestens bekannt sei – Tennis, Segeln, was glauben Sie denn – in Fällen wie diesen brauche und wie er auf welche Fakten reagiere, weshalb es ein Leichtes sei, das Urteil, wenn man so wolle, von vornherein selbst zu bestimmen, und da es sich nur um Cannabis handele – »Marihuana, ich bitte Sie, mein Gott, wen lockt das noch hinter dem Ofen hervor, harte Drogen, Koks, Heroin, Crack, da fletschen die ihre Zähne, aber so ein bisschen Gras, das rauchen die auf dem Präsidium doch alle selber gern mal zwischendurch, na ja, kleiner Scherz« –, werde der Dude sein kleines Problem dank seines extrem professionellen Rechtsbeistands ruckzuck wieder los sein. Und weil das so einfach und so klar und er ein Mann des offenen Wortes sei, würde er zunächst darum bitten, dass der Dude ihm von seinem Honorar von 5000 Euro gleich eine kleine Anzahlung von 3000 Euro in bar aushändigt, damit man eine vertrauensvolle Grundlage zur Vorbereitung der weiteren Aktionen habe, wie er und seine geschätzte Frau Gemahlin sicherlich nachvollziehen könnten.

»Wie, jetzt, also jetzt sofort?«

Die Stimme des Dude klang hohl und schwach, ein bisschen ungläubig.

»Ja, genau so war das gemeint.«

»In bar?«

»Ich glaube, so hatte ich das ausgedrückt, ja.«

Graf Zahl strahlte, der Dude zuckte leicht zusammen, Madame wirkte seltsam erstarrt. Ihr stolzer, unbeugsamer

Dude saß da wie ein blasser Schatten seiner selbst, gefangen im Bannstrahl des Unausstehlichen, dem er sich beugen würde, beugen müsste, es war fast 23:30 Uhr, in knapp elf Stunden würde Kommissar Mochold wieder klingeln und bestimmt nicht nur kochen wollen. Dem Dude blieb nur Graf Zahl, die Falle war bereits zugeschnappt.

Madame hatte am Nachmittag hektisch herumtelefoniert und die besten Kanzleien ausfindig gemacht, aber zu spät. Da hatte der Dude bereits Graf Zahl das Mandat erteilt und seinen ersten telefonischen Rat befolgt und den Betrieb der Plantage eingeräumt, weshalb er angeblich überhaupt erst nach Hause gelassen wurde, wie sich Dr. Budelsdorf eben erst selbst gelobt hatte. Die väterlichen Ratschläge von den besten Anwälten der Stadt, die sie über ihre Mutter kannte und denen sie am Telefon eine verworrene Geschichte von einem Bekannten einer Bekannten erzählt hatte, der in einer sehr misslichen Lage sei, waren alle sehr differenziert gewesen, aber in einem Punkt eindeutig: Nichts sagen, nichts zugeben, Klappe halten (»Das Geld? Beim Pokern gewonnen. Na und? Der Stoff? Eigenbedarf, bisschen viel eben, was soll's? Plantage? Weiß er nichts von. Kann er doch nichts dafür, wenn seine Freunde ihn ausnutzen ...«). Da hatte der Dude schon den Plantagen-Betrieb eingeräumt gehabt, obwohl sich seine treuen Mitarbeiter Eight Fingers und No Brain bei ihrer Festnahme vor Ort an die alte Abmachung gehalten hatten: Wer hier erwischt wird, nimmt alles allein auf seine Kappe und erwähnt niemanden sonst. Sie wollte gar nicht daran denken und hielt sich jetzt lieber zurück.

Madame erhob sich lautlos und holte aus ihrem neuen Geldversteck im Auto der Freundin unten an der Ecke 3000 Euro in gebrauchten 50-Euro-Scheinen.

Dr. Budelsdorf grinste breit, sagte: »Na, wie sagt man so schön, Geld stinkt nicht, oder?«, und steckte das Bündel in seine hochglanzpolierte Ledertasche.

Madame konnte den Anblick des Anwalts und ihres eingeschüchterten Mannes kaum ertragen. Der Dude war ja kein Krimineller. Weder in seinen eigenen Augen noch in ihren noch in den Augen seiner Abnehmer oder Endverbraucher oder irgendeines Menschen, der ihn kannte, egal, ob er von dessen Geschäften wusste oder eben auch nicht. Und weil der Dude das auch so sah, hatte er niemals diesen ja objektiv jederzeit möglichen Ernstfall der unverhofften Festnahme einkalkuliert. Er hatte darüber nie reden wollen, jeder Versuch von Madame in diese Richtung war unterlaufen worden, die Gefahr durfte kein Thema sein. Das war die Dude'sche Welt nach seinem Willen und seiner Vorstellung. Der Preis für diese sympathische Weltsicht war nun leider Dr. Budelsdorf.

Es wurde Mitternacht, es wurde halb eins, Graf Zahl redete sich und alle anderen schwummrig. Wertvolle Minuten verstrichen, Stunden gleich, und der Kerl hörte nicht auf, von wildfremden Menschen zu erzählen, ein groteskes Marketingseminar in eigener Sache. Ja, warf Madame irgendwann ein, aber jetzt sollten wir auch mal über den Fall des Dude reden, deswegen sitzen wir doch hier.

Graf Zahl stockte kurz, musterte sie, sagte »Ja, ja« und schwadronierte noch ein bisschen weiter. Um viertel vor eins kam er endlich zum Punkt. Er habe selbstredend schon mit der Staatsanwaltschaft gesprochen, sie hätten einen Deal, alles bloß nur noch Formsache, der Fall sei praktisch schon ausgestanden.

Madame fiel auf, dass der Anwalt im marineblauen Zweireiher ohne Vorwarnung gegenüber dem Dude zu einem wenig Respekt verkündenden »Du« gewechselt hatte. Sein Sprachduktus änderte sich ebenfalls, was seine windige Erscheinung nur noch betonte.

»Du gibst einfach richtig viel zu, das überreichen wir morgen früh der Staatsanwaltschaft, dann sind die zufrieden, haben was in der Hand, du hast dich kooperativ gezeigt, dann gehen wir locker in die Verhandlung, bisschen Bewährung, bist ja noch gar nicht aktenkundig gewesen, und das war's dann. Easy. Okay?«

Der Dude blickte zur Madame, die sich am liebsten in Luft aufgelöst hätte. Das hörte sich alles nach einfacher Rettung und deshalb selbst in ihren Laien-Ohren so schief und falsch und verhängnisvoll an, nach großem Unglück und Dilletantismus. Aber es war fast ein Uhr. In neun Stunden klingelte Kommissar Mochold. Der Dude wartete auf ein Zeichen. Sie nickte.

Der Anwalt schrieb und schrieb und wollte immer mehr Details wissen.

»Dr. Budelsdorf, reicht es nicht, wenn wir das auf ein paar Fälle beschränken?«

»Nein, wenn man denen nicht genug Futter gibt, wühlen sie doch weiter, dann graben die sich rein in dein Leben und deine Finanzen und Steuern, dann erst werden sie so lange graben, bis noch viel mehr vergammelte und vergessene Leichen aus dem Dreck nach oben ins Scheinwerferlicht gezogen werden, und dann bist du fertig und alle und kannst gleich in die Grube hinterherhopsen.«

Graf Zahl zeigte mit seinem Mont-Blanc-Meisterstück-Kugelschreiber aus der Serie Le Grand auf den zusammengekauert vor ihm sitzenden Dude wie mit einer Lanze.

»Die wichtigste Regel für Leute wie dich lautet: Gib den Staatsanwälten, was sie hören wollen, dann freuen sich alle. Die haben weniger Arbeit und ihren Erfolg, und du kriegst als Belohnung dafür Bewährung und deine Ruhe. Easy, man muss sich nur an die Regeln halten.«

Der Dude wollte ihm gern glauben. Er schaffte es nicht. Aber er hatte auch keine Wahl mehr. Sie zerlegten sein Lebenswerk in schnöde Einzeloperationen, in Zahlen und Ziffern, Gewichte und Materialien. Ein paar Jahre Plantagen-Betrieb müsste er schon einräumen, sagte der Anwalt, dazu mindestens ein Dutzend Ernten.

»Ein Dutzend? Reicht nicht die Hälfte?«

»Ach, komm, das glaubt dir doch kein Mensch, und dann

stehst du als Lügner da und hättest dir das gleich alles sparen können.«

»Wirklich?«

»Vertrau mir.«

»Wäre es nicht besser, wenn man das alles als so ein ewiges Pflanzen und Ernten beschreiben würde, als einen zusammenhängenden Prozess, der es ja auch war, also als mehr oder weniger eine Tat, eigentlich?«

»Der Staatsanwalt ist ein einfacher Kerl, der einfache Zahlen zu schätzen weiß. Sauberer Ernte-Anfang, sauberes Ernte-Ende, neues Spiel, neues Glück, das will der von dir wissen, nichts anderes, keine abstrakte Botanikphilosophie, die Zeiten sind vorbei, mein Junge, dafür ist es jetzt zu spät!«

Der Dude hatte kein gutes Gefühl, aber wann immer er abbrechen wollte, ermahnte ihn der große Habicht-Kopf mit einem scharfen: »Dann bricht unser Deal mit dem Staatsanwalt zusammen.«

Madame betete, dass dieser Kerl nicht das Unglück über sie bringen würde, das sie von ihm ausgehen spürte.

Um drei Uhr lag das Ergebnis auf dem Tisch: ein umfassendes Geständnis auf einem DIN-A4-Blatt, gut ein Dutzend Ernten in drei Jahren.

Freifahrtschein oder Todesurteil?

In den verbleibenden fünf Stunden der Nacht wälzten sich der Dude und seine panischen Gedanken hin und her. Was haben die genau gesehen, wen beobachtet, wo sind sie möglicherweise noch aktiv, wen kann man wie noch warnen, was riskiere ICH dabei. Fremdester aller Gedanken, erst seit wenigen Stunden im Mittelpunkt: das ICH. Keine echte Dude-Kategorie.

Kommissar Mochold kam pünktlich. Hatte ein Aufnahmegerät und einen Block dabei. Der Beamte war bestens gelaunt. Er sah die Ausführungen auf dem Din-A4-Zettel. Er lobte. Er schmeichelte. Sie machen das genau richtig, sehr gut, Respekt, wie Sie damit umgehen, und so weiter und so fort. In den Pinkelpausen hörte der Dude den Sack tatsächlich seine Frau schon wieder nach der Kocherei fragen.

Die heitere Stimmung des Polizisten deprimierte den Dude extrem. Die Zufriedenheit des anderen war verständlich. Fall gelöst, Aufwand gerechtfertig, keine Probleme erkennbar, noch nicht einmal Widerborstigkeit. Vielleicht noch mit der scharfen Alten kochen …

Kein Wunder, dass der mich so nett behandelt, dachte der Dude erregt, der weiß doch wahrscheinlich, dass ich juristisch unterbelichteter Waldschrat mir gerade selbst den Einlieferungsbescheid für den Knast ausgestellt habe, da lacht der doch innerlich und plant hier schon wochenlange Kochseminare.

Er hätte jetzt gern eine Tüte geraucht.

Im Laufe des Tages telefonierte der Dude herum, alle waren sich einig: Das hörte sich komisch an. Er hatte kein gutes Gefühl. Am Abend fuhr er zu Eight Fingers, seinem treuen Vasallen. Es öffnete die Tür mit Schnäuzer und Blouson: Kommissar Mochold. Der saß später schön neben Eight Fingers, der um die Zeit schon wieder richtig dicht war, und plauderte mit dem den Fall durch, Fakten abgleichen. Eight Fingers war froh, dass ihm mal jemand zuhörte, und plapperte munter drauf los. Als er gerade von der letzten Fuhre Stecklinge erzählte, die angeliefert worden war, wurde Herr Mochold sehr wach, er roch, dass da noch andere Spuren aufgehen könnten, mehr Namen, mehr Verbindungen, größere Geschäfte.

Der Dude fuhr dazwischen: »Jetzt ist aber mal gut, Eight Fingers, nimm mal lieber deine Medikamente wieder!«

Die Intervention wirkte. Eight Fingers regte sich sofort sehr auf und fing, wie erhofft, aufgeregt an zu stottern.

Der Kommissar wurde sauer und ging.

Der Dude nahm Eight Fingers in den Arm.

Beide zitterten.

Der Dude wischte sich über die Wangen.

And Justice for All

Der Dude fühlte sich unsicher und beobachtet. Seit fast vier Wochen hatte er das Haus nicht mehr betreten, es gehörte zu einem Leben, das es nicht mehr gab, der Besuch kam ihm obszön vor, wie die Rückkehr zu einer versteckten Leiche. An der Haustür entdeckte er Einbruchsspuren, das Wohnzimmer sah verwüsteter aus als sonst nach den Aufenthalten von Eight Fingers oder No Brain, wobei die auch schon Spuren hinterließen, die als vorsätzlicher Vandalismus betrachtet werden konnten. Polizei oder Einbrecher, das war nicht zu klären. Es war ihm auch egal, es war aus, so oder so. Aufgeregt ging er durch die Halle zur Plantage. Umgekippte Böcke, Grasreste überall, Äste und Blätter am Boden, leere Kästen kreuz und quer in allen Räumen, in einer Ecke roch es faulig, zwei Wasserfässer waren umgekippt. Auf den ersten Blick lagen in der Anlage noch mindestens zwei, drei Kilogramm Gras herum. Die müssen so zufrieden mit ihren Funden gewesen sein, dachte der Dude, dass die nach einiger Zeit gar keine Lust mehr hatten, noch mehr mitzunehmen. An der Geheimkammer stockte er kurz. Das Gaffer-Tape klebte an derselben Stelle wie vor sechs Wochen. Er zog die Streifen ab und drückte gegen die Holzplatte, schob das Regal dahinter zur Seite und zwängte sich durch den engen Spalt. Der Dude schüttelte den Kopf. Eight Fingers hatte erzählt, wie die Polizisten in Mannschaftsstärke durch die Räume gezogen seien, wie sie alles umgestoßen und aufgemacht hätten, aber anscheinend waren sie blind und dumpf an seinem kleinen Labor vorbeigelaufen, in dem er unbemerkt selbst von seinen engsten Mitarbeitern und mit Hilfe eines eigenen Mutterbaums weiter kleine Spezialmischungen für den privaten Gebrauch gezüchtet hatte. Ein paar Kilogramm für Freunde, Partys und den kleinen Hunger zwischendurch, wie der Dude das nannte. Zehn Kilogramm, praktisch eine komplette Jahresernte aus diesem Bereich, warteten auf den Abtransport. Der Dude griff mit beiden Händen in einen der blauen Müllsäcke mit den getrockneten Buds, er sog den schweren, harzigen Geruch ein, Strongdude, damit hatte der Aufstieg begonnen, diese Züchtung hatte er weiter verfeinert, kein anderer Duft war für ihn so sehr mit den Freuden und dem Glück des Anbaus verbunden.

Der Dude trug seinen gelben Ostfriesennerz und wischte sich über die Wangen. Vielleicht nur der Regen, möglicherweise aber zu salzig dafür. Das Zeug sah aus wie ein dicker grüner Teppich, der sich langsam selbst abrollte. Ein Band von mittlerweile mindestens 20 oder 30 Metern. Noch zwei, drei Schaufeln, dann war alles entsorgt. Er nahm sein Handy, stellte sich direkt ans Wasser und machte eine Aufnahme. Ein nasses Gesicht in einer Kapuze, grau der verregnete Himmel, der Fluss fast schwarz im Hintergrund und direkt hinter dem Dude eher grün und pelzig. Ein teurer Pelz. Rund 35 000 Euro wert, eher sogar 40 000. »Auf keinen Fall irgendwas mitnehmen«, hatte der Anwalt ihm eingeschärft, »alles vernichten, kein Risiko eingehen. Wenn du jetzt noch einmal mit Marihuana aufgegriffen wirst, weil sie dich vielleicht weiter beobachten, bist du total im Eimer, kapiert?«

Er hatte das kapiert. Er sah, wie sich die zehn Kilogramm langsam im Fluss verteilten und gen Elbe bewegten. Das gute Zeug. Plötzlich spürte er das Ende physisch, vielleicht zum ersten Mal richtig. Der Zugriff hatte sich rasend schnell herumgesprochen. Die Konsequenzen waren sofort spürbar. Das Telefon klingelte nur noch selten, bald praktisch gar nicht mehr. Die vielen Freunde blätterten von ihm ab wie von einem welken Strauch. Die Motorradfahrer, die Partygäste, seine Saufkumpane und Mitarbeiter, die heißen Girls und engen Gefährten: vom Erdboden verschluckt. Übrig blieb nur ein kleiner harter Kern. Bittere Lektion – sofort verstanden. Der Anblick des langsam aufweichenden und versinkenden Grases stimmte ihn melancholisch und depressiv, *it's over now*, es floss von ihm weg, für immer. Der Stoff, das Geld, die Firma. So fühlte sich also das AUS an. Kein schönes Gefühl.

Er hatte das Haus am Deich schon länger zum 1. Januar gekündigt, den Tag der geplanten Geschäftsübergabe. Aber jetzt gab es keinen Grund mehr, auch nur einen Tag länger drin zu bleiben oder zu zahlen, sein Vermieter hätte bestimmt Verständnis, so pünktlich, wie er all die vielen Jahre die recht hohe Miete für so ein Anwesen am Ende der Welt gezahlt hatte.

»Hallo Herr Breitling, hier ist der Dude, ich rufe wegen des Hauses an, ich ziehe doch schon früher aus, weil ...«

»Wie können Sie es wagen, hier anzurufen, Sie unverschämter Verbrecher, Sie haben nichts als Unglück über uns gebracht.«

»Aber Herr Breitling, ich wusste doch auch nicht, was ...«

»Hören Sie mit Ihren dreckigen Lügen auf!«

»Aber ...«

»Wissen Sie überhaupt, was wegen Ihnen mit uns und meiner armen Frau passiert ist?«

»Äh, nein, ich ...«

»Man hat uns behandelt wie Kriminelle. Man hat uns anscheinend wochenlang observiert, weil man dachte, wir wären Teil Ihrer schmutzigen Geschäfte. Verstehen Sie Verbrecher, was das für uns heißt? Wir sind seit 40 Jahren angesehene Unternehmer hier in Bremen, und jetzt ...«

»Herr Breitling, ich schwöre, ich habe damit nichts zu tun.«

»Schweigen Sie. Unsere Firma ist durchsucht worden, meine Konten und Bücher sind überprüft worden, ich durfte nicht in meine eigenen Büroräume, weil dort die Polizei

Akten und Computer beschlagnahmt hat, unter den Augen der gesamten Nachbarschaft!«

»Herr Breitling, ich hatte keine Ahnung, was meine Untermieter dort in der Halle treiben, wirklich nicht.«

»Nicht in 40 Jahren ist mir auch nur etwas annähernd Demütigendes, Ehrabschneidendes widerfahren wie jetzt durch Sie. Wissen Sie, was das für einen alten Mann wie mich und meine kranke Frau bedeutet …?«

»Es tut mir aufrichtig leid, aber das ist doch nicht meine Schuld, wenn mein Untermieter …«

»Was mir am meisten Schmerzen verursacht, ist, dass ich Sie falsch eingeschätzt habe. Ich habe mich einlullen lassen, Sie haben mich getäuscht und hinters Licht geführt.«

»Das war nicht meine Absicht, das ist alles, was ich sagen kann.«

»Mich interessiert nicht, was Sie sagen wollen. Sparen Sie sich Ihre erbärmlichen Lügen für Ihre bedauernswerte Frau und Ihre bemitleidenswerten Kinder auf. Was werden die eigentlich mal dazu sagen, wenn sie erfahren, was ihr Vater so getrieben hat, wie er sie angelogen hat, ein feiner Vater sind Sie mir.«

Der Dude schwieg. Das war brutal. Dazu hatte Herr Breitling kein Recht.

»Wissen Sie was, Ihre Kinder tun mir aufrichtig leid. Ich hoffe, der Staat nimmt Sie Ihnen weg …«

»Jetzt reicht es aber, Herr Breitling!«

»… oder Ihre Frau zieht die notwendigen Konsequenzen und bringt sie vor Ihnen in Sicherheit, denn Sie, Sie sind nichts als verachtenswerter Abschaum. Mit Verlaub, Sie sind ein Arschloch. Fahren Sie zur Hölle!«

Herr Breitling legte auf. Der Dude starrte in sein Handy. Etwas rumorte in seinem Magen. Oder in seinem Kopf. Er konnte den Ort nicht genau bestimmen. Nur das Gefühl. Bitter, ätzend, säureartig, überwältigend.

Er spürte Scham.

*

Der Dude hörte die helle Stimme des Staatsanwalts, der die bekannten Fakten des Geständnisses wiederholte, das ihm Bewährung garantieren sollte, das war die Grundlage des »Deals« seines Anwalts. Aber etwas in der Stimme des Anklägers gefiel dem Dude nicht, wie er die Worte »nicht unerhebliche Mengen«, »gewerbsmäßig«, »äußerst planhaft«, »professionell« und »erhebliche Einnahmen« betonte, so laut und vorwurfsvoll.

Besorgt schaute er zu Dr. Budelsdorf, der sich fahrig durch das gegelte Haar fuhr und sich in einer Art amüsierter Pantomime übte. Beschwichtigend senkte sein Anwalt die Hände, alles im Griff, läuft alles nach Plan, sollte das wohl heißen. Die roten Flecken auf seiner Stirn bestätigten das nicht.

Der Dude sah in die Zuschauerreihen des Saals. Ihm stockte das Herz, die Stimme des Staatsanwalts wurde von einem schrillen Ohrpfeifen verschluckt. In der dritten Reihe saß Günther. Günther, der gebannt den Ausführungen des Anklägers folgte. Günther, der Hemd und Krawatte zu seinem braunen Sonntagsanzug angezogen hatte, dem einzigen, den er überhaupt besaß. Günther der Malocher hat sich extra fein gemacht, dachte der Dude, der nicht wusste, ob er sich mehr über Günthers Anwesenheit freuen oder wegen des Anlasses schämen sollte.

Günther war eingeschüchtert, die große Stadt, das Gericht, der Richter, die Schöffen, Anwalt und Ankläger, das war für Günther das ganz große Theater, und der Dude spielte die Hauptrolle. Günther war Gärtner, Günther war Fachmann für Botanik, Günther hatte sich seit seinem Besuch in der Plantage heimlich in dieses Fachgebiet eingelesen. Er war extra nach Bochum gefahren, um sich dort, fern möglicher Bekannter, in einem einschlägigen Laden, den er im Netz gefunden hatte, entsprechende Literatur zu kaufen. Günther hatte die Bücher heimlich durchgearbeitet, er wollte die Mutter nicht beunruhigen. Aber deswegen wusste er jetzt, worüber der Staatsanwalt sprach. Was er hörte, gefiel ihm.

Wie professionell der Dude vorgegangen, wie gut das Anwesen organisiert worden, wie effizient die Aufzucht der Stecklinge und Pflanzen erfolgt sei und wie hochwertig und rein die Ergebnisse waren – mit jedem Aspekt wurde klarer, was für eine geradezu vorbildliche, leistungsstarke und extrem gewinnbringende Plantage nach den allerneusten Erkenntnissen der Dude hochgezogen und in einem schwierigen und umkämpften Markt bis an die allerhöchste Spitze geführt hatte. Nie hatte er sich seinem jüngsten Stiefsohn so nahe gefühlt. Günther dachte: Mein Dude, mein Sohn. Er wünschte, der Staatsanwalt würde ewig sprechen. Gerührt fixierte er den Dude, der seltsam erschüttert herübersah, weil er bei dem Ton des Staatsanwalts nicht mehr richtig an seinen »Deal« glauben konnte. Neben ihm sein Anwalt, der immer mehr rote Flecken im Gesicht hatte und sich hektisch mit den knochigen Fingern durch das gegelte Haar fuhr. Aber das bemerkte der stolze Günther alles gar nicht, der sich eine Träne aus dem Auge wischte und dem Dude einen nach oben gereckten Daumen zeigte. Er hing seinen Gedanken nach, all die überflüssigen Streitereien einst in Dortmund, der Kampf um die eigene Gärtnerei, wie ihn »Hammerkauf« ganz legal fertiggemacht hatte, er dachte an seine schlechte Meinung über den Dude und wie er kürzlich erst erfahren hatte, dass der Dude der Mutter seit Jahren Geld zusteckte, damit sie und er, Günther, überhaupt überleben können. So gerührt war er, dass er gar nicht richtig mitbekam, wie der Dude zu drei Jahren und sechs Monaten Haft verurteilt wurde – ohne Bewährung. Günther schnäuzte sich und zeigte dem Dude noch einmal den gereckten Daumen. Mit seinem Mund formulierte er:

»G-r-ü-n-e-r D-a-u-m-e-n!« und »I-c-h b-i-n s-t-o-l-z!«.

Drei Jahre und sechs Monate Haft. Der Dude war entsetzt. Wo war der beschissene Deal? Graf Arschloch hatte ihm eine Bewährungsstrafe garantiert. Stattdessen faselte er jetzt aufgeregt von »Berufung« und »noch nicht verloren«. Der Typ hatte es voll vermasselt. Und hinten im Zuschauerraum sah er seinen Stiefvater, der zu weinen und zugleich übers ganze Gesicht zu strahlen schien und ihm hektisch den nach oben gereckten Daumen zeigte.

Irgendwie waren alle wahnsinnig geworden.

*

»Aber das sind keine Kriminellen!« Viel zu laut und spitz hatte Madame den Satz in die Runde fahren lassen. Schrecksekunde. Oha, war da jemand persönlich betroffen? Höfliches Schweigen. Mutter rettete die Situation, natürlich. »Nach den Buchstaben des Gesetzes sind sie natürlich Kriminelle.« Atempause. »Aber man kann behaupten oder zumindest einmal diskutieren, ob die wissenschaftlichen Erkenntnisse, und zwar die biologisch-medizinischen genauso wie die sozialen und juristischen, die in der jüngeren Vergangenheit gewonnen worden sind, nicht zu einer neuen Bewertung führen könnten oder sollten. Denn wie wir ja der Presse entnehmen, machen sich auch durchaus Kreise über diese Problematik Gedanken, die über jeden Zweifel erhaben sind: solide deutsche Strafrechtsprofessoren, der amerikanische Präsident, von konservativen Ökonomen wie Milton Friedman mal ganz abgesehen, der ja seit ewigen Zeiten aus reiner Marktlogik geradezu provozierend liberale, man könnte sagen: pragmatisch-vernünftige Auffassungen in dieser Diskussion vertritt.«

Madame rieb sich die Augen, zupfte an ihren Ohren, staunte. Das kam so souverän von der Mutter, so selbstverständlich, das hätte sie nicht erwartet, vor allem, weil die Mutter ja eigentlich gar nichts von dem unmittelbaren Drama ihrer nächsten Verwandtschaft wusste. Der Dude habe ein paar Probleme mit der Steuer, hatte sie der Mutter beiläufig gesagt, mehr nicht. Genau das erzählten sie auch allen anderen, Steuerprobleme hatte ja irgendwie jeder. Der Grund der aktuellen Debatte in Mutters Wohnzimmer: eine Sendung von Günther Jauch zum Thema Jugendgewalt. Ein paar anscheinend alkoholisierte Jugendliche hatten an einer

U- oder S-Bahn-Haltestelle in Berlin einfach einen zusammengeschlagen. Das fanden die lustig, das Opfer nicht so. Wochenlanger Klinikaufenthalt, danach unfähig, den angestrebten Beruf des Kochs auszuüben, posttraumatische Probleme der schwersten Art, kurzum, kaputtes Leben, kaputter Mensch. Irgendwie waren die Schläger identifiziert worden, aber es gab keine Videoaufzeichnungen, folglich konnte nicht zweifelsfrei nachgewiesen werden, wer den wie verletzt hatte, der Prozess steuerte auf eine Einstellung des Verfahrens hin. Rechtsstaatlich absolut korrekt. Aber natürlich: ein Irrsinn. Der Richter stellte einen Deal in Aussicht, ein Beschuldigter erbarmte sich, nahm alles auf seine Kappe, bekam acht Monate oder so auf Bewährung, die anderen feixten, der blanke Hohn, Ende.

Madame wäre gestern vorm Fernseher fast vom Sofa gefallen. Acht Monate auf Bewährung für den Beinahe-Tottreter? Aber ihr Dude, der große Menschenfreund, der sollte für ein paar Jahre weggesperrt werden, weil er dem Staat nicht genehme Pflanzen im Garten Eden gehegt und die Produkte an Volljährige weitergereicht hatte? Die anderen Besucher der Mutter waren auch entsetzt gewesen über die acht Monate, wenngleich aus völlig unterschiedlichen Gründen. Genau darum ging es gerade, die deutsche Justiz im Allgemeinen, den Jauch-Fall im Speziellen, das eigene Rechtsempfinden, es ging, wie immer bei solchen Runden, um alles. Aus einem interessierten Nebenbeigeplauder war unaufhaltsam eine scharfe Diskussion geworden. Schuld war natürlich Madame. Die hatte aus einem unkontrollierbaren Reflex heraus die ersten Kommentare der Mutter-Freunde zur Jauch'schen Sendung genutzt, um ihren aufgestauten Ärger der letzten Monate herauszulassen und sofort die »Idiotie der Prohibition« bei Cannabis ins Spiel zu bringen – ohne auch nur eine Sekunde den Gedanken aufkommen zu lassen, sie oder irgendwer, den sie kannte, habe damit etwas zu tun. Aber halt so generell, das wollte sie mal gesagt haben.

Am Tisch saßen die üblichen Verdächtigen der Gesellschaft – paar reiche Charity-Freundinnen, der neue Innensenator Dr. Motev, Architekten usw. – nachmittags um 17 Uhr bei einem oder zwei Gläschen Bollinger, bisschen Alkohol, ist ja nicht verboten, schon klar. Richtig in Rage hatte sie der früh vergreiste Sohn der besten Freundin ihrer Mutter gebracht, Alvin, neben ihr der Einzige in der Runde unter vierzig, der lakonisch bemerken musste: »Wer Gesetze bricht, auch diese, ist eben auch nur ein ganz gewöhnlicher Krimineller!« Dabei hatte er sie so spöttisch angeschaut, dass sich Madame gleich schwor, die Information einer guten Bekannten über Alvins ulkigen »Mikroschwanz« ab heute in alle ihr zur Verfügung stehenden Kanäle einzuspeisen. Der Dude ein Krimineller? Absurd! Sie fixierte ihren neuen Lieblingsfeind, Mikroschwanz Alvin.

»Du kannst, wie wir ja gestern erfahren haben, in der Berliner oder Hamburger U-Bahn mit ein paar Freunden Leute halb tot oder ins Koma prügeln und trotzdem ein freier Mensch bleiben. Aber wer mit großer Liebe Genussmittel für erwachsene Menschen herstellt, die durch ihren Konsum niemanden verletzen, wobei der Konsum selbst meist nicht mehr strafbar ist, die Bereitstellung dieser Mittel aber schon, wer also niemanden schädigt und viele beglückt, der soll dafür in den Knast. Das ist pervers.«

Madame redete sich in eine kleine Rage hinein. Aber auch wenn sie gerade wahrscheinlich wirkte wie die Vorsitzende des Deutschen Kifferverbands, die Wahrheit musste auch diesem Kreis zugemutet werden können.

»Es geht doch noch weiter. Bierbrauer und Schnapsbrenner werden als Kulturträger wahrgenommen, mit ihren Produkten kann man sich völlig legal jederzeit ins Koma saufen, wie das rund fünfundzwanzigtausend Jugendliche jährlich auch machen, von den Besuchern diverser legaler Rauschveranstaltungen wie dem Oktoberfest mal ganz zu schweigen, die gelten sogar als gesellschaftliche Höhepunkte ...«

Ihre Mutter hüstelte jetzt bereits zum dritten oder vierten

Mal vernehmlich, aber zu spät. Die Madame-Rakete schoss ungebremst weiter.

»... aber Gras-Produzenten werden behandelt wie Schwerverbrecher? Noch nie ist auch nur ein Mensch jemals an Cannabis gestorben, nie hören wir von prügelnden oder vergewaltigenden Kiffern – aber dieser Konsum wird sanktioniert? Das kann kein denkender Mensch ernst nehmen, das ist die legalisierte Heuchelei, die perverseste Schizophrenie und damit lächerlich.«

Der Innensenator stand abrupt auf, er sprang gewissermaßen hoch, er wischte sich den Mund flüchtig ab, man vernahm ein verhuschtes »Muss dringend zu einem wichtigen Termin«, und weg war er.

Die Mutter griff zur Kanne. »Noch irgendjemand Tee?«

*

Der neue Anwalt war ein sogenannter Spitzenanwalt, bekannter Name, große Kanzlei. Der wollte erst einmal 5000 Euro Vorkasse. Das ist ja schlimmer als in der Herbertstraße mit diesen Rechtsverdrehern, dachte der Dude. Der Jurist machte ihm gleich bei den ersten Treffen klar, was für eine Voll-Niete Graf Zahl gewesen sei. Fazit: Alles falsch gemacht. Zu viel zugegeben, zu viel geredet, eine einzige Katastrophe.

Vielen Dank für diese Einschätzung, so ähnlich hatte der Dude das auch empfunden. Er hatte mehr als ein Dutzend Ernten eingeräumt und sogar die Bekanntschaft zu zwei Personen bestätigt, die ohnehin mehrfach mit ihm fotografiert und in seinem Auto gesichtet worden waren. Darunter Rocko. Die Bullen hatten die beiden bereits länger auf dem Kicker gehabt, deswegen hielt sich sein schlechtes Gewissen in Grenzen, zumal er wusste, dass die zwei aktuell keine Lieferung erhalten hatten und die Beamten bei ihnen deswegen rein gar nichts finden würden.

Rocko hatten sie auf Dutzenden Fotos. Rocko auf der Plantage. Rocko im Gespräch mit dem Dude. Rocko im Auto mit dem Dude. Rocko allein im Auto vom Dude. Rocko, der ohne Tasche in den Wagen steigt, Rocko, der mit zwei Riesentaschen wieder aussteigt, Rocko, der auf einer Parkbank mit zwei Taschen wartet, der Dude kommt mit zwei identischen Taschen, Rocko nimmt die Taschen vom Dude, der Dude nimmt die Taschen von Rocko. Alles ein sehr eindeutiger Fotoroman. Einerseits.

Auf keinem der Bilder war auch nur ein Fitzelchen Gras zu sehen. Andererseits.

Trotzdem nicht schön. Rocko war auch schon sehr früh überwacht worden, wie sich herausstellte. Rocko fuhr einmal von der Anlage zurück nach Hamburg. Kurz vor der Autobahnauffahrt Polizeikontrolle. Hinten im Kofferraum lagen mehrere Kilogramm Gras. Das wussten die Polizisten. Aber es interessierte sie nicht. Sie wollten nur seinen richtigen Namen und seine Adresse. Rocko hatte damals gedacht, er hätte großes Glück gehabt. Hatte er aber nicht. Die Bullen durchsuchten bald die Wohnungen der beiden, fanden, wie vom Dude vorhergesehen, nichts, Verfahren eingestellt, ging doch.

Aber dem Dude hatte es auch nichts gebracht. Sein Eindruck: Dein Anwalt mag dich nicht, wenn du ein Verräter bist, der Richter mag dich im Grunde nicht, wenn du ein Verräter bist, selbst der Staatsanwalt mag dich nicht, wenn du ein Verräter bist. Und in den Knast kommst du sowieso. Irgendwie kein guter Deal.

Der neue Anwalt strotzte vor Optimismus. Da habe er schon ganz andere Kandidaten vom Haken geholt. In der Berufungsverhandlung biegen wir das locker wieder hin, machen Sie sich keine Sorgen.

Das hatte der Dude schon einmal gehört. Er machte sich Sorgen.

*

Eine neue Mahnung, diesmal vom Stromkonzern. Sie kündigten an, ihnen den Strom abzustellen, wenn nicht innerhalb von zehn Tagen die ausstehenden zwei Monate bezahlt würden. Der Dude ging schleppend die Treppen hoch. Eigentlich sollte Strom ein Menschenrecht sein, dachte er, wie soll man in unserer Gesellschaft überleben, wenn die einen vom Netz nehmen, diese feisten Ignoranten.

Als er noch im Hinterhof Strom verbraucht hatte wie ein Flugzeugträger, da waren sie die besten Kunden gewesen, war denen doch egal, dass der Verbrauch abnormal hoch war, der Rubel rollte, allein das zählte. Jetzt konnten sie einen gar nicht schnell genug aussperren. Er würde Madame nichts sagen und die Rechnung schnell bezahlen. Darum hatte er sein Geschäft auch so geliebt, weil er mit dem Geld unantastbar gewesen war, er hatte sich auf das Angenehmste wie ein Neutrum in der normalen Gesellschaft gefühlt – er war autark gewesen, diese ganzen Loser-Muschis hatten im nichts zu sagen gehabt, er hatte sich keinen Anordnungen oder Befehlen oder Wünschen beugen müssen, außer den Wünschen seiner Abnehmer, aber das hatte ihm Freude bereitet. Seine Plantage hatte ihm die Freiheit gegeben. Und jetzt war er am Arsch.

*

Acht Tage vor der Berufungsverhandlung lag ein Brief im Briefkasten. Der neue Anwalt teilte mit, dass er leider »keinen richtigen Draht zu dem Fall« finde und ihn deswegen abgeben würde. Er könne aber einen guten Ersatz empfehlen, dem könne der Dude völlig vertrauen, der würde das Ding schon drehen. Für die Berufungsverhandlung selbst wurde ein neuer Termin angesetzt.

Schon saß der Dude mit Anwalt Nummer drei da. Der wollte auch Vorauskasse – 5000 Euro.

»Und bitte die 5000 gern in Raten, weil das besser ist, auch für Sie.«

»Wieso das denn?«

»Weil das nicht so richtig schick wäre, wenn Sie hier mit

größeren Summen durch die Gegend laufen würden, die möglicherweise nicht so einfach kompatibel sind mit Ihrem aktuellen Lohn- und Gehaltszettel, was die Polizei komisch finden könnte.«

»Was passiert eigentlich, wenn ich Sie nicht zahlen kann?«
»Kein Problem, dann vertrete ich Sie einfach nicht.«

*

Madame war sich immer sicher gewesen: Nichts konnte sie umwerfen, nichts und niemand. Das war das Fundament, die Ausgangslage. Jetzt war sie sich nicht mehr so sicher. Es sah einfach nicht gut aus. Irgendwie gingen ihr auch die Ideen aus, wie es weitergehen sollte. Zum Beispiel: finanziell. Klar: kein Luxus mehr, keine Verschwendung mehr, einfache Speisen und die notwendigsten Ausgaben für die Jungs. Aber auch die wollten bezahlt werden. Wenn sie nicht bald wieder eine volle Stelle kriegen würde, hätten sie ein Problem. Noch größer als jetzt. Aber das reichte auch schon.

Der Dude schaute trübe mit müden Augen auf den erbärmlichen Haufen Geld, der vor ihnen auf dem Tisch lag. Ganz klein kam er ihr plötzlich vor, klein und alt. Die Erkenntnis versetzte ihr einen scharfen Stich in der linken Brusthälfte. Schon wieder. Da zuckte und piekte es in letzter Zeit öfter. Nicht beachten. Ignorieren. Alles Psycho, alles Stress, Einbildungsblödsinn. »Wie sehr es auch von oben drückt, wir gehen immer aufrecht, mein Kind, was auch immer kommen mag, das darfst du nie vergessen!« Mutter, steh mir bei.

Der Haufen auf dem Tisch. Kaum Scheine, viele Münzen, viel zu viele kleine Münzen, alles in allem: der finale Beweis ihrer elendigen Lage. Auf einen Blick konnte man erkennen, mehr als 10, 15 Euro lagen da nicht. Und der Monat hatte noch sieben Tage. Sieben Tage mit drei Mahlzeiten für vier Personen, das waren über 80 Essensportionen, die bezahlt werden wollten. Madame überschlug kurz die Vorräte in der Küche. Drei oder vier Mittagessen würde sie aus den Dosen und Resten noch zaubern können, für zwei, drei Frühstücke würde der Kühlschrank-Inhalt auch noch reichen, aber die Getränke waren fast alle, egal, dann eben Tee oder Leitungswasser, das war doch angeblich so spitze, das fantastische Hamburger Leitungswasser, und irgendwoher würde sie noch ein, zwei Liter Saft für die Kinder besorgen können. Aber trotzdem, für sieben Tage reichte das nie und nimmer. Von zusätzlichen Ausgaben für die Schule oder Aktivitäten für die Jungs mal ganz abgesehen. Der Dude atmete schwer aus. Madame wollte ihn so gar nicht sehen. Es brach ihr das Herz.

Noch einmal die Liste durchgehen. Ihr Bruder, bereits angepumpt. Ihre Schwester: auch. Seine Schwestern ebenfalls. Ihre Mutter schon lange, seine Eltern: zwecklos. Nichts zu holen. Die engsten Freunde: alle durch.

Madames Blick wanderte durch das Wohnzimmer. Ein Teil der Bücher war bereits versetzt, die Kommode der Großmutter auch, der kleine Teil des Familienschmucks, den ihr die Mutter geliehen hatte vor Jahren: beim Pfandleiher. Unbedingt merken, Fristen nicht vergessen, Tragödien-Alarm. Sie dachte weiter nach, aber da war nichts mehr. Das schale Gefühl von Endgültigkeit. Jetzt haben sie dich. Seit ihrer Kindheit immer die gleiche Angst, die gleiche Paranoia: Es geht alles zu glatt. All das Glück, all die Liebe, all der Wohlstand – nur ein Versehen. Irgendwann wird es jemand merken, dann kommt die Quittung. Jetzt. Da lag sie auf dem Tisch. Ein kleiner Haufen nahezu wertloser Münzen. Sah so das Ende aus?

*

Der Dude schaute sich auf dem Rennrad alle paar hundert Meter um und schlug aberwitzige Haken. Er rannte mit dem Bike Treppen hoch und raste durch Fußgängerbereiche. Niemand konnte ihm so folgen, er würde es merken. Er ging mit dieser Fahrt ein Risiko ein, aber der Hauptabnehmer schuldete ihm für die letzte Lieferung noch gut 30 000 Euro, die er jetzt dringend brauchte. Das war die Restsumme von dem Geld, das er am Tag des Zugriffs hätte abholen sollen, die ersten 10 000 hatte ihm der Hauptabnehmer in den vergangenen Monaten in kleinen Portionen diskret zukommen lassen. Jetzt war der Dude blank. Er konnte den nächsten Anwalt nicht mehr bezahlen. Wenn die Polizei ihn noch beschattete, wäre er heute endgültig geliefert, bye bye Berufung, aber er MUSSTE es wagen.

Nach einer halben Stunde stand er verschwitzt vor dem Haus in Eimsbüttel. Er suchte den Namen auf dem Klingelschild für den dritten Stock. Das Namensschild war – leer. Dumpfe Implosionen an der äußeren Großhirnrinde. Er klingelte in der Wohnung darunter, so lange, bis eine ältere Frau erbost ihren Kopf aus dem Fenster streckte und ihn fragte, was er denn wolle.

»Wo ist der Mieter aus dem dritten Stock?«

»Wen meinen Sie, diesen netten Herrn?«

»Ja, genau den.«

»Der ist doch vor zwei Wochen weggezogen!«

»Wohin?«

»Hat er niemandem gesagt. Die von der Post sind auch sauer darüber, denn einen Nachsendeantrag hat er nicht gestellt. Der war wohl noch niemals ordentlich gemeldet hier, hat mir der Postbote verraten. Aber was für ein aufmerksamer höflicher Mann das war.«

Der Dude setzte sich auf sein Bike und rollte durch den Feierabendverkehr. Hinter seiner Stirn fing ein Schlagbohrer an zu rattern. Der Hauptabnehmer war weg. Der Hauptabnehmer hatte sich aus dem Staub gemacht. Der Arsch war geflohen. Der Wichser hatte bis zum Prozess gewartet, um zu sehen, ob er ihn mit reinreißt. Deswegen war er so nett zu ihm gewesen, hatte ihn weiter mit Dope versorgt, hatte ihm über Mittelsmänner Geld zugesteckt, Geld wohlgemerkt, dass ihm ohnehin zugestanden hatte, und jetzt, nach dem ersten Urteil und der Gewissheit, dass der Dude nicht singt, haute das Schwein ab, mit dem Rest der Kohle. Von wegen »Ich bin raus aus dem Geschäft«, von wegen »Ich höre mal auf, Burn-out und so«. Gedanken-Amok. Verschwörungstheorien schossen in die Bahnen, eine sinnloser als die andere. Was, wenn dessen Hintermänner an allem schuld waren? Oder ihn einer der Ernte-Hiwis ausgeliefert hatte, die der organisiert hatte? Hätte, hätte, Fahrradkette. Am Ende blieb nur ein Ergebnis: Scheiß-Urteil. Scheiß-Anwälte. 30 000 Euro weg. Er würde den Kombi verkaufen müssen. Der Hauptabnehmer war eine Fotze.

*

»Contenance, Kind, Contenance auch jetzt, damit meistern wir jede Situation.« Die Mutter schob ihr unauffällig ein seidenbesticktes Taschentuch am Tischrand zu, damit Madame sich die Tränen abwischen konnte. Ihre Mutter, selbst im eigenen Heim, ohne dass ein Fremder anwesend war, würde niemals ein Taschentuch ÜBER den Tisch reichen, ausgeschlossen. Sie war stets eine große Dame, möglicherweise die letzte wahre Dame im hanseatischen Raum, jetzt, da ihre alte Freundin Gräfin Dönhoff schon seit vielen Jahren unter einer alten Buche auf dem Friesenhagener Friedhof zwischen Siegener Land und Westerwald ruhte, in unmittelbarer Nähe zu Schloss Crottdorf. Madame mochte diesen Buddenbrook-Schatten ihrer Mutter, der mehr war als ein einstudierter Spleen, er war ein elementarer Teil ihrer tatsächlichen DNA.

Mit vorbildlicher Contenance hatte die Mutter selbst den unverhofft frühen Abgang des geliebten, aber auch auf pubertäre Art genusssüchtigen Vaters einst hingenommen und nie ein schlechtes Wort über ihn geäußert, obwohl der eines Tages mit einer exotischen Halbjapanerin aus seinem Sekretariat doch sehr überstürzt und für immer Richtung Costa Brava geeilt war, was durchaus etwas Unruhe in ihr aller Leben gebracht hatte, wie man getrost behaupten konnte. Allerdings wurde die Würde und Ruhe der starken Mutter mit einer beneidenswerten Summe aus dem väterlichen Fundus und beachtlichen Anteilen an diversen seiner Geschäfte unterfüttert. Die Hinweise während der Sondierungsgespräche der Anwälte beider Seiten auf das Wissen der Mutter über seine nicht unerheblichen Kapitalbewegungen im Schatten der Schweizer Alpen sowie auf seine Investitionen an der Costa Brava, die der Vater ebenfalls mit Geldern getätigt hatte, mit denen er den überlasteten deutschen Fiskus nicht unnötig hatte belästigen wollte, diese Hinweise waren selbstverständlich nur die dezentesten gewesen – und dennoch sehr effektiv.

Madame trocknete ihr Gesicht. Mutter reagierte wie immer: pragmatisch. Taschentuch, Tee, Gebäck. Keine Fragen. Niemals Fragen. Wer etwas sagen wollte, sagte es. Wer nichts sagen wollte, schwieg. Das hier war Familie, kein Verhörraum.

Als Madame mit einem kurzen Griff in ihre Handtasche nach ihrem Handy suchte, berührten ihre Finger Papier, das eben noch nicht da gewesen war, raues Papier, sie blinzelte schnell hinein und sah ein paar größere grüne Scheine. Die Mutter ließ sich nichts anmerken und schenkte ihr noch etwas Earl Grey nach. Madame liebte sie auch dafür.

Es war nicht leicht in diesen Tagen, die Würde zu bewahren. Oder die Beherrschung. Oder beides. In einer Sekunde wäre sie Madame gestern beinahe entglitten, mit verheerenden Folgen. Mit einem Mal war ihr Dude aus seiner gebeugten Opferhaltung aufgesprungen und hatte ihr, der völlig Verblüfften und Überrumpelten, von einem aberwitzigen Plan berichtet, den es da gebe, mit dem er noch einmal, nur weil es ja nicht anders ginge, eine ganz besondere Gelegenheit, so viel Geld, alles wäre anders. Der Dude erzählte und erzählte und wurde immer größer und kräftiger dabei, und es dauerte keine zehn Minuten, da waren die bleiernen Wochen und Monate wie vergessen, das ganze graugesichtige

Dasein wie weggewischt. Einmal noch. Nur für die Familie, sozusagen ein letztes großes Aufbäumen …? Erwartungsfroh hatte er sie angestarrt, glühende Wangen, vibrierender Körper, der Herzschlag ließ ihn praktisch auf und nieder federn. »*Also, was meinst du dazu, Schatz, du musst entscheiden, ich kann das nicht!*«

Madame war die Spucke weggeblieben. Der Irre hatte ihr doch wirklich gerade vorgeschlagen, noch einmal in das Schattenreich des Illegalen zu wechseln, trotz der heiklen Situation. Er wollte tatsächlich noch einmal ein Ding drehen. Falsch. Er wollte noch einmal in seinem alten Geschäftsfeld tätig werden. Nur ein klitzekleines bisschen. Wagen abholen. Im Pott. Könnte man als Heimatbesuch verbuchen. Wagen auf Parkplatz an der B1. Schlüssel auf linkem Vorderreifen. Kleine Fahrt gen Westen, Grenzübergang bei Venlo, zwanzig Kilometer weiter Wagen abstellen, Schlüssel auf linken Vorderreifen legen. Wagen wechseln. Denn auf dem Parkplatz steht: anderer Wagen, deutsches Nummernschild, Schlüssel auf rechtem Vorderreifen. Einsteigen, zurück über die Grenze, Wagen auf Parkplatz an der B1 stellen, 8000 Euro aus dem Handschuhfach nehmen, Tschüss. Ein Tag Arbeit, kein schlechter Stundenlohn. Eigentlich.

Andererseits: Man ahnt, was im Kofferraum ist. Blödsinn: Man weiß es. So gesehen sind 8000 Euro ein Handgeld. Denn im Kofferraum liegen schätzungsweise noch ein oder zwei Jahre Knast obendrauf.

Madame dachte an den deprimierenden 15-Euro-Haufen auf dem Tisch, den leeren Kühlschrank, die peinlichen Ausreden, warum die Kinder nicht mit den anderen ins Kino dürfen. 8000 Euro waren in dieser Situation der Jackpot. Das kribbelte. Ihr wurde ganz warm. Sie wollte ihm einen blasen.

Er sagte: »*Ich brauche jetzt eine Entscheidung. Sofort!*«

Madame nippte an ihrem Tee, lächelte zur Mutter, die abräumte. Hinten, am anderen Ufer der Elbe, bewegten sich große Container wie von Geisterhand in schwindelerregenden Höhen über Containerbergen, sie schämte sich ein bisschen. Beinahe hätte sie ihm ein »Go!« gegeben, so aufgewühlt hatte sie der Dude. Sie fand die Idee für Sekunden vor allem deswegen so fantastisch, weil ihr Dude in dem Moment wieder so lebendig wirkte. Der Gedanke allein hatte all die inneren Kräfte mobilisiert, die ihn seit Jahren zu dem gemacht hatten, was er war: ein paranoid lebenswütiger Mensch, eine an zwei Enden brennende Dynamitstange. Diese reine, kraftvolle, ungestüme, kriminelle Energie war ihr das allerliebste Aphrodisiakum auf der Welt. Dieser flackernde, fordernde Blick. Sie hatte an das Geld gedacht. Puh, das war alles ganz schön heftig gewesen. Sie hatten erst einmal Sex haben müssen, um überhaupt wieder klar denken zu können. Danach sagte sie »Nein«.

*

Neid war dem Dude fremd. Er brauchte keinen Vergleich, um sein eigenes Glück zu spüren. Er war zufrieden, wenn er zufrieden war, nicht erst dann, wenn ein anderer übertrumpft worden war. Hatte er nie verstanden, das Konzept. Er war auch nicht bitter über seine neue Situation. Nur manchmal, wenn er jetzt abends grübelnd im Bett lag und zum hunderttausendsten Male überlegte, wie er das alles eventuell hätte vermeiden können oder wie ernst die Lage war, konnte es passieren, dass plötzlich Oma Gertrud, die alte Kuh, in seinem Kopf mit ihrem 20 000-Euro-Mega-Mulcher-Aufsitzmäher durch ihre Parkanlagen ratterte, oder er sah den grenzdebilen Cousin Freddy mit nacktem Oberkörper vor der sündhaft teuren Profi-Baumischmaschine, die er sogar per Express hatte herankarren lassen müssen. Nicht zu vergessen Onkel Herberts Premium-Carport oder der Caterpillar-Kleinbagger, den er für Großneffe Willi hatte besorgen müssen, den alten Dösel. Der hatte es sogar gewagt, eine Spätanlieferungsgebühr von 50 Euro bei ihm extra einzufordern – ein Irrsinn. Zehntausende Euro zur Wahrung des Familienfriedens. Was für eine Verschwendung. Damals hatte bloß die zusätzliche Arbeit genervt. Jetzt fehlte genau diese Kohle. Der Kühlschrank war halb leer, bei jeder Verabredung zum Frühstück kontrollierte er neuerdings heimlich die Preise auf der Karte, so knapp war er bei Kasse, aber Hauptsache, Oma Gertrud düste auf ihrem Rasenmäherturbo vor der Jugendstilvilla herum. Er musste trotzdem ein bisschen grinsen.

Monatelang passierte nichts. Die Behörden ließen ihn zappeln. Der Dude ermüdete von seinen eigenen Gedankenloops. Hätte er doch einfach mal die Schnauze gehalten. Was hätten sie schon in der Hand gehabt? Paar Kilogramm zu Hause, einige obskure Taschenübergaben in der Stadt, wo alles hätte drin sein können. Mal verdächtigte er den Scheiß-Bauern als Tippgeber, dann dessen nichtsnutzige Söhne. Es brachte nichts. Er hasste seine ewig gleichen öden Gedanken, er hasste seine Situation, er hasste sich, er hasste die ganze Welt. Er fand einen Aushilfsjob als Koch in einer evangelischen Kita, das brachte ein bisschen Geld. Die Kinder fanden ihn lustig. Die dicken Frauen in der Küche attraktiv. Er ging nur noch selten aus. Egal, wo er sich blicken ließ, rauchten die Menschen Gras. In den Kneipen, auf den Plätzen, auf Konzerten. Oft roch er den Stoff aus seiner eigenen Produktion. Alle rauchten, er sollte in den Knast. Es fühlte sich irreal normal an. Abends lag er wach im Bett neben Madame und dachte manchmal, wie schön es wäre, wenn er nicht mehr atmen müsste.

Der Dude hatte seltsame Träume. Er lief dem Bauern mit einer Mistforke hinterher, er sah den Hauptabnehmer mit dem Kopf nach unten in einem Keller pendeln, die beiden Petersen-Zwillinge liefen mit seiner Kettensäge nackt und mit erigierten Schwänzen hinter den Kühen auf der Nachbarwiese herum, er sah Männer in schwarzen Roben, die nach Säure aus dem Rachen stanken und ihm ihre teigigen Hände gierig entgegenstreckten. Er wachte mit rasendem Her-

zen und vollgepumpt mit Adrenalin auf. Er dachte im Halbschlaf immer öfter an seinen Bruder, der wie vom Erdboden verschluckt schien. Das Bild der letzten Begegnung, des bizarren Auftritts vor der Pommes-Bude, war in seinem Kopf eingefroren. Je öfter er es studierte, desto mehr veränderte es sich. Anfangs sah er noch die unbändige Wut in Michaels aufgewühltem Gesicht, den Hass und den Schmerz, der ihn im Griff hatte, er fühlte die unbedingte Gewaltbereitschaft und die Bedrohung. All das verblasste zunehmend. Übrig blieb das kaputte Antlitz, der hilflose Blick, gebeugt der Körper, gebrochen der Geist, eine traurige Gestalt durch und durch. Michael. Wie nah war er ihm mal gewesen, was hatten sie alles miteinander durchgemacht. Hatte ihr sogenannter echter Vater ihn auch kontaktiert? Er wusste es nicht. Er hatte Michael in der Berliner Hinterhauswohnung nicht erwähnt, der Vater hatte nicht einmal nach dem Bruder gefragt. Der Dude schämte sich ein bisschen dafür. In diesem Schwebezustand zwischen Schlaf und Traum und Wirklichkeit fasste er nachts neben der ruhig atmenden Madame mehr als einmal den Plan, seinen Bruder einfach aufzusuchen. Doch morgens konnte er sich daran schon nicht mehr erinnern. Und wenn, kam es ihm nur noch wie eine abwegige Idee vor. Der Bruder war immer noch eine Gefahr, dachte der Dude, und die blieb er bis zum Beweis des Gegenteils. Manchmal sah er sich im Traum auch allein in einer fensterlosen Zelle sitzen, die Wände bewegten sich auf ihn zu, er stand in einer Stahl-Presse, die seinen Brustkorb einquetschte. Er schrie im Schlaf, und Madame schlang die Arme um seinen Kopf. »Alles wird gut, Hase, alles wird gut.«
Eine schlechte Lüge, das wussten sie beide.

Er vermisste seine Plantage manchmal fast schon körperlich. Wie das roch, wie das schmeckte, stundenlang hatte er sich das alles anschauen können, die graziösen kleinen Fruchtknöllchen, die ihm alles geben hatten: Spaß, Mäuse, ein freies Leben. Er dachte kurz an Flucht, Karibik, Lateinamerika, irgendwohin, von wo man nicht ausliefert. Aber er könnte Madame und seine Söhne niemals verlassen. Er träumte vom legalen Anbau in Kalifornien und anderen Gesetzen in Deutschland.

Im zweiten Prozess wurde das Strafmaß auf deutlich unter drei Jahre reduziert: zwei Jahre und fünf Monate, damit fünf Monate zu viel für Bewährung. Das bedeutete: Knast.

*

Die wollten ihn echt in den Bau schicken. Madame saß am Esstisch und tupfte sich die Augen trocken. Der Kleine weinte, Steely wirkte sehr nervös und lugte die ganze Zeit durch die Vorhänge nach draußen, er war nicht gern hier, das war so offensichtlich wie deprimierend, dachte der Dude kurz, Steely, dem alten Schlachtross, war die Nähe des Dude anscheinend unangenehm. Eben noch der beste Freund, schon ein leprakranker Paria, Freundschaft ist auch nur das, was dem anderen nutzt, dachte der Dude. No Brain versuchte, seinem Namen alle Ehre zu machen.

»Na ja, bei guter Führung bist du bald wieder draußen, das sitzt du doch auf einer Arschbacke ab.«

»Schnauze, No Brain.«

Als Schläger oder Totschläger mit einer schweren Kindheit darfst du stets mit dem großen staatlichen Mitgefühl rechnen, dachte der Dude, aber wenn man sich mit einer wirklich schweren Kindheit aus völlig freien Stücken entscheidet, niemandem den Schädel einzuschlagen, sondern mit dieser Energie eine eigene Firma zu gründen, die niemandem schadet, aber alle froh und glücklich macht, eine Firma, die ihre Angestellten bestens bezahlt und ihre Kunden nie enttäuscht, dann stehen plötzlich drakonische Strafen im Raum. Wie soll man das seinen Kindern erklären? Was ist das für eine fucking Gerechtigkeit?

*

Freunde hatten sie über Silvester auf eine kleine schwedische Insel eingeladen. Der Wind wehte eisig, alles war eingefroren, er spürte nichts mehr, schon lange nicht mehr, wie er manchmal dachte. Der Bauer, die Anlage, der Knast, die Anwälte, alles Betonpropfen auf den Nervenbahnen, Zement im Gefühlszentrum, tonnenschwere Schwermut in den Herzkammern. Madame und die Kinder hatte er zurückgelassen im Ferienhaus, er stapfte am Strand durch die Naturschutzzone, kilometerlang, Eisgischt an den Augenbrauen. Es war gegen 16 Uhr, kurz vor Sonnenuntergang, graue Wolken jagten über das Wasser, der Sturm nahm die oberen trockenen Sandschichten mit, die waagerecht gegen seine Unterschenkel prasselten, er stand bis zu den Knien im harten Sandkornhagel, es war wie über den Wolken, die Kälte betäubte alles so angenehm, er fühlte sich wie ein Fallschirmspringer, fern weg von allem und frei, unantastbar. Er wäre gern gesprungen. Als er sein Gesicht in die untergehende Sonne drehte, sah er von irgendwoher ein blaues Licht und spürte, wie ein gusseisernes Gerüst um sein Hirn weggesprengt wurde. Er fühlte sich auf einmal seltsam leicht und so beruhigend schwerelos.

*

Madame trug ihre hohen Lederstiefel und das hautenge Kleid, in dem sie sich einst kennengelernt hatten, ihr Makeup hatte sie eben erst erneuert und frisches Parfum aufgetragen. Sie sah ausgehfertig aus. Sie wollten bloß reden, aber sie hielt es dennoch für angemessen, gerade in dieser Situation, Haltung zu bewahren. Danke, Mutter.

Der Dude schaute Madame sehr ernst an. »Du musst dir niemals um mich Sorgen machen, verstehst du? Egal, was passiert, ich komme damit klar. Ich bin ein Terrier. Ich beiße mich überall durch. Ich beiße alle weg, wenn es sein muss. Und mir wäre sehr viel wohler, wenn ich wüsste, dass ich mir auch keine Sorgen um dich machen muss.«

Madame schluchzte ein bisschen. Sie wollte sich um jeden

Preis zusammenreißen. Contenance. Ja, Mutter, ist schon klar.

»Dude, du musst dir niemals um mich Sorgen machen. Ich komme zurecht, wahrscheinlich ohne dich sogar besser als mit dir, weil du gerade auch echt nervst.«

Beide lachten.

»Wenn du rauskommst, haben sie bestimmt schon die Gesetze geändert, und du bist ein begehrter Experte.«

»Bestimmt.«

»Oder wir wandern aus nach Kalifornien und bauen dort legal für Apotheken an.«

»Ja, warum nicht.«

Sie schwiegen. Er betrachtete ihre Hände, die in seinen lagen.

Er räusperte sich.

»No regrets?«

Sie antwortete mit fester Stimme.

»No regrets!«

In diesem Moment fühlten sie sich sehr frei.

Am nächsten Tag um 15 Uhr trat der Dude seine Haftstrafe an.

AUSGEWÄHLTE QUELLEN, FILM- UND LESETIPPS

Artikel

+ Albrecht, Jörg: Cannabis Debatte – Bis die Birne qualmt. faz.net, 26.4.2014.
+ Cadenbach, Christoph: Zucht und Ordnung. Süddeutsche Zeitung Magazin, Nummer 44, 31.10.2013.
+ Cannabis-Konsum in Deutschland: Strafrechtler wollen Drogen-Gesetze reformieren. Spiegel Online, 7.4.2014.
+ Cousto, Hans: Cannabis und Führerschein. taz.de, 1.2.2014.
+ Crolly, Hannelore: Ein Herz für Trinker. Die Welt, 7.6.2014.
+ Debionne, Philippe: Kiffen kann töten! Berliner Kurier, 25.2.2014.
+ Don't legalize it (Umfrage). stern, 16.4.2014.
+ Eisenberg, Johannes: Die irre Verfolgung der Kiffer. taz.de, 25.5.2014.
+ Eppelsheim, Philip: Alkohol ist kein Sanitäter. Frankfurter Allgemeine Sonntagszeitung, 29.6.2014.
+ Ernst, Dagobert: Cannabis kann tödlich wirken – Düsseldorfer Mediziner sorgen für Aufsehen. derwesten.de, 25.2.2014.
+ Ex-Microsoft-Manager will weltgrößter Cannabis-Händler werden. Spiegel Online, 2.4.2014.
+ Gast, Robert: Verbieten oder erlauben? Der Soziologe Aldo Legnaro über den Umgang der Gesellschaft mit dem Rausch. Süddeutsche Zeitung, 5.7.2014.
+ Grothenthermen, Franjo/Müller-Vahl, Kirsten: Das therapeutische Potenzial von Cannabis und Cannabinoiden. www.aerzteblatt.de, 23.7.2012
+ Guht, Christian: Gefahr in Tüten. Süddeutsche Zeitung, 21.6.2014.

+ Hinrichs, Per: Deutschland wird zur Kiffer Republik. Welt am Sonntag, 24.11.2013.
+ Jakob, Christian: Kiffen für den Frieden. taz-Serie »Drogen und Gewalt in Mexiko«, taz.de, 24.3.2014.
+ Lüdemann, Dagny: Der Spaßfaktor von Drogen kommt in der Forschung zu kurz. Interview mit Adam Winstock, Gründer des Global Drug Survey. ZEIT Online, 14.4.2014.
+ Mähler, Markus: An jeder Berliner Schule gibt es Cannabis. Tagesspiegel, 1.11.2011.
+ Nešković, Wolfgang: Es droht ja kein Kifferparadies. Frankfurter Allgemeine Zeitung, 24.7.2014
+ Mehr Tote durch Alkohol als durch Unfälle. Frankfurter Allgemeine Zeitung, 25.6.2014.
+ Plötzlicher Herztod durch Cannabis. www.aerzteblatt.de, 24.2.2014.
+ Prantl, Heribert: Allianz für ein liberales Drogenstrafrecht. Süddeutsche Zeitung, 7.4.2014.
+ Preuk, Monika/Vonhoff, Anna: Wann der Joint gefährlich wird. Focus Online, 18.3.2014.
+ Richter, Peter: Abgegrast. Süddeutsche Zeitung, 15./16.3.2014.
+ Ross, Andreas: Legalisierung von Marihuana: Im Land des Lächelns. faz.net, 2.2.2014.
+ Schaaf, Julia: Warum ist mein Glas eigentlich schon wieder leer? Frankfurter Allgemeine Sonntagszeitung, 29.6.2014.
+ Schadwinkel, Alina: Weniger Strafen, mehr Verantwortung. ZEIT Online, 18.4.2014.
+ Schimmelbusch, Alexander: High Culture. Welt am Sonntag, 4.5.2014.
+ Scruzzi, Davide: Streit um neue Regeln für den Drogenmarkt. Neue Züricher Zeitung, 10.4.2014.
+ Seidl, Claudius/Staun, Harald: Machen wir Frieden mit den Drogen. Frankfurter Allgemeine Sonntagszeitung, 29.4.2012.
+ Seith, Anne: Das nächste große Ding. Der Spiegel, 26/2014.
+ Stockrahm, Sven: Willkommen im Land der Trinker und Kiffer. ZEIT Online, 14.4.2014.
+ Syal, Rajeev: Drug money saved banks in global crisis, claims

UN advisor. The Observer, 13.12.2009. Siehe auch: www.theguardian.com, 12.12.2009.
+ Techniker Krankenkasse: Mehr als 10 000 Klinikaufenthalte jährlich wegen Cannabiskonsum. www.aerzteblatt.de, 24. 2. 2014.
+ Tolmein, Oliver: Auch Ernst Jünger würde sich freuen. Frankfurter Allgemeine Zeitung, 16.12.2013.
+ Welter, Patrick: Obama: Marihuana nicht gefährlicher als Alkohol. faz.net, 20. 1. 2014.
+ Wiegel, Michaela: Uruguay erlaubt kontrollierten Marihuana-Handel. faz.net, 11.12.2013.
+ Zehntausende Tote wegen zu viel Alkohol. www.fr-online.de, 11. 7. 2012.
+ Zinkant, Kathrin: Alle Drogen sind schädlich, aber nicht alle sind gleich schädlich. Interview mit Pharmakologe David Nutt. ZEIT Online, 22. 4. 2014.
+ Zittlau, Jörg: Cannabis für den Hausgebrauch. Die Welt, 26. 1. 2012.
+ 74 000 Alkoholtote pro Jahr in Deutschland. Welt am Sonntag, 27. 6. 2010.

Bücher

+ Amendt, Günter: Legalisieren! Vorträge zur Drogenpolitik. Herausgegeben von Andreas Loebell. Rotpunktverlag, Zürich 2014.
+ Bowden, Mark: Killing Pablo. Die Jagd auf Pablo Escobar, Kolumbiens Drogenbaron. Berlin Verlag Taschenbuch, 10. Auflage, Berlin 2013.
+ Boyle, T. C.: Grün ist die Hoffnung. Deutscher Taschenbuch Verlag, München, 9. Auflage 2013.
+ Bröckers, Mathias: Die Drogenlüge. Warum Drogenverbote den Terrorismus fördern und Ihrer Gesundheit schaden. Westend Verlag Frankfurt/Main in der Piper Verlag GmbH, München 2010.
+ Geyer, Steffen/Wurth Georg: Rauschzeichen. Cannabis: Alles, was man wissen muss. Kiepenheuer & Witsch, Köln, 5. Auflage 2013.

+ Goetz, Rainald: Rave. Erzählung. Suhrkamp Verlag, Frankfurt am Main, 1998.
+ Marks, Howard: Mr. Nice. Wilhelm Heyne Verlag, 5. Auflage, München 2012.
+ Miehling, Ronald/Timmerberg, Helge: Schneekönig. Mein Leben als Drogenboss. Rowohlt Berlin, Berlin, 1. Auflage 2003.
+ Müller, Ulf/Zöllner, Michael (Hg.): Der Haschisch-Club. Ein literarischer Drogentrip. Klett-Cotta, 5. Auflage, Stuttgart 2011.
+ Pütz, Theo: Cannabis und Führerschein. Nachtschatten Verlag, Solothurn 2013.
+ Saviano, Roberto: Zero Zero Zero. Wie Kokain die Welt beherrscht. Carl Hanser Verlag, München 2014.
+ Winslow, Don: Kings of Cool. Roman. Suhrkamp Verlag, Berlin 2012.
+ Zimmer, Lynn/Morgan, John P./Bröckers, Mathias: Cannabis Mythen – Cannabis Fakten. Eine Analyse der wissenschaftlichen Diskussion. Nachtschatten Verlag, Solothurn, 2004.

Webseiten

+ Growshop Klaus der Gärtner (Berlin): http://klausdergaertner.de
+ Hanfburgforum: http://hanfburg.de
+ Serious Seeds, Amsterdam: http://seriousseeds.com
+ Weed Seed Shop: http://weedseedshop.com
+ Die Drogenbeauftragte der Bundesregierung: http://drogenbeauftragte.de
+ Deutsche Hauptstelle für Suchtfragen: http://www.dhs.de
+ Drogen-Information Berlin: http://www.drogen-info-berlin.de

Studien

+ Bundeskriminalamt (Hg.): Polizeiliche Kriminalstatistik Bundesrepublik Deutschland, Berichtsjahr 2012, Bundeskriminalamt Wiesbaden 2013.

+ Bundeszentrale für gesundheitliche Aufklärung (2012). Die Drogenaffinität Jugendlicher in der Bundesrepublik Deutschland 2011. Der Konsum von Alkohol, Tabak und illegalen Drogen: aktuelle Verbreitung und Trends. Köln: Bundeszentrale für gesundheitliche Aufklärung.
+ Pfeiffer-Gerschel, Tim et al: Bericht 2013 des nationalen REITOX-Knotenpunkts an die EBDD (European Monitoring Centre for Drugs and Drug Addiction); Neue Entwicklungen und Trends, Deutschland, Drogensituation 2012/2013.

Filme

Blow. Regie: Ted Demme, 2001
Bube Dame König grAs. Regie: Guy Ritchie, 1998
Grasgeflüster. Regie: Nigel Cole, 2000
Lammbock. Regie: Christian Zübert, 2001
Mr. Nice. Regie: Bernard Rose, 2010
Paulette. Regie: Jérome Enrico, 2012
Savages. Regie: Oliver Stone, 2012
The Big Lebowski. Regie: Joel Coen, 1997
Viel Rauch um Nichts. Regie: Lou Adler, 197831

Irvine Welsh

»Mal derb, mal brutal, mal poetisch –
Welsh ist ein Meister der Beschreibung.
Doch für Dialoge besitzt er die Gabe
des Midas.« *Independent*

978-3-453-67660-2

978-3-453-67686-2

Leseproben unter **www.heyne-hardcore.de**

NOCH MEHR HARDCORE!

HEYNE HARDCORE ONLINE:

heyne-hardcore.de
heyne-hardcore.de/facebook
heyne-hardcore.de/newsletter
heyne-hardcore.de/youtube

CORE – DAS PRINT-MAGAZIN

rund um die Autoren und Bücher
von Heyne Hardcore

John Niven

Kult-Bestseller!

»Vergessen Sie die Bibel, dies ist das lustigste Werk über die Nächstenliebe!«
Playboy über *Gott bewahre*

978-3-453-67675-6

Kill your friends
978-3-453-67544-5

Coma
978-3-453-67577-3

Music from Big Pink
978-3-453-67622-0

Gott bewahre
978-3-453-67633-6

Das Gebot der Rache
978-3-453-67675-6

Straight White Male
978-3-453-26848-7

Leseproben unter **www.heyne-hardcore.de**